—鄭丰作品集—

天觀雙俠

〈推薦序〉
武俠界的一顆彗星——鄭丰

鄭丰（陳宇慧）的武俠小說《天觀雙俠》是一部令人驚豔之作。作者在故事的構思、情節布局的設計及人物的描寫各方面都有很好的成就，很難相信是出自一位初試啼聲的女作家之手。

武俠小說之魅力主要來自說故事人豐富、超現實的想像力，但是這種想像力必須透過作者生動的「武俠文字」，深厚的「雜學」根基（對三教九流、歷史典故、民間掌故等的熟悉）、對「俠客氣質」的深刻感受，武林高手「對決氣氛」的營造，再加上懸疑推理的布局，才能成為一本上乘的武俠作品。而其中最核心的要素乃是「武」與「俠」，否則，武俠小說與一般小說又有何異？

「武俠文字」是一種特別的文筆和語法。半文半白、簡練、「有力」而帶些「江湖氣」。其中「有力」及「江湖氣」是重點；不足則軟弱，太過則粗痞。刀光劍影、俠骨柔情的筆端總帶幾分瀟灑的豪氣，寫這種文字，只可意會，不易言傳。

「雜學」則是提供武俠小說多元趣味的必備資料，它能讓讀者興起更多浪漫的憧憬及另類的嚮往——如醫、毒、詩、書、畫、巫、奇門、花草蟲魚、卜、賭、酒、食……的奇藝絕學等。如果這些雜學和武藝結合，則又產生各色各樣另類的精彩，饒富趣味。至於武俠小說中「順便」出現的歷史人物、掌故佚史，則更為武俠的背景提供了一種獨特的歷史感。

武俠人物「俠客氣質」的塑造及表達是一個成功的武俠作家最重要的touch。少了這一份「俠氣」，郭靖只是一個忠厚老實、運氣超好的傻小子，喬峰也只是一個武功高強、命運悲情的苦幫主，絕對不能令讀者心移神馳，為他們的一言一行或喝采或悲歎，而不能自已。我深信武俠小說的作家對這「俠客氣質」的感受愈深刻，他（她）筆下的人物愈能感動讀者的心弦。

武俠小說絕少不了武打場面的描寫，這也是武俠小說有別於一般小說的特色之一。然而武打的場面很容易變成千篇一律、一串串不知所云的招式看得讀者心煩。但上乘的武俠小說最精彩的地方，也常是一些經典的武打場面的描述，其中的差異主要來自高手對決氣氛營造手段的高低。只要看過電影「宮本武藏」中三船敏郎與鶴田浩二的決戰的觀眾，對那一場水濱決鬥的氣氛一定永難忘記。高手對決，是武俠小說讀者「過癮」的源泉。

鄭丰的《天觀雙俠》共四冊，凡八十多萬言，筆者為此序時只看完第一冊，然對作者的故事、布局、人物已有大致的瞭解，也處處看出作者寫武俠小說的才華與慧根。鄭丰的文筆流暢而有武俠味，氣勢磅礡，頗有金庸之風。其布局及人物也看得出受到金庸的影響，唯多有正面可喜之處，無礙其原創力。《天觀雙俠》書中的情節、掌故十分豐富，顯示作者自幼博覽群書，「雜學」頗有根底，這些雜學能與武學作巧妙的結合，當可產生更有趣的情節。不過這種結合不能勉強爲之，否則必會落於匠氣。

從《天觀雙俠》的第一冊看來，作者在主要人物的「俠客氣質」及高手對決的氣氛營造方面，還可以再加體會。不過以作者的才華，也許在後面的三冊中這兩方面都有更精彩的表現，可惜筆者沒能在網路上讀完全文，一則時間不允許，再則對從小喜歡擁被讀武俠的ＬＫＫ而言，面對螢光幕的閃爍，坐看武林俠士是一個個從左至右「橫行」而出，只覺「俠氣」又遜了幾分。

在傳統武俠小說式微的天際，鄭丰的《天觀雙俠》是一顆彗星。

劉兆玄

二〇〇七年七月五日

〈推薦序〉

「武」，乃是止戈

當內人告訴我宇慧得了武俠小說大賽首獎時，我和天下父母一樣，頓時感到心情一亮，不但由衷歡喜，更覺得十分貼心。宇慧從小在學校成績優異，時常拿各類各樣的獎狀回家，我們也熟知她鍾情寫作，所以我對她得了首獎、寫武俠小說都並不覺得太過驚訝，但聽說竟然是在網路上的武俠小說大賽中得到首獎，並足足寫了八十多萬字的書，那確實是沒想到過，頗出意料之外，又覺得十分有趣，便立刻上網一睹爲快。

我很多年沒有看武俠小說了。回想在美國讀大學時，功課壓力極重，只能以看金庸的武俠小說來調劑一下，放鬆心情。那時是看報上的連載，尚未有成書，複印機也未發明，同學們便以手抄本傳閱，想想那也是四五十年前的事了。今日武俠小說竟然可以在網上看到，雖然對著電腦看小說很傷眼很累人，但當然比用手抄傳閱方便多了。我很快的在網上看了幾十章後，就忍不住開始問宇慧一些關於情節人物的問題，同時發現有很多網友在網上表示看法，向宇慧提出各種建議和疑問。我那時心想，在網上發表作品眞不容易，書還沒寫完就得每天回覆網友的來函。尤其有趣的是，當網友發現著者鄭丰居然是女性，又發現是銀行董事，還有四個孩子（而且整理最後書稿時還在坐月子）之後，反應是那麼的有人情味，很令人感動。

武俠小說的「武」字，乃是「止戈」二字的合成。武的最高境界是「不戰而屈人之兵」，眞正的高人能以無招來化解對方敵意，達到止戈和諧之境。俠客英雄更是大家心目中欽佩和嚮往的豪傑之士，他們是扶弱濟貧、打抱不平、主持正義、捨己爲人、向邪惡挑戰的人。大家也都知道那些趨炎附勢、仗勢欺人、自私自利、好窺隱私、落井下石者，絕對不是俠客英雄。武俠小說之所以吸引人，正是因爲大家難得有這些共識，加上故事主角豪氣干雲、瀟灑爽快，惡人即使猖狂一時，畢竟邪不勝正，讓人讀時覺得輕鬆，讀後覺得痛快。

宇慧在大學讀書時，暑期時曾回臺灣幫忙校對我推起出版的《大般若經》，或許因此在描寫人物的內心世界時較爲細膩。她對江湖人物的格局和壯志豪情都有詳細的描寫，對俠客的定義也十分清楚。兩個主角趙觀和凌昊天不但具有俠客之風，更有拿得起、放得下的胸襟。他們能通力合作，在短時間內創辦規模龐大的事業，轉眼間風流雲散卻能不當一回事，最後更挺身抵禦外侮、衛國衛民，心胸和眼界都極爲寬廣，格局宏大，具備英雄豪傑的豪情壯志。

此外，書中人物往往具有反觀自照、覺知煩惱生起並立刻反省的自覺。如凌昊天因青梅竹馬的心上人將與他人定親，一時禁不起打擊，跑到酒館自斟自飮、借酒澆愁，他卻能在念頭不停正負流轉之間，明白過來這是嫉妒在作祟。書中接下去寫他想明白後，便能立即反省自己爲何器量如此狹窄，並試圖自我寬慰。在情緒激動時仍能反觀自省，這是很不容易的。

凌昊天的另一特色，是能平等待人，不以勢力眼取人，能對人生起自然的同情心。當他在酒館中為情而傷心痛哭時，忽然來了個瞎眼的老乞丐。那時凌昊天正自傷心，卻能跳出一己的情思，招呼老丐喝酒吃菜，顯示出他先人後己、不以貴賤取人的氣度。

書中對仇恨也有闡述：兩個主角經過百般波折後才找出仇人，終能得報大仇，但在見到仇人情狀悲慘時，卻有所反思，頓悟仇恨的可怖和毀滅力量，點出以仇恨為出發點，最終只會害慘了自己。

感情是故事的一個主軸，各個人物之間的親情、友情、愛情等都寫得十分細膩動人。書中有不少感人至深的關於情感的描述，讓人回味不已。

穿插在故事中的一些思想，如百花婆婆和千葉神俠棺木上的祝語：「有情無情，皆歸塵土」，「一世情仇，盡付東流」，都含藏著超脫俗世的覺悟。儘管書中人物並不見得能完全理解這些境界，卻都心嚮往之，從自身的經歷中感受追求這樣的境界。

看到趙觀和凌昊天的成長過程，不妨回顧一下自己走過的路。要知道那些讓人歡喜的、煩惱的，認為是錯誤的、遺憾的一切經驗，都是今生必要的學習。當我們用寬廣的心來看自己走過的路，用愛和關懷的心來看、用光明的心來看、用正面的心來看、用慈愛的心來看，就會發覺那一路上的狼狽、羞澀、眼淚、悲歡離合，正正累積成了一個成熟的我。

作家和藝術創作者往往從他們生活過的時空中擷取資料和靈感，因此有些作家能寫出令人驚奇的情節，卻陷入自己虛幻的故事中不能自拔。宇慧沒有這類問題，她性格平和，自自然然的寫出了她對人生和人性的看法，寫作對她來講確是一種享受。我希望她能以平常心，再寫出更有啓發性、娛樂性的書。也希望大家能多去逛書店選書買書，豐富了自己，又支持了作家們。

陳濬安

二〇〇七年七月五日

作者序

我在臺灣出生長大，十七歲高中畢業後始出國留學，大學畢業後定居香港，轉眼離開臺灣已有十七年了。然而臺灣仍舊是我根深蒂固的「家」，感情上的聯繫是堅牢不可破的。不論在世界各地，始終覺得跟臺灣人交往最融洽，相處最自然。每次回臺灣都感到極爲親切，好像從不曾離開過一般。臺灣的人情味之濃厚，在其他地方是找不到的。這回有機會在臺灣出版武俠小說，我感到既興奮又緊張，混合了「衣錦還鄉」、「近鄉情怯」、「醜婦見公婆」的種種心情，眞說不清是什麼滋味了。

非常高興臺灣版採用了我最早取的《天觀雙俠》這書名。當時在網上參加武俠小說比賽，聽人說《天觀雙俠》這書名不夠起眼，網上傳書的書名須得又長又惹眼才行，我就從善如流改成了七個字的《多情浪子癡情俠》。沒想到這書名後來還挺受人詬病的，不少人聽了書名就啞然失笑，更有人直指書名太過俗氣，委實令人赧顏汗下。幸好臺灣版又改回了原汁原味的原名《天觀雙俠》，並求得董陽孜老師爲書名親筆題字，深感慰心榮幸！

經過城邦集團和奇幻基地多位編輯企畫行銷人員的心血努力，《天觀雙俠》終於要在臺灣面世了。我對城邦出版控股集團的首席執行長金惟純先生、淑貞姊、奇幻基地的秀眞、雪莉、家舜、振東等各位的熱情和專業精神極爲敬佩，由衷感激。更要感謝外子的一路支持，父母兄弟的關注，以及大嫂央金和三嫂思聆的熱心協助。在此向各位表達誠摯的謝意，一切盡在不言中。

當年教我國文的兩位老師——復興國中的陳桂芬老師和師大附中六七七班的莊建南老師——他們在國文教學上的認眞熱情，奠定了我對文學和寫作的濃厚興趣。不才學生未能在正經的文學領域發展，卻不務正業去寫武俠小說，還盼兩位老師不要太過失望才好！謹此致敬致歉。

如今這部作品即將出版，去面對廣大的臺灣讀者了。只希望大家能暫時忘卻俗務，與書中人物一起徜徉在快意恩仇的武俠世界之中，同作一場武俠之夢！

鄭丰／陳宇慧　二〇〇七年七月

書於香港

目錄

第二部■百花門主　

第三部　青幫新秀　289

第一部

青樓小廝

第一章　花園怪客

花褪殘紅青杏小，燕子飛時，綠水人家繞。枝上柳綿吹又少，天涯何處無芳草。牆裡鞦韆牆外道，牆外行人，牆裡佳人笑。笑聲不聞聲漸悄，多情卻被無情惱。

——蘇軾〈蝶戀花〉

初春時分，北地寒意已去，天氣晴暖，京城裡處處百花盛開，萬紫千紅。其時正當大明嘉靖十五年，年剛而立的世宗皇帝春秋鼎盛，用心朝政，海內昇平，百姓安樂。

這日午後，京師城南一戶牆高屋廣人家的院子裡，悠然傳出一陣小女兒清脆的嬌笑語聲。那是兩個女孩兒在後院角落的花棚下打著鞦韆，笑聲如一串銀鈴般迴蕩在花團錦簇的小院落裡。那年長的女孩兒約莫十一二歲，一張鵝蛋臉，穿著繡花小背心和淡黃百褶裙；年幼的只有七八歲，面容粉雕玉琢，極爲秀美，頭上梳著兩個髻子，身穿桃紅織錦小襖，下襯一條水藍緞面紮腳褲兒和一對串珠牡丹繡花鞋。兩個女孩兒衣飾華貴，顯是富貴人家的千金小姐。那年幼的女孩兒名叫含兒，是大學士周明道的獨生女兒；年長的女孩兒叫李鈴鈴，乃是含兒的表姊。

卻說兩個女孩兒在後院裡打了一會鞦韆，也覺得膩了，李鈴鈴提議道：「含兒，咱們來玩捉迷藏，好不好？」含兒拍手說好，便伸手蒙住了自己眼睛，笑道：「表姊妳先躲，我來找妳。快去快去，我數到十，就來捉妳啦。」李鈴鈴笑道：「欸！慢著數、慢著數！」她匆匆跳下鞦韆，踩著小腳兒，逕自往前院去了。

含兒蒙著眼睛，猶自坐在鞦韆上搖晃，口裡大聲數到十，數完後將手放下，笑道：「我來找妳啦！」她睜開眼睛，卻赫然發現面前多出了一個黑衣男子，離自己不過五六尺遠近。

含兒驚得呆在當地，張大了口，發不出聲音。卻見是個高瘦漢子，一手拿著一柄亮晃晃的劍，一手撫胸，咳嗽了兩聲，呸的一聲，往地下吐了一口鮮血。但見他身子一晃，跌倒在地，嘩啦聲響，壓爛了花棚下的兩盆蘭花，猶自撫胸咳嗽不止。含兒這才注意到這人身上受了好幾處傷，黑衣早被鮮血染透，肩頭和腿上的傷口猶自流出血來。她一個年幼千金小姐，哪裡見過這般景況？坐在鞦韆上如同木雕泥塑一般，嚇得僵了，更作不得聲。

便在此時，牆頭上多出了三個人影，一人喝道：「在這裡了！」三人同時躍下，圍在那黑衣人身邊，手中刀劍直指著黑衣人。這三人都穿黃色錦衣，含兒認出是皇宮侍衛的服色。但聽其中一人道：「你道躲進周大學士府裡，我們便不敢追進來了麼？」另一個胖子道：「快將東西交出來！咱們兄弟一場，或許能饒你一死。」

那黑衣人冷笑一聲，說道：「誰跟你稱兄道弟了？你這般下三濫的貨色，我可從沒將你瞧在眼裡！」胖子臉上肥肉一橫，揮刀便往黑衣人腿上斬去。黑衣人躺在地上，似乎連爬也爬不動，只能任人宰割。不料那胖子這刀沒斬下去，自己卻大叫一聲，連退幾步，伸手按住了左頰，鮮血從指縫間流出來，口裡罵道：「他媽的！好小子！」不知如何竟被那黑衣人揮劍割傷了臉面。另兩人一齊喝罵，刀劍齊上，往黑衣人頭上砍落。黑衣人並不擋架，只開口叫道：「東西不在我身上！」

那兩人聽了這話，刀劍一齊停在半空，不敢斬落。左首那人問道：「你藏去哪裡了？」另一人道：「這人狡猾得很，活捉了回去，交給洪督主審問便是。」

黑衣人搖了搖頭，神色慘然，說道：「王兄，你要捉我回去交差，公事公辦，我也不來怪你。但你可知道，我取走的是什麼事物？」那姓王的微一遲疑，說道：「我不知道。我只曉得你偷去了宮中的要緊事物。」黑衣人道：「洪督主沒告訴你麼？」姓王的道：「沒有。」

黑衣人緩緩說道：「他未曾告訴你，只因這事物乃是他自己從宮中偷得的贓物。這事他不敢聲張，才只派你們幾個親信出來祕密追還。一旦你們知道了我偷去的是什麼事物，洪督主必定會殺你們滅口。因此我忠告兩位，還是別見到那事物的好。」

姓王的哼了一聲，說道：「我對洪督主一片忠心，才不信你這些鬼話！你監守自盜，身爲宮中侍衛，卻幹下這等勾當，眞是恬不知恥！」

黑衣人歎了口氣，轉向另一人，說道：「林兄，你是信我呢，還是信洪督主？」姓林的搖頭道：「鄭寒卿，你現在說什麼都已太遲了。你這一路逃出宮來，少說也殺了十來個東廠侍衛。就算你沒偷什麼事物，這筆血帳也夠得瞧了。」

黑衣人歎道：「既是這樣，我就將這大功勞給了你們吧。林兄、王兄，那事物是藏在了……藏在那……咳咳……」姓林的和姓王的一齊低下頭來，想聽清楚他的言語。黑衣人卻陡然躍起，長劍在空中劃出一道銀光，那兩人咽喉中劍，鮮血噴出，臉上神色驚恐莫名，仰天摔倒，在地上扭了幾下，便不動了。胖子在旁見了，臉色煞白，驚呼一聲，轉身便逃。黑衣人右手揮出，長劍直飛而出，刺入胖子的背心。胖子俯身撲倒，又往前爬出數尺，才不動了。

黑衣人坐在地上喘息一陣，才勉力站起，將林王兩人的屍身踢到院角的草叢裡，又緩緩走將過去，抽出插在胖子背心的長劍，將胖子也踢進了角落。接著他便轉過身來，望向坐在鞦韆上的含兒。

含兒目睹這場血腥的廝殺，早嚇得傻了，如同中了魔魘般，釘在當地，動彈不得。但見那黑衣人很慢很慢地向自己走來，每走一步都得用上十二分力氣，好似隨時會摔倒在地，再也爬不起來了。他走得雖緩慢艱辛，卻終究來到了含兒面前，蹲下身來，臉面正對著含兒。含兒見他臉上全是血污，神色猙獰，兩道目光如電一般向自己射來，不由得全身簌簌發抖。但黑衣人口裡說出來的話，卻著實出乎她的意料之外。

黑衣人道：「妳是周家大小姐，含兒姑娘吧？」語氣竟甚是溫和。

含兒全沒想到這陌生怪客竟會知道自己的名字，心中驚疑不定，不敢不答，便點了點頭。

黑衣人抬頭望天，神色凝重，似乎在思索什麼要緊事情。過了一陣，他長長歎了口氣，伸手入懷，取出一個小小的包裹，方方正正，裡面看來像是包著一本書冊。他將包裹遞去給含兒，又撫胸咳嗽，咳了半晌才止，臉色愈發蒼白，喘息道：「今夜子時正，有個大娘和一個小女孩兒，會來到妳家後院的水井旁。妳將這包裹交給了那大娘。」他口氣嚴峻，這幾句話便是命令，毫無懇求的意味。周含兒呆呆地聽著，也不回答，也不伸手去接，卻是驚嚇過度，連害怕也不知道了。

黑衣人又道：「妳跟那大娘說，要她即刻逃去虎山，求醫俠夫婦庇護。這包裹……這包裹……和裡面的信，一定要交到醫俠手中。聽清楚了麼？」最後一句話提高了聲音，含兒吃了一驚，連忙點了點頭。

黑衣人又道：「妳剛才看到的事情和我的託付，除了可以告訴那位大娘之外，一句也不能告訴妳爹媽，或任何其他人。妳聽我的話，才能保妳爹媽一家平安。妳若洩漏了半句，轉眼便要家破人亡！記著，今夜子時，一定要將東西交給她們。妳若不照我所說的去作，我死後變了厲鬼，也要來找妳！」說時聲色俱厲。含兒臉色發白，淚水本就在眼眶中滾來滾去，此時啊的一聲，終於哭了出來。

黑衣人放緩了臉色，將包裹放入她懷中，溫言道：「好孩子，妳一定要聽話。這事非常緊要，非常緊要。妳聽我的話，今夜將東西交給她們。剛才這些事情，妳一句都不能跟人說！任何人都不能說！知道了麼？」他凝視著含兒，望著她邊哭邊點頭，才微微一笑，轉身緩緩走去，一步一拐，來到牆邊，忽又轉過頭來，說道：「請妳……請妳跟那女孩兒說，這事物在她二十歲前，絕不能翻看。再說……再說……說爹爹去了，要她記著，她永遠都是爹爹最心愛的寶貝兒，永遠永遠……永遠……」說完這幾句話，聲音哽住，身子一顫，跪倒在地，往前撲下，消失在花叢之後。

含兒兀自呆坐在鞦韆上，良久不動，好似以為自己終究會從這場惡夢中醒過來，發現剛才不過是作了個夢，並非眞實。又過半晌，一陣和風吹過，含兒感到背上涼颼颼的，卻是出了一身冷汗。忽聽身後一人叫道：「含兒！含兒！妳怎地還不來找我？」

含兒嚇了一跳，回頭望去，卻見表姊氣沖沖地向著自己走來。原來李鈴鈴在前院躲了半天，未見含兒前來尋找，終於出來探看，見她兀自坐在鞦韆上發呆，不禁惱怒，正要上前責問，但見含兒臉色蒼白如紙，也不禁一愕，問道：「含兒，妳怎麼啦？」

含兒回過神來，說道：「我……我……」聲音嘶啞，竟說不出話來。她吞了口口水，跳下鞦韆，不知哪兒來的勇氣，忽然拉起表姊的手，往剛才那黑衣人消失的花叢走去。但見花叢後的石板地上血跡殷然，那黑衣人卻已不知去向。此時天色漸暗，李鈴鈴沒注意到血跡，只覺此處陰森森的，心中發毛，說道：「含兒，咱們回屋裡去吧。」

含兒心中驚疑，低頭望見自己懷中的包裹，想起院子角落還躺了三個死屍，不禁更加害怕，忙隨表姊回入屋中。

第二章　千金劫難

那天晚間，含兒魂不守舍地吃過晚飯，坐在閨房中發怔。她爹媽出門應酬去了，她便想告訴爹媽下午見到的景況也不可得，何況那怪客曾叮囑她絕不可對任何人述說。她思前想後，六神無主。她一個富宦人家的千金小姐，自幼嬌生慣養，大小事情總有媽媽、奶媽、丫頭們替她安排周全，半點不須自己操心，此時遇上這驚心動魄的大事，直將她攪得心頭慌成一團，不知如何是好。

到了戌時，小丫頭一如往常，進房來服侍她上床睡好。含兒躺在床上，卻哪裡睡得著？她翻來覆去，心中只是想著：「我今夜該不該去井邊？我今夜該不該去井邊？」

她將那怪客託付的事情從頭至尾又想了一遍，想著想著，恐懼之意漸漸退去，終於忍不住好奇心，從繡花被褥下取出怪客交給她的那個包裹。月光下見那包裹用塊藍印花粗布包著，上面還沾著幾塊深褐色的血跡。含兒小心將藍布打開，見裡面是一油紙包裹，上面放著一封信，信上寫著「敬啓醫俠」四字，封口處用火漆封住。她將信放在一邊，輕輕打開油紙，見裡面是本薄薄的書冊，封面色作深藍，卻無一字。她翻開首頁，見裡面也無文字，繼續翻去，三十多張書頁，張張都是空白。含兒心中大奇：「這本書若如此緊要，裡面怎地連一個字也沒有？」她想點起燈來細看，卻怕房外的丫頭見了燈光會進來探問，又打消了念頭。抬頭見窗外一輪彎月掛在枝頭之上，她心中感到一陣徬徨：「現在是什麼時刻了？我子時眞要去後院的井旁麼？」

她愈想愈怕，快手將書冊包好，藏回被裡，躺在床上聽著滴漏的聲響，一會兒想：「我便留在屋裡不去，也沒人會知道的。我還是別去吧！」一會兒又想：「不，我答應那人要將東西送去，怎能失信於他？他好似快要死啦，我若不替他作到這事，替他捎去那些話，他一定會很傷心的。」想起那人可能就將死去，耳中似乎聽到他的聲音：「妳若不照我所說去作，我死後變了厲鬼，也要來找妳！」想到此處，不禁打了個寒戰。她閉上眼睛想睡一會兒，但眼前不斷出現那場血腥廝殺，和那怪客滿是血污的臉孔，心頭又交戰起來：「去，還是不去？去，還是不去？」

將近子時，含兒終於披衣下床，躡手躡腳地打開房門，往後院走去。周家大宅共有七進，最後一進的後門之內是個下人住的小院落，院落旁便是廚房，家中唯一的一口井便在小院落靠近廚房的東北角上。含兒輕輕地穿過迴廊、內花園和幾座天井，來到廚房之外。但聽四下寂靜無聲，下人們早都睡了。她伸手推開廚房的板門，見灶上仍留著火種，在黑暗中發出微弱的紅光。她緊緊抓著懷中包裹，一步步穿過廚房，來到通往小院落的門旁。門沒關嚴，她從門縫往外張望，但見小院中一片寂靜，月光正灑落在那口井上，發出幽幽暗暗的光芒。

便在此時，含兒心頭忽然一跳：「那信！那信！」她竟將那信忘了！

她連忙低頭查看包裹，果然，她將那藍印花布包上時，竟忘了將信放進去！

含兒原本已是鼓足了勇氣，才敢在半夜來到此處，此時發覺漏帶了那信，不禁全慌了手腳，想回去拿，又怕來不及趕回，心中不斷自責：「含兒、含兒，妳怎地如此糊塗粗心？」又想：「是了，等我見到那大娘，便跟她說明，請她在這裡等我一會，我即刻回去將信拿來給她。」

便在此時，井邊黑影一動，果真有個人來到了井邊。含兒心中一喜，便想走上前去招呼，還未踏出廚房，那人卻已注意到了她，倏然欺上前來，推門衝入廚房，抓住了她的手腕，低喝道：「是誰？」

含兒只覺手腕如被鐵箍箍住，痛得大叫一聲。那人卻已伸手捂住她的嘴巴，悶住了她的叫聲。那人又道：「嘿，我知道了！妳便是鄭寒卿的女兒吧？妳娘呢？」他聲音尖細，卻不像女子，聽來甚是古怪。含兒此時已看清，那人面目醜陋，下巴無鬚，卻不是女子。

她正徬徨不知所措，忽聽那醜臉人低呼一聲，拉著她向後連退數步。含兒回過頭去，又見一個灰衣人不知從何冒出，搶上前來，寒光閃處，揮出一柄匕首直向那醜臉人攻去。醜臉人抽出一柄短刀，噹噹連響，架開數刀，喝道：「不要妳女兒的命了麼？」忽地悶哼一聲，似乎受了傷，鬆開含兒的手，滾倒在地。那灰衣人追上數步，匕首直落，插入醜臉人的胸膛。醜臉人哼也沒哼，便已斃命。

灰衣人回過頭來，望向含兒，在月光下看清了含兒的臉，驚道：「大小姐，是妳！妳怎會來這兒？」

含兒這時也已看清那人的臉面，竟是在家中作了一年多的廚子瑞大娘。這瑞大娘燒得一手好京菜，是爹爹的好友楊提督介紹來的，含兒最愛吃她作的紙包雞和蛋皮餃子。她一個大廚出現在廚房自是不奇，奇的是她竟在這三更半夜出現，並且還出手殺了一個人。含兒也自呆了，說道：「瑞大娘，我……妳……」

瑞大娘向她作了個噤聲的手勢，上前拉住了她的手，領著她快步出了廚房，來到後院的一處角落，四處張望，見都無人，才低下頭，望著含兒道：「大小姐，誰讓妳來這兒的？」

含兒遲疑不決，不知該如何回答，忽聽一個女孩兒的聲音低聲道：「娘！爹爹到了麼？」卻見假山後面轉出一個女孩兒來，年紀與自己相若，背上揹著一個包裹，短打裝束，似乎準備遠行。含兒看清了她的臉面，認出是瑞大娘的女兒寶兒。寶兒一年多前跟著母親一同住進周家，平時便在廚房幫忙，含兒見過她幾次，知道她乖巧伶俐，在下人中人緣極好。含兒望向她們母女，心中一動：「是了，那怪客說一個大娘和一個小女孩兒，不就是她們了麼！」當下試探地問道：「大娘，妳剛才可是要去井邊等人？」瑞大娘臉色微變，說道：「正是。妳怎麼知道？」含兒道：「因為有人要我去井邊等一個大娘和一個女孩兒，將一件事物交給她們。」

瑞大娘神色凝重，說道：「託付妳的，可是一個瘦瘦高高的男子，姓鄭的？」含兒點頭道：「是的。我聽那些人叫他鄭寒卿。」瑞大娘喜道：「是了。那是我相公。」又皺眉道：「那些人？那些人是誰？」

含兒當下述說了午後在鞦韆架旁見到的廝殺，說完便拿出懷中包裹，交給瑞大娘，說道：「他要我將這包裹交給妳，還要我跟妳說，趕快逃去虎山，求一個什麼人……是了，求醫俠夫婦，請他們保護妳們。還說東西一定要交到醫俠手中，非常要緊。」

瑞大娘神色愈來愈沉重，問道：「他還交代了什麼沒有？」含兒想起他臨走時回頭說的幾句話，便道：「他要我跟小女孩說，這包裹裡的東西，她二十歲前不能看，還說……嗯，說爹爹去了，要她記著，她永遠都是爹爹最心愛的寶貝兒。」這幾句話由她童稚的口音說出，瑞大娘和寶兒聽在耳中，對望一眼，都不禁淒然落淚。含兒望著她們母女，心中隱隱知道那個怪客，也就是寶兒的爹爹，是再不會回來的了，心下也甚是爲她們難過。

瑞大娘吸了一口氣，抹淚說道：「含兒小姐，多謝妳替我相公送物傳言，我母女感激不盡。寶兒，含兒小姐替妳帶來爹爹的傳話，妳快向含兒小姐磕頭道謝。」寶兒便即跪下，向含兒磕下頭去。

含兒想起自己還忘了那信，心中極爲慚愧，連忙說道：「不、不！妳快起來。其實我……我還忘了一封信在房間，他要我跟包裹一起交給妳們的，那信想必很要緊。我眞糊塗，竟然將信留在了房間裡。我這就去拿！」

瑞大娘還未回答，忽聽一人尖聲尖氣地道：「鄭大娘子，妳相公已死在洪督主手上啦，妳怎地還不去奔喪？」另一人道：「快拿下她，那事物想必在這寡婦身上！」

瑞大娘一驚，連忙回身，卻見面前站了兩人，都是東廠宦官打扮，各自揮著拂塵，直攻上來。瑞大娘反應極快，立時舉起匕首格架，但聽噹噹聲響，那兩柄拂塵竟是鋼鐵所製。瑞大娘身手敏捷，匕首招招狠辣，向敵人的要害攻去。兩個宦官尖聲喝罵，舉拂塵抵擋，三人僵持不下。

寶兒見母親與人動起手來，連忙拉了含兒閃到一旁。含兒心中掛念著那信，說道：「寶兒，妳跟我一起回房去拿信，好麼？」寶兒搖頭道：「我得在這兒幫著媽媽。含兒小姐，妳快回房間去，今夜莫再出來了。我們若能打退這些人，定會回來找妳取信。快走！快走！」

含兒被寶兒一推，又聽得兵刃相交之聲連綿不絕，心中驚恐，急忙摸黑往正屋奔去。

她一邊跑，一邊回頭張望，所幸無人追來。她倉皇奔入自己房內，腳步粗重，早將丫頭吵醒了。丫頭爬起身，見含兒氣喘噓噓地倚在門口，奇道：「小姐，三更半夜的，妳剛才去哪兒啦？」

含兒不去理她，趕緊跑進內房，從床上摸出那封信，塞進懷裡，心想：「我定要將這信交給她們。」當下又奔出房間，沿著原路回到剛才與瑞大娘母女對答的後院角落。這一去一回，不過一盞茶工夫，黑夜沉沉，萬籟俱寂，不但已無打鬥之聲，更無半點人聲，瑞大娘等早已不在當地。

含兒心中一陣惶惑，只想：「她們去了哪裡？我該上哪兒找她們？」又想：「寶兒說會來找我取信，我還是快回房間去吧。」

她正想舉步回房，忽覺腰上一緊，已被一人攔腰抱起。她出聲驚呼，卻被人按住了嘴。她感到自己被人抱著快奔，時高時低，似乎已出了自家後門。她心中大驚，奮力掙扎，卻如何掙扎得開。如此跑了好一段路，那人才停下來，卻聽旁邊一人笑道：「逃了大的，抓了小的，這回功勞不小！」

抱著她的人呸了一聲，說道：「什麼功勞不功勞？那姓鄭的傢伙死了，東西卻沒追回來，洪督主怒氣沖天，咱哥們兒回去不得個死罪，也算命大。」另一人道：「事情也沒那麼糟。天一亮，咱們便將這女娃兒交去給督主，將功贖罪。」

含兒聽到此處，猜想到他們定是將自己錯認爲寶兒，才將自己抓走。她心中大急，想辯白自己不是寶兒，但嘴巴立時被人塞進了一塊布，更說不出話來，跟著眼睛也被蒙起，又有人將自己雙手雙腳都給綁了起來，丟在一旁地上。含兒從未受過這般粗魯對待，心中又驚又怒，還有更多的恐懼，不禁哭了出來。

她哭了兩聲，便覺腰上一痛，被人踢了一腳。一人罵道：「臭娃子，哭個什麼勁兒？再哭我踢死妳！」含兒眼淚流得更凶了，只能強忍著不哭出聲來。卻聽那二人坐在自己身旁不遠處，有一搭沒一搭地閒聊起來。她聽兩人對答，顯然都是宮中侍衛，一個姓尤，叫尤駿，一個姓吳，叫吳剛。兩人談的不外是鄭寒卿為何要從宮中偷取事物，究竟偷了什麼要緊事物，提督東廠太監洪督主又為何傳下密令，許下重金，抓到鄭寒卿追回失物者重重有賞，失敗必有重罰，及有多少侍衛在這一役中死傷在鄭寒卿手中等等。兩人顯然對此事的前因後果全不知情，胡亂猜測臆度，談了半天也談不出個所以然來。含兒只覺這一夜過得極為漫長，哭了一會，感到一陣疲累，昏昏沉沉地睡著了。

過了不知多久，含兒忽聽一人叫道：「尤老哥，不好了，這小娃子搞不好不是……不是姓鄭的女兒！」正是那吳剛的聲音。

含兒悠悠醒轉，覺得眼上仍蒙著布，但多了一些光明，似乎已經天亮了。又聽那姓尤的侍衛驚道：「他媽的，你說什麼？」吳剛道：「我剛才出去探探，在街上聽說周家的大小姐昨夜失蹤了，京城裡公差正到處搜尋。還說那大小姐今年八歲，這……這豈不是跟這小女娃一樣？」

尤駿道：「你可問仔細了？」吳剛道：「我還去了東廠詢問，那兒的幾位公公被姓鄭的婆娘打傷了，全躺在床上養傷呢。他們異口同聲地說，姓鄭的婆娘帶著女兒出城逃走了。」尤駿一拍大腿，罵道：「他奶奶的，眞抓錯了人！你怎地如此糊塗，卻捉了周家的大小姐回來？」吳剛回嘴道：「我糊塗？你還不是一樣，也以爲她定是姓鄭的女娃兒？好了，現在該怎麼辦？」尤駿哼了一聲，說道：「我怎知道該怎麼辦？周大學士和京城楊提督交好，不見了寶貝女兒，怎會善罷甘休？你我二人都脫不了干係！」

吳剛似乎甚是害怕，說道：「依我說，還是趕快放了人去，裝作不知此事，也就是了。」尤駿忙道：「放不得、放不得！我們昨夜說話都給她聽去了，你我的姓名她都知道了，怎會不指出我二人來？」吳剛沒了主意，連聲道：「那該如何是好？」

尤駿壓低了聲音，說道：「一不作，二不休，乾脆殺人滅口，一了百了。這事終究不會查到我們頭上來。」吳剛遲疑道：「抓錯人還不是大罪，若殺了她，被查到可是死罪。」尤駿罵道：「你豬腦一個！這事怎能查到我們頭上？依我說，盡快殺了，就埋在這小廟後面，咱倆即刻回宮報到，誰也不會知曉。」吳剛道：「好吧！就聽你的。」

含兒聽二人要殺人滅口，只嚇得全身發抖。忽覺眼前一亮，一人取下了自己眼罩，一個滿臉鬍鬚的侍衛手拿尖刀，惡狠狠地望著自己。含兒驚呼一聲，卻聽那鬍鬚侍衛低喝道：「周大小姐，這可是妳命不好，陰錯陽差，撞到我們手上來。妳去到陰間，只怪自己命苦，莫怪我等手下無情。」說著尖刀伸前，便要向含兒頸中割去。

另一個禿頭的侍衛，聽聲音便是那姓尤的，忽然踏上一步，揮手阻止，說道：「且慢！這小女娃子長得倒標致，我倒有另一主意。」那鬍鬚侍衛吳剛道：「長得標致又如何？八歲的女娃兒，我可沒興趣。」尤駿搖頭道：「吳老弟，咱們這回沒捉到鄭寒卿的婆娘，回去定會受洪督主重罰，是麼？」吳剛道：「受罰和殺這女娃兒滅口，那是兩回事。怎麼？」

尤駿道：「老子幹這皇宮侍衛已有十個年頭，也幹得夠了。這回事情沒辦好，洪督主若來個殺人滅口，哼，輕一點的，給充軍邊疆，或是派去服侍公公們，我寧可死了乾淨。依我說，咱兄弟不如就此逃離京城，去往江南。我有個拜把兄弟，叫作陸老六，在蘇州專幹買賣人口的生意。憑這小女娃兒的貨色，咱兄弟帶去了蘇州青樓兜售，賣個幾百兩銀子都不止。咱兄弟拿了銀子，便在那出名的煙水小弄裡盡興玩樂一番，混上幾年，你說美不美？」

吳剛聽到這裡，也不禁怦然心動，說道：「虧你想得到！嘿嘿，蘇州妓院的風光，想必是美得很的。」這兩人都是光棍，在京城無家無眷，無牽無掛，當下興致勃勃地計議如何帶著含兒逃離京城。當日下午，吳尤二人取齊了盤纏，將含兒裝在一個大麻袋裡，連同幾袋其他什物，僱了一輛馬車，裝扮成商人，出京南下。

二人卻不知，這一走確實恰好保住了自己的性命。那提督東廠太監洪督主得知鄭寒卿的妻子帶著盜去的事物遠走高飛，驚怒交集，爲懲罰手下及保守祕密，次日便將前一夜所有參與追拿鄭寒卿的宮中侍衛和東廠太監盡數處死。吳尤二人失蹤數日，他派出親信四處探訪，都無消息，只道二人在混戰中被鄭寒卿殺死，棄屍郊野，便沒有再繼續追究。

這一路上，吳尤二人將含兒這棵搖錢樹看得緊緊地，晚上將她鎖在房中，白天趕路時便將她關在馬車裡。兩人想著要將她賣個好價錢，不好餓著了她，或損傷了她的面容，因此雖不耐煩看她哭個沒完沒了，最多口裡罵罵，倒也不敢拳腳相加。含兒一路上有吃有住，沒吃到太多苦頭，但離家愈遠，心中愈是驚怖絕望，知道即使能逃出這二人的魔掌，她一個小小女孩兒，身上沒有半文錢，又不識得路，絕對無法自行覓路回到京城。眼見前路茫茫，到了蘇州是如何光景，又怎能預料？她每想起爹爹媽媽，想起家中的種種，便悲從中來，淚流不止。

第三章　煙水小弄

不一日，吳尤二人帶著含兒來到了蘇州府。蘇州府乃是當時最繁華的城市之一，而又以城中的煙花街巷「煙水小弄」聞名大江南北。

尤駿去找了他的拜把兄弟陸老六，相見之下，好生歡喜。陸老六身為地頭蛇，便在二人下榻的客店擺下酒宴，替二人接風洗塵。尤駿告知他們帶了個女娃兒來想在本地兜售，陸老六微覺詫異，問道：「娃兒是什麼來頭？」

吳剛想吹噓乃是京城大家的小姐，尤駿卻精明些，為省麻煩，搶著道：「是京師城郊一戶農家的女娃兒。去年年成不好，家家戶戶都在賣娃兒。我兄弟運氣好，買了個上等貨色。你來瞧瞧便知道了。」當下領著陸老六來到房間。

陸老六見含兒一張臉蛋清秀絕俗，膚如凝脂，眼如點漆，頸長肩削，年紀雖幼，卻已是個美人胚子，不禁讚不絕口，說道：「果然好貨色！依我瞧，這娃兒的姿色可算是上上等。此地幾間青樓最愛這個年紀、姿色超群的女娃兒。我將她領去幾間大院子兜售，定然搶手得很！」

含兒見這人口販子一張麻皮臉，吊眼歪嘴，長得十分醜陋凶惡，心中不禁厭憎。又聽他口口聲聲稱讚自己姿色，更覺噁心，轉過頭去不肯看他，暗想：「我周含兒是大家閨秀，怎容你這壞蛋品頭論足？」至於「青樓」和「院子」是什麼所在，這些人要賣她去幹什麼勾當，她自是全然不知。

吳剛聽了陸老六的話，忙問道：「依陸六哥估量，大約能賣到多少銀子？」

陸老六又細細看了含兒的頭面手腳，拍胸脯道：「包在我身上！這等貨色，一千兩銀子都不難。」

吳剛和尤駿對望一眼，都是喜出望外。他二人本想賣個幾百兩銀子已十分滿意了，沒想到陸老六竟說能賣上千兩銀子。三人出房回到酒宴之上，吳尤二人想起拿到銀子後，便可在那煙水小弄盡興揮霍一番，皆是心癢難熬，忙向陸老六打聽煙水小弄的情況，哪家院子最好逛去，哪位姑娘最美貌風流。陸老六乃是當地最大的人口販子，與各家青樓自都熟識，當下如數家珍，口若懸河地說了起來：「嘿！兩位想尋歡買醉，可是來對了地方。咱蘇州別的沒有，多的是美酒美食美女。想那大江南北各大城鎮的煙花街巷，論姑娘的姿色、才藝、風情，全比不上咱蘇州城東的煙水小弄。近十年來，鍾愛玩賞脂粉、寄情風月的江南子弟們，無不聚集於這煙水小弄，流連忘返。」

吳尤二人愈聽愈喜，忙問究竟。陸老六道：「你且聽我道來。煙水小弄中三間最出名的院子，是爲『風月瀟湘』，即情風館、弄月樓和瀟湘小築，各有十多位出名的花娘，不只本地的嫖客趨之若鶩，連外來的訪客都莫不知曉『風月瀟湘』的名頭，說是蘇州不可不遊之地。就說那情風館的三大頭牌花娘，繡蓮、青竹、落英三位姑娘，嘖嘖，你要見到了她們，才知道什麼叫作天仙下凡！弄月樓的李飛霞、王小雲，瀟湘小築的張美娘、薛若雪，嘿嘿，當眞是一個比一個令人銷魂。你二人拿了這千兩銀子，便盡數花在這三間院子裡，保管你値，保管你有得樂的！」

吳尤二人聽得連舔嘴唇，巴不得明兒就將含兒賣了，拿著大把銀子往這三間院子撒去。陸老六復又吹噓，說這幾間院子的頭牌姑娘眼高於頂，自恃身分，非富商大賈的宴不去，非文人雅士的席不赴，非名門望族的會不與，尋常人更不輕易接見，但他陸老六與各家院子的交情非比尋常，自能代爲安排牽線云云。吳尤二人只聽得心神俱醉，當夜與陸老六飲酒笑談直到深夜，大醉方罷。

次日午後，陸老六便帶了吳尤二人，連同含兒一起去往煙水小弄。陸老六爲了顯出含兒貨色與眾不同，竟僱了乘小轎將她抬去，事先更將她好生打扮了一番，打算藉此哄抬價格。含兒坐在小轎之中，搖搖晃晃地來到煙水小弄，心中又驚又怕，忍不住又哭了起來。她早知道這些人打算將自己賣了，她自幼生長深閨，家教嚴格，年紀又小，這煙水小弄是作什麼的地方，她自是一頭霧水，連世上有青樓妓院這樣東西，她也是全不知曉。

過不多時，轎子轉進了一條小巷。含兒聽得轎外傳來悠揚宛轉的絲竹之音，以及隱隱約約的歌聲、談笑聲、招呼聲，鶯鶯瀝瀝，如夢似幻，極爲悅耳。含兒聽得出神，心中雖害怕，仍忍不住好奇，正想掀開帘子偷瞧一下外邊的景況，轎子忽然停了下來，但聽一個水一般柔膩的女子聲音在轎外響起：「哎喲，陸六爺，什麼風把你吹來咱們弄月樓啦？快快請進，這乘轎子裡坐的是什麼貴客啊？」

陸老六笑道：「快叫妳們孫嬤嬤出來，我有上等貨色給她瞧。」那女子呸一聲，態度頓轉，罵道：「還道你帶了客來呢，原來又是賣小姑娘！每回都說是上等貨色，鬼才信你！」陸老六陪笑道：「這回可是貨眞價實，童叟無欺。姊姊不信，自己瞧瞧便知。」

含兒只覺眼前一亮，但見一隻手掀起轎帘的一角，手腕上戴著一串串鑲金的、白銀的、翠玉的手環，發出叮叮噹噹的聲響。接著一個濃妝豔抹的女子探頭進來，向自己上上下下打量。含兒見她臉上白粉敷得厚厚的，遮住一張原本十分平凡的臉，倒是一身大紅衣裙乃是上好的滑面綢緞，剪裁得宜，袖口繡著精緻的淺粉色杜鵑花，襯著碧綠的葉兒，煞是搶眼。含兒見那衣衫好看，便想伸手去摸，但想起自己正被人當成商品叫賣，總算忍住，縮回手，低下頭，不敢再看她的臉，只聞到她身上濃郁的香氣。

那女子看了一會，又蹲下去捏含兒的腳，點了點頭，放下轎帘，說道：「確實不壞。我這便去叫孫嬤嬤。」過不多時，便有個頭髮花白，打扮得更加花俏妖冶的老女人掀開轎帘，皺眉癟嘴地看了含兒半晌，口中喃喃自語，之後便放下轎帘，粗聲粗氣地與陸老六講起價來。

含兒也聽得不十分明白，最後兩邊價錢談不攏，陸老六又讓人抬起轎子，去下一家兜售。這一家叫作憐香閣，主人潘嬤嬤說貨色很好，但憐香閣是間小院子，出不起高價。陸老六又帶著含兒去了三四家院子，都未曾談攏。

最後來到三大名院居首的情風館。陸老六和吳尤二人進了外廳坐下，陸老六對尤駿道：「這間情風館的館主名叫劉七娘，爲人爽快，出手更是豪闊。上回她去南方物色一個女娃兒，竟然一出手便是三千兩銀子。」

尤駿原本見他四處兜售，始終賣不出去，心中已開始著急，但聽他將最大的買主留在最後，才略略放心，低聲道：「這回定要賣出去了，價格便低一些也不打緊。」陸老六笑道：「你不懂得其中訣竅。要將小姑娘賣到高價，定要兩家大院子爭著叫價才成。剛才咱們兜了那麼多家，你不見麼？家家都有興趣。我跟你打賭，定有兩三家院子願意出頭競價。到那時啊，咱們便能趁機大撈一筆了。」

正議論時，卻見珠帘搖晃，一個小丫頭扶著一個麗人娉婷走出。但見這麗人約莫二十五六歲年紀，一身水綠紗衫，身材修長，一雙鳳眼水靈靈地，極爲艷媚。吳尤二人久住京城，名媛貴婦見過不少，卻從未見過這等讓人一望便發癡的麗色，都不禁瞧得呆了。那麗人向三人瞥了一眼，也不招呼行禮，逕自在椅上坐下了。

陸老六見到這麗人，甚是驚訝，連忙站起身來，趨前行禮，陪笑說道：「青竹姑娘！您老怎地得空，竟親自出來接見小的了！」

尤駿和吳剛只顧目瞪口呆地癡望那麗人的絕色姿容，如在夢中，但聽她便是情風館三大頭牌之一的青竹姑娘，都不禁暗讚：「昨夜聽陸老六說什麼天仙下凡，還道他是胡吹大氣。今日一見，才知這青竹姑娘當眞是天仙一般的人物！」

青竹鳳眼向陸老六一掃，又向吳尤二人望了一眼，嘴角露出一抹淺笑，頓時如芙蓉初綻，一室皆春。但聽她說道：「七娘正忙著，沒空見你。你有什麼話就快快說吧。」尤吳二人全副心神都掛在她的一顰一笑之上，此時聽她語音輕柔軟膩，勾人心魄，不禁全身酥麻，只盼能多聽她說幾句話。

陸老六道：「實不相瞞，我這回帶了個上上等的貨色來。還請青竹姑娘您來瞧上一眼，若看得順眼，待會給七娘說說？」

青竹雙眉一揚，臉上有如陡然罩了一層寒霜，站起身來冷然道：「陸老六，情風館的規矩，你又不是不清楚，咱從不曾向你這無恥的人口販子買小姑娘。你今兒竟敢上門兜售，是從哪兒借來的膽子吶？七娘若知道了，非亂棒將你打出去不可！這就給我滾吧！」

陸老六臉上通紅，不敢再提賣小姑娘之事，但若就這麼夾著尾巴逃走，未免太過丟臉，只得忙著找臺階下，瞥眼見到尤吳二人，便涎著臉笑道：「青竹姑娘，且讓小的給您介紹介紹。這兩位京城來的爺，乃是皇宮中的錦衣侍衛，官階七品，天子腳下，可神氣了。」

青竹對二人連正眼也不瞧一下，轉頭向小丫頭道：「丁香，送客。」說完便自回身進屋去了。

陸老六僵在當地，只得嘿嘿乾笑兩聲，說道：「這位青竹姑娘每日宴會總排得滿滿地，想必有事去忙啦。尤兄、吳兄，咱們走吧。」

第四章　情風館主

陸老六等剛出得情風館的大門，便聽門口一陣喧鬧，一個老婦在門外粗聲叫道：「陸老六！人我要了，一千五百兩！」

陸老六滿面喜色，連忙迎出門來，只見弄月樓的孫嬤嬤叉腰站在情風館門口，身後跟著七八個給弄月樓看門的打手，俗稱毛老虎的，來勢洶洶，顯是對買小姑娘志在必得。陸老六在情風館碰了一鼻子灰，正想出口氣，當即大聲笑道：「好極！好極！孫嬤嬤果然是識貨，出價如此爽快！」

孫嬤嬤瞪眼道：「你這王八蛋，到處兜售夠了沒有？你別想在我面前玩什麼花樣。我說要人，便是現在要，一手交錢，一手交貨！你敢再去找別人叫價，你瞧我怎樣整治你！」

陸老六還想再哄抬價格，尤駿卻已走上前來，大聲道：「好！就這個價格，賣了！」卻是他生怕夜長夢多，想早早脫手拿錢；加上他方才見到情風館青竹姑娘的姿色，早已魂飛天外，恨不能立即拿著銀子回進情風館，指名青竹相陪。吳剛也是一般的心思，忙道：「說得是，就一千五百兩，一手交錢，一手交貨！」

孫嬤嬤擺擺手，一個手下走上前來，手中拿著一張銀票。尤駿接過了，見上面用黑墨寫著「一千五百兩紋銀正」，其下蓋著利豐錢莊的朱紅大印。他將銀票拿給陸老六看，陸老六點頭道：「是利豐錢莊出的票子，沒問題。」當下便讓轎夫將轎子抬了過來，說道：「人在這兒，孫嬤嬤這就抬去吧。」

孫嬤嬤嘿了一聲，走到轎前，揮手讓轎夫都走開，喝道：「一個窯姐兒大搖大擺地坐轎子，成什麼樣子！快給我出來！」

那轎子卻毫無動靜。孫嬤嬤臉色一沉，喝道：「小娃子，妳現在已是我的人了，膽子倒不小，第一天便敢不聽嬤嬤的話！瞧我回頭怎麼整治妳！快給我滾出來！」

轎子仍是毫無動靜。

孫嬤嬤向陸老六望了一眼，慢慢走上前去，伸手掀開了轎帘。卻見轎椅上空空如也，含兒竟已不知去向。

眾人見含兒竟從轎中不翼而飛，不單孫嬤嬤驚怒交集，陸老六和尤吳二人都是大驚失色，一齊叫道：「咦！人呢？」

陸老六忙問那四個轎夫，轎夫瞪眼道：「你又沒叫我們守著，剛才我們去門房喝了杯茶，怎知道小姑娘跑哪兒去了？」

陸老六和尤吳三人大急，陸老六嚷嚷道：「定是跑進情風館裡面了。孫嬤嬤，您快叫手下跟我們一起進去搜！」

孫嬤嬤卻精明得很，心想他情風館是什麼地方，怎會輕易讓你進去搜，當下叫道：「搜是可以，你先將銀票還了來！」尤駿剛到手的一千五百兩銀票，怎肯就此交還？連忙將銀票往懷裡一塞，退後幾步，說道：「人很快就能找到的了，若眞找不到，我再還嬤嬤妳不遲。」

孫嬤嬤老眉一豎，揮手叫道：「去給我搶回了銀票！」身後一眾毛老虎一擁而上，叫罵著向尤駿衝去。吳尤二人曾任皇宮侍衛，位階雖低，更搭不上錦衣侍衛的邊兒，卻都是練過幾年功夫的，這些毛老虎胡打一氣，自然不是他二人的對手，不多時便被他二人打得七零八落。孫嬤嬤眼見打將不過，便發起潑來，向陸老六叫罵道：「陸老王八蛋，你是人不是？放任這兩個渾蛋騙我老太婆的錢，拿了錢不交貨，不是狗屎王八蛋是什麼！這麼作生意，你這龜毛以後還想在蘇州混麼？」

陸老六見情勢急轉直下，自己身為中間人，勢不能袖手旁觀，心想：「我若和弄月樓搞砸了關係，往後定要丟了不少生意。」當下上前叫道：「吳兄、尤兄，快快住手！聽老哥一句話，錢便先還了人家，我們去找回小娃子再收錢不遲。諒那小娃子也逃不去哪裡，我等分頭一找，不多久便抓回來了。兩位又何必心急？」

吳剛和尤駿聽他幫孫嬤嬤說話，心想自己二人是外地人，拿了錢後不外要花在這煙水小弄之中，若打架傷人，壞了名聲，結了冤家，也是不好，只得心不甘情不願地將銀票還給了孫嬤嬤。

便在此時，情風館門口走出一個婦人，身材嬌小，杏眼桃腮，約莫四十上下年紀，年華雖已老去，昔時風韻猶存。她雙手叉腰，向門口眾人環望一圈，眼神寒冷，目光如電，孫嬤嬤帶來的眾伴當被她的眼光掃到，都不禁往後退了幾步，陸老六更是嚇得低頭彎腰，不敢直視。

尤駿和吳剛甚覺古怪，正估量這婦人是什麼來頭，便聽她開口道：「孫老闆、陸老六，你們竟撒潑撒到我情風館門口來啦。當我情風館主劉七娘是死人不是？」她聲音柔媚嬌嗲，細聲細氣，但口氣咄咄逼人，竟自有一股懾人的威勢。

孫嬤嬤顯然不願得罪這情風館主，一翻白眼，搖手說道：「妳別急著罵人。這事與我無關，都是陸老王八搞出來的。妳問他好了。」說著望陸老六一指。

劉七娘一雙杏眼向陸老六瞪去，陸老六忙道：「七娘，您老別生氣！實在是……這個，是這樣的，我們剛才來貴館兜售一個小姑娘……」劉七娘雙眉一軒，喝道：「我警告過你這狗娘養的幾次了，不准你上我門來兜售小姑娘。你當我七娘說話是放屁麼？」

陸老六忙道：「不敢、不敢！」劉七娘道：「哼，青竹這娃兒就是對你太客氣了，你才有狗膽上我門來！」陸老六道：「是、是！」心想非得將事情說清楚了，便接下去道：「說起青竹姑娘，她正將我們請出門去，這廂孫嬤嬤便趕來了，說要買人。我們正一手交錢，一手交貨，才發現那小姑娘趁亂溜走了。七娘您想想，我們這轎子剛才便停在您門房裡，這小姑娘嘛，想必是躲進情風館裡去了。這筆生意不小，人是非找出來不可的。您說是不是，孫嬤嬤？」

孫嬤嬤卻不置可否，說道：「找出來當然好，我照價跟你買下。若是找不到呢，我們弄月樓也不是非要這娃兒不可。」陸老六見她不肯擔干係，心頭火起，那邊尤駿和吳剛已大聲嚷嚷起來：「搜、搜！當然要盡快搜出小姑娘來！」

劉七娘嘿了一聲，轉頭向二人打量，說道：「這兩位是外地人吧，可面生得很啊？」

吳剛大聲道：「我二人是京城來的錦衣侍衛，妳這情風館窩藏逃逸人口，干犯王法，該當何罪？趕快乖乖地讓我等進去搜上一搜，才放過了妳這婆娘！」

劉七娘冷笑道：「什麼錦衣侍衛，不過芝麻綠豆大的武官兒，可管不到我情風館頭上！你兩個是外地人，才敢在我劉七娘面前如此放肆。陸老六，你這兩位朋友說要搜我情風館，你是跟他們一道呢，還是各走各路？」

陸老六心中遲疑，暗想：「我若顯得太過害怕這婆娘，未免讓尤兄弟吳兄弟給看扁了。但要進去搜呢，這劉七娘是蘇州第一號潑辣人物，可惹不得。」當下說道：「七娘是講道理的人，自不會蓄意窩藏逃跑的小姑娘。您老若讓咱們進去看這麼一下，將逃走的娃兒抓回來，我們自是感激不盡。」

劉七娘呸了一聲，罵道：「我看你人模人樣，豈知說出來的盡是屁話。發你的清秋大夢！你當我情風館是什麼地方，能讓你這些渾人進來搜？說巧不巧，今兒晚上尚書府的九公子正在館裡休息，城裡的潘大少爺也正宴客。你有膽子倒進來搜搜看？」

陸老六知道這九公子和潘大少都是呼風喚雨的人物，也是情風館的常客，自己便有天大的膽子，也不敢太歲頭上動土，心中暗罵：「今兒眞是太過粗心，竟然沒盯緊那小娃兒。什麼地方不跑，卻跑進這情風館來！劉七娘不好對付，搜是搜不得的，但她向來不窩藏逃走的姑娘，倒也不怕她藏著不放人。」便道：「是、是。您老的爲人，大家都知道的，您老向來不收留別家院子逃走的姑娘。今晚我們是不敢說要搜了，煩請七娘幫著留心些，若在貴館中找到了這娃兒，便請將她交還給我等，我等感激不盡。」

劉七娘哼了一聲，說道：「自己的人不看管好，還要我幫你找人？你省省吧！不錯，我這兒從不收留別家的姑娘。你往後幾日在城裡慢慢尋找便是，那娃兒躲在哪兒都行，只絕對不在我情風館裡。好了，現在全給我滾！」

她最後這一聲暴喝，直如空中響雷，尤駿和吳剛聽了也不禁嚇了一跳，一干人匆匆從情風館門前散去了。劉七娘冷笑一聲，轉身回入門中。

卻說孫嬷嬷見劉七娘進去了，便搶上前扯住了陸老六的衣領，惡狠狠地道：「陸老王八，你給我聽好了！人我是要定了，你偷偷進去搜也好，守在人家門口也好，偷拐搶騙，總要將小姑娘給我弄了來，那一千五百兩銀子便少不了你的。聽清楚了沒有？」

陸老六知道孫嬷嬷的弄月樓和劉七娘的情風館乃是煙水小弄中最紅的兩家院子，多年來競爭得好不激烈。劉七娘手腕靈活，調教姑娘有方，情風館中新秀輩出，始終勝弄月樓一籌。這些年來孫嬷嬷一心想要壓過情風館，對於調教手下姑娘極爲著緊，這回見到含兒這般的好貨色，自是咬緊了不肯放手。尤其這回小姑娘在情風館裡跑丟了，她絕不願讓情風館得了便宜去，因此硬逼著陸老六交人。

陸老六大爲苦惱，忙與尤駿和吳剛商量對策。三人都覺得偷進情風館搜索太過冒險，便決定喚來陸老六的十多個手下，大家分頭守在情風館的前後門外。三人既知道劉七娘絕不會收留含兒，這女娃兒一被送出門，便可將她手到擒來。

第五章 青樓小廝

卻說那時含兒坐在轎子中，讓人抬來抬去地兜售，坐了一個下午，誰也沒想到要讓她出來透口氣，或出來解個手。到了情風館時，她已覺內急得厲害，在轎內坐立不安，卻又不敢出聲。最後轎子停在情風館內，她聽得轎夫走開去喝茶，陸老六等又去了外廳，離門房甚遠，便輕輕掀開轎帘的一角，往外看去。

此時已是夜幕低垂，含兒見轎子停在一個空院子裡，外面一片漆黑，只不遠處幾間房舍裡透出點點燈火。她心中害怕，不敢出轎，又覺得內急難忍，惶急之下，淚珠不自由主便滾了出來。

就在這時，忽然聽得腳步聲響，一人向著轎子走來。含兒趕忙放下轎帘，縮回椅上。但聽腳步聲來到轎前，轎帘掀處，一人探進頭來。黑暗中只見那人身形瘦小，似乎也是個孩子，手中提著一盞小油燈。那孩子看到她，咦了一聲，說道：「我沒眼花，轎裡果眞有個新娘子！」舉起油燈湊近她的臉，笑問：「小姑娘，妳哭什麼？」

幽黃的燈光之下，但見那孩子眉清目秀，容貌竟甚是俊美。含兒仔細瞧去，才看出那是個小男孩，約莫八九歲年紀。含兒很少遇見年齡相近的男孩子，不敢同他說話，低下頭，眼淚流得更急了。小男孩望了她一陣，作個鬼臉，說道：「這轎子裡烏漆抹黑的，有什麼好玩兒？妳跟我來，我帶妳去別的地方。」說著便握住她的手，將她拉出了轎子。含兒心中遲疑，但她力氣沒有那小男孩大，只好跟著他去。

男孩帶她走進院旁的一間空屋裡，將油燈放在屋中間的桌上。含兒抬頭望去，但見堂上供著一尊五尺來高，騎馬持刀的神像，長鬚垂胸，白眉紅眼，甚是古怪；神像旁邊還供了狐狸、黃鼬、刺蝟、蛇和老鼠等動物。她不知那神像便是青樓女子奉爲祖師爺的「白眉神」，這些動物則是青樓女子奉爲「五仙」的五種動物，只看得她又是驚異，又是害怕。

男孩兒指著一張椅子道：「妳坐。」含兒坐下了，滿心徬徨恐懼，生怕尤駿等人發現她已溜走，就將來追捕自己，又感到更加的內急，卻說不出口，紅著臉不斷掉淚。那男孩睜著一雙黑白分明的眼睛望著她，開口問道：「妳哭什麼？這裡比轎子裡舒服多了，妳不高興我請妳來這兒坐麼？」含兒搖了搖頭。男孩道：「妳怎麼不說話？」含兒低頭不語。

男孩不耐煩起來，說道：「妳是啞巴麼？」含兒搖搖頭。男孩哼了一聲，又問：「妳哭什麼？」含兒仍舊不說話。男孩別過頭去，生氣道：「老子沒空跟妳閒扯，妳愛說就說，不說拉倒。」見她仍緊閉著嘴，便又問了起來：「妳餓了麼？」含兒搖搖頭。男孩問：「病了麼？」含兒又搖搖頭。男孩連續問了一串問題，含兒都只顧搖頭，最後問到：「妳想拉尿？」含兒才不搖頭了。男孩哈哈大笑，說道：「原來小姑娘想拉尿！這還不容易？走，我帶妳去。」說著便領她走出房門，彎彎曲曲地在迴廊上走了一陣，來到一間茅房外。含兒聞到茅房的臭味，又急需解手，又害怕氣味，遲疑了一會，才終於進了茅房。

她出來時，見那男孩等在門外，一手在鼻子前來回搧動，似在笑她臭。含兒又羞又惱，轉過頭去。那男孩領她向原先那空屋走去，邊走邊問：「喂，我瞧妳不是咱館裡新招的小姑娘，跑來這兒作什麼？妳莫不是別家新買來的，逃出來躲在我們館裡？我娘一向不收留別家的女孩兒，我勸妳還是早點回去得好，省得待會挨妳嬷嬷一頓好打。」他回頭去看含兒，發現她並沒跟上自己，便停下步來，說道：「怎麼不走了？還想去茅房麼？」

含兒站在當地，低頭望著自己的鞋尖，不出一聲。

男孩仔細向她打量，注意到她衣著甚是講究，並不似新買來的小姑娘，心中愈發奇怪，問道：「小姑娘，妳到底是從哪兒來的？」

含兒哇一聲哭了出來，說道：「我……我被人捉了來，說要將我賣了。我想回家！」

男孩搖頭道：「我就知道妳是逃出來的。捉妳的人現在一定四處找妳，妳又不能老躲在我們院子裡不走。」含兒急得眼淚湧上眼眶，問道：「那……那我該怎麼辦？」

男孩一副事不關己的模樣，說道：「我怎知道？」回身走去，含兒只得跟上，不多時兩個孩子又回到原先那供著古怪神像的空屋。含兒想起吳尤二人凶狠的面貌，心中恐懼：「他們若發現我不見了，定會大大生氣。可我既然逃了出來，又怎能回去轎中，乖乖讓他們將我賣掉？我能逃去哪裡？我該怎麼辦？」

男孩不知從何處取出幾碟點心，放在桌上，說道：「來，嚐嚐咱情風館出名的小點心兒。這是入口即化桂花糕，這是濃情蜜意蓮蓉酥，那綠色的是風情萬種豌豆糰，紅色的是山盟海誓棗泥餅。妳吃一些吧，吃完便快快出去，免得他們進來搜妳，將妳橫拖直曳地拉出去，那就不好看了。」

含兒聽那些點心的名字好聽，樣子又極為精巧好看，肚子也真餓了，正想伸手去拿來吃，但聽得他最後幾句話，心中一驚，忍不住又哭了出來。男孩過來拍拍她的背，說道：「別哭啦。妳這麼愛哭，往後怎能在這煙水小弄混下去？」含兒聽他口氣溫柔，更忍不住大哭起來，說道：「我要回家，我想爹爹媽媽！」

男孩兒歎息道：「這可沒法子。妳家在哪裡？聽妳口音，像是北方來的。」含兒道：「我家在京城。」男孩兒道：「咱蘇州離北京城有幾千里路，妳自己是回不去的，不如死了這條心吧。」

含兒早知如此，聽他說出，更加淚流不止，哭道：「爹爹媽媽一定想我想得好苦。他們想必派了人在京城到處找我，卻想不到壞人會帶我來到這麼遠的地方。爹爹他……他就我一個女兒，平日最疼我了，怎想得到這兩個壞人會在深夜裡跑進我家花園，將我抓走？」

男孩奇道：「什麼人這麼大膽，不在荒涼偏僻或人多處拐人，卻在半夜闖到妳家去抓人？莫不是強盜？」含兒搖頭道：「他們不是強盜，是皇宮裡的侍衛。其實他們根本抓錯了人，發現之後本要殺我滅口的，後來才改變主意，將我帶來這兒賣掉。」她想起那夜的情景，便滔滔說起家中的情況，以及自己被擄走的前後。但鄭寒卿託付轉交事物、瑞大娘帶著女兒逃走等情事，因鄭寒卿警告她不可向任何人透露，她便沒有說出。

男孩兒側頭望著她，一邊吃點心，一邊聆聽，最後問道：「妳爹爹是什麼人？」含兒道：「我爹爹名叫周明道，現任禮部尚書兼華蓋殿大學士。」她父親受封未久，受封時家裡著實熱鬧了一番，因此她小小年紀，父親的官銜卻記得很清楚。男孩兒笑道：「什麼上書下書，花兒蓋兒的？大學士，是大官兒麼？」含兒點頭道：「是，他是作大官的。」

男孩兒向她上下打量了一番，嗤的一笑，說道：「我才不信呢，妳這小娃兒哪是什麼官家小姐了？」當時被賣入青樓的女孩兒多是農家或貧戶出身，父母窮得無法過活了，才不得不鬻賣女兒，有些被偷拐來的則是中等人家出身，似含兒這般官宦人家的千金小姐而被拐賣，確是極爲少見。

含兒聽他懷疑自己的身世，又急又怒，說道：「我沒有騙你，我幹麼要騙你？」

男孩兒不置可否，抓起盤裡剩下的點心，包在一塊手帕裡，遞過去給她，說道：「不管妳是千金小姐，還是窮人家的女兒，到了這煙水小弄，就再也出不去啦。這點心送給妳吃，這就出去吧。」

含兒這一路上懷了一肚子的辛酸，尤駿、吳剛和陸老六只將她當成個商品看待，或乾脆當成一堆銀子，話都不跟她多說一句。好不容易遇見這個小男孩，至少將她當個人，願意聽她說話，忍不住便將滿腔的苦楚都傾訴了出來。她原本知道這小男孩大不了自己幾歲，如何也幫不了自己，但此時向他吐了一堆苦水，他卻對自己毫不同情，只管趕她出門，不禁極爲傷心氣惱，也不接點心，站起身便往門外走去。

男孩卻上前拉住了她的手，說道：「慢著，我還沒問妳的名字呢。」含兒一甩手，惱道：「你不是好人，我不跟你說！」男孩兒笑道：「瞧妳這大小姐脾氣，搞不好眞是位官家千金小姐。我是不是好人，還難說得很呢。這樣吧，妳叫我三聲好哥哥，我就送妳回家去。」

含兒一呆，說道：「你送我回家？你識得路麼？」男孩兒道：「我從來沒離開過蘇州，怎會識得路？」

第六章 冤家路窄

含兒一蹙眉，正要發話，忽聽門外一人大聲道：「七娘有令，大家聽好了！說是陸老六的一個小姑娘走失在我們館裡，七娘叫大家留心些著，快快找著了人，將她送了出去。」一個僕婦接口道：「是了，今夜潘大少宴客，可別擾到了客人。」接著腳步聲響，便有人四處搜尋。

含兒聽了，登時臉色煞白，手足無措。男孩向她作個噤聲的手勢，過去掀開神壇桌帘，往下一指，低聲道：「快躲進去。」含兒趕緊鑽進神壇桌下。不多時，便聽見門呀的一聲開了，一個婦人的聲音道：「咦，阿觀，你獨個兒在這裡作什麼？」

男孩道：「娘讓我來上香點燈，辦完了就坐著吃點東西。洪嬸，外邊吵吵嚷嚷的作什麼呀？」那洪嬸道：「說是走失了一個小姑娘，讓人四處找找。」男孩道：「是麼？我在這兒坐了一頓飯時分了，沒見到什麼小姑娘。」洪嬸道：「我原說小姑娘多半早跑出去了，他們非要搜。搜就搜唄，又何必弄得這般驚天動地？」男孩道：「是啊，可辛苦妳啦。」洪嬸又埋怨了兩句，便出去了。

含兒躲在桌下，屏住氣息，不敢稍動。男孩兒待那洪嬸去遠了，過來掀開桌帘，向她望去，悠哉地笑道：「怎麼，妳叫不叫好哥哥呀？」

含兒此時無依無靠，這小男孩又助她躲過一時，但她惱怒他不信自己的家世，又憤恨他毫無同情之心，一副趁人之危、幸災樂禍的模樣，心中傲氣頓起，搖頭道：「我不叫！你送我出去便是了。我死也不要你幫忙！」

男孩望著她，口中嘖嘖兩聲，說道：「好大的脾氣！我還道妳是個軟趴趴的小娘兒，沒點用處，原來竟這麼有骨氣。我娘見到了一定喜歡。好吧！妳想出去，我便送妳出去。」說著從桌上抓起那包點心，吹熄油燈，也往供桌下鑽去，說道：「跟我來。」

含兒奇道：「去哪裡？」男孩兒道：「妳一個逃人，難道想從大門大搖大擺地出去麼？陸老六這老賊手段厲害，一定早讓人守在門口，妳一踏出情風館的門檻，他們立刻便將妳抓住了。我帶妳走邊門，那些渾蛋不知道的。」

含兒半信半疑，跟著他向供桌後爬去。但見桌後牆上有扇鬆動的活門，男孩探頭出去看了一會，便領著含兒從活門中鑽出。迎面便是一扇紅色大理石雕屏風，屏風後傳來笙歌笑語之聲，聽來總有十多人在屏風後的廳堂中宴飲。男孩作手勢讓含兒別發出聲響，領著她小心翼翼地沿著屏風走出一段，穿過一道門，經過一段窄窄的迴廊，迴廊盡頭便是一道向下的階梯。兩人走出二十餘階，轉了好幾個彎，左曲右迴地走了一陣，才來到一扇小門前。

男孩道：「就是這兒了。」推開門，往外一指。

含兒遲疑不前，但見外面一片漆黑，也不知是什麼地方，更不敢跨出門去。男孩兒笑道：「妳膽子太小，看到暗處就怕了。好吧，我先出去。」當先往下一跳，原來那門並非直通地面，離地約有五尺來高。男孩跳出去後，回過身來，說道：「妳跳下來，我接住妳。」含兒往下一跳，男孩伸臂接住了她，但腳下不穩，往後退了幾步，兩人一起摔倒在地。

含兒正要站起，男孩卻拉住了她，說道：「噓！」但聽腳步聲響，兩個人快步走近，正大聲爭論。一人粗聲道：「我早懷疑你那結拜兄弟有問題。他在這煙水小弄人情熟透，怎可能讓小姑娘逃跑了？這怎能不是他搞的鬼？」另一人道：「陸老六雖奸詐，對我可不會使出這種手段。再說，賣了小姑娘，他也有好處。」前一人道：「哼，你答應了他什麼好處，我怎麼不知道？」後一人道：「他作人口販子的，自然要抽頭。這頭卻不是向我們抽，而是向買主抽。」前一人道：「抽多少？」後一人道：「聽他說是兩成。」前一人嘿一聲，說道：「這麼多！咱們的一千五百兩可要分幾成給他不要？」後一人道：「這我不清楚。我原想今夜向他問清楚的，誰曉得碰到這等鳥事，到手的銀票竟然飛了！」

含兒此時已然看清楚，自己處身於一條極窄的小巷之中，說話的二人正是吳剛和尤駿。二人一邊說著，一邊向著男孩和含兒走來。含兒心中怦怦亂跳，他們再走幾步，便要踩到二人身上。男孩抱著她伏在地下不動，心中念頭急轉：「這兩個渾蛋，想來就是那兩個京城侍衛了。怎地如此倒楣，恰好碰上他們？卻要怎樣騙走他們才好？」伸手在地下亂摸，摸了一手泥巴，擦在自己臉上，又擦在含兒臉上，接著將含兒的頭髮亂撥一氣。含兒不知他在作什麼，忍不住啊的一聲叫了出來。

吳尤二人聽到聲音，快步奔上前來，吳剛喝道：「什麼人？」

男孩已拉著含兒，一跛一拐地迎上前去，嘶啞著聲音叫道：「大老爺，行行好！我和我小弟已經兩天沒吃飯了，請你施捨幾錢銀子吧！」說著伸手去扯吳剛的衣袖，直將他衣袖抹得都是泥巴。

吳剛罵道：「小乞丐，快滾一邊去！」揮手打去，正打在男孩臉上。男孩撲地倒了，滾得滿身泥塵，狼狽萬狀地爬起身，將含兒拉在自己身後，說道：「小弟，這兩位爺好狠的心，不但不肯施捨，還出手打人。我們快走吧！」說著推著含兒直往窄巷的另一端走去。

吳尤二人在暗中未能看清含兒的容貌，但聽那男孩口口聲聲叫他小弟，一時也未起疑，只道是兩個無家可歸的小乞丐，躲在這陋巷中過夜。兩人舉步又往前走，尤駿忽然想起一事，回頭叫道：「喂，小乞丐，你回來。」

男孩一驚，停步回頭，含含糊糊地道：「幹麼？」尤駿走上前來，男孩生怕含兒被他認出，忙推了含兒一把，讓她先走，自己擋在巷子中間。尤駿走上前來，問道：「你是本地人吧？你可知道這情風館除了前後門之外，還有沒有其他出口？」

男孩裝傻道：「情風館，什麼情風館？你是說差館麼？」尤駿指著巷子旁邊的高牆道：「就是這間妓院了。」男孩道：「這是間妓院麼？我可不知道。妓院是作什麼的？」

吳剛走上前道：「這是個傻子，問他也沒用的。走吧。」尤駿正要回頭，忽然注意到男孩的衣著雖骯髒，卻並不破爛，絕不像個小乞丐，心中起疑，伸手去抓他的肩頭，喝道：「你不是乞丐！你是作什麼的？快說！」

小男孩身手卻甚滑溜，一矮身便逃了開去，腳下用力一踩，地上一塊木板陡然彈起，正打在尤駿的胯下。尤駿慘叫一聲，怒罵道：「混小子，你找死！」男孩早已轉身快奔，追上含兒，叫道：「快走！」推著含兒往前急奔。

尤吳二人一邊喝罵，一邊快步追上。來到巷口時，兩個小孩卻已失去影蹤。吳尤二人左右張望，但見左首通向河道，右首通向大街。尤駿眼尖，隱約看到河岸上有人影移動，叫道：「在那裡！」二人連忙追上前去。奔到岸邊，卻見一艘小舟正往河道上游駛去，一個瘦小的身影站在船頭，手中拿著篙子撐船。這時月明星稀，吳尤二人看清撐船的正是窄巷中遇見的男孩，船上另坐著一個孩子，瞧模樣就是含兒。吳剛大叫：「女娃在船上！快追！」

小舟行駛不快，吳尤二人奔出十多步便追上了。吳剛見那河道甚窄，小舟離岸邊不遠，便提氣一跳，往小舟撲去。那男孩卻早料到他會跳上小舟，手中篙子用力一撐，舟頭一轉，吳剛沒了落腳處，登時撲通一聲跌入水中。他是北方人，不識水性，急得哇哇大叫，頓時喝了好幾口水。

男孩早將小舟撐開，在舟上哈哈大笑，說道：「淹死你這北方佬！」

尤駿也不識水性，不敢跳下相救，危急中在岸邊胡亂摸起一段繩子，拋入水中讓吳剛抓住，手忙腳亂地將他拉了上來。吳剛全身濕淋淋地，上岸後一邊嘔水，一邊咒罵。兩人各自吃了那男孩的苦頭，心中大恨，放眼見男孩的船已去遠了，便一齊大步沿著河岸追趕上去。

吳尤二人奔出數十步後，河道忽然轉爲寬闊，河面上停泊了數十艘舟子，燈火閃耀，一時也分不清哪一艘是那小男孩的。此處正是煙水小弄之後的河道，各家院子臨河處都有個小小的塢子，停滿了舟船，有些嫖客便是駕船而來。吳尤二人沒了主意，對望一眼，抽出刀來，沿著河道一艘艘搜去。舟夫船客們見兩人凶神惡煞地揮刀上船搜索，都大呼小叫，有的操起蘇州土話亂罵一通，有的呼爹喚娘地求饒。

兩人搜了一陣，也沒見到那小男孩的船，都是又急又怒。尤駿道：「抓不到小男孩也罷了，女娃兒卻一定要抓回來。」吳剛道：「女娃兒值一千五百兩銀子，怎能不抓回來？那賊小子也不能放過了，不狠打他一頓，老子不能出心頭之氣！」

兩人沿著河道走去，迎面便是一座小拱橋。兩人走到橋上，放眼向河道上游下游張望，都未見到可疑的船隻。吳剛大罵道：「混小子，手腳這般快，卻跑去了哪裡？」尤駿道：「這小賊十分滑溜。他看來像是本地人，一個小小孩童，諒他也跑不出這蘇州城。等天明了，我們在這河道附近好好搜上一搜，總能揪出兩個娃子。」吳剛心中急怒，叫道：「他奶奶的！咱們從京城出來，一路順利，怎知竟在這小小的蘇州城中栽了筋斗，被一個小頑童耍了！」

尤駿嘿了一聲，說道：「那小賊不知是何來頭，爲何要帶著女娃娃逃跑？莫非他是受人所僱，要將女娃兒另行賣掉？那姓孫的婆娘奸滑無比，說不定便是她差遣人來幹的。明日咱們捉到了那小賊，可要好好問個清楚。」吳剛大聲道：「誰敢阻止老子財路，老子非幹掉他不可！哼，老子只想早早拿到銀子，讓情風館的青竹姑娘陪老子過夜，他媽的好好享受一番。」

說起青竹，兩人都色心大動，言語便污穢了起來。說了一陣，仍不見兩個孩子的蹤影，兩人別無長策，便決定去找陸老六商量，舉步離開。

卻不知男孩的小舟便正停泊在那小拱橋之下。橋下陰暗，正是最好的躲藏之處。男孩蹲在船頭，伸手輕輕捂著含兒的口，抬頭往上，聆聽二人說話。待得二人腳步聲遠去，男孩才放開含兒，微笑道：「兩個渾蛋走啦。怎麼，好不好玩呀？」

含兒噓了一口氣，一顆心仍怦怦然跳得極快。她見男孩滿臉調皮的神氣，似乎全不著緊，將剛才的驚險當作是在玩兒一般，只覺這男孩處處透著古怪，瞪著他不答。

男孩兒又道：「妳不覺得好玩，那也罷了。我剛才救了妳一次，算不算好人？妳可以告訴我尊姓大名了吧？」

含兒微一遲疑，說道：「我叫含兒。」

男孩兒側頭道：「周含兒麼？這名字也不怎麼好聽。我以爲大家小姐都是叫什麼鶯鶯、瑞蘭、少鸞的。」含兒並不知道這些女子乃是當時流行戲曲《西廂記》、《拜月亭》、《芻梅香》中的人物，聽他說自己名字不好聽，便惱道：「你的名字又有什麼好聽了？」男孩兒笑道：「我的名字可好聽了。我姓郝，名叫歌戈。這第一個歌乃是唱歌的歌，第二個戈乃是干戈的戈。」

含兒聽了甚奇，說道：「郝歌戈？這名字倒奇怪。」男孩兒道：「有什麼奇怪？妳多念幾次便順口了。」含兒念道：「郝歌戈，郝歌戈，郝歌戈。」男孩兒拍手大笑道：「乖妹妹！」

含兒這才醒悟，原來他是在消遣自己，不禁又羞又惱，叫道：「好啊，你使詐騙人！」男孩笑道：「妳既然叫了我三聲好哥哥，我該叫還妳三聲好妹妹才是。好妹妹，好妹妹，好妹妹！」含兒怒道：「誰是你的妹妹？不准叫我妹妹。」

男孩笑嘻嘻地道：「很多人想要我叫她妹子，我還不肯呢。那我叫妳含兒妹妹便是。」含兒仍舊不依，說道：「你該叫我周姑娘。」男孩兒哈哈大笑，說道：「妳跟我擺官小姐架子麼？那我可不陪妳玩了，這就回家去啦。」

含兒登時急了，說道：「不，你別走。我……我一個人在這裡怎麼辦？」

男孩抬頭向天，悠哉地道：「我要陪，只陪我的含兒妹子，周大小姐可恕不奉陪了。」含兒只好道：「好吧，隨便你叫我什麼，別走就是。」

男孩拍拍衣服上的泥塵，站起身來，拿起篙子開始撐船，說道：「咱們得快走啦，待會陸老六他們追來，可就沒那麼容易走脫了。」

含兒點了點頭，想起一事，問道：「你到底叫什麼名字？」

男孩笑道：「妳的好哥哥行不改姓，坐不改名，姓趙名觀的便是。」含兒口中輕輕念了兩聲趙觀，心想：「這名字倒不難聽。」

正想時，男孩已將船撐到一個河道叉口。卻聽腳步聲響，右首河道上奔來一群人，含兒驚道：「是來追我的麼？」趙觀趕緊將船撐到岸邊，與六七艘小舟泊在一起，作手勢要含兒伏下，自己探頭去看。只見一群黑衣人沿著河道快步奔來，各持刀劍，總有十來人，悄沒聲息地圍住了河道邊上的糧運哨站。

趙觀低聲向含兒道：「不是陸老六的手下。那些渾蛋不會這麼快就到。」

那哨站是間小小的木屋，趙觀知道這等哨站在運河邊上每隔十里便有一個，日夜有官兵駐守。蘇州府一帶的運河向來平靜，在這哨站駐守的五名官兵領的是份閒差，此時全在蒙頭大睡。黑衣人相互作個暗號，忽然一齊破門而入，提刀便砍。官兵們紛紛醒覺，驚喝道：「什麼人？」「大膽賊子！」「啊喲我的媽！」屋內傳來三兩下刀劍相交之聲，官兵們驚慌混亂，如何抵禦得了，不多時便都沒了聲息。

黑衣人中一個蒼老的聲音道：「都解決了麼？」幾個人回答道：「是。」老者道：「脫了他們衣服，屍體裝在袋子裡，沉入江中。照原定計畫，你們幾個穿上了官兵的衣服，在此等候。等下運糧船來了，便混上船去，別露出痕跡，到了揚州府再動手。」接著便見人抬著五只布袋走到岸邊，將布袋一一投入江中，水花濺起，距離趙觀和含兒的小舟不到十丈。趙觀和含兒伏在舟底，大氣不敢透一口。

眾黑衣人辦完事後，便快步離去。就在此時，又聽得腳步聲響，一群人打著火把鬧哄哄地衝上前來。黑衣人一齊停步，互相望望，甚是驚疑。那為首的老者低聲道：「來者不知是敵是友，且莫發難，待我探問。」朗聲道：「來者何人？夤夜之時，來此何事？」

新來的那群人見到黑衣人，也是一愣，一齊停步，當先一人上前拱手道：「在下蘇州陸老六，作的人口買賣生意，人稱『蘇州老陸』的便是。請問諸位是哪一路的朋友？」

老者嘿一聲，說道：「老夫江南幫郎華。」陸老六驚道：「原來是江南幫三頭目之一，人稱『破碑神掌』的郎爺！失敬失敬。小的時時聽聞貴幫的名聲，好生敬仰，卻從未有幸見過幫中人物。今夜眞不知是走了什麼運，竟有幸見到郎老英雄的金面！想當年郎老英雄一掌擊斃太湖幫主，單身挑了太湖幫，武功蓋世，名震江湖。小的今日見了郎老英雄，熊腰虎背，精神矍爍，老當益壯，眞乃名不虛傳！小的三生有幸，三生有幸！」他語氣大變，這串話說得又恭敬又諂媚，更帶著七分恐懼。要知這江南幫乃是長江以南勢力最大的黑道幫會之一，陸老六不過是個小小的人口販子，雖也算是黑道人物，但在道上地位極低，自得盡力巴結這江南幫的頭目。

郎華聽著他的諛辭，只嘿嘿兩聲，問道：「不知陸六爺帶著大批手下來此，所爲何事？」

陸老六道：「實不相瞞，小的買來的一個小女娃今夜逃跑了，剛才有人見到她躲在河道之旁，這筆生意不小，因此小的率領手下前來擒捕。」郎華道：「我倒沒有見到什麼小女娃，想來不在附近。」陸老六道：「是、是。」卻不願就此離去。

便在此時，但聽水聲響動，眾人一齊轉頭望去，暗夜中但見河道中一個巨大的黑影緩緩移近，看仔細了，卻是一艘大船，船上打著青色三角旗幟。其後又跟著兩艘，一共三艘，都停靠在哨站旁邊。除了含兒和吳尤三個外地人，其餘人都認得這是運送漕糧的運糧船，船上的三角旗幟便是糧運大幫青幫的標幟。

郎華臉色微變，拱手說道：「陸老六，我見今夜月色好，帶兄弟出來喝酒散步，也沒什麼大事。這就告辭了。」又低聲道：「你在此見到我的事，一句也不可洩漏，不然小心狗命！」陸老六聽他口氣嚴厲，只嚇得臉色蒼白，連連點頭，低聲道：「小的明白、小的明白。郎老英雄好走。」郎華率領手下匆匆離去，隱沒在黑暗中。

第七章　頑童戲賊

陸老六見郎華等走了，噓了一口氣。吳剛問道：「那些人是幹什麼的，這麼囂張？」陸老六忙道：「吳兄不可亂說。那是江南幫中的人物，可惹不得的！他幫中人人武功高強，剛才沒將咱們全都殺了，算我們走運。」吳剛罵道：「他媽的，哪有這麼蠻橫的？老子可不怕他。」

陸老六不願多生事端，向手下喝道：「還呆在這裡作什麼，快去搜索！」他帶來的二十多名手下便分散了在岸邊舟上四處搜尋，尤駿和吳剛也跟著到處尋找。眾人尋了一陣，忽聽水聲響動，一人叫道：「看！那舟子有些古怪。」卻見河道中央一艘小舟正向下游漂去。陸老六和手下一齊奔去查看，吳剛也跟了去。尤駿卻心中起疑，留在岸邊不動，向河道中細望。

趙觀當時見到江南幫和陸老六兩幫人遇上了，心中只盼兩邊大打出手，自己和含兒便可趁亂走脫。沒想到郎華就此離去，陸老六等四散搜索，情勢危急。他轉頭望向青幫大船，靈機一動，心想：「只能冒險了！」當即悄悄將小舟移近一艘運糧船，輕聲對含兒道：「咱們躲到大船上。」眼見小舟已駛到大船的陰影之下，他取出小刀，割斷了鄰近一艘舟子的繩子，伸手一推，讓那舟子隨波漂去。當陸老六等跑去追那小舟時，趙觀趕緊抱起含兒，讓她伸手勾著大船的船邊，將她推上了大船。含兒滾倒在甲板上，正爬起身想去船邊拉起趙觀，便聽一人喝道：「賊小子，原來躲在這兒！」

出聲的正是尤駿。他留在岸邊，隱約見到一艘小舟上有人影移動，便奔近細看。他不會撐舟，也不想重蹈吳剛的覆轍跌入水中，便展開輕功，只踏上河道中繫住了的舟船，穩穩地奔過了五六艘船，來到趙觀的舟上。尤駿見舟中只有那男孩一人，便伸手抓住了他的衣領，喝道：「小女娃呢？」

趙觀無處可躲，登時便被他抓住，心中暗罵：「這禿頭渾蛋倒聰明，沒跟他們一起去追那舟。」口裡說道：「什麼小女娃？」尤駿揮手便打了他一巴掌，怒道：「渾小子，還跟我裝傻？」趙觀被他打得眼前金星亂冒，罵道：「死臭賊，爛王八，大欺小，眞狗熊！」

尤駿剛才在窄巷中，胯下被這小賊所踩彈起的木板打中，猶自疼痛，不禁心頭火起，一抬腿，正踢在趙觀小腹。趙觀吃痛，大叫一聲，口裡仍罵個不停。尤駿道：「你不肯說，我活活打死你！」趙觀罵道：「賊廝鳥，直娘賊，我操你十八代祖宗！」尤駿大怒，對他拳打腳踢，狠打了一頓。不料這男孩年紀雖小，脾氣卻是極硬，在他毒打之下，仍舊罵個不停，就是不肯說出含兒的所在。

尤駿打了一會，也沒轍了，總不成就此打死了他？當下又踢了他一腳，恐嚇道：「你再不說，我割下你的耳朵，剁下你的手指頭。你說是不說？」

趙觀伸手抹去嘴角邊的血跡，忽然哈哈一笑。尤駿不禁一呆，這男孩當此情境，竟然還笑得出來，罵道：「小渾蛋，笑什麼？」

趙觀心想含兒便在一旁的大船之上，距離甚近，她只要一探頭出來，便會被尤駿看到，心想：「須得趕快騙他走遠一點，女娃才安全。」說道：「我笑你蠢。我若說出那小女娃在哪裡，你便一定要去找她的了，是麼？」尤駿道：「廢話！還不快說？」趙觀指著河面道：「那你快去吧！那小女娃知道自己逃不出你們的魔掌，哭了一陣，便跳河淹死啦。你要找她，就跳進河道裡慢慢去找吧。」

尤駿半信半疑，說道：「她好端端的怎會去跳河？」趙觀道：「我怎知道？大約她聽說你們要將她賣去院子，不肯作姑娘，一時想不開，就跳入河裡一命嗚呼了。」

尤駿手一緊，拉著他的衣領將他提起，說道：「你這小子說話不盡不實。小渾蛋，你是什麼人？爲什麼要幫那女娃逃走？」

趙觀心想陸老六和他手下一旦發現那小舟上無人，轉眼就會回來，這北方佬不識得自己，其他人卻都是本地人，自會認出他是情風館的小廝趙觀，心中念頭急轉，說道：「不瞞你說，我是弄月樓的小廝，叫作小牛的便是。孫嬷嬷給了我三錢銀子，要我將小姑娘帶去了弄月樓。你瞧，那塢子不就是弄月樓的後門麼？我撐著舟子剛從那兒出來，誰想到就被你給逮住了。」

尤駿原本便懷疑他是孫嬤嬤派出來的人，聽他這麼說，登時便信了，說道：「小子，你老實說，小姑娘是不是已經送去了弄月樓？孫老婆子叫你說謊，騙我說小姑娘跳河自盡了，是不是？」趙觀裝出驚異的表情，順著他道：「咦，你怎麼知道的？當眞是料事如神。你既然猜到了，我也就不騙你了。你要找小姑娘，便去弄月樓找孫嬤嬤，可別說是我告訴你的，不然我那三錢銀子就拿不到手了。」

尤駿嘿了一聲，抬頭望向岸邊，正想提聲呼喚陸老六等，趙觀卻道：「且慢！孫嬤嬤精明得很，早將小女娃藏去你們找不到的地方啦。你們一群人跑去弄月樓質問，她來個死不認帳，你也沒法子。」尤駿問道：「她將女娃藏去了何處？」趙觀道：「這地方祕密得很，連陸老六都不知道的。你若給我三錢銀子，我就帶你去。」尤駿聽他要錢，心想這等街坊小廝，只要有錢就肯辦事，便道：「沒問題，我便給你三錢銀子。」

趙觀裝出歡喜的模樣，說道：「你說話可要算數。但你別叫上其他人，我只帶你一個人去，你若叫了大夥，我就不帶你去了。」尤駿道：「這卻是爲何？」趙觀道：「若帶了一大群人，孫嬤嬤定會知道是我洩的密。若只帶你一人，你自己去偷偷劫出了女娃，再去向孫嬤嬤質問，她就不能賴帳了。」

尤駿正猶豫，卻聽趙觀自言自語道：「這女娃有什麼好了，竟能値一千五百兩銀子？這麼多銀子，若花在情風館，也夠你玩一個月了。但若你哥兒倆分著用，便只能玩上半個月，半個月不過十五個晚上，那可怎麼夠啊？」

尤駿聽了，心中不禁一動。他原本心眼甚多，當初逃離京城便是他的主意，順手拉了吳剛壯膽；之後也靠了吳剛幫手，才順利將含兒一路帶來蘇州。但他與吳剛交情原本只是泛泛，逃路時同舟共濟，現在事情將成，所謂「可共患難，不可共安樂」，他本已開始嫌棄吳剛，起心想將他撇下。此時聽了趙觀這麼說，更是惡心頓起，暗想：「我大可對姓吳的謊稱小女娃死了，暗中跟陸兄弟講好，讓他照舊賣了小女娃，錢分給他二成，他哪有不願意的，但吳剛又怎會如此好騙？」

趙觀望見他的臉色，猜知他的心意，說道：「你悄悄地不要出聲，我這就帶你去找女娃兒，誰也不會知道的。到時你便告訴那姓吳的，說女娃跳河自殺了，河邊有許多人都看見的。陸老六是你結拜兄弟，自會幫你圓謊。你再讓陸老六出面，將女娃賣去南京秦淮河畔的名院，價錢只有比弄月樓出得更高。你拿了錢，便跟那姓吳的分道揚鑣。過得一陣，再回來這煙水小弄盡情玩樂，豈不是天衣無縫？就算姓吳的發現你回到煙水小弄，問你錢從何來，你就說是在賭場贏來的，再給幾個本地人幾錢銀子幫你作證，更是一乾二淨，不留痕跡。」

尤駿聽他設想周到，不禁被他說得心動。這時岸邊陸老六和吳剛等已紛紛回來，他便不出聲呼喚，低聲道：「小子，就聽你的。快帶我去找女娃兒，可別玩什麼花樣。」

趙觀道：「你願意給我三錢銀子，我當然不玩花樣。」又道：「我要撐船啦，你還不放開我？」尤駿便放開了他的衣領，說道：「動作快些！」

趙觀拿起篙子，將船撐到對岸，轉進了一條窄窄的水巷。水巷兩邊都是白牆黑瓦的矮屋，整潔樸素，正是聞名天下的蘇州民居。每家向著河巷都有水門，水門旁停著三三兩兩的小舟。趙觀將舟子左彎右拐地撐了一陣，盡在那水巷中旋繞，尤駿不多時便完全失了方向。他心中起疑，問道：「還沒到麼？」

趙觀道：「就快到了。喂，你幫我瞧瞧，那邊那條巷子的盡頭，可是一間小廟？」尤駿探頭去看，果見遠處似有幾點紅色的燈火，說道：「好像是的。」

趙觀道：「你可看仔細了？沒弄錯麼？」尤駿睜目望去，說道：「門前有隻大香爐，沒錯，確實是間廟宇。」發覺舟子停止不進，問道：「就在這兒了麼？」一回頭，才驚覺舟中只剩他一人，男孩竟已不知去向。

尤駿大怒，站起身四處張望，但見水巷中一片漆黑，兩邊的民居寂靜無聲，哪裡有男孩的身影？他想伸手拿篙子，卻見那篙子竟自漂浮在數丈之外，自是被男孩故意扔入了水中。尤駿又急又怒，暗罵這小男孩奸滑無比，明明只是個八九歲年紀、手無縛雞之力的小童，竟有本事將自己玩弄於股掌之上。他一籌莫展，只能站在舟中跺腳。

第八章　青幫糧船

趙觀自幼生長在蘇州，對附近的水巷自是極爲熟悉。他將尤駿騙入九曲十八拐的水巷之中，自己便趁機跳上岸，從瓦屋間的窄巷中溜走了。他奔回煙水小弄後的河道，見陸老六等都已散去，便悄悄跳入一艘小舟，撐到青幫大船之旁，沿著船繩攀上了大船。他蹲在甲板上，低聲喚道：「含兒，妳在哪裡？是我趙觀。」

角落處一個黑影奔上前來，說道：「我在這裡。你沒事麼？」趙觀笑道：「妳的好哥哥沒事。那禿頭渾蛋已被我騙走啦。」

月光下含兒見他鼻青目腫，被打得甚慘，不禁流下眼淚。她方才眼見趙觀身受毒打而堅不肯透露自己的所在，心中對他萬分感激，只覺他是世上最好的人，自己便叫他一百聲好哥哥也不夠補償，泣道：「你爲什麼要對我這麼好？」

趙觀笑道：「因爲妳是我的親親乖妹子，我自然要對妳好啦。」含兒見他嘴角破裂，說話時牽動嘴角，似乎甚是疼痛，哭道：「你別說話啦，我替你擦擦臉。」拿出手帕，輕輕替他擦去臉上血跡。但見他一張俊臉被打得青一塊紫一塊，好不心疼，一邊擦一邊流眼淚。

趙觀剛才被尤駿狠打一頓，初時還沒知覺，現在才感到全身無處不疼，罵道：「他媽的賊廝鳥，我總有一日要討回這頓打！」他見含兒哭得傷心，笑道：「痛的是我又不是妳，妳哭什麼？」從懷中掏出一個小手帕包，打開了，裡面正是從情風館帶出來的點心，說道：「妳剛才沒心情吃，現在可餓了吧？」

含兒果眞餓壞了，拿起一塊蓮蓉酥來吃了一口，說道：「你怎麼不吃？」趙觀道：「妳我不分彼此。妳看我挨打，心疼流淚；我看妳吃東西，肚子也就飽了。」含兒聽他胡說八道，也不禁笑了。

趙觀望著她吃點心，忽道：「一年多前，有個弄月樓的小姑娘受不了折磨，晚上偷偷逃走了。後來她被捉回去，被孫嬤嬤打了個半死。這小姑娘我見過的，長得很白淨漂亮，跟妳差不多年紀。孫嬤嬤是出名的嚴厲，對手下姑娘最是心狠手辣。那小姑娘被捉回去後不到一個月，便上吊自殺了。」說著歎了口氣。

含兒自見到這趙觀以來，便聽他油嘴滑舌，滿口笑謔，這是第一回聽他正正經經地說話。她心中省悟：「原來他拚命救我，是怕我會跟那小姑娘一樣下場。」心中感動，問道：「那孫嬤嬤爲什麼要對小姑娘這麼凶？」趙觀道：「她要小姑娘學習怎樣接客，小姑娘不聽話，不能幫她賺錢，她就又打又罵。」含兒又問：「什麼是接客？就是接待客人麼？」

趙觀生長在妓院，自然清楚妓院的勾當，但他年紀還小，對男女之事也並非十分明白，見她不懂，也不知該如何解釋，便道：「這種事情，妳還是別知道得好。總之那孫嬤嬤眼中只有金錢，對手下姑娘全不當人看待。客人只要肯付錢，要求什麼她都答應。」

含兒聽了，雖不大明白，也能想知那是十分可怕的事。她呆想了一陣，問道：「你家是叫作情風館吧？你們那兒又是如何？」趙觀眼睛一亮，說道：「我們情風館自然不同。我娘便是情風館主劉七娘，她最照顧愛惜手下的姑娘了。姑娘們若不願見什麼客，她總有辦法保護她們，不讓她們受到半點欺侮委屈。我們院子在蘇州當紅了這許多年，號稱江南第一名院，可不是浪得虛名。」言下甚是驕傲。

含兒悠然道：「我要能去你們那兒就好了。」趙觀一笑，說道：「咦，怎麼，周大小姐不想回家了麼？」含兒一愣，說道：「我當然想回家。但我……我怎樣才能回家？」趙觀道：「我有個主意。這運糧船就要北上進京繳納白糧，不如我們便躲在這船上，跟著到京城去。」含兒大喜，拍手說道：「好極、好極！」

趙觀見她歡喜，微微一笑，心中卻知道事情不會這麼容易。這運糧船乃是青幫的船隻，運糧之務極爲嚴謹，怎能容他兩個孩童搭順風船？但他此時只覺頭痛欲裂，心想明兒再想辦法不遲，便閉上眼睛，靠在甲板上昏昏沉沉地睡了過去。含兒坐在他旁邊，心中想著不久便可以回到家中，滿心喜悅，不多時便也睡著了。

次日天還未明，含兒便被趙觀搖醒，迷迷糊糊中但聽趙觀道：「要開船了，我們得快躲起來！」拉著她矮身奔到艙門口，鑽進船艙。但見艙裡滿滿的都是麻袋，袋袋相接，幾無空隙。趙觀拉著含兒從麻袋之間硬擠過去，來到艙後，在一只麻袋上找到一塊勉強可以容身的空處。趙觀用力推開了幾只麻袋，又搬過兩只較小的麻袋擋在入口，這空處便如一個小房室般，剛夠兩個孩子並肩而坐。艙中極爲氣悶，趙觀低聲道：「現在天色還早，妳再睡一會兒吧。等下我出去給妳偷早餐來吃。」含兒點了點頭，但心中害怕，再也睡不著了。

天色初明，便聽甲板上有人大聲呼喝，叫拔錨啓程。船身緩緩移動，沿著河道駛去。趙觀和含兒從板壁的縫隙望出去，但見另兩艘大船也拔錨揚帆，向前移動，接著前後左右又多出了其他的大船，竟有數十艘之多，每艘都滿載著大包的麻袋。含兒從未見過這般情景，甚覺新奇。

此時春暖三月，正是白糧開幫起運的時節。明朝中葉後，漕糧皆由軍隊專責運送至京城，而唯有由江南蘇州、松江、常州、嘉興和湖州五府輸納的「白糧」是由民間運送。所謂白糧，即是這五府中的一州二十四縣所生產的白熟粳米和白熟糯米等優質品種，專供宮廷、宗人府和京師百官享用，被稱爲「上供玉食」。每年五府需輸納的白糧約爲二十萬石，各州縣收齊糧米之後，船隊便各自成幫，一齊開航，稱爲「開幫起運」。這一路沿漕河北上，三千餘里的航程，途中洪閘淺溜、風浪河災、土豪劫掠，不乏各般艱難險阻，各船隊爲了互相支援照顧，組成了所謂的「船幫」，乃是一個民間祕密幫會，稱爲「青幫」（注）。之後明朝漕運日趨廢弛，青幫也開始非法承攬官方的漕運，六個「有漕省份」，即南直隸、浙江、江西、湖廣、河南和山東的漕糧，很多都是由青幫的船隻和幫眾冒官承運，甚至一部份自山東至天津的海運（稱爲遮洋運）也由青幫的海船承運。因此青幫幫眾廣布，勢力龐大，在嘉靖年間已有數萬幫眾，乃是當時最大的祕密幫會。

蘇州府乃是江南首屈一指的富庶之地，白糧負擔亦重，每年需向京師輸納五萬餘石。此時從蘇州府開出的船隊共有一百一十七艘，浩浩蕩蕩，極爲壯觀。趙觀自懂事起，每年都來運河邊上看糧船開幫起運，領幫的青幫頭目站在領航大船的船首之上，揮著青色大旗，一聲令下，百餘艘大船紛紛張帆啓行，好不威風。船隊七月抵京，繳交白糧之後，便承載各色各樣的北方貨物南下，於十月中旬紛紛回返蘇州。那時總有盛大的市集，買賣北貨，傳道消息，熱鬧非凡。

趙觀常聽跟船漢子們說起船隊離開蘇州後的種種新鮮見聞，甚覺嚮往。這回湊巧上了糧船，他倒也遂了夙願，得以離開蘇州去開開眼界，心下甚是高興。

卻說糧船離開蘇州之後，最初一段路甚是平靜，船隊沿著大運河航行，經滸墅關、望亭，來到無錫，當夜便在無錫停泊。趙觀伺機溜出船去，偷了一些燒餅回來，與含兒兩個悄悄吃了。他還順手取了一對無錫泥娃娃，帶回來給含兒玩。含兒歡喜極了，整夜把玩，愛不釋手。晚上兩人便靠在麻袋上睡了。

次日船又開航，午間到達常州府。趙觀正想出去張羅午餐，卻聽艙門響動，一個水手進來巡察，正撞見了他，一呆之下，大叫起來：「有人躲在船上！」這麼一嚷嚷，又奔來好幾個水手，趙觀和含兒無處可逃，登時被眾水手七手八腳給抓了起來，押到甲板上去，來到一個頭包青布的漢子面前，看來像是這船上的首領。押著含兒的高大水手道：「甘總部，這兩個孩子躲在船艙中，該如何處置？」

那甘總部還未回答，押著趙觀的矮小水手粗聲道：「按幫中規定，閒雜人等闖上青幫糧船，格殺勿論！這兩個雖是孩子，也不能放過。」高大水手遲疑道：「這兩個娃兒不過

注：所謂「青幫」或「漕幫」，實際上是在清朝雍正年間才成立的幫會。當時清政府爲了加強漕運，懸榜招賢，將漕運事下放民間，民間因而有了以承攬漕運爲中心的組織，稱爲「漕幫」。因幫眾用青布包頭，也稱爲「青幫」。這幫會在雍正之前應是不存在的。明朝中葉以後，六省的四百萬石漕糧全由專職的國家軍隊運送，稱爲「運軍」；唯有數量較少的二十萬石「白糧」始終由民間運送。至於明朝時運送白糧的船隊是否有結爲幫派，此幫派曾否插手軍隊專運的漕糧，則史無可考，應出於小說家的編造。

八九歲，多半一時貪玩跑上船來，不似有所圖謀。我等豈可濫殺無辜？」矮小水手搖頭道：「你可記得去年常州蔣老大的船被水鬼弄翻，五千石的白糧就此淹沒，搞鬼的正是個十五歲的少年！壇主大發雷霆，那筆債至今還沒賠完，我等怎可大意？」說著望向甘總部。

甘總部顯然較爲聽信這矮小水手，點頭道：「兩個娃兒形跡可疑，說不定便是對頭派來的臥底。運糧大事，半點輕忽不得。你們今夜將人作了，沉入運河便是。」趙觀和含兒對望一眼，心中驚恐交集。那高大水手心中不忍，說道：「人命關天，我瞧還是該先向田領幫報告了，再作計較。」

便在此時，卻聽外邊銅鑼聲響，噹噹、噹噹噹、噹噹，正是召集各船總部的訊號。甘總部站起身道：「這點芝麻小事，怎能去煩擾田領幫？快將他們押去後艙，仔細關了起來。」

兩個水手應了，便將趙觀和含兒提出前艙。趙觀從高大水手口中聽出一線生機，情急之下，放聲大叫：「田領幫救命！田領幫救命！殺人啦！救命啊！」提他的矮小水手忙捂住了他的嘴。此時銅鑼剛響過，各船的總部都紛紛上岸聚會，他這聲叫喊許多人都聽見了，紛紛回頭張望。岸上眾船總部當中，爲首的是個身形極其魁梧的大漢。那大漢聽到孩童的尖叫聲，轉頭望去，正見到兩個漢子手中各提著一個孩童，匆匆跑進後艙，便揚聲問道：「甘總部，怎麼回事？」這人聲音宏亮，從岸邊傳來，猶自震得人耳鼓嗡嗡作響。眾目睽睽之下，甘總部甚覺窘迫，回道：「啓稟田領幫，沒什麼大事。兩個頑童跑上我船，被手下搜出了，我自會處理。」那大漢田領幫道：「你打算怎麼處理？」甘總部道：「依幫規處置。」田領幫嗯了一聲，說道：「且不忙。聚會完後，將人帶上我的船，我來處置。」甘總部只得應了。

午時之後，趙觀和含兒被帶上最大的一條船，來到那大漢田領幫面前。他身邊站站坐坐，另有十多人，想來都是各大船的總部。趙觀手腳被綁，坐在地上，抬頭向田領幫打量去，但見他高大得出奇，坐著猶似常人站著那麼高，筋肉盤結，一身粗布衣衫，腰間掛刀，濃眉大眼，形貌甚是威武。趙觀心中動念：「這人看來像是個爽快耿直的漢子，我瞧他絕不會下手殺死兩個孩子。」

但聽田領幫開口道：「小娃子，你叫什麼名字？從哪裡來？爲何偷上我青幫糧船？」聲音宏亮，語氣嚴厲。

趙觀從容答道：「我姓趙，單名一個觀字。我是蘇州人，偷上你船是爲了送這小姑娘回家。這小姑娘是京師周大學士的小姐，被惡人拐賣到蘇州煙水小弄。我路見不平，拔刀相助，幫她逃出了人口販子的魔掌，打算搭順風船，送她回京城去。」

田領幫見他毫不畏懼，口齒清晰，所說更是鮮聞奇談，心中甚奇，轉頭問含兒道：「他這話可眞？」含兒點頭道：「他說的都是眞的。」

田領幫低頭向趙觀打量，但見他面容俊美，滿臉機靈的神氣，一時不知該不該相信他，又該如何處置這兩個孩童。他沉吟道：「我們吃江湖飯的人，幫規嚴謹，你所作雖是義舉，但你偷上我們的糧船，乃是死罪一條。該當如何處置，我也不能違反幫規。」

趙觀聽他口氣鬆動，心想：「這人看來頗重道義，心中並不想殺我。但要他當著眾人的面饒我一命，非得讓這些人都心服口服不可。」當下大著膽子說道：「這樣吧，你是走江湖的人，我也是走江湖的人。我便跟你打個賭，賭贏了，我向你討我和小姑娘的命，並請你准許我搭你的船送她回去京師。輸了，我小命一條，你拿去便是！」

田領幫更覺稀奇，這小孩不過八九歲年紀，當此情境，竟然並不驚慌哭泣，跪地求饒，還說出這麼一番話來，一派江湖口吻，可又絲毫不似會武功的模樣。他問道：「你要賭什麼？」

趙觀道：「就賭我能在水底待得比你久。」此言一出，艙中眾人都哄笑起來。一人道：「小娃子，你可知田領幫的外號是什麼？」另一人道：「田忠大哥號稱『蛟龍刀』，水下功夫最是要得。你什麼不好比，卻跟他比水底功夫？」

豈知趙觀卻笑道：「你們可知道我的外號叫什麼？」眾大漢沒想到這小孩兒也有外號，都是大奇，問道：「叫什麼？」趙觀道：「我外號叫作『水底魚』。你蛟龍還得不時探出水面透氣，我水底魚可是一輩子住在水中，更不用露出水面。」

眾人聽了，都不相信，慫恿道：「田領幫水底的本事從未輸給人，不如便跟這小孩兒比上一比，讓他知道厲害！」「田領幫，給他點顏色瞧瞧！別讓個小孩兒看低了咱們青幫。」

田領幫見這小孩誇口，心中將信將疑，但畢竟不信一個孩子的水底功夫能勝過自己，當下說道：「好！我便跟你賭了。來人，解開了他的束縛。」眾總部都想瞧這熱鬧，高聲叫好，一個漢子便過來替趙觀解開手腳束縛。

趙觀活動手腳，臉露微笑，神色自若。周含兒在旁看了，只擔心得臉色發白。趙觀向她一笑，轉身向田領幫道：「田領幫，下水之前，我還有個小小請求。」

田領幫問道：「怎麼？」趙觀道：「我想喝一袋酒。」眾漢子都笑了，說道：「小小孩童，喝什麼酒？」趙觀瞪眼道：「我趙觀喝酒可是有名的。你們若有膽量，不妨來跟我賭酒，我的贏面可比賭什麼水底功夫要高上十倍不止。」眾人都大笑不信。

田領幫道：「好，拿酒來！」便有人拿過一袋烈酒。青幫中人都是粗魯漢子，終日在日頭下糧船上揮汗賣力，喝酒自是喝烈酒。

趙觀接過了，哈哈一笑，拔去酒塞，仰頭便喝，咕嚕咕嚕，竟眞喝下了小半袋。他抹抹嘴巴，將酒袋遞過去給田領幫，說道：「田領幫，我敬你！」田領幫見他喝酒爽快，便接過了，也仰頭喝了一大口。趙觀輪流敬船中其他總部，每次都仰頭喝上一大口，不多久便將一袋酒喝完了，讚道：「好酒！」他抹抹嘴巴，提著空酒袋子來到船弦邊上，向田領幫道：「咱們這就開始麼？」

田領幫眼見這小孩兒舉止特異，不敢怠慢，解下腰刀，脫去上衣，束緊腰帶，向身邊總部交代道：「你們這兒都是見證。我和這位小兄弟打賭，誰在水裡待得久，誰便贏了。誰先探出頭來，便算輸了。你們數到三，我們便一起下水。」眾人興高采烈地應了。其他船上的水手聽說了，也紛紛擠到船邊一睹好戲。

眾目睽睽之下，各總部水手齊聲數至三，田領幫和趙觀便一齊從船邊跳入水中。河水黑沉沉地，眾人只隱約見到兩人的身形在水底下沉浮，高聲喝采，爲田領幫加油，河面上一片喧鬧。

過了許久，兩人都沒有探頭出來。眾人更是興奮，呼聲愈高。含兒也伏在船弦邊上觀看，心中又是擔心，又是緊張，暗暗禱念：「希望趙觀能贏，希望趙觀能贏！」但她心想趙觀不過是個小小孩童，水底功夫怎能勝得過那船幫首領？兩眼直望著水面，咬緊嘴唇，一顆心跳得如同打鼓一般。

又過了許久，忽聽喀喇一聲，一人從水面探出頭來，竟是田領幫，大口呼氣。旁觀眾人大驚失色，都大叫起來，惋歎不已。過不多時，趙觀也從水中探出頭來，臉色蒼白，大聲嗆氣，似乎喝到了水。田領幫伸手抓住了他，拉著他泅到船旁，水手們忙將二人拉上船去。

趙觀跪伏在船板上，不斷嘔水，模樣極爲狼狽。周含兒搶到他身邊，急叫道：「趙觀！趙觀！你沒事麼？」趙觀臉色蒼白如紙，卻笑了起來，抬頭望向田領幫，一邊嘔水，一邊喘息，一邊斷斷續續地道：「我……我可……贏了吧！」

田領幫凝望著他，點頭道：「不錯，小兄弟，我認輸了。我田忠說話算話，我不殺你，並准許你和小姑娘搭我的船，送她回京城去！」

此言一出，旁觀眾總部水手都驚奇不已，交頭接耳，議論紛紛，卻沒有一個不服氣的。周含兒大喜，伸手抱住趙觀，忍不住放聲哭了出來。

經過這場賭試之後，領幫田忠對趙觀好生敬佩看重，與他兄弟相稱，並讓兩個孩童住在自己的艙房隔壁，好吃好住。周含兒死裡逃生，對趙觀道：「那時可擔心死我啦。沒想到你水底功夫竟這麼了得！」趙觀只是微笑不答。

第九章　小姐歸宿

這日船隊將近揚州，趙觀跟著田忠站在船頭，忽然心中感到一陣不安，說道：「田大哥，咱們快到揚州了麼？」田忠道：「明日應能到達。」趙觀凝思一陣，忽然問道：「江南幫跟你們青幫有仇麼？」田忠一呆，說道：「小兄弟何出此問？」

趙觀道：「我在蘇州時，湊巧偷看到有個叫作郎華的，是什麼江南幫的三頭目，他將哨站裡的官兵殺了，換上官兵的服色，說要混上你們的船，穩著別露出痕跡，到了揚州府再動手。」他記心甚好，那夜聽到郎華等的言語，便記在心中，此時他見田忠一路對自己極好，覺得必得讓他知道，便說了出來。

田忠聞言大驚，說道：「當眞？我立刻就去查查！」果不其然，在田忠暗中查訪之下，當夜便揪出了混入船上的奸細。這些人假扮成官兵，隨船而行，船上其他人竟全無留心。田忠又連忙聯絡附近青幫幫眾，齊來協助抵禦，才阻遏了江南幫的劫糧陰謀。

事後田忠回想起其中驚險，不禁背上冷汗淋漓，心想：「若非趙小兄弟的消息，險些便要出大事！」不禁慶幸自己當時饒了這孩子沒殺，對他只有更加敬重禮遇。趙觀和周含兒一路坐青幫的糧船北上，吃喝遊玩、觀賞風景，這一程竟走得極為順暢愜意。

不一日，田忠所領船隊順利到達京城。將要下船之前，趙觀與田忠道別，忽道：「大哥，這一路上你對我好生照顧，我對你也不能隱瞞欺騙。那時我跟你打賭比試水裡功夫，小勝一籌，其實全靠了作弊。」

田忠一呆，說道：「什麼作弊？」趙觀道：「我那時故意向你討酒喝，喝完後將空的酒袋子裝滿空氣，帶入水中，藉著袋中空氣在水中呼吸，才能在水裡待得比你久。」

田忠聽了，哈哈大笑，說道：「小兄弟好聰明！」拍拍他的肩膀，說道：「你原本不必讓我知道，卻仍舊說出實情，足見你光明磊落。再說，若不是你，我也絕難拆穿江南幫的計謀。老哥哥欠你良多，又哪會在意這點小事？」

趙觀笑道：「我當你是朋友，因此不能騙你。不說出來，我往後心裡都會不舒服。」田忠甚是感動，說道：「趙小兄弟，我從沒見過像你這樣的孩子。等你大一些後，若有意加入我青幫，我田忠一定極力向香主推薦引進。」趙觀一笑，說道：「那我先多謝大哥了。」心中卻想：「我最怕吃苦，你們年年運糧入京這等苦差事，我可是幹不來的。」

趙觀與田忠道別後，便帶著周含兒下船入城。他向人詢問，得知周府位在城南，便租了輛馬車，陪同含兒來到周家大宅門外。趙觀見那府第極為宏偉壯觀，他這輩子哪裡見過這等京城大官的宅府，不禁嘖嘖稱奇，向含兒道：「沒想到妳還眞是位大官人家的千金小姐，這一路上可沒騙我。好啦，周大小姐，妳這不是回到家了麼？」

含兒望見久違不見的家門，如在夢中，忍不住喜極而泣，忽然拉起趙觀的手，說道：

「你跟我一起回家，好麼？」

趙觀卻搖了搖頭，他無心去見含兒的父母，隨口道：「青幫的船就要起錨了，我可不能讓田大哥等我。」含兒心中極爲不捨，說道：「趙觀哥哥，你別走，好麼？」趙觀笑道：「啊喲，周大小姐難道想留我下來，在你們府裡當差，供妳使喚麼？」

周含兒一呆，說道：「我不是這個意思。我只想爹爹媽媽見你，向你道謝。」趙觀搖了搖頭，神色嚴肅，說道：「我不要妳爹媽向我道謝，也不要妳向我道謝。我只要妳一輩子記著我的好處。」周含兒見他說得正經，凝望著他，也正色道：「我答應你。」

趙觀卻哈哈大笑，說道：「我跟妳開玩笑的。周大小姐，再見啦！」回身便走，轉眼消失在街角。

含兒自那夜在後院被尤駿和吳剛二人擄走，到此時重回家門，已有大半年的時光。周明道夫婦在京城中遍尋愛女不獲，原已不存希望，此時見她竟平安歸來，都是喜出望外。父親抱著她涕淚縱橫，母親連忙上香叩謝菩薩。父母問起她失蹤和回家的經過，含兒一一說了。周明道聽說她是被兩個皇宮侍衛擄走的，連忙通知好友京城楊提督，讓他下令通緝捉捕尤吳二人。含兒父母得知千里迢迢護送她從蘇州回到京城的，竟是個年僅八九歲的妓院老闆的兒子，都甚覺不可思議。周母乃是虔誠的佛徒，認爲小男孩定是觀音菩薩派出的使者，專爲保護含兒而化身下凡；周父則猜想這必是江湖奇人，多半因練特異功夫而使外貌有如孩童，實際應已是成人。

含兒卻知道趙觀並非什麼菩薩使者或江湖異人，趙觀便是趙觀。那天夜裡，含兒躺在閨床上，擁著錦緞暖被，想著趙觀又輕蔑又調皮的笑容，又精靈又愛捉弄人的眼神，又俊美又可厭的表情，和這一路上與他相處的種種情景，心頭一陣溫暖，嘴角露出微笑，良久才沉入夢鄉。

那時含兒自然不知，她能在溫暖的被窩裡安睡的日子已經不多了。兩年後的一個冬夜，一群官兵打著火把衝入她家，不由分說，便將周明道五花大綁押走了。含兒和她母親兩個嚇得臉色蒼白，六神無主。她問母親：「他們爲什麼抓走了爹爹？」周夫人只是搖頭流淚，說道：「娘也不知啊。」

過了幾日，含兒跟著母親去牢裡探望爹爹，順便送些衣物進去。她看到平時雍容華貴的父親身穿囚衣，坐在污穢腥臭的地牢裡，身上滿是受刑後的傷痕血跡，只嚇得淚流不止。她爹爹已不大能說話，嘶啞著聲音對夫人說周家將大禍臨頭，要她趕快帶女兒遠走避禍，又要含兒乖乖聽娘的話。第二日，城中便傳出要抄周家的消息，周夫人記著老爺的吩咐，流淚匆匆收拾了家中金銀，帶著女兒連夜投奔鄰近的親戚。含兒跟著母親奔波跋涉，連著投靠十多家近親好友，百般求懇，都被拒於門外。那年冬天特別嚴寒，母女倆流落鄉野，無處可依，最後來到了幾百里外的高郵，找到周老爺的表弟李叔叔家裡。李叔叔心中不忍，收留了她們，爲怕被人發現，便讓她們住在後院的馬棚裡。

周夫人和女兒在李家住了幾日，便傳來周老爺在獄中受酷刑慘死的消息。周夫人聞訊痛哭不止，幾度昏厥，不斷叫道：「老爺啊，我竟再也見不到你一面了！」馬房寒冷，她精神大受打擊，再也抵受不住，不久便染上了寒病，拖了半個月便去世了。周含兒一月間雙親俱亡，她年方十歲，自幼嬌貴，遭此大變，每日除了哭泣，什麼也不會。

李叔叔聽說官府追查得緊，爲怕受株連，心想：「我冒險收留她母女在此過冬，已足夠義氣了。現在周大嫂死去，這個女兒又不能繼承他周家香火，養大了也沒什麼用處。若是收留她，只怕我家亦有滅門之禍。」便聯絡人口販子，將她輾轉賣去了蘇州煙水小弄的天香閣。

天香閣的夏嬤嬤先派人來看過，見含兒是可造之材，和李家講定了價錢，便遣人來將她接去。那時是春末夏初，含兒跟著天香閣的石阿姨離開高郵，來到蘇州，直趨煙水小弄。她二度來此，情境已是天壤之別：這時她已無家可歸，自也沒有人能領她離開小弄，送她回家；她不再是千金小姐，而是個賣斷身契的窯姐兒。院子裡的日子自不好過，鴇母夏嬤嬤凶狠嚴厲，手下姑娘往往一點不從她意，便是打罵兼施。含兒來到天香閣後，沒有一日吃得飽足，沒有一夜睡得安穩。幾千個日子過去了，她從女娃兒長成了姑娘；幾千個夜晚下來，她的眼淚也早已流乾了。

許多年以後，周含兒才終於熬出頭來，成爲天香閣的頭牌花娘。她自然無法逆料，那年她被惡人劫持來到蘇州，險些被賣，是否早預言了此生將落入風塵的命運？

含兒年紀大些後，才明白自己家破人亡的因由。那時她爹爹的一位好友在京中觸犯了奸相嚴嵩，嚴嵩把持朝政多年，權勢熏天，對所有異己趕盡殺絕。她父親因受到好友牽連，才被捕下獄，慘死牢中。含兒心中痛恨，但她一個流落風塵的孤弱女子，能保住一條性命已屬僥倖了，還有什麼可說的？

然而她心中對這場橫禍還有一個傻念頭：或許自己遭此厄運，乃是因爲她沒遵從那個黑衣人的囑咐，因粗心而未將那封重要的信交到瑞大娘和寶兒手中？黑衣人死去之後，是否眞變成了惡鬼來詛咒自己？她不知道，只感到十分的懺悔和過意不去。她將那封信小心保存，期待瑞大娘和寶兒有一日會來向她收取；她幻想著或許到了那一天，自己就能贖清罪愆，脫離風塵中的苦難日子。

除了那信之外，另一件她隱祕懷藏的事物，則是一方手帕。當年趙觀曾用這方手帕包起情風館的小點心給她吃，雖然粗糙陳舊，她卻珍若性命。

她初來到煙水小弄時，也曾向人打聽情風館和趙觀的消息，驚聞情風館在年前不幸遇上祝融之災，被大火燒成了平地，館內的姑娘和伴當全燒死了，小廝趙觀也在其中。周含兒心中悲痛，曾偷偷來到燒毀的情風館旁，獻上一束鮮花，默默禱祝，灑淚祭告那個曾經冒險帶她回家，卻永遠不會再出現的男孩兒。

第十章　替天行道

卻說那時趙觀送了含兒回家，離開周家大宅，想起自己這一路北上玩得十分盡興，並順利護送含兒回到幾千里外的京城家中，心中甚覺得意，邊走邊吹起口哨。走不多遠，忽見兩人迎面走來，一邊一個，伸手將他挾持住。趙觀一怔，想躲避已然不及，卻見那兩人好面熟，正是曾在蘇州打過交道的尤駿和吳剛兩個皇宮侍衛。

兩人將他架到小胡同深處，往地上一摜，惡狠狠地瞪著他，尤駿冷笑道：「渾小子，你好啊！」吳剛按捺不住心中怒氣，伸腿便往他身上踹去，口裡罵道：「小雜種，小渾蛋，你跟我們有何冤仇，幹麼要阻了我們這筆財路？」

趙觀吃痛，滾倒在地。他在京城人生地不熟，唯一相識的田忠遠在運河口的糧船上，此刻落入這兩個對頭手中，眼看一頓好打是逃不過了。這兩人惱怒之下，便打死了自己也不稀奇。他抱頭縮在牆腳，心中念頭急轉，一時卻想不出脫身的法子，身上又被踢了好幾腳，疼痛難忍。

便在此時，兩人的拳腳忽然停下了，但聽尤駿喝道：「什麼人？」趙觀甚奇，偷眼望去，卻見一個白髮老婦站在胡同口，冷然望著尤駿和吳剛二人。

吳剛也回過頭，望見那老婦，跨上一步，伸手去推她，喝道：「看什麼？還不快滾一邊去！」不料他伸出的手還未碰到老婦，便忽然大吼一聲，縮回手來，好似被熱油炙傷了一般，接著翻身滾倒在地，全身發抖，口吐白沫。尤駿一呆，拔出刀來，喝道：「何方好友？報上名來！」老婦冷笑道：「誰是你好友？」左手一揮，尤駿忽然如一根木頭般直挺挺地仰天摔倒在地，似乎全身僵硬，動彈不得。

趙觀驚奇已極，忙爬起身，定睛看去，卻見那老婦眼中閃爍著狡獪的光芒，向自己眨了眨眼睛。趙觀登時想起一人，揉揉眼睛，只覺難以相信。

卻聽那老婦粗聲罵道：「下三濫的狗侍衛，今日要叫你吃點苦頭！」從懷中取出一支通體碧綠的竹管，約有一尺長短，她將竹管的一頭指向地上的尤駿，尤駿尖聲慘叫起來，淒厲已極，直如鬼哭神號。老婦伸腳踩上他的咽喉，尤駿便再叫不出聲來，只有喉頭發出咿呀之聲。老婦收回腳，手中竹管隨意揮動，尤駿如同被一束無形的絲線纏住一般，如何滾動掙扎，都逃不過那竹管的掌握。她又如法炮製吳剛，吳剛面目扭曲，臉色發青，狀極痛苦。

老婦森然道：「你們兩個抓了女娃去賣，不是好人，但罪不至死。我折磨你們兩下便夠，自有人來收拾你們。」說著撤回竹管。尤駿和吳剛如釋重負，全身如癱瘓了一般，只能躺在地上喘息。

老婦抬頭對趙觀道：「小孩兒，跟我來！」回身便走。

趙觀只看得目瞪口呆，忙跟了上去。老婦領著他左曲右拐，來到另一條僻靜的胡同裡。老婦忽然止步，回過身來，臉容竟已不是鶴皮白髮的老婦，換成了一張粉雕玉琢的秀面，鳳眼含笑，美艷已極。趙觀又驚又喜，叫道：「竹姊，真的是妳！」那女子果然便是情風館三大頭牌之一的青竹姑娘。

趙觀衝上前抱住了她，笑道：「好姊姊，妳怎會來到這裡？妳是來找我的麼？」青竹伸手在他額頭打個爆栗，笑道：「你偷偷離開蘇州，一去不回，若沒人出來追你，你娘可不是要急死了麼？」趙觀吐吐舌頭，說道：「娘一定惱我得很！好姊姊，妳快幫我在娘面前說說好話，要她打我打輕一些。」

青竹笑道：「說什麼好話都沒用的。娘娘賞罰分明，你這次擅自離家出走，數月不歸，一頓好打是逃不過的了。」趙觀不禁唉聲歎氣。青竹又道：「話說回來，你這番千里護送周小姑娘回家，途中的所作所爲，娘娘都知道得一清二楚，也終於下定了決心。」趙觀奇道：「下定決心什麼？」青竹正色道：「下定決心收你爲徒。」

趙觀一呆，說道：「收我爲徒？娘要我作姑娘接客麼？」他想起娘常對他說：「渾小子，算你走運，生成個男兒。若是個女兒，又長得這般標致，我非將你教成情風館的當家花娘不可！」當時妓女生了女兒，絕大多數都隨母親投入娼門，有的從小在母親提攜教導下，能歌善舞，加上在院子裡耳濡目染，熟悉待客承歡的種種訣竅，年紀很小就可以出道，比買來的姑娘更加容易走紅。又想起母親也常若有憾焉，向他道：「你要是個姑娘就好了！以後可以繼承老娘的家業。」有時橫眉怒目地向他道：「你別以爲生了一張俊臉蛋，以後可以去作人家兔兒。我告訴你，姑娘身入風塵還可以，男兒須有志氣，你若爲貪錢、貪好日子下海去，老娘第一個不放過你！」

正自胡思亂想，卻聽青竹噗嗤一聲笑了出來，啐道：「胡說八道！什麼要你作姑娘接客？你這話被娘娘聽到，她非多打你五十板不可。」

趙觀拉著她的手，央求道：「好姊姊，妳快跟我說說，娘幹麼要收我爲徒？」

青竹從懷中取出一支竹管，便是她剛才折磨尤吳二人時所持，說道：「娘娘要收你爲徒，便是要教你這玩意兒。」

趙觀望著那竹管，想起尤吳兩人在地上翻滾掙扎的慘狀，不禁身上寒毛倒豎，問道：

「好姊姊，妳這是妖術麼？」他心中懼怕，連說話的聲音也顫了。

青竹笑道：「這不是妖術，是仙術。其中祕訣，等你拜師入門後，娘娘自會一一傳授。好啦，咱們還有事情去辦，這就走吧。」

趙觀心中又是驚疑，又是好奇，忙跟著青竹去了。青竹容色太過艷麗，為免引人注目，一路上都裝扮成老婦。兩人結伴離開京城，南下來到南京應天府。青竹帶著趙觀在客棧下榻，晚上二人同宿一間客房，青竹忽道：「阿觀，我給你看一件事物。」從懷中取出一包粉末，色作淡黃，又從袋裡小心地取出一枝線香。趙觀問道：「這是作什麼的？」

青竹道：「這是一種奇門毒藥，叫作酣夢粉。連續三日將它下在人的飲食裡，再用這酣夢香催動，那人就會昏睡過去，怎麼都叫不醒，有如死人。次日醒來，卻半點不覺得有何異狀。」

趙觀甚是好奇，問道：「眞有這麼神奇？」青竹道：「你不信麼？要不要試試？」趙觀望向她，忍不住問道：「怎麼試法？」青竹笑道：「這三日來我已在你食物中下了這酣夢粉，我現在一點起這香，你就會昏睡不醒，明兒醒來，又好像沒事一樣。」

趙觀大驚道：「妳對我下毒？我怎麼都不知道？」青竹抿嘴笑道：「我對你下毒，怎能讓你知道？下毒就是要下得神不知，鬼不覺，才算是箇中高手。」

趙觀又是緊張，又是好奇，說道：「竹姊，妳便點起這香，讓我瞧瞧這酣夢粉是不是眞有這麼厲害。但妳得答應我，告訴我妳前幾日是怎樣對我下毒的。」

青竹微笑道：「成。我點香了，你上床去睡好吧，你在這兒昏睡過去，我可抱不動你。」趙觀笑道：「我偏不去，就要妳抱。」青竹白了他一眼，啐道：「我便讓你躺在地上受凍著涼，也不抱你這小壞蛋！」趙觀嘻嘻一笑，跳上床去，拉過被子蓋上，說道：「好啦，我睡好了，妳點香吧。」

他眼望青竹將那香湊近火燭點燃了，香頭冒出輕煙裊裊，卻沒聞到什麼，說道：「這香沒有味兒啊。」青竹道：「就是沒有味兒。若有味兒，豈不引人疑心？再說……」便在此時，趙觀腦中忽覺一陣強烈的昏沉，青竹的下半句話還沒聽見，他已沉沉睡去了。

次日醒來，趙觀只覺睡了一個好覺，伸伸懶腰，跳下床來，見青竹已然起身，坐在桌旁撫弄著那支青竹管。趙觀揉眼道：「竹姊，妳這麼早就醒啦？」

青竹微笑回頭，問道：「睡得好麼？我的酣夢粉不壞吧？」趙觀這才想起昨夜之事，不由得心癢難熬，說道：「妳快跟我說，妳是怎樣對我下毒的？」

青竹道：「這還不容易？你吃飯前，我將一丁點兒的酣夢粉灑在你的碗筷上，你吃第一口飯，就中了我的毒。」趙觀側頭回想，說道：「我從沒見妳動我的筷子啊。」青竹道：「有一天我替你抽出一雙筷子，已先將粉抹在手上了。再有一天我遞給你一塊手巾，粉就從手巾傳到你手上。還有一天我打了個噴嚏，將粉吹到你的飯碗裡。」

趙觀這才恍然，說道：「好啊，原來妳一路上對我不懷好意，動手動腳，全將我瞞在鼓裡。」青竹笑道：「我若真不懷好意，一百個趙觀也毒死了。」

趙觀想起她對付尤吳二人的手段，又看到她手中的竹管，不禁打了個寒顫，忙向她打躬道：「竹姊手下留情，大人大量，大人不計小人過，千萬別對阿觀下毒手！」

青竹一笑，說道：「你是娘娘的心肝寶貝，我怎敢太歲頭上動土？你只要乖乖的，竹姊自會對你很好。」

青竹拉過趙觀在自己面前坐下，微笑道：「咱們要去辦事啦，我得替你裝扮一下。」便從袋中取出種種易容物品，動手替他裝扮。裝扮完後，趙觀望向鏡子，但見鏡中一個胖臉闊嘴的少年回望向自己，不禁一呆，伸手去摸自己的臉，奇道：「竹姊，我可認不得自己了。」

青竹笑道：「扮相醜了點，可委曲你的俊臉啦。」之後自己對鏡而坐，用炭粉抹黑了臉，戴上假鬍鬚，打扮成個瘦削漢子。趙觀在旁看著，更是驚異，說道：「竹姊，妳竟能扮成個男子，半點瞧不出破綻，當眞厲害！」青竹微微一笑，說道：「是麼？我們這就去城裡走走，話說得含糊些，別露出蘇州口音。」趙觀點頭答應，問道：「咱們去哪兒？」青竹道：「就去城裡逛逛。你別多問，就看我行事。我要你作什麼，你便去作。我不要你作什麼，你便乖乖跟在我身邊。」

趙觀便跟著青竹在城裡四處遊走，青竹去了幾家米舖，又去了賣肉的和賣酒的舖頭，問了價錢，買了幾樣物品，中午便在飯館吃了飯。午後又去看了賣馬的馬市、布店和金舖。

到得傍晚，青竹向趙觀道：「今晚我有事辦，你乖乖待在房裡，不要出去。」趙觀極爲好奇，纏著青竹問道：「妳要去作什麼？告訴我好麼？」

青竹靜了一陣，才道：「我去殺人。」趙觀心中一跳，問道：「妳要殺誰？」青竹微微搖頭，說道：「娘娘吩咐，你若想知道，便可以告訴你。但我不認爲你該知道。」趙觀忙道：「我想知道！竹姊，妳告訴我！」

青竹凝望著趙觀，又靜了半晌，才緩緩說道：「我要去殺應天府的齊大人。」趙觀一驚，他在蘇州便聽過這齊大人的名頭，知道他是南直隸人人痛恨的貪官，手中冤獄上千，手段殘狠霸道，任意魚肉百姓，人人背地裡都叫他「天殺官」。

趙觀望著青竹，吸了一口氣，說道：「竹姊，讓我跟妳一起去！」青竹側眼望著他，說道：「你膽子夠大麼？」趙觀鼓起勇氣，說道：「當然夠大。」青竹一笑，說道：「好！我便讓你開開眼界。」

到得半夜，青竹帶趙觀來到城外一間破廟中，說道：「你在這廊下等著。等下不要進去，也不要出聲，便在這窗外看著。知道麼？」便自去了。趙觀獨自站在黑暗陰森的破廟中，不禁心中惴惴。過了半個時辰，青竹才回到廟中，身上揹了一個布袋。她將布袋摔在地上，喝道：「出來！」趙觀心想：「難道竹姊抓了那天殺官來？」

但見一個人從布袋中爬了出來，一身錦緞，肥頭肥腦，爬在地上不斷簌簌發抖，全身縮成一團，臉龐扭曲，喉嚨不斷發出啊啊之聲，顯是身受極大的痛苦。便在此時，廟中地上點起了一根白色的蠟燭，蠟燭旁露出一對纖小的繡花鞋子，卻是一人端坐在廟中的一張椅上。趙觀一驚，這人什麼時候來到廟裡，自己竟全無知覺。他沿著燭光看去，隱約看到坐在椅上的是個身形嬌小的女子，一張瓜子臉，杏眼桃腮，嘴角帶笑，眼光下垂，直望著地上的人，趙觀心中一跳，那女子竟是他的母親情風館主劉七娘！

但見青竹手持竹管，指著地上那人，那人奮力掙扎，似乎想要躲避那竹管，卻始終滾不離青竹的腳邊。卻聽劉七娘開口道：「齊大人，被人折磨的滋味還挺不錯的吧？」她說話聲音極嗲極柔，這幾句話卻說得陰氣森森，趙觀聽慣了他娘的聲音，確知是她，聽聞她此時的口氣，也不由得背上一涼。他心想：「娘怎會來此？地上這人果然便是天殺太守齊大人，不知竹姊是如何將他劫來此地的？」

地上那人啊啊嘶叫，卻發不出聲音來。青竹冷冷地道：「你仗著官大勢大，到處擄掠良家女子，逼姦不夠，還要淩虐一番，之後更割了她們的舌頭，賣去他鄉。天下殘虐横暴之人，無過於你！你以爲世上沒人敢動你，沒人敢找你報仇，才敢這般喪盡天良，作盡惡事。此時教你也沒了舌頭，這是一報還一報！」說時聲色俱厲。

趙觀心想：「原來他沒了舌頭，才無法出聲。」

卻聽劉七娘道：「咦，齊大人，你手下那些侍衛呢？他們怎麼沒來救你啊？你可知他們都到哪兒去了？」齊大人痛苦得在地上滾動，眼睛卻左右尋找，似乎也想知道身邊的侍衛跑去哪兒了。青竹冷笑道：「啓稟齊大人，你的走狗侍衛們全都下地獄去啦！你要找他們，這就跟去地獄裡找吧！」齊大人喉間發出驚恐的呼叫，全身抖得如要散開一般，只嚇得屎尿齊流。

劉七娘道：「好啦，咱們折磨齊大人也夠了，接下來便是閻王的事了。」那齊大人聽了，翻過身來，連連磕頭，呀呀哀求，聽不清他在說些什麼，但顯然是在求饒。

青竹咬牙道：「你現在求饒，未免太遲了。被你冤殺淩虐的人，他們受的痛苦可比你深重百倍。依我說，你這渾帳的罪惡一死難抵，該多折磨一下才夠。」說著一揮手，向他身上撒下一些粉末似的東西。齊大人慘哼一聲，在地上劇烈翻騰，似乎每一寸筋骨肌膚都受到利刃切割，雙手在身上亂抓，不多時皮膚上便抓出了一條條的血痕。

劉七娘緩緩地道：「齊大人，我們這法兒有個名堂，叫作『十層地獄』。佛經裡說人在世為惡，死後便會墮入地獄，其中有火燒地獄、寒冰地獄、尖刀地獄、銅柱地獄等等。她剛才給你下的藥，能讓你在兩個時辰之內，嘗遍各種地獄的滋味。咱們都沒下過地獄，也不知是咱們的十層地獄厲害呢，還是眞的地獄厲害？這就得請教齊大人了。」

齊大人此時已無法滾動，只躺在地上抽搐，雙手抓臉，嘶聲說了一句話，趙觀隱約聽出他想說的是：「求妳讓我死！」這人剛才還在磕頭懇求饒命，現在卻巴不得早早死去，這什麼十層地獄的苦處想來是眞是厲害已極，比死還要可怕。趙觀眼見母親和青竹狠狠折磨此人，又是驚詫，又是快意，又是害怕，站在廟外窗下，大氣也不敢出一口。

劉七娘向青竹點點頭，青竹便從懷裡取出一團黑色的事物，扔在齊大人身上，過不多時，齊大人便靜止不動了。劉七娘對青竹道：「將他送回去了。」

青竹應了，將齊大人的屍身裝回麻布袋中，扛在肩上，吹熄蠟燭，快步出了破廟。趙觀只見她的背影一晃，便從牆頭躍了出去，心中一驚：「竹姊揹著一個屍體，竟還能跳得這麼高！」

趙觀正看得目瞪口呆，忽覺耳根一痛，腦後一個聲音道：「小王八蛋，跑出去這麼久，還知道要回家麼？」趙觀全身一震，心中怦怦亂跳，回過頭，果見母親站在身後，臉帶微笑望向自己，便似什麼也沒發生過一般。那一霎間，趙觀還道自己發夢，在破廟中見到了幻象，勉強定了定神，但見母親身上穿的衣服和剛才在廟中所見一模一樣，才確知自己並未眼花。卻聽母親道：「你剛才都看到了。覺得如何？」

趙觀想都沒想，便道：「痛快！」

劉七娘凝望著他，說道：「爲什麼痛快？」趙觀道：「惡人就該多受點折磨。惡人若是老欺負好人，讓好人吃盡苦頭，卻不會得到報應，這世間哪裡還有公道天理？」

劉七娘微微點頭，說道：「不錯，你娘便是要替天行道。觀兒，我惱你私自離家，但很高興見到你有俠義心腸，不但冒險送那小姑娘回家，還跟青幫中人結交，有膽有識，不愧是我劉七娘的兒子！」

趙觀向來便對這精明潑辣的母親十分敬畏，剛才見她出手殺人，更是心驚膽戰，生怕她要嚴厲懲罰自己不告離家，此時聽她稱讚自己，不禁受寵若驚，想起青竹的話，便問道：「娘，竹姊說您下定決心要收我爲徒，那是什麼意思？」

劉七娘道：「我要收你爲徒，傳授你本門仙術。青竹也是我的弟子，你一路上想必已見識過她的本事。但你年紀還小，需得等上幾年才能正式入門。這幾年間，你便跟著幾位姊姊辦事，多學著點。不管你見到了什麼，全都當作沒發生過，半點也不能說出去。聽明白了麼？」趙觀聽她語氣嚴厲，忙道：「是，兒子明白。」

劉七娘又向他凝望一陣，放柔了語氣，說道：「但願你能承擔得起，不要辜負了我對你的期望。」便在此時，但聽腳步輕響，青竹已回到廟中，躬身說道：「娘娘，都辦妥了。」劉七娘點了點頭，說道：「我先回蘇州去。妳帶著觀兒，在外面多待兩日再回來。」青竹應了，劉七娘便回身出廟，消失在黑暗中。

趙觀便跟著青竹回到客店。當夜他躺在床上，眼前不斷浮起母親和竹姊對付齊大人的情景。他此番大著膽子離開蘇州，一路闖蕩到北京，只道這番冒險經歷已是十分了不得了，怎想得到回途之中竟會遇上更加出乎意料的奇事？怎想得到再熟悉不過的母親和館中姑娘竟身懷絕技，出手殺人毫不遲疑；自幼生長的家並非尋常青樓，卻是充滿奇詭毒術、密謀暗殺的所在？他心中又是驚懼，又是興奮，更無法入睡。

第十一章　百花門人

數日之後，青竹帶著趙觀回到了情風館。館中眾伴當姑娘見他回來，都極爲驚喜，連問他這半年都去了哪些地方，幹了些什麼好事。趙觀說了偷乘青幫糧船北上京城的經過，他心中掛念著齊大人之死，忙問起家鄉有何大事。伴當們果然談起應天府齊大人幾日前暴斃在床的消息，門房的老林說道：「縣裡傳來的消息，齊大人死因不明，有人說是得了怪病，有人說是老天降罰，還有人說是被毒蜘蛛螫死的！他媽的，這天殺官反正該死，怎麼死的都好！」打掃的洪嬸說道：「我聽人說，應天府貼了布告，說大人是得了怪病而死。這不是老天降罰是什麼？依我說，該被雷公劈死才對！」

趙觀聽在耳中，不禁擔心官府會找出凶手，尋到情風館來捉人。然而過了幾天，都沒有人弄得清楚齊大人究竟是怎麼死的，更沒人來煙水小弄查問。趙觀猜知青竹當時定是用了酣夢粉之類的藥物，令整個齊府中的人都昏睡過去，才能這麼輕易地將齊大人劫出處死，又將屍體送回府中，全然無人知覺。

齊大人治下的百姓個個撫手稱快，說他死得好，死得妙，死得精采。情風館的眾姑娘伴當也在劉七娘帶領下，聚在後院喝了一輪酒，慶祝天殺齊的暴亡。劉七娘舉起一杯烈酒一飲而盡，笑道：「痛快、痛快！這天殺官若是沒受到天譴，自己翹了辮子，老娘差點便要衝進他府裡，親手掐死他來！」眾伴當姑娘都哈哈大笑。趙觀偷看他娘和青竹的臉色，二人都甚是高興，喝了好幾杯酒，卻瞧不出天殺齊正是死在她們手下的半點痕跡。

此後劉七娘便不時讓趙觀跟著青竹或繡蓮、落英出門祕密行事，或探聽消息，或誅奸懲凶，或濟助忠良，或解救孤弱。一次趙觀跟著落英去一惡霸家中偷出一個婢女的賣身契，又盜走幾千兩銀子；另一次跟青竹去杭州承天寺毒死一個身負武功的淫賊和尚。幾年下來，趙觀見慣青竹等出手下毒殺人，早已不以爲奇。他極想學會她們的武功毒術，但青竹除了向他出示一些毒物外，其他一切都絕口不提。趙觀幾番向他母親探問央求，劉七娘卻也不教他任何武功毒術，也從未說出她自己或情風館眾女的底細。

三年過去，冬至那天正是趙觀十二歲生日。他一個小童，自是從來不過什麼生日，還是劉七娘找了他來，向他道：「觀兒，今日你滿十二歲。晚飯後來我房間，我有要緊事。」

到了晚上，趙觀來到母親房中，卻見母親端坐桌前，神色嚴肅。青竹、落英、繡蓮三女站在她身後，夜香、丁香兩個丫鬟垂手在旁伺候。

趙觀心中一凜，叫道：「娘！」心想：「三位姊姊都是館裡頭牌姑娘，很少有空湊在一塊兒，今夜卻都聚集在此，娘定有大事。」抬頭向青竹望去，但見她鳳眼含笑，心想：「應當不是壞事。」又見落英已上了妝，似乎將要出門赴宴，不斷伸手撫弄頭上的飛鳳髻，直到劉七娘開口說話才停下。落英有張橢圓臉，彎眉細眼，口豐頰滿，長相富態，有股貴氣之美。繡蓮則是典型的蘇州娘子，一張瓜子臉白皙如玉，杏眼櫻口，身形纖瘦，風韻楚楚可憐。單看這三位姑娘美艷動人的外表，若非趙觀曾親見她們出手，絕對想像不到她們竟身負武功，精擅毒術，手段狠辣。

卻聽劉七娘緩緩說道：「觀兒，你今日滿了十二歲，我有一件大事須告訴你。你跪下聽好。」趙觀在母親面前跪下，說道：「娘請說。」

劉七娘靜了一陣，才道：「過去三年，你多次跟著幾位姊姊出手辦事，也幫了不少忙，定已知道我們並非一般的院子。我以往未曾讓你知道其中詳情，只因你並非我百花門弟子，不得與聞門中諸事，得傳本門武功毒術。百花門規矩，滿十二歲方能成為正式門下弟子。你現在年紀已足，我門雖有不收男子的規定，但堂主的親生兒子可爲例外。本座是百花門火鶴堂堂主，今日收你爲門下弟子。趙觀，你仔細考慮後，再回答我：你願意加入百花門麼？」

趙觀期待這一日已有許久，聽了他母親的話，心頭一陣火熱，當即大聲道：「我願意！」

劉七娘點了點頭，說道：「好！我今夜便接引你入門。」擺了擺手，丁香和夜香便在東首布置起桌案香爐，所有器物、桌巾皆是一色雪白。趙觀望著夜香點起兩枝白色蠟燭，丁香則在案後掛起一幅卷軸，上面滿滿地畫了無數花朵，各花形態顏色各自不同，畫工極爲細巧。趙觀仔細看去，分辨出十多種花，其餘大多卻不認識。

劉七娘道：「這幅畫，畫的是我百花門的始祖百花婆婆，也就是本座的師父。她老人家從不以眞面目示人，因此以百種花朵代表她老人家的芳容。」趙觀聽後點了點頭。

劉七娘讓趙觀跪在案前，自己在他身旁跪下，其餘諸女也在她身後跪了一排。劉七娘向百花圖禮拜三次，趙觀等都跟著拜了。劉七娘起身來到案前，上了一炷香，又跪回原位，說道：「觀兒，你跟著我說：弟子趙觀，由第二代百花弟子姬火鶴接引，入門爲百花門第三代弟子。弟子趙觀誓願一生服從百花門規，聽從門中長輩指令，不得有違。此誓。」

趙觀跟著說了，劉七娘又要他向百花圖行三拜禮，上三炷香。之後青竹上前跪拜上香，說道：「弟子青竹，見證三代弟子趙觀入門立誓，今後將竭力扶助趙觀師弟，永遵百花婆婆遺訓，不負火鶴堂主接引之德。」落英、繡蓮等也跟著上香見證。

行禮完畢後，劉七娘從懷中取出一個小小的鐵印，在案上燭火燒熱了，說道：「觀兒，伸出左手臂來，待我替你點上百花門印記。」趙觀捋起袖子，露出上臂，心中想問：

「會痛麼？」但見眾人神色嚴肅，便問不出口，右手緊緊握住左手臂，凝望著母親手中的鐵印。劉七娘取出一些藥粉灑在印上，又將鐵印在火上燒了一陣，才回過身，一手握住趙觀的手腕，讓他掌心向上，另一手持著鐵印，在他內臂近肘處印下。趙觀見鐵印下自己的皮膚微微冒煙，卻並不疼痛，甚覺奇怪，睜大眼望著那印。劉七娘閉上眼睛，念了一段祝辭，才將鐵印移開。趙觀見自己皮膚上浮出了一個白色的花形印記，約莫銅錢大小，形狀甚美。

丁香走近前來，替他在印處敷上一塊溼布，趙觀這時才感到一陣微微的刺痛。他抬頭見丁香向自己微笑，便也向她一笑。

劉七娘道：「這是百花門記。百花門人入門時，都須印上此記。你以後辨別百花門人，便可以此印記爲準。這印世上只有三個，由大師姐蕭百合、掌門師姐白水仙和我執掌，印出來的門記和一般灼傷不同，甚易辨認。」

趙觀點了點頭。他知道平時被熱物灼傷，皮膚定會變紅起泡，自己手臂卻浮起白色的印痕，在溼布下感到一陣熱辣，一陣清涼，確實和一般灼傷大不相同。

劉七娘又道：「我火鶴堂中弟子大多身在青樓，印記不在手臂，多在肩膀上或別處。竹兒、英兒、蓮兒，給觀兒看看妳們的印記。」

青竹褪下衣領，露出左肩後的百花印記，落英的印記在右肩前，繡蓮的則在脅下。情風館的姑娘們向來當趙觀是小孩子，在他面前從不避忌，此時趙觀見三位姑娘赤身露體，也不覺什麼，只覺有趣，心想：「幸好我的印記是在手臂上，給人看時不用脫衣解帶。」

劉七娘道：「我館中的姑娘都是百花門人。嬌荷、寶菱、一枝艷、倩萍、丁香、夜香，都是我的弟子。我明日領你重新見過諸位姊姊，她們比你先入門，以後在沒有外人時，你應稱呼她們為師姊。」趙觀恭敬答應了。

劉七娘讓三位姑娘回去接客或回房休息，只留下趙觀，讓他在椅上坐了，說道：「觀兒，你幾次問及我的身世，我都避而不答。現在你已是百花弟子，我便都跟你說明白了。我百花門創於五十多年前，創始人乃是百花婆婆。當時婆婆收留了一群可憐無依的苦命女子，有的是自幼被父母賣入娼門的雛妓，有的是婚後受夫家虐待的養媳，有的是受主人凌虐的低賤丫鬟，有的是受鄉人欺凌的孤苦寡婦，種種悲慘，不是你所能想像的。婆婆救了這些姑娘婦人，教她們武功毒術，原意是想讓她們可以藉此自保。但這些女子感激婆婆的恩德，都願意追隨婆婆，一生服侍她老人家，婆婆便將這些女子留在身邊，成立了百花門。」

「婆婆乃是一位武功毒術精絕的前輩高人。她曾下手殺死一些武林人物，在江湖上有不少仇家。她成立百花門後，弟子們為了報答她老人家的恩德，便去刺殺婆婆的仇家，百殺百成，從未失手。從此百花門名聲大響，很多江湖人物想要暗殺仇家對頭，往往便來請百花門出手。我門中的一切人事向來隱祕，江湖上聽過百花門的已經很少了，見過百花門人的更是少之又少。儘管如此，黑道上仍傳出了『名花、香霧、百仙酒』的說法，說是本門的三大毒物。香霧、百仙酒都是本門高明毒物，喪命其下的江湖人物不計其數。至於名花，便是婆婆最得意的三個弟子：大師姊名叫蕭百合，她在北山聚眾為盜，自稱北山盜王，成為一方霸主；二師姊名叫白水仙，武藝毒術都最高超，婆婆年老時將衣缽傳給了她，因此白師姊此刻是本門的門主。至於那三師妹，便是你娘我了。」

她頓了頓，又道：「我本名姬火鶴，六歲時被爹娘賣入娼家，受盡鴇母毒打，十多歲便被逼著接客。有一天我受不了折磨，跑到江邊，決意跳江自盡。正巧婆婆經過，救了我一命，並帶我回到她老人家的隱居處，教我武功毒術。我從此對婆婆死心蹋地，唯她老人家之命是從。我藝成以後，她老人家認為弟子中應有人藏身娼門，以方便行事；我原本便出身娼家，便請命去襄陽開妓院，隱身花叢，替婆婆出手暗殺了不少對頭。我在襄陽一待十年，直到本門與對頭起衝突，我行藏已露，為避對頭追殺，才帶著門人大舉搬遷，輾轉來到蘇州，開了這間情風館。你青竹師姊、落英師姊都是當時從襄陽跟著我逃來的，其他的師姊則是我後來才在蘇州收的弟子。我們改名換姓，隱藏身分，和一般的妓院無異，這是為了逃避仇家，也是為了方便我們暗中出手懲惡。你今日入門，須緊守祕密，百花門三個字，平日提都不能提。咱們表面上一切全跟往時一樣，知道了麼？」

趙觀點頭答應。他聽得入神，雖已過了夜半，仍毫無睡意。劉七娘講完了百花門的淵源，又解釋了百花門規，趙觀恭敬領受。直到打了四更，母子才各自回房休息。趙觀躺在床上想著百花門的種種，伸手撫摸手臂上的烙印，直到清晨才睡著。

此後劉七娘每日親自教授趙觀百花門中的祕傳毒術，從花毒、蛇毒、膽毒、礦毒，到飼養蜈蚣、蠍子、蟾蜍、蜘蛛等毒蟲及取毒煉毒之術，一一仔細傳授。趙觀不似其他的女弟子，須學習瑤琴琵琶、吟詩作對、唱曲舞蹈等娛賓之技，整日便埋頭苦學種種配毒、下毒、尋解、施解之法。他又常見母親和其他師姊們出手下毒，耳濡目染，毒術在不知不覺中已學得甚精。劉七娘嚴厲告誡他，非有必要或有正當理由，決不能輕易使用毒術，違者依門規處死。趙觀見識過毒術的厲害，除了跟著師姊們出手除惡外，從不敢擅自施毒。

趙觀也跟著母親學了一些粗淺的武功。百花門都是女子，招數偏向陰柔險詐，不宜男子習練，劉七娘因此只教了兒子一些入門的拳腳，打算以後再爲他延訪名師。此外門中每有事情，劉七娘都讓趙觀參與聽聞，也常讓他跟著青竹和繡蓮、落英等出門辦事，好讓他增長見識。

趙觀入百花門後，學得愈多，見得愈多，愈覺得母親和館中眾姑娘個個深藏不露，所作所爲皆是豪俠義勇卻又詭異難測之行。他深覺入門前的十二年，自己是活在一個平凡的妓院裡；入門後卻如陡然從夢中醒轉，來到一個迥然不同的世界，周圍充滿了奇詭奧妙的毒術和不可告人的密謀。已往所知所見都是假象，此刻才眞正見到身邊人事物的本來面目。趙觀從童蒙而至少年，便是從入門那一日起。

這日又逢初春，將近午時，劉七娘坐在二樓的春風閣中，正隔著紗帘往窗外觀望。她身後站著兩名丫鬟，都是十三四歲年紀，圓臉的名叫丁香，手中捧著一個香爐，爐中冒出一縷裊裊輕煙；另一個身形修長，名叫夜香，手中拿著一支拂塵。

劉七娘年過四旬，臉上濃厚的脂粉掩不住歲月的滄桑，脂粉底下還隱約看得出當年青樓第一紅妓的影子。她主持情風館多年，八面玲瓏，人情通熟，一手教導保護手下姑娘，一手招待應付上門恩客，周到妥貼，情風館的生意因此常興不衰。她平時圓滑客氣，骨子裡卻是個潑辣直爽的女人。誰要是惹上了她，她罵起人來可是絲毫不留情面，整起人來也是手段豐富。流連風月的子弟們說起劉七娘，都是又愛又怕，又敬又恨，「情風劉館主」在蘇州城裡也算小有名氣。

此時劉七娘望著窗外，閒閒地問道：「潘大少爺明兒晚上在繡蓮房裡請城北王家的三位公子，菜色都配好了麼？」丁香答道：「繡蓮姊姊都已想周全了，今晨已寫了菜單交給廚下，潘少爺最愛的紹興甜釀酒也已打了三斤來。」劉七娘點了點頭，又問：「客人明晚什麼時候到？」夜香道：「酉牌時分。」

劉七娘道：「不會打攪到咱們的事吧？」丁香道：「咱們預定戌時出發，亥時應能完事。繡蓮姊姊那邊知道娘娘的事，應是無礙。」劉七娘點了點頭。

正此時，樓梯口響起一陣腳步聲，一個少年的聲音在春風閣外叫道：「娘！」接著便見一個面貌俊美、身材修長的少年推門進來，一邊伸袖子抹汗，一邊抓起桌上的紫砂茶壺倒了杯茶，一飲而盡，喝完作個鬼臉笑道：「娘，眞不知您爲何這麼愛這春蘭鐵觀音，味道可苦了！」正是趙觀。

劉七娘皺眉道：「這麼快就回來啦？」趙觀嘻嘻一笑，說道：「英姊盯上了那人，她要我先回來跟您通報一聲，讓您放心。」

劉七娘伸手拉了兒子近前，用手絹替他擦去額頭汗水，又疼愛又埋怨地道：「你這小王八蛋，不好好跟著去辦事，卻找機會跑回來偷懶？哪天出了紕漏，瞧我不給你一頓好打！」趙觀辯道：「我哪有偷懶？我跟了英姊大半天，幫了她好些忙，後來她說要一個人跟上，才遣我回來的。」劉七娘道：「哼，定是你不成材，才讓落英嫌你礙手礙腳。」丁香在一旁插口道：「娘娘別這麼說。阿觀聰明伶俐，幾位師姊總誇讚他，說他早不輸給大人啦。」趙觀聽她爲自己說話，向她一笑，投去感激的目光。

劉七娘伸出長長的、塗了鮮紅蔻丹的指甲，點上兒子的額頭，笑道：「誰不知道你古靈精怪？老娘生了你這鬼蛋，也眞是晦氣！」趙觀笑道：「娘，我幫您辦事，您也不誇讚兒子幾句？」

劉七娘板起臉道：「你是幫我辦事麼？咱們作的事都是替天行道，你貪什麼誇讚？你不被人打殺，已該偷笑了，這可不是玩笑的事！咱們是爲受辱的涂家二小姐報仇，可不是爲了自己。」

趙觀見母親疾言厲色，心中一凜，低下頭道：「是，兒子知錯了。」

夜香在旁氣忿忿地道：「那採花淫賊眞正可惡！我聽人說，戴家昨日派了人去涂家，說要退親。涂二小姐知道後，竟拿繩子上吊，幸好被人救了下來。」

劉七娘沉吟道：「那採花賊武功不差，大膽在蘇州連作三案，似是有心挑釁。咱們不可小覷了。」趙觀道：「娘，這人的來歷不清，若他確是孤身一人，並不難對付，就怕他埋伏了幫手。」

劉七娘望了兒子一眼，點了點頭，向丁香道：「去門房問問，這幾日城裡有沒有什麼惹眼人物出現。」丁香應聲去了。過了一會，回來報道：「老林說沒見到顯眼的武林人物，只有一對像是會武的夫妻，帶著一個長得很標致的女孩兒，在城裡到處向人探問有沒見到一個十多歲的少年，叫什麼小三兒的。」

劉七娘問了這對夫妻的形貌，也不得要領，說道：「這二人應是武林中人，但聽來不像和那採花賊有關。你要門房多注意著點，一有什麼風吹草動，立刻來通知我。明晚我要親自出手。」

趙觀知他母親一向謹慎，但此番不過是擒殺一個淫賊，也這般鄭重其事，微感不解，說道：「娘，您要親自出手？」劉七娘也不多說，只道：「好啦，你快去吃午飯吧，下午自己玩去。」

趙觀巴不得他娘有這一句話，趕緊一溜煙地跑下樓去了。

第十二章　嬌女真兒

那日天氣甚好，趙觀去找幾個平日和他一起玩耍的小廝，卻都不在，只好一個人去太湖邊上蹓躂。湖邊賞桃花的遊客絡繹不絕，他閒逛了一陣，忽然聞到一陣濃郁的酒香，循香走去，見不遠處酒旗招展，一個十五六歲的大姑娘站在一隻大酒簍前，正掀開蓋子，用勺子舀出酒來。

趙觀認得她是城裡杜康坊老闆的女兒巧姐，想是這日天氣好，老闆派了她出來湖邊擺攤賣酒。趙觀嘻皮笑臉地走上前，說道：「阿巧姐，太陽這麼烈，可辛苦妳啦。」

巧姐瞪了他一眼，說道：「小壞蛋，又來討酒啦？」趙觀道：「哎喲，我看妳一身大汗，特別來慰問幾句，妳怎地不識好人心？」巧姐笑道：「你也配叫好人？我跟你說，今兒生意好，我沒空跟你閒扯。回頭被我爹見著了，非揍我一頓不可。」趙觀道：「我只呆一會，不會被妳爹看見的。」

正說時，一個路人上來要三斤酒，巧姐打了酒，收下銅錢。趙觀見巧姐的一簍酒剩不了多少，伸手去簍底舀酒十分不便，便道：「來，我幫妳。」將快空的酒簍搬到後邊，將另一滿簍抬到前邊酒旗下，拍開了封泥，酒香撲鼻。巧姐甚是感激，向他謝了一聲，悄聲道：「阿觀，你先嚐一口，別讓人看見了。」趙觀大喜，匆匆用雙手舀了一掬酒，湊口喝了，果然香醇至極。他還想再喝，忽聽一人道：「大姑娘行行好，賞點酒吧？」

趙觀抬起頭，見一個衣衫襤褸的小乞丐站在酒簍前，約莫十一二歲年紀，手中拿著一隻瓦碗，正向巧姐討酒。巧姐瞪眼罵道：「沒見過乞丐討酒的，肚子沒塡飽還要酒喝？不給！」

那小丐不斷哀求，巧姐只是不肯。趙觀不好意思再偷喝，說道：「巧姐，我去替妳將後面那些空酒簍子放整齊了。」巧姐向他一笑，說道：「多謝你啦。」趙觀對她報以一笑，說道：「別太辛苦啦！妳這麼個美貌大姑娘，卻出來幹這苦活兒，妳爹也不多疼妳一些。」

巧姐臉上一紅，這時又有客來，她便忙著招呼打酒。趙觀去後邊將幾隻空酒簍子排放整齊，側頭見那小丐仍站在當地，眼睜睜地望著酒簍，舔著嘴唇，心想：「這小乞丐倒是真想喝酒。」便向他招招手，指指後邊的酒簍。那小丐會意，悄悄繞過來，探頭望去，見趙觀所指的那個酒簍中還有不少殘酒，忙用瓦碗舀出一碗，仰頭喝乾了，又舀了一碗，向趙觀一笑，回身便走。

趙觀怕巧姐發現了生氣，便抬過那將空的酒簍，將餘酒都倒入了新簍中，說道：「哪，這簍還有些殘酒，別浪費了。」巧姐笑道：「阿觀，這麼賣力，我怎麼賞你啊？」趙觀笑道：「賞碗酒，或是賞個親。」巧姐伸手打他，啐道：「沒正經的，不賞了！」趙觀笑著躲開。巧姐看見趙觀調皮可喜的神情，心中一軟，畢竟還是伸手舀了一碗酒，送給他喝。

趙觀喝了酒，醺醺然甚是愉快，來到湖岸草地上躺下晒太陽。正昏昏欲睡時，忽聽一人道：「見到麼？那個穿淡藍衣衫的女娃。」另一人道：「盯上了，好貨色！誰下手？」前一人道：「我、你、老八，趁人多在路上動手。得手了帶去土窯。頭子說大的可能不好對付，自己會出馬看著。」

趙觀留上了心，側頭看去，見兩個人從岸邊走過，其中一人身穿土色棉衣，留著兩撇鬍子，似是蘇州人口販子陸老六的手下。趙觀數年前曾爲了相救含兒而與陸老六作對，但陸老六始終不知道當年幫助含兒逃走的便是趙觀。此時趙觀聽這兩人說話，心想：「這兩個壞蛋，光天化日下去拐人家的女娃，眞不是東西！」他跳起身來，悄悄跟在兩人後面，來到太湖邊上的桃花小徑。

那桃花小徑是條石子路，靠湖的一邊種滿了嫣紅桃花，另一邊則是櫛次鱗比的小商舖子，有的賣小食零嘴，有的賣手工藝品。這日春風晴暖，賞花遊人摩肩接踵，好不熱鬧。趙觀在人叢中穿梭了一陣，見陸老六的手下停在一個茶棚前。他游目望去，登時注意到茶棚角落的一對夫妻和一個小女孩兒。那丈夫留著鬍子，容色清俊，落拓中自有一股氣度。妻子膚光如雪，艷美無方。那女孩兒穿著淡藍色的衣褲，只有六七歲年紀，坐在母親身邊，宛然是小號的翻版，玉雪可愛，一望便知是個美人胚子。趙觀心想：「他們定是盯上這個小女娃了。這對夫妻長相不凡，不知是什麼來頭？」

他在茶棚邊上晃了一陣，被一群遊人擠了開去。再去看時，那對夫妻和女孩已離開了茶棚，不知去向。他見陸老六的手下也離開了，便信步向著湖東走去。才走出不久，便聽一人大聲呼喚：「眞兒？眞兒？」

趙觀心中暗叫不好，聞聲跑去看，見果出聲大喊的便是剛才那父親，神色惶急，在路上東張西望，尋找女兒。他的妻子跟在其後，聲音都哽咽了，說道：「我剛才還見她在那邊看作捏麵人，怎地一回頭便不見了？」夫妻二人不斷詢問路人、小販，卻都說沒見到。那對夫妻商議了幾句，便分頭向小徑的兩端奔去，身法奇快。趙觀大爲驚訝，心想：「這兩人輕功好得很，陸老六下手抓他們的女兒，竟然沒被他們發現，也算他本領。」

他甚是懊悔自己沒有看好那兩個拐子，現在女娃被拐走，卻該上哪兒找她去？忽然想起那兩人說要將人帶去土窯，心中思量：「土窯？什麼土窯？莫不是湖邊上荒廢的紅土窯？去看看也好。」便沿著湖岸快步奔去。

奔跑一陣，趙觀來到紅土窯外，探頭去看，見窯中空無一人，心想：「找錯地方了。」忽聽腳步雜沓，似有一群人向這邊走近。趙觀連忙躲到土窯旁的蘆葦叢中，果見四個漢子快步向土窯走來，其中一個手中抱著一個孩子，手腳都被綁住了，正是那身穿淡藍衣衫的嬌美女娃。趙觀一喜，心想：「狗賊果然帶了人來這兒。」從草叢中窺去，見其中一人正是陸老六，向手下吩咐道：「老八留在這兒守著，小白和狗子到前面把守。有人靠近，出聲通知老八，讓老八趕緊帶著女娃走避。人來得急，將女娃掐死了丟進湖裡。我回去探探情況。」眾手下應了，分頭去守住。

趙觀心想：「我得想法救出那小女娃，就怕打不過這三隻狗子，須得等個機會。」等了一陣，只見那守土窯的漢子靠在牆邊，悠閒地抽著水煙，四下一片寂靜，卻沒有什麼機會。

忽聽背後草聲微響，趙觀一驚回頭，卻見一個衣衫污穢的少年從草叢中鑽了出來，竟是在巧姐處偷酒喝的那個小丐。趙觀正驚訝他怎會來到此地，但見小丐一笑，低聲道：「女娃兒被他們關在土窯裡，你打算如何？」趙觀一怔，直覺感到這小丐可以信任，當下說道：「我打算找機會救她出來。」小丐笑道：「好極，我也想救她。這樣吧，我去引開那些人，你去土窯救人。」

趙觀點了點頭。那小丐便跳出草叢，口中咿呀唱歌，手中搖晃著破碗，走到土窯邊上，向那看守的說道：「大爺，賞點銅錢吧？」那人見他骯髒邋遢，揮手罵道：「臭叫化，滾一邊去！」小丐逕走上前，伸出瓦碗，說道：「老爺行行好！賞我一口飯吃，老天保佑你長命百歲，壽比南山，無疾而終，不得好死。」那看守聽到最後兩句，伸手便打，罵道：「什麼無疾而終，不得好死？」

小丐躲開了，叫道：「你不給錢，也不用打人啊！你這般惡人，老天定要降罰，讓你被天雷劈死、惡狗咬死、土蜂叮死、大水淹死、屋樑壓死、怪病病死、大刀砍死……」那人原非善類，聽到這串詛咒，怒從心起，抓起一根棍子，追上便打。那小丐沿著湖岸亂跑，口中不斷喊叫：「烈火燒死、懸崖摔死、強盜砍死、毒蛇咬死、餓死渴死、牢裡冤死、亂棒打死、無疾而終、不得好死！」那漢子怒罵道：「渾帳小子，我才要你不得好死！」

其餘兩個看守的漢子聽見了，過來探視，見那漢子持棍追打一個小丐，起先都只覺好笑，不料那小丐又笑罵道：「三個渾蛋，人模人樣，幹盡壞事，豬狗不如！」那兩人也不禁惱火，罵道：「哪裡來的渾小子，不教訓他一頓不行！」小丐大叫道：「啊喲，三隻狗子造反了，竟敢來咬你主人？」抱頭快步逃去，三人大罵從後追上，遠遠地去了。

趙觀看他們跑遠去了，連忙奔進土窯，見小女孩眞兒坐在地上，雙手雙腳都被繩子綁住了。他掏出小刀割斷她的綁縛，低聲道：「我救妳出去，不要出聲！」抱起她跨出土窯，沿著湖岸奔去。跑出幾十步，便聽到身後傳來叫聲，想是有人回到土窯，發現女娃被劫走了。趙觀知道這些人口販子心狠手辣，若被他們追上，自己和眞兒就算不被殺了滅口，也有苦頭好吃，忙抱著眞兒放腿急奔。跑出三四里，他心中一動，轉向東行，在荒草中尋著一條小徑，來到一座古廟外。

那廟叫作慈悲寺，總有百來年的歷史，供的是觀音大士。因地處偏遠，香火稀落，廟裡只有一個半聾的老和尚負責敲鐘打掃。趙觀曾和城裡的小廝在湖邊遊蕩，來過這廟，這時無處可躲，便闖進了廟裡。廟中空無一人，老和尚大約在後面房裡睡午覺。趙觀前後看了一圈，便帶著眞兒往廟東的鐘樓奔去。

進了鐘樓，他微一凝思，從懷裡掏出一個小包，取出剛養了幾個月的毒蛇青花，將牠放在鐘樓大門的門環上，隨即輕輕關上門。這鐘樓平時充作儲藏室，裡面堆滿陳舊的木魚、大磬、香爐等，右邊有座木梯通到樓上。趙觀帶著眞兒爬上木梯，到了閣樓上。卻見閣樓地板上堆著一盒盒的線香，積塵伴著香味撲鼻而來，趙觀忙替眞兒蒙住口鼻，自己也閉住氣。過了一陣，煙塵略定，趙觀帶著眞兒躲在閣樓的角落，低聲道：「希望他們別找到這裡才好。」

話才說完，便聽廟外人聲響動，砰地一聲，一人踢開了廟門，腳步嘈雜，六七人奔了進來，在廟裡大呼小叫，分頭搜尋，聽來都是陸老六的手下。趙觀心中一凜，悄悄爬下木梯，將自己的腳印抹去了，又從懷裡取出另一條毒蛇青紋放在木梯之上。他回上二樓，見眞兒臉上露出恐懼之色，便向她一笑，低聲安慰道：「別怕，我會保護妳的。」

眞兒點了點頭，睜著一雙黑亮的眼睛望著他，目光中充滿了依賴感激。趙觀心中一暖，心想自己這回出手救人，換得了這小女娃的敬佩，倒也不枉了一場辛苦。他又向眞兒看了一眼，心想：「這小女娃生得倒眞美。煙水小弄今年新招的姑娘沒一個及得上她，難怪被陸老六這老賊看中。」

正此時，但聽一個漢子來到鐘樓門口，正要推門進來，忽然驚叫一聲，罵道：「他奶奶的，老子生平最討厭蛇！」接著靜了一陣，只聽得那人喃喃咒罵，啪的一聲，似乎將蛇挑到了地上。那人推門進來，見屋中無人，便向木梯看去，又咒罵一聲：「晦氣，出門連見兩條蛇！這什麼鬼廟？」

趙觀心想：「這渾蛋最好怕了蛇，就此出去。他媽的，我的武功若是好一點，早出去將他們打得七零八落。若是能用毒，也不怕他們。」他受母親嚴訓，卻是不敢輕易使毒。

此時樓下那人遲疑一陣，抬頭向上張望，趙觀和眞兒躲在二樓角落，那人看不到他們。卻聽他自言自語道：「這兒蛇這麼多，小娃子若跑來，早被蛇咬死了。」便出門而去。過了一陣，樓下陸老六的聲音問道：「鐘樓鼓樓都找過了？」剛才進來的那人道：「找過了，沒有。」陸老六又問：「樓上也看過了？」那人答道：「看過了，鬼影子都沒有。」陸老六咒罵一句：「好個賊娃！」率著手下一擁而出。

趙觀聽那些人出廟，才放下心來，對眞兒說道：「小妹妹，我們在這裡等一會兒，待壞人都走遠了，我就帶妳回去城裡找妳爹娘。好麼？」眞兒十分乖巧，點了點頭，露出微笑，依在趙觀身旁。趙觀不由得生起愛憐之心，伸臂輕輕摟住她，心想：「這小女娃當眞討人喜愛。」

兩人在廟裡躲了一陣，眞兒年紀幼小，又受了驚嚇，不多時便伏在趙觀懷中睡著了。不一會兒，趙觀遠遠聽得人聲。他生怕陸老六等又回來，忙從鐘樓的窗戶往外探看。卻見不遠處兩人押著一人，走在小徑上。前面那人正是陸老六，他左眼腫成紫黑色，右頰也青了一塊，口角鼻孔流血，模樣狼狽之極。卻見他苦著臉道：「大爺，我說的都是實話，請您饒命！令小姐自己逃走了，我們一夥在這湖邊上找了半天，都找她不到。我可不敢騙您兩位！」趙觀側頭望去，見押著他的正是眞兒的爹娘。

卻聽眞兒的爹怒道：「她才六歲大，怎能從你這些渾帳手中逃走？」陸老六道：「是，是。我們渾帳。令小姐可能是……那個……是被人救走了。」眞兒的爹道：「被誰救走了？」陸老六道：「我們也沒看到人，但有人割斷了綁她的繩子……」眞兒的娘怒道：「你用繩子綁住她？」飛腿踢了陸老六一腳。陸老六吃痛，倒在地下，哼哼唧唧地爬不起來。

趙觀心想：「眞兒的爹娘也挺厲害，轉眼就找到了陸老六。她這一腳力道眞強，怕沒把陸老六的骨頭踢斷？她爹娘既找來了這兒，我這就送她回去吧。」便輕輕搖醒眞兒，說道：「快醒醒，妳爹媽來了。」眞兒揉眼醒來，探頭向窗外看去，喜叫：「爹！媽！」

趙觀帶著她爬下木梯，出了廟門。趙觀知道眞兒的爹娘便在前面，便停在廟門口，說道：「妳快去找妳爹媽吧。」眞兒向他一笑，轉身沿著小徑奔去，叫道：「媽媽！爹爹！」

眞兒的娘聽到女兒的聲音，欣喜若狂，回頭叫道：「眞兒！」見女兒從小路上奔來，忙迎上前，將女兒緊緊抱在懷裡。趙觀遠遠看在眼中，不由得眼眶溼潤。他多次跟著母親師姊解難濟困，此番自己出手救人，心中的體會卻又更深刻了一層。他危急中動用了毒蛇，恐會洩漏百花門的祕密，若傳回母親耳中，定有一頓責罰，便不願和眞兒的父母相見，轉身回入廟中。這時老和尚午覺醒來，看到各處門戶大開，桌倒椅傾，不知怎麼回事，正忙著清掃收拾。趙觀逕去鐘樓收回兩條毒蛇，走到前殿，抬頭見供桌上的觀音塑像低眉含笑，臉現慈悲，似乎在贊許自己的作爲。

趙觀向觀音望了一陣，忽聽廟外腳步聲響，猜想定是眞兒的父母到來，探頭從窗縫望去，果見眞兒的父母一邊一個牽著眞兒的手，正向著寺廟走來。趙觀心想：「我既不願見他們，還是繼續躲著得好。」連忙跳上供桌，躲到觀音背後。

眞兒的父母帶著女兒走進廟裡，他二人功夫甚好，已瞥眼見到一個人影躲到觀音像後，也聽到觀音後的呼吸聲。二人對望一眼，眞兒的爹走上一步，向觀音菩薩跪下禮拜，說道：「何方英雄出手解救小女，在下好生感激。」他等了一陣，見無人現身，便從懷中取出一錠七八兩重的銀子放在地上，又深深一揖。

眞兒拉著母親的手，睜著大眼睛四處張望，說道：「爹，那位小哥哥剛才還在這廟裡的。」她娘臉上神情愛憐橫溢，伸手撥理她的頭髮，說道：「乖眞兒，那位英雄今日若是不肯現身，那也不要緊。只要我們心中總記著他的恩德，以後定有機會再遇見他的。」眞兒點了點頭，仍舊依依不捨地向廟中張望。

卻聽眞兒的娘道：「近雲，小三兒不知又跑去了哪裡，咱們得快去找他。」眞兒的爹歎口氣道：「這小娃子精靈古怪，連他爹娘都拿他沒辦法，不知天底下還有誰管得住他？」

眞兒的娘笑道：「你也行三，也讓你爹頭疼得緊，看來天下的老三都是一個樣兒。」

眞兒的爹笑道：「那咱們該學聰明些，生這兩個女兒就夠了，絕不生第三個。」眞兒的娘笑道：「生不生在我，哪裡由得你？」兩夫妻說笑著，帶著女兒走出廟去了。

趙觀探頭望去，見眞兒的爹走路時左腿微跛，心中奇怪：「眞兒的爹武功不錯，怎會被砍成跛腿？莫不是天生跛腿？怎地又娶到這麼美的老婆？」

第十三章　乞兒小三

趙觀待眞兒和她父母三人去遠後，便從觀音後面轉了出來，低頭望見地上的銀子，猜知應是眞兒的爹留下作爲謝禮的，正想伸手去拿，忽見身影一閃，一人已上前揀起了那銀子。趙觀一呆，這才看清拾起銀子的正是那偷酒小丐，兩人一個照面，都是一愣。趙觀伸出手，說道：「那是我的，快還給我。」

小丐早將銀子收入懷中，說道：「我先看到的，是我的。」趙觀伸手便去搶。那小丐向後一讓，閃了開去，叫道：「動粗麼？」

趙觀怒道：「快還來！」使出母親教的「春花掌」，一招打在小丐的肩膀上。沒想到小丐身子一側，將力道卸了，不但沒受傷，還對他嘻嘻一笑。趙觀罵道：「渾小子！」又揮掌攻上來。

趙觀比對手大上一歲，身形也高大些，原本占了便宜，豈知小丐竟也很有兩下子，身手滑溜，逕自抵擋得住。兩個少年打得難分難解，到後來更用不上什麼招式，根本就是胡打亂踢。小丐大叫一聲，衝上去揪住了趙觀的衣領，兩人滾倒在地上。趙觀仗著力大，翻到上面，將小丐壓在身下，喘氣道：「賊小子，銀子還來！」

小丐瞪著他道：「相救陳家小姑娘我也有一份，你想要獨吞？沒那麼好的事！」趙觀伸手去他懷中摸索，小丐用力一掙，將他踢開，翻身站了起來。兩人站在廟中，惡狠狠地對望。

趙觀忽然想起一事，脫口道：「咦！你怎知道那小姑娘姓陳？」

小丐哼了一聲，說道：「我自然知道。」趙觀想了一下，倏然明白，大笑道：「我知道了，原來你就是小三兒！」

小丐奇道：「你怎知道？」趙觀笑道：「我自然知道。」原來趙觀想起門房老林說見到一對夫妻帶著一個女孩兒，在城裡尋找一個名叫小三兒的少年。這小丐行事古怪，又知道那女孩姓陳，多半便是眞兒爹娘口中的小三兒了。

小三兒拍了拍身上灰塵，笑道：「既然被你小子認出，我也不好意思跟你搶這銀子了。你這人不壞，不如我們交個朋友，一起去酒坊喝個痛快，怎樣？」

趙觀也覺這小丐行止特異，有心結交。他自幼愛酒，在情風館便常因偷酒喝而挨娘打，此時手中有錢，怎能不趁機一飽酒癮？當下拍手稱好。兩個少年便走出慈悲寺，勾肩搭背，大搖大擺地直闖蘇州最有名的「飲中八仙」酒館。

店小二見進門來的一個是情風館主的兒子，一個是衣衫破爛的小乞兒，不禁皺起眉頭，便想將二人轟了出去。小三兒從懷中掏出那錠銀子，啪地一聲放在桌上，叫道：「打三斤酒，整治一桌酒席來！」說著兩個少年便撿了張桌子，大模大樣地坐下了。

店小二看傻了眼，好一陣才道：「小祖宗，你……你這銀子莫不是偷來的？」

趙觀抬頭瞪眼道：「朱十二，你嘴裡說的是人話麼？我趙觀會偷人家的銀子麼？」朱十二向小三兒望去，忍不住道：「不是你偷的，難道不是這小叫化偷的？」小三兒也抬頭道：「你嘴裡說的是人話麼？我三少爺會偷人家的銀子麼？」

朱十二見這小乞兒衣衫破爛，卻自稱少爺，也不由得笑了出來，說道：「原來是位少爺。行行行，兩位要喝酒，卻要叫些什麼菜下酒？」

趙觀生長在蘇州，自然熟知本地有些什麼好菜，說道：「這樣吧，你讓張師傅切碟脆滑水晶羊羔，炒盤雪菜毛豆百頁，外加醃篤三鮮、大煮乾絲，這是四個頭盤；主菜要三套鴨，清燉甲魚，水晶肴蹄，清燉蟹粉獅子頭，松鼠桂魚，荷花鐵雀，三蝦豆腐，鴨包魚翅，龍井蝦仁，嗯……再要個嫩蒸腐乳肉，夜開花塞肉，火腿香干拌馬蘭頭，就這十二樣。這湯嘛，就要個西湖雞蓉蒓菜湯好了。至於酒，來一壺丹陽封缸，一壺紹興加飯，你們還有什麼好酒來著？是了，也來一壺貴店的招牌酒，杏花村汾酒。」

朱十二連聲答應，將十多樣菜又報了一遍，才走下去了。

小三兒只聽得饞涎欲滴，笑道：「聽來眞不錯！還是本地人內行。兄弟，你貴姓？」

趙觀道：「我姓趙，單名一個觀字。兄弟，你貴姓？」

小三兒卻呆了一陣，才道：「我爹就快將我趕出家門了，我可不敢說我姓爹的姓。我娘嘛，也正在氣頭上，我最好別提她的名字。我名叫昊天，在家行三，小名小三兒。你就叫我小三兒好了。」

不多時朱十二便送上酒來，趙觀斟了兩滿杯酒，舉杯道：「小三兒，我敬你！」小三兒笑道：「好！」二人對乾一杯，見對方酒量不壞，都覺碰上了知己，輪流互敬，頃刻間已各飲了七大杯。伙計陸續開上菜來，趙觀和小三兒一邊喝酒吃菜，一邊高聲談笑，旁若無人。酒館中眾吃客見這兩個孩子喝酒如灌湯，說話一派江湖口吻，都甚覺稀奇，很多人便停箸觀看。

趙觀在蘇州城裡從未這般風光過，更是盡情歡笑，大口喝酒。小三兒酒量竟也極好，幾杯下肚，臉上絲毫不現醉態，口中嘖嘖稱讚蘇州名餚，說道：「我聽人家說：上有天堂，下有蘇杭。你們蘇州菜鮮香酥爛，濃而不膩，鹹中帶甜，醇厚入味，果然令人吃得飄飄欲仙，如在天界！」

趙觀笑道：「這家『飲中八仙』以好酒出名，菜麼，也算是數一數二的了。小三兒，你說這酒如何？」小三兒道：「這汾酒香氣芬芳，入口綿軟，絕對是杏花村的眞品。」趙觀道：「何止是眞品？這兒藏的汾酒，乃是杏花村的上品。小三兒，我再敬你一杯。」二人邊吃邊談，邊喝邊笑，不多時便吃得杯盤狼藉，都有了十分酒意，才搖搖晃晃，又說又唱地走出酒館，街上行人都爲之側目，不知這兩個喝醉的少年是哪家子弟。

後來如何，趙觀也記不清楚了，好似有人將自己拉到什麼地方，在他口中灌下一些湯汁。他昏昏沉沉地睡了不知多久才醒轉過來，發現自己躺在臥房的被窩裡，想是被他娘抓了回來。窗外天色已黑，不知已有多晚了。

不久門聲響動，劉七娘面色陰沉地走進房來，說道：「你好啊！」趙觀低下頭不敢看她，忙道：「娘，我錯了！」他知道母親見人認錯，便不會深究，果然劉七娘臉色稍緩，責問他都作了些什麼。趙觀腦中仍舊昏昏沉沉，定了定神，才照實說出相救陳眞兒、結識小三兒的經過。

劉七娘側頭想了想，說道：「那對姓陳的夫婦，大約便是關中大俠陳近雲和他妻子赤兒了。你沒讓他們見到你，很好。那小乞丐兒定然跟他們很有些淵源，他沒說自己姓啥？」

趙觀道：「沒有。他說行三，要我就叫他小三兒。」

劉七娘搖頭道：「天下行三的那麼多，誰曉得他是誰？這小鬼頭的酒量竟比你這渾小子還好，眞不知他爹娘是怎麼生的。」

趙觀嘻皮笑臉地道：「娘，您酒量也不錯，人家都說您是『千杯不醉情風劉』，難怪我也愛酒了。」劉七娘伸手扯住他的耳朵，罵道：「渾小子，你下次敢再去酒樓招搖大喝，我撕爛了你的嘴！你可知道我用了多少鎮仙丹，才讓你將腸子留在肚裡沒給吐了出來？」

趙觀耳朵吃痛，哎喲亂叫，連聲陪笑道：「下次不敢啦、下次不敢啦！」劉七娘罵道：「下次？哪還有下次？跟你爹一個性兒，就愛杯中物，眞是什麼樣的老子，什麼樣的兒子！」

趙觀一呆，他自小到大從未聽他娘提起過他爹的事，奇道：「娘，我爹也愛喝酒？」劉七娘似乎說溜了嘴，並不回答，只道：「你再多睡一會兒，我還有事忙。」

趙觀雖想追問，但猶自頭昏腦脹，又怕討一頓打，便縮回被窩中睡了。

次日晚上約莫酉時，潘大少和王家的三位少爺便乘著轎子來了。劉七娘領著繡蓮親自在門口迎接，將四位少爺請入繡蓮的夏風閣。繡蓮連同三位姊妹嬌荷、寶菱、倩萍殷勤招呼，溫柔嬌嗲，早將四位公子伺候得未飲先醉。劉七娘眼看一切妥當，吩咐館裡的伴當、丫鬟開上酒席，才告辭出來。

她回到春風閣，換下身上的綾羅綢緞，穿上一身黑衣，帶著丁香和夜香出門。趙觀前夜醉酒，劉七娘爲懲罰他，便不帶他去。此時趙觀已在水門口幫她們準備好了小舟，祝禱道：「百花婆婆保佑，此行一切順利！」劉七娘點了點頭，便和丁香夜香跨入舟中，緩緩划去了。

第十四章　情風遭難

趙觀回到自己房間，餵了兩條毒蛇，便去門房跟伴當們閒聊。將近二更，他想母親等應快回來了，便去水門口守候。過了良久，卻都不見舟影。直到三更，才隱隱聽到腳步聲，他迎出後門，卻見三人快步奔回，母親和落英臉色慘白，丁香抱著夜香，四人身上都是血跡。趙觀大驚失色，正要開口詢問，劉七娘等已衝入門中，關上後門。劉七娘喘了口氣，下令道：「丁香，快將夜香抱到我房中。落英，妳悄悄去取回了小舟。觀兒，快將門外清理乾淨了。」三人一齊應了，落英便又出門去，趙觀則去清洗門外的腳印和血跡。

趙觀清洗完後，回進情風館，來到母親房中。但見劉七娘仍穿著黑衣，坐在床邊。夜香睡在床上，傷口已包紮好了，但面如白紙，呼吸急促。趙觀向站在一旁的丁香望去，見她神色驚恐，身子微微顫抖，眼中都是淚水。三人在房中默然無語，但聽樓下繡蓮屋中的酒宴未散，嬌荷唱完一首小曲，四位公子鼓掌叫好，接著猜酒、說笑聲不斷，煞是熱鬧。

劉七娘呆坐了一陣，才起身換下血衣，穿上華服，下樓去夏風閣裡笑吟吟地招呼一通。

趙觀問丁香道：「發生了什麼事？」丁香搖頭道：「我們的計畫敗露了。那人武功很厲害，砍傷了夜香。」

趙觀問起詳細。原來落英探知採花賊將在該夜潛入莊家大院，便扮成個老媽子預先潛入莊家。劉七娘等來到後，落英便接引三人進入莊家，在小姐房外埋伏。等到二更，那人仍未出現。將近三更，才見一個人影越過牆頭，直闖莊小姐的閨房。落英已在窗口下毒，那人穿過窗戶卻渾若無事，進了閨房，立刻一掌揮熄了落英布下的毒蠟燭，衝到床前，抽刀砍向床上之人。劉七娘和落英、丁香、夜香見他竟痛下殺手，都是大驚，立時出手相救。那人既能破毒術，自然早知該處已有埋伏，攻擊小姐便是爲了引伏兵出手。他武功不弱，以一對四，又不怕毒術，不多久便砍傷了夜香。劉七娘見不是敵手，忙率手下退出。那人哈哈大笑，劫了莊小姐，揚長離去。劉七娘等在莊家附近盤桓一陣，確定那人沒有跟蹤，才回到情風館。

趙觀從未見過母親失手，又是驚訝，又是恐懼，說道：「我和英姊去跟蹤那人時，竟未看出他這麼厲害！」

便在此時，劉七娘走回屋中，聽到了這句，說道：「阿觀，賊人早知落英在跟蹤，才故意示弱誘敵的。」趙觀抬頭望向母親，又見落英和青竹跟在劉七娘身後，兩人臉色都極爲蒼白。一片靜默中，劉七娘換下華服，在梳妝臺前坐下，緩緩洗去臉上脂粉鉛華，卸下耳環佩物。青竹、落英、丁香和趙觀站在屋中，默然凝望她，心中都充滿了沉重和恐懼。

劉七娘卸妝完畢，回過身來，說道：「這人已知道我們的底細，指日便會找上門來。落英，妳明日一早便通知所有姊妹，讓大家收拾要物，明晚子時一起動身離開。青竹，妳立即出發，去雁蕩山幽微谷白師伯處報告此事，並請問她可否讓我們暫時託身幽微谷。丁香，妳立即趕去北山向蕭師伯報告此事。」

趙觀忍不住問道：「娘，對頭到底是什麼人？」

劉七娘搖頭道：「我也不知，只曉得他是針對咱們來的。他能夠辟毒，顯然早有準備。今晚他見到我們的眞面目，很快便會下手對付我們，如今我們只有先避開再說。」

趙觀回想跟隨落英去追蹤那淫賊時，曾見過他的容貌，那是個五尺不到的矮子，身形瘦削，臉色青白，一對細眼配上個酒糟鼻，實在看不出竟有本領令母親大舉避難，逃離蘇州。

劉七娘又道：「就這樣了。妳們都回房去休息吧。夜香就讓她睡在這兒。」落英、青竹、丁香都行禮而去。趙觀正要走出時，劉七娘忽道：「觀兒，你且留下。」趙觀便又回身進屋。

劉七娘走到床邊，招手要他過去，在床頭的木格上按了幾下，一個暗格從床頭翻了出來。劉七娘道：「你記著這個暗格。裡面有兩本書，一本記載我百花門的武功精要，一本記載毒術祕訣。不論情風館發生了什麼事，這兩本書絕不能落入外人手中。」

趙觀點了點頭。劉七娘歎了口氣，說道：「觀兒，這幾年來，我盡力將我所知傳授給你，但時間畢竟不多。你聰明伶俐，學得比我當年快得多了。未來的事情難以預料，爲防萬一，今夜我便立你爲火鶴堂的繼承人。」說著從頸上脫下一條鍊子，鍊上串著三物，一是趙觀入門時曾見過的百花鐵印，另二物是一把鑰匙和一朵鐵鑄的火鶴花。劉七娘指著那鑰匙道：「這是開我百仙箱的鑰匙。那箱子你是知道的，我一切毒物的樣本和解藥都收在其中。這百仙箱也須小心保管，切不能落入外人手裡。」又指著鐵火鶴道：「這是火鶴堂主的信物，是百花婆婆當年親手打製交給我的。天下百花門人見此物如見堂主，一應歸你差遣。」說著將那鍊子掛在趙觀頸中。

趙觀愣然望向鍊上之物，說道：「娘，我年紀幼小，幾位師姊的毒術武功都遠勝於我，您爲何……」

劉七娘道：「你幾位師姊都是極出色的人才，青竹、落英更是少見的女中豪傑。我原本一心要立落英爲繼承人，但她和杭州盛家的二公子互相傾慕，情愫已深，盛公子將要娶她爲塡房，我不願阻了他們的好事。繡蓮什麼都好，就是優柔寡斷，沒有主張，難以當家作主。」

趙觀道：「那青竹姊呢？」劉七娘道：「青竹靈慧能幹，原是最好的人選。但她體念我的心意，堅不肯接位，一定要讓給你。她對你可是疼愛回護得緊。」

趙觀低下頭，心中甚是感動。他並不十分明白接任火鶴堂主之位有何緊要，只覺竹姊對自己實在很好。

劉七娘回頭望向床上的夜香，見她雙眉緊蹙，呼吸急促。劉七娘歎了口氣，拿手巾拭去她額上的汗水。趙觀問道：「夜香她沒事麼？」劉七娘搖了搖頭，說道：「她傷得很重，明晚可能無法和我們一起上路。」

趙觀聽母親語音哽咽，不敢再問，便告辭出來，回房就寢，心中擔憂煩躁，難以入眠。

次日天剛亮時，他聽門外人聲喧譁，心中一凜，忙下床出門探視。但見一群人站在天井之中，圍著觀看什麼東西，母親和落英都在其中，卻不見青竹和丁香，想是已上路了。趙觀走上前去，不由得一驚，卻見地上橫躺一人，雙目圓睜，口角流血，已然死去。那人青面大鼻，正是日前他和落英跟蹤過的採花賊。

趙觀望向母親，見她眉頭深鎖，凝望著那屍體，臉上顯出困惑之色。落英叫道：「來人，將屍體搬去了後院。」幾個伴當走上前，便要去搬那屍體。

劉七娘忽道：「且慢！」蹲下身來細看，說道：「落英，這人身上有毒，動不得。」落英驚道：「是！我竟沒有看出。你們用布包了手，將屍體拖走了，不要碰到這人的肌膚衣衫。」伴當們答應了，動手去搬。才將屍體拖開，旁邊的姑娘小廝便驚叫出聲，卻見屍體下的青石板上一灘紫血，血旁用香燒出了八個大字：「百花殘盡，火鶴謝世。」

劉七娘不禁變了臉色。她不願令其餘人驚慌，說道：「哪個王八蛋跟我館子有嫌隙，故意來裝神弄鬼？我劉七娘定然不放過他！」指揮伴當將屍體埋了，清洗地上血跡，之後便要大家各自去忙各自的事。

處理完那屍體，劉七娘叫了兒子、落英、繡蓮進屋，問道：「你們以爲如何？」

落英道：「我原以爲有人暗中相助，殺了這人送來館裡。但看屍體下的八個字，敵人顯然已知道我們的底細，下手的是對頭而不是朋友。」劉七娘點頭道：「我們多年來行蹤隱祕，對頭竟得知我們是百花門人，實在可畏。」

趙觀忽道：「娘，這人是自殺的。」劉七娘奇道：「你怎知道？」

趙觀道：「他身上的千絲蛛毒從他的雙手開始涵蓋，除非有人能逼他雙手各拿一隻千絲蛛，站著不動，等千絲蛛吐絲纏滿他的下半身，再爬上他的臉，吐絲纏住臉面，不然無法令毒絲布得如此之密。這人面色轉紫，顯然是毒蛛螫上他的喉嚨致死，並非死後才被纏上毒絲。他安然躺在地上，並無掙扎的痕跡，因此我推斷他是自殺而死。」

劉七娘、落英、繡蓮都暗暗點頭：虧得趙觀觀察細密，能推想到這一層。劉七娘沉吟道：「他爲何要自殺？爲何要自殺？啊，我明白了。敵人手段當眞厲害！這人是唯一朝過那對頭面的人，他一死，我們便失去線索了。對頭是要我們完全被蒙在鼓裡！」

趙觀、落英、繡蓮聽了，都相顧駭然。劉七娘皺眉凝思，說道：「英兒、蓮兒，我們等不到晚上再走。要姊妹準備好了，能走的即刻上路。」落英、繡蓮奉命去了。

劉七娘匆匆伏案寫了一箋，封入信封，交給趙觀道：「觀兒，你快去城中尋找那對姓陳的夫妻，請他們將這信轉交給虎山凌大俠。此事關乎大夥性命，非常緊要。」

趙觀接過了，劉七娘又道：「你快去快回。傍晚時分若仍找不到人，便先回來。」趙觀應了。劉七娘似乎還想要說什麼，卻歎了口氣，說道：「你很聰明，能照顧自己了，不用我多囑咐。快去吧。」趙觀點了點頭，拿了信便走。

趙觀從後門奔出，他去城裡幾間較大的客店探問，找到了那對夫妻住宿過的客棧，掌櫃的卻說那對夫妻和小女孩當日清早便已結帳離開了。趙觀心中焦急，忙跑去幾間人多的賭場打探消息。他在萬利賭場撞上幾個小廝，其中一個道：「那對夫妻打了陸老六一夥，找回了女兒，後來就不知怎樣了。」另一個道：「他們還在到處尋找那小三兒，後來聽說小三兒出城去了，就跟著去了。」

趙觀問道：「有沒聽說他們往哪個方向去了？」眾小廝都說不知。弄月樓的小牛道：「喂，趙觀，你上回向我借的二十文錢沒還呢。」趙觀一摸身上沒帶錢，說道：「我今兒忙，改日再還你。」說著便拔步奔去，小牛遠遠叫道：「我手根緊，下午一定得討到錢。我等下去你館裡討。」趙觀無暇理他，快步去了。

他在街頭巷尾探問，得知陳氏夫婦一大早便出了城門，向北行去。此時已是午後，他想：「他們清早出城，已走了兩三個時辰。我如何追得上？」又想：「他們若停下吃午飯，我或許還能趕上。」當下趕到城門口，向路邊的賣菜漢子探問。賣菜的說見到一對夫妻帶著女兒騎馬出城，未到辰時便出發了，向著正北去，那娘子帶著女兒騎了一匹青花馬，神駿非常，腳程恐怕很快。

趙觀心想：「我若用走的，怎麼都趕不上。如何才能弄到一匹馬？是否該回館裡去牽一匹馬？」正在這時，一輛馬車駛出城來，趙觀認得是城裡潘大少爺的馬車。那馬夫叫作鞏大哥，時常載潘大少爺來情風館找繡蓮，趙觀在門房跟他混得熟，心中一喜，奔上去叫道：「鞏大哥，請等等！」

鞏大哥停下馬來，笑道：「阿觀，是你！怎麼一個人在城門口晃蕩？」趙觀道：「我娘差我辦事，得去前面鎮上的一個客棧，想請大哥載我一程，可好？」

鞏大哥道：「那有什麼不好的？我這去城外的王公館接大少爺，可以載你到那兒，之後你就得自己走了。」趙觀喜道：「多謝鞏大哥！」便跳上車，坐在鞏大哥旁邊。一路行去，趙觀不斷東張西望，盼能見到陳氏夫婦的影蹤。如此行出十多里，將近王家，鞏大哥讓他下車，指著大路道：「從這兒行去，再走個三四里，就到了小北城。城裡有個悅來客棧，很出名的。你娘多半便是要你去那客棧吧？」趙觀謝了，向大路上奔去。

此時已是午後申時，豔陽高照，趙觀提氣跑去，不多時便滿身大汗。幸好他練過一些粗淺內功，這段路跑起來雖累，倒還撐得住。不久來到一個小鎮，他在鎮上走了一圈，問人有沒見到一對夫婦帶著一個女兒，都說沒見到。他到鎮上的各家酒館、客棧詢問，也都說沒有。趙觀心中又急又悔：「不是我找錯方向，就是他們沒在這裡停留。現在要往前或回頭去找，都已太遲了。我終究找不到他們了麼？」

他抬頭望天，見夕陽西沉，天色將暗，又是一驚：「我回去沒有馬車可坐，要多少時候才能回到城中？娘等不到我，一定不肯出發。她要我在天黑前回去，我這得趕快了。」連忙回頭，快步向來路奔去。這段路足有十七八里，他拚命奔跑，直到太陽下山，天色轉黑，才到了城外。守門人剛剛關上城門，趙觀上前好說歹說，死求活懇，守門的才開門讓他進去。他進了城後，氣喘吁吁，靠著石牆休息一陣，才緩過氣來，向煙水小弄奔去。

這時已是酉戌交界，他來到情風館門口，卻見大門緊閉，門上貼了一張紙，潦草寫著兩行字：「今日休館，貴客請改日再來」。趙觀心中一涼：「她們已扔下我先走了麼？」又想：「那也沒什麼。娘說要去雁蕩山找白師伯，我跟上去便是。」正想離開，忽覺有些不對，又回到門前，心想：「還是該進去看看。娘不知有沒有替我帶上青花、青紋？」便推門走了進去。

趙觀才踏入家門，便覺一股寒意直透背心，門中一片死寂，空氣中充滿了血腥味。他匆忙走入，腳下一絆，似是有人躺在地上。他蹲下去一摸，正摸到那人的臉，但覺臉蛋冰冷，竟已死去多時。趙觀吸了口氣，退到門邊茶几旁，在黑暗中摸索著打起火，點了一枝蠟燭，往廳中一望，不由得臉色煞白，只見地上橫七豎八躺滿了屍首，都是他自幼熟識的館裡伴當和姑娘們。趙觀腦中一陣昏眩，定了定神，才驚叫起來：「娘！」快步奔到二樓母親房中，但見屋內一片混亂，家具倒了一地，母親心愛的瓷器古董全摔得粉碎。趙觀大聲喚道：「娘！」心中卻隱隱猜知他母親是不會回答的了。他往床上看去，見夜香已死在床上。

他在二樓的廳堂走了一圈，見落英、繡蓮、倩萍、嬌荷等都死在地下，處處血跡殷然，刀痕遍布，顯是經過一場大戰。他聞到一股暗香，知道母親曾用香霧對付敵人，忙從懷中掏出解藥吃下，沿著血跡走去，來到自己的房間，卻見一人橫臥在地，正是自己的母親。

趙觀手一晃，蠟燭跌落，雙腿發軟，跪倒在地。燭光下但見母親臉上滿是血污，雙目圓睜，他伸手去探她鼻息，更無呼吸。趙觀知道母親全身是毒，用布包手，替她闔上了眼睛。感覺她肌膚冰涼，想已斷氣一陣子了。

趙觀坐在母親遺體旁，忍不住號啕大哭。哭了好一陣，他才抹淚收聲，注意到她身邊還躺了一個少年，仰天而臥，顯已死去，竟是弄月樓的小牛，想是他剛好來情風館向自己討債，母親便假作保護他，讓仇家以爲他是自己。趙觀想起母親對自己的用心愛護，不由得又掉下淚來。淚眼模糊中，忽見母親身旁地上劃有印跡。他將燭火湊近細看，見母親死前似乎用指甲在地上寫了個字，依稀是個「丰」字，顯然沒寫完便斷氣了。趙觀看不出是什麼字，便依照形狀，將那字畫在衣襟上。

他定了定神，查看母親的屍身，見她胸口中了一掌，肋骨全斷，左手手掌焦黑，不知被什麼熱物燒灼過，身上多處燒傷，死狀甚慘。趙觀忍不住又流下眼淚，低聲道：「娘，您安心地去，我一定會替您報仇的！」

他想起母親生前的交代，回到母親房中，從床頭暗櫃中取出兩本書冊、一箱藥物和許多金銀。他從藥箱中取出一個小瓶子，走回自己房間，跪在母親遺體旁，口中默念：「百花門三代弟子趙觀，恭送二代弟子姬火鶴回歸百花天界。有情無情，皆歸塵土！有情無情，皆歸塵土！」他哽著聲念了幾遍，便將瓶中粉末撒了一些在母親的遺體上，向母親拜倒。那粉末腐蝕性極強，不多時他母親的身體便融化殆盡。趙觀將母親的殘骨灰末用一塊油布包起，放入懷中，又找出一個布袋，將兩本書冊、藥箱、金銀都放入袋中，揹在背上。

他呆立一陣，才又回到二樓廳堂，點起蠟燭，仔細觀察打鬥的痕跡。落英的匕首插在大樑上，顯是被人擊飛，可見敵人武功甚高。館中其他屍首大都爲重手震死，一掌斃命，敵人內力顯然十分深厚。地上躺著的這些都是自幼相處的姑娘們，趙觀眼見她們盡數慘死，心中絞痛，強忍住淚，直咬得嘴唇出血，流過嘴角，他卻半點不覺得痛。

他又在館中廳堂前後勘察一陣，見館中除了死人外，並無貴重事物遭竊，敵人顯是爲殺人而來。他看完一圈，在廳中呆立一陣，才用蠟燭在情風館各處點起火頭，從後門走出。

趙觀自幼受母親嚴訓，熟知江湖風險，因此年紀雖小，作事已甚是精細決絕。他沿著黑暗的小巷走出一陣，回頭見情風館逐漸被吞噬在火海中，心中悲痛難已，咬牙發誓：「血債血還！我百花門豈能讓人欺上頭來，不思報仇？」

他母親當年設計情風館甚是精巧，獨門獨戶，整間樓宇被燒毀，卻不至波及鄰居。趙觀知道母親絕非一般的娼妓，實是一位風塵中的奇女子，豈知竟會就此不明不白地被殺，連對頭是誰都不知道。他心中彷徨無主，心想：「來人武功定然十分了得，娘在房中跟他們打鬥，使動了香霧，竟仍奈何不了來人。娘料中了，自那採花賊自殺以後，本門死盡，我竟連對頭是誰都無從追查起！連娘都對付不了的人物，我又怎能對付得了？」又想：「我現在對付不了，等我長大了，練成了武功，定要找出仇家，將他千刀萬剮，爲娘報仇！」

第十五章　浪子成達

當夜趙觀蹲在街角暗處，整夜望著情風館在火中燃燒，注意來往行人。天明以後，路上都是些尋常的販夫走卒，他見到七八個鄉下人擔著新鮮青菜來城中販賣，三兩個在蘇州傳教的洋人向著教堂走去，還有幾個老頭提著鳥籠在街邊閒談，始終沒有見到什麼可疑的武林人物。想來仇家手段狠辣，行事精細謹愼，不會這麼容易便現身。

他在街頭打了個盹，直至天色漸漸亮起才起身。他向街上小販買了幾個熱包子，走出城門，心中思量：「娘有兩位師姐，百花門主白師伯歸隱已久，雁蕩山也不知怎樣走法，我當去桐柏山找蕭師伯。」他辨明方向，向西北方走去，但他心神恍惚，也沒去想自己這麼徒步行走，得走多久才到得了桐柏山。他心中又是憤恨，又是傷痛，只覺全身空蕩蕩地，不知身在何處。

走出數十里，忽見一騎迎面奔來，越過自己後，又轉回頭，來到自己身前，勒馬停了下來。

趙觀抬起頭，卻見馬上騎著一個大鬍子漢子，約莫四十來歲，面貌甚是威武，卻是從未見過。趙觀沒好氣地道：「你這大鬍子，攔住老子幹麼？」

那大鬍子低頭看他，說道：「說話忒地粗魯，你是婊子養的麼？」

趙觀大怒，抓起地上一把沙石向他扔去，罵道：「老子就是婊子養的，去你媽！」

大鬍子在馬上往左一讓，避過了沙石，隨即跳下馬來，伸手抓住趙觀的手腕，說道：「小子，我問你話，你就乖乖回答！」趙觀用力掙扎，卻如何也掙不開，怒道：「是又怎樣，不是又怎樣，干你屁事？」

大鬍子道：「當然干我的事。你若是婊子養的，說不定便是我的兒子。」

趙觀呸一聲道：「你要老子叫你爹，再也休想！」

大鬍子卻一本正經，說道：「你自稱老子，若叫我爹，豈不又是我老子，又是我兒子？但我搞不好眞是你爹，你不叫也得叫。小子，你是從蘇州來的麼？你可聽過情風館的劉七娘？」

趙觀凝目望向那大鬍子，心想：「這人大清早從遠處騎馬奔來，或許眞不知道昨夜的血案。不知他是敵人還是朋友？」當下問道：「你是誰？」

大鬍子道：「我叫成達，江湖上有個外號，叫作浪子。」

趙觀一怔，他曾聽母親和館中姑娘們談起浪子這號人物，是青樓女子眼中的大英雄、眞好漢。劉七娘還時常說起那年浪子來到蘇州，在情風館喝下十碗烈酒、出門殺死百名土匪、回來睡了七個姑娘的壯舉，津津樂道。趙觀心想：「浪子成達，這人當是娘的朋友。」當下道：「老子正是從蘇州來的。你問我娘作什麼？」

成達一呆，脫口道：「你就是劉七娘的兒子？你叫什麼名字？」趙觀道：「我叫趙觀。」成達喜道：「是了！」隨即皺眉道：「你姓趙？」趙觀道：「是啊，怎麼？」成達道：「這很奇怪了。你沒跟你娘姓姬麼？」

趙觀聽他說出母親的本姓，奇道：「你跟我娘很熟麼？」成達笑道：「廢話，不然我怎會來找兒子？你娘曾否告訴你，你爹是誰？」趙觀搖頭道：「我娘從來沒跟我說我爹是誰，就叫我趙觀。」

成達側頭沉思，說道：「這很奇怪了。十多年前，你娘讓人傳話給我，說她爲我生了一個兒子，我一直沒敢來認，沒想到這一拖就過了這麼多年。你到底是不是我的兒子？」趙觀失笑道：「你都不知道，我又怎會知道？」

成達喃喃罵道：「你娘那騷狐狸，心計眞多！說不定天下男人都以爲你是他們的兒子，那我也不用淌這渾水了。」說著放下趙觀的手臂，回身就走。

趙觀看出他武功甚高，心中一動，叫道：「喂，你既跟我娘很熟，怎不爲她報仇？」成達一呆，回過頭道：「報仇？她怎麼了？」趙觀咬牙道：「就是昨夜，她被人害死了！」

成達怔然站在當地，流下淚來，喃喃道：「火鶴，妳對我恩情深重，我竟沒見到妳最後一面！」隨即問道：「是誰殺了她？」

趙觀悲憤不已，搖頭道：「仇家很厲害，什麼線索都沒有留下。我不知道是誰下的手。」

成達歎道：「你娘素來行俠仗義，作旁人不敢作的事，竟遭此橫禍！孩子，你打算怎樣爲你娘報仇？」趙觀道：「我要去北山找我師伯，請她助我。」成達搖頭道：「你不用去了，你師伯的山寨已被人挑了。」

趙觀大驚，失聲道：「當眞？」成達皺眉道：「我昨日才聽到這消息，應是不假。我瞧你現在只能去一個地方求助了。」趙觀問道：「什麼地方？」成達道：「虎嘯山莊。」趙觀道：「虎嘯山莊？那是什麼地方？」

成達搖頭道：「你這小子沒半點見識！虎嘯山莊以醫術武功雄鎮武林，莊主便是鼎鼎大名的醫俠凌霄。他以前曾救過白水仙的命，跟你娘也有些交情。」

趙觀問道：「他是我娘的客人麼？」成達呸一聲道：「你胡說什麼？凌莊主跟你娘不過有一面之緣罷了。這人對他妻子一往情深，專情得很，怎會是你娘的客人？他妻子秦燕龍乃是天下絕色，更是一位女中豪傑。我跟她倒是有點交情的。」

趙觀也沒聽過秦燕龍的名頭，不懷好意地笑道：「什麼樣的交情？」

成達瞪了他一眼，說道：「朋友的交情！像她那樣的人物，我可是不敢招惹的。你小子敢再胡說，老子打你耳刮子。」

趙觀眼珠一轉，說道：「喂，你既跟凌夫人有交情，你帶我去見他們好麼？」

成達搖頭道：「不成、不成。我已有很多年沒見到他們啦。他們大婚時我喝醉了酒沒到，我怕她到現在還要惱我，我可不敢去見她。」

趙觀怒道：「這是跟我娘血仇有關的大事，你往年既曾跟我娘有過一段，怎有臉推託？」成達道：「你怎知我跟你娘有過一段？」趙觀道：「你自己說的。」成達道：「我不承認。除非你承認你是我兒子，不然我也不承認跟你娘有過一段。」

趙觀心中惱火，罵道：「你這老傢伙夾纏不清，顚三倒四。我要上路了，你快給我滾開爲妙！」成達道：「喂，你對老子是這般說話的麼？」趙觀沒好氣地道：「老子說話，就是這般。」

成達歎了口氣，說道：「好吧！你娘死了，死無對證，但我看你這副臭脾氣，多半便是老子的兒子。我就帶你走一趟虎山便了。」

趙觀瞪眼道：「你願意帶就帶，我話可說在前頭。第一，我不會認你爲爹。第二，你敢出言侮辱我娘，我不會饒你。第三，這可是你自願的，別想我感激你。」

成達笑道：「你跟你娘一樣精明。第一，你認不認歸你，我認不認歸我，咱們走著瞧。第二，我對你娘十分敬重，怎會出言侮辱？第三，你小子度量太小，一點不願欠別人的情。我告訴你，你以後要欠人的多著呢！你道別人自願幫你，你便不用感激他了麼？你娘也是自願生下你，將你養大，你難道能不感激她麼？」

趙觀聽他說得有理，便不再辯駁，說道：「算你對。咱們上路吧！」成達一笑，說道：「趙觀啊趙觀，你娘替你取這個『觀』字爲名，要你處處小心翼翼，謹愼觀照，那是不錯的，卻不該忘了男子漢該有的爽快達觀！」

趙觀暗想：「達觀達觀，搞不好我眞是這人的兒子！」但他已嘴硬了這麼久，哪裡肯露出半點親近仰慕之意，說道：「咱們上路吧！這一路上，我便叫你浪子好了。」

成達苦笑道：「我自己的兒子叫我浪子，也未免太不像話了些。小子，你好歹叫我一聲成大叔。」趙觀道：「好，成大叔就成大叔。」忍不住又問：「你眞的是浪子？」成達道：「哪有假的？」拉過自己的馬，說道：「喂，趙觀，上馬！」

趙觀見他的馬甚是高大，與他以前騎過的南方馬不同，他不願示弱，抓住韁繩，便要跳上去。成達道：「你看我。」一手抓住馬韁，一腳踏上鐙環，翻身上馬。趙觀學樣，也翻上馬背，卻坐不穩，險些跌了下來，成達伸手扶了他一把。

趙觀便隨著成達起程向北行去。趙觀對成達漸有好感，卻仍不願認他爲父。成達也不以爲意，二人在路上談談說說，倒也很合得來。

這日來到靖江縣，二人在渡口等船過江。趙觀望著江水滔滔，甚是豪壯，說道：「成大叔，你瞧這江水眞是壯觀！」

成達微笑著望向他，說道：「趙觀，你生長在太湖邊上，一定識得水性了？」趙觀道：「那當然了。」回過頭，見成達臉上的微笑甚是詭異，問道：「幹麼了？」成達笑道：「沒什麼。我只是在看你的臉。你長得跟你娘眞像。」

趙觀哼了一聲，並不答話。成達道：「怎麼了，我說得不對麼？」趙觀道：「長得像我娘又怎麼了？我從小沒爹，又怎會長得像他？」成達笑道：「這什麼話？你長得像不像你爹，跟你爹在不在你身邊有啥關係？有些人一出生老子就死了，還是長得像老子。我自己就是這般，出生以來從來沒見過我爹一眼，人人卻都說我長得跟我老子一模一樣。」

趙觀笑了起來，問道：「你老子是誰？」成達道：「我老子當然就是你爺爺了。他叫成傲理，是當年天下第一幫青幫的頭子。他可是當時江湖上有名的美男子，號稱玉面英雄，聽說跟他有過露水情緣的姑娘就有上百位。」

趙觀嘿了一聲，笑道：「好厲害！」又問：「你怎會沒見過你爹？」成達道：「我出生之前，他就被人害死了。」趙觀問道：「誰害死了他？」成達眼望滔滔江水，淡淡地道：「那人也死了。我逼他自殺，替我爹報了仇。」

趙觀望著他的側面，見他神色肅然，便不敢再問。成達回過頭來，微笑道：「幹麼去說這些往事！喂，趙觀，你不高興我說你長得像你娘，因為你不喜歡自己生得這麼秀氣，是麼？」趙觀沒想到他有此一問，臉上一紅，連忙答道：「才不是。你胡說什麼？」

成達道：「長得好看也不壞，姑娘們都向你投懷送抱，有什麼不好？我年輕時也長得很俊，不然你娘從不輕易接客，怎會讓我進她的香閨？」

趙觀望向他，見他一臉大鬍子，粗獷英挺，果真長得不錯，心想：「我若長得多像他一點就好了。」口中卻道：「呸！老鼠上天平，自稱自讚！」成達笑道：「我是老鼠，你是老鼠兒子。」低下頭，悄聲道：「我教你一個法子。等你長大以後，留起鬍子，就不怕人家笑你是兔兒爺了。」

趙觀不知該笑還是該怒，瞪了他一眼，心想：「他又怎知道別人叫我兔兒爺？」

就在這時，擺渡的船蕩了過來，成達並不將馬牽上去，就道：「上船吧！」趙觀想問：「馬呢？」卻見成達向他眨眨眼，趙觀會意，便沒有問出口。兩人走上擺渡，跟著又有十多人走上，都是些鄉農樵夫之類。

渡船擺到江中心時，成達忽道：「趙觀，今兒天氣熱，咱們該下水去涼快涼快了！」便聽身後一聲慘叫，卻是成達單刀出手，砍死了一個鄉農。趙觀大驚，叫道：「你作什麼？」隨即看清，那鄉農倒在船板上，手中猶自握著一柄匕首，顯然想偷襲。船上十多人，連同那擺渡老漢，都冷冷地瞧著自己二人。成達持刀而立，冷笑道：「長靖幫什麼時候又幹起江上打劫的勾當了？」

卻聽那擺渡老漢發一聲喊，十多人紛紛取出兵刃，有的持刀，有的仗棍，一起向成達攻來。成達手中刀光閃動，快劈三刀，將當先三人砍下船去，其餘眾人大呼圍攻上來，竟都不是弱手。但見成達單刀極快，似乎只見得到刀影，見不到刀身。他招招凌厲，刀刀見血，狠辣快捷，趙觀從未見過這般高明的刀法，心中不禁驚歎佩服。他正看得出神，忽見一人揮刀向自己砍來，趙觀武功平平，驚呼一聲，忙繞到成達身後躲避。成達揮刀接過，一腳將那人踢入水中。木船劇烈搖晃，趙觀抓住船舷，才沒被顛下船去。

此時成達已將十多人砍傷，踢入水中。剩下兩人見成達神威，哪敢再戰，一人湧身跳入江中，意圖逃匿。成達拾起一柄刀向水中擲去，正中他背心，那人慘叫一聲，沉入江中，鮮血直冒上江面。最後只剩那擺渡老漢還在船上，他早嚇得心驚膽裂，丟下兵器，雙膝一跪，叫道：「英雄饒命！」

成達哼了一聲，喝道：「是張靖這小子派你們下手的麼？」

擺渡漢磕頭道：「是、是，是幫主的指令。」成達道：「他在這左近麼？」擺渡漢不敢不回答，點了點頭。成達道：「你送我們回南岸去。告訴張靖，我姓成名達，要他立刻來見我，我在宣來客棧等他。」

擺渡漢全身發抖，顫聲道：「是、是！原來是成少爺。小人有眼無珠，不知道您就是成少爺。我們奉命來找這小孩兒，絕不是有意和您作對。成少爺大人大量，恕罪則個！」

趙觀心想：「他們果然是衝著我來的。這浪子竟是什麼成少爺，這老漢又幹麼怕他怕成這樣？」

成達森然道：「你們長靖幫在江上打劫客旅，殺人越貨，這幾年愈發囂張，都沒人管了麼？」擺渡漢不斷磕頭，良久才敢站起，拿起槳，將船蕩回南岸，讓二人下船。

成達和趙觀牽了馬，來到江邊上的宣來客棧，要了間上房。成達關上房門，神色凝重，說道：「趙觀，你再詳細跟我說一次，你娘是怎麼死的？」

趙觀便述說了母親追捕那採花賊失手、採花賊在院中自殺、自己去找陳氏夫婦、回家後見到全館被殺盡等情。成達皺眉道：「對頭如此精細，怎會派出長靖幫這樣的小嘍囉來抓你？他們連那採花賊的線索都不曾留下，自不會再給咱們這麼個大線索。其次，你說館中有另一個少年的屍體，對頭多半以爲是你，又怎會再來追你？長靖幫這些人又怎能認出你來？」

趙觀低頭思索，心中也是一團疑惑，暗想：「成大叔外貌粗魯，想事卻很細到。」

成達想了一陣，說道：「我一時也想不明白。張靖那小子不敢不來見我，等他來了，咱們再作道理。」趙觀問道：「他們爲何這麼怕你？」成達微笑道：「他們不是怕我，而是怕了你爺爺成傲理。」

趙觀點了點頭。許多年後他才知道，成傲理死去已將近五十年，這些人如何會懼他？他們實際上是怕了成達本人。成達當年號召青幫幫眾直闖青幫總壇，逼迫幫主王聞喜自殺，爲父報仇，受幫眾擁爲青幫幫主。他推辭不受，將幫主之位讓給了對他有恩的幫中大老趙恨水的兒子趙自詳。幫會中人對成達敬重欽服無已，仍將他視爲青幫老大的繼承人。因此他雖是江湖浪人，在幫會中的地位卻甚高。此時雖已過了數十年，但成達義勇剛猛之名深植人心，餘威猶在，一般小幫會怎敢輕易去捋虎鬚？

過了不久，門外腳步聲響，一人在門外道：「成少爺，小人張靖求見！」成達道：「進來！」

一個小頭銳面的黑衣人快步走了進來，不斷打躬作揖，低著頭不敢直視成達。成達喝道：「張靖，你好大的膽子，動手動到我頭上來了！」

張靖連聲道：「恕罪、恕罪！小人實在不知是成少爺，不然我便有天大的膽子，也不敢向成少爺出手。」成達哼了一聲道：「諒你也不敢！給我老實說來，是誰要你來捉這孩子的？」

張靖道：「不瞞您說，小人是受了上面吩咐。這件事小人受了嚴令，不敢多說。」成達道：「上面？是青幫麼？」張靖道：「小人不敢說。」成達怒道：「你不說，難道我便查不出來？快快說了，省得眼下受皮肉之苦！」

張靖甚是爲難，遲疑半天，才道：「是、是！這個，事實上，小人這次出手，不是受青幫之命。」成達奇道：「你不聽命於青幫，還聽命於誰？」張靖不答。成達側頭想了想，脫口道：「是龍幫？」

張靖不答，顯是默認了。成達沉吟道：「凌夫人退隱後，將龍頭之位傳給虎俠的親信雲龍英。近年來雲某將龍幫整頓得好生興旺，勢力龐大，足可與青幫分庭抗禮，也難怪你們會聽命於龍幫了。」張靖道：「您老人家明鑑。」

成達盯著他道：「你怕龍幫，我卻不怕。這件事是雲幫主下的令麼？」張靖躊躇半晌，逃不過成達銳利的眼光，歎了口氣，說道：「成少爺，我就跟您說了，請您千萬不要說出是我透露的。」成達點頭道：「我理會得。」

張靖望了趙觀一眼，說道：「這要從好幾年前說起。那時有個龍幫使者前來本幫傳令，提起蘇州情風館一個妓女的兒子，要我們好生照看著，因此我們幾年前就留心上了這位小少爺。後來聽說情風館出事，我們的眼線見到小少爺出了蘇州城，我呈報上去，龍幫使者便要我們盡快請到小少爺，即刻護送他去龍宮。」

成達和趙觀聽了，都甚是驚疑，對望一眼。成達問道：「雲幫主爲何對這孩子這般重視？」

張靖支支吾吾一陣，才道：「這個麼，小人自然未得上面告知。其實我們兄弟也很好奇，悄悄去探查了，那個麼，事情似乎是這樣子的。十多年前，雲幫主曾在蘇州待過一陣子，三天兩頭上情風館，聽說和一個姓劉的妓女相好。我們後來想想，情風館只有館主劉七娘姓劉，那雲幫主多半便是劉七娘的客人了。後來我們得知這位小少爺是劉七娘的獨生兒子，那麼，那個，我們自然就猜想……是這麼一回事了。」

成達聽了，哈哈大笑。張靖不知自己說錯了什麼，不解地望著他。趙觀也是愕然，忍不住伸手搔頭。

成達望向趙觀，笑道：「我說得沒錯吧？」趙觀知道他是指母親到處跟人說自己是他們的兒子，不禁甚覺尷尬。他生長於妓院，從來沒去探究自己的生父是誰，反正妓女人盡可夫，妓女之子自然也得人盡可父了。他仔細回想，過去十三年來，母親只提過一句：「你跟你老子一樣愛喝酒！」他才知道自己的老子愛喝酒，其餘一概不知。此時他忍不住想問：「雲幫主愛喝酒麼？」但這句話太過離奇，畢竟問不出口，他不由得又窘又惱，心想：「我娘叫我趙觀，我爹多半也姓趙。現在兩個爹，一個姓成，一個姓雲，我娘眞是太會開玩笑了。」

成達笑了一陣，才道：「張靖，你放心，這件事我絕對不會說出去。這樣吧，你派個人帶路，我和這小少爺一起去龍幫一趟，面見雲幫主，將事情說清楚了。」

張靖喜出望外，說道：「沒問題、沒問題！我親自帶路，恭送兩位去龍宮。」成達道：「如此甚好。我們休息一日，明兒便上路。」張靖連聲道：「沒問題、沒問題。一切讓小人安排，絕對妥貼，不讓您二位費半點心。」說完向二人告辭，退了出去。

趙觀見成達臉上笑意不減，惱道：「笑夠了沒有？」

成達又呵呵笑起來，說道：「你娘當眞不簡單，不簡單！雲龍英那樣的人物，嘿嘿、嘿嘿。」趙觀問道：「雲龍英怎樣了？」

成達道：「不錯，是個人物。」又道：「趙觀，江湖上的門派幫會裡，有所謂的九派、二幫、三門、四世家。後來龍幫興起，勢力凌駕於所有黑道幫會。十多年前南昌之役後，門派、世家大多衰弱不振，很多武林人物便加入了幫派，因此現今武林可說是幫派的天下。幫派中以青幫最爲龐大，你爺爺當年曾是青幫的大頭子。其次是丐幫。丐幫淵遠流長，勢力廣布大江南北，幫中大都是會武的乞丐。再來便是龍幫了。龍幫原是虎俠所創，在凌夫人秦燕龍手下發揚光大，叱吒風雲，殲滅爲禍世間的火教……」

趙觀問道：「火教？」

成達道：「是，那是過去的事了。南昌一役，凌霄和燕龍二人率領正派武林人士攻上獨聖峰，殺死火教教主段獨聖，平息火亂。現今火教已斬草除根，不復見於江湖了。」趙觀點了點頭。

成達又道：「後來秦女俠退隱，便將龍幫交給了雲龍英掌管。他本領不小，年紀不到五十，已與丐幫幫主吳三石、青幫幫主趙自詳齊名。你娘當眞是慧眼識英雄，十多年前便知道雲龍英是號人物。」

趙觀呆呆地想了一陣，不知希望誰是自己的父親多些。又想：「或許我娘叫我趙觀，只是隨便取個姓罷了。若是跟著她姓姬，我豈不是要叫姬觀？姬觀雞冠，多麼難聽！若是姓劉，劉觀，倒也不壞，像是劉關張三結義的劉關。唉，我眞是一塌糊塗，殺母仇人不知是誰，生父也不知是誰，連自己姓什麼都不知道，天下哪有這等糊塗事？」

成達似乎只覺事情十分有趣，喚店小二送酒菜到房中來，與趙觀對飲談笑。趙觀哪有心思說笑，看著成達一碗接一碗地喝，心想：「這人愛喝酒，或許眞是我爹。但說不定那雲幫主也愛喝酒，誰知道了？他媽的，我也多喝幾杯，少爲這等糊塗事傷腦筋。」便與成達暢懷對飲，直喝到大醉，人事不知。

次日趙觀睡到午後才醒，下午又休息半日，第二天清晨便和成達跟著張靖上路。張靖招呼得十分周到，替兩人僱了輛大車，一路好吃好住，向西北緩緩行去。成達和趙觀在路上悠遊玩樂，倒也十分愜意。

趙觀心中甚有打算，知道自己一到龍宮，身世之謎多半便會大白，自己若不是成達之子，便得和他分別，心想：「這人刀法極好，我若不向他學學，以後可沒有機會了。這等良機怎能錯過？但他很可能與我無親無故，又怎會教我刀法？」

在路上行了數日，這晚二人在客房中吃飯閒聊，趙觀終於鼓起勇氣，向成達道：「成大叔，你那日在船上砍殺那幾個長靖幫的傢伙，有一招是這樣的。」說著拿著筷子比了起來，那是一刀向右橫劈之後，再斜斜拖回，攻向敵人上盤。趙觀又道：「我在想，你這一刀爲何要砍這麼高？若是砍中盤，不是較容易中敵麼？」

成達放下筷子，看著他比畫，說道：「砍向上盤的這一刀原是虛招，其後還藏有三四個後著，並非就憑這一刀傷敵。那持棍的傢伙武功不行，這一刀便被我砍中了肩膀。若是遇到高手，多半砍他不到，而我變招後可以自守，可以再攻，較爲靈活。」

趙觀想了想，問道：「你刀已斜上在外，怎樣變招才能自守？」

成達笑而不答，望著趙觀，說道：「你想向我學刀法，就直說好了。你以為我教是不教？」趙觀直言道：「我若認你為父，你多半會教。我若不認，你多半便不會教。」成達哈哈大笑道：「你倒清楚得很。」

趙觀歎口氣，說道：「罷了！我娘啥都沒跟我說，我又怎知我爹是誰？我若認你，認對了便罷，認錯了便是諂媚加糊塗，你要我怎麼辦？」說著靠在椅上，心下甚是懊惱。

成達隔桌望著他，說道：「趙觀，你聽好了。你若不怕吃苦，我便教你。」

趙觀大喜過望，抬頭道：「當眞？」成達點了點頭。趙觀當即翻身下椅，跪在地上向他磕了三個頭。

成達並不扶他，緩緩說道：「所謂一日為師，終身為父。你今日向我磕這三個頭，便算是我的弟子了，我自當盡心教你這披風刀法。此後不論有何變卦，咱們師徒關係總是不變。知道了麼？」

趙觀喜上眉梢，說道：「師父在上，弟子知道。」成達搖頭道：「你不用叫我師父，仍舊叫我成大叔便是。」趙觀點頭答應。

次日成達便開始教趙觀刀法。成達一改平時的笑謔隨便，教起武功來嚴肅謹慎之極，趙觀略一鬆懈，便嚴辭訓誡。趙觀武功原有一些根底，卻甚是粗淺，從未得窺上乘武功，此時得遇明師，自是收起素來的懶散任性，認眞苦學苦練。

成達一路盡量減緩行程，往往藉口要帶趙觀上山下水觀賞風景，在一地停留好幾日，等到趙觀將某一招練得有幾分火候了，才再上路。如此走了將近三個月，才到了五盤山腳。此時趙觀已將成達的刀法學了個三四成，下來便得靠自己苦練了。成達也傳了他一些輕功口訣，讓他自行摸索練習。

三人到了山腳，先在一間客舍歇腳，張靖逕去向龍幫守衛通報。成達讓趙觀在後院演練披風刀法，不斷糾正指點。待趙觀演練三遍，全無錯誤後，成達才道：「觀兒，你很聰明，學得很快。但武功一道，須得日日下苦功、時時勤磨練，才能練得精深。我以後不能這麼早晚督促你，盼你自己好自為之。」趙觀大驚，說道：「成大叔，你……你要走了？」

成達道：「世上事物有合便有分，我們能相處一段，也算有緣。緣聚緣散，乃是自然之事。我送你上山，將你交到雲幫主手中，之後我便要去了。」

趙觀極為不捨，這些日子中他心底早將成達當成了父親，對他愈來愈感親厚敬愛，總擬他會將自己帶在身邊，自己也可有個足以依靠的長輩，豈知他就這麼要捨己而去了！他轉念又想：「像他這般的江湖浪子，怎能帶著個兒子行走江湖？況且我還不一定是他的兒子。再說，我娘又不是他的妻子，他或許還有八個老婆、十多個兒子等著他去照顧教養，哪能將時間全耗在我身上？」這麼一想，雖是想通了，心中仍不免哀傷難捨，吸了口氣，在成達身前跪下，恭恭敬敬地磕下頭去。

成達扶起他，說道：「你母親是我素來欽佩的奇女子，且她昔年曾對我有恩。你是姬火鶴之子，我教你武功，也是義之所當。」趙觀點了點頭，心中不由得有些惶惑：「他再也不提認他為父的事，現在又說教我武功是因為我娘對他有恩，並非因為我是他的兒子。

難道他已知道我不是他的兒子？」

正此時，張靖來到後院，說道：「成少爺、趙小爺，雲幫主傳話來，請兩位上山相見。」他身後跟著四個龍幫幫眾，走上向二人行禮，甚是恭敬，當先領路，帶二人向山上行去。

第十六章　龍宮作客

上龍宮的路途甚是艱險，六人都身負武功，也足走了一個多時辰，才來到宮門前的青石大道。遠遠便見龍宮宮門高聳，飛龍盤柱，氣勢磅礴，極為壯觀。待得走近，但見一個身材高壯的中年人站在門口，青布長袍，劍眉方面，氣度不凡。四名幫眾向他躬身行禮，口稱：「幫主！」

那人果然便是雲龍英。他低頭向趙觀打量了幾眼，便向成達抱拳為禮，成達也抱拳還禮。雲幫主請二人入宮坐下奉茶，問起路上諸事，說道：「我聽聞張幫主隨二位於四月中自蘇州起程，估計上月十日前後便會到達，想是路上有所延誤？」

成達道：「也沒有什麼延誤。趙觀從沒走過遠路，我帶他沿途看看山水奇景，有時風景太好，多留了幾日，因此行程慢了些，請雲幫主勿要見怪。」

雲幫主早知浪子成達和趙觀作一道，卻不知他和趙觀是什麼關係，又為何千里迢迢跟上龍宮來，想出口詢問，又覺不妥，寒暄一陣後，仍摸不清成達上龍宮來有何意圖，終於忍不住道：「成大俠，在下仰慕閣下為人武功已久，一直盼望能有機會向閣下請教。我有一柄寶刀，傳說是當年刀王胡大曾經用過的。閣下是刀王唯一的傳人，在下斗膽想請成大俠法眼鑑定一下。有請成大俠移步。」又吩咐道：「阿福，拿些點心來給小公子吃。」便領著成達走到廳後一間旁室中，關上了門。

趙觀望著他們走去，心中又是緊張，又是好笑，這兩人都是當世英雄，又都以為自己是他們的兒子，關起門來談，不知會談出什麼來？

過了一頓飯時分，成達和雲幫主才相偕走出，兩人談笑甚歡，神色自若，不像曾起爭執或談過什麼尷尬之事。趙觀望著二人，心中疑惑大起。三人又坐著聊了一會路上見聞，都是些不著邊際的話頭。又過一陣，一個僕人進來說道：「啓稟老爺，夫人有請。」雲幫主點了點頭，向二人告罪，走入內廳去了。

成達起身走向庭院，回頭望了趙觀一眼，示意要他跟過去。兩人先後走進廳側的庭院之中，趙觀望著成達的背影，心中怦怦亂跳，暗想：「他要告訴我我生父的祕密了麼？到底誰才是我爹？還是他們都不知道？」

卻見成達回過頭來，向自己一笑。趙觀也勉強擠出一個笑容。成達道：「趙觀，我一會便要下山了。你留在這裡，一切謹慎，乖乖的不要鬧事。」

趙觀只覺得一顆心直往下沉，想問：「雲幫主真是我爹？你怎知道？」還未問出口，成達又道：「只有二事你須注意。雲幫主認識你母親，卻並不知道她便是武林三朵花的姬火鶴，也不知你們是百花門人。我沒有說破，你可以跟他說，也可以不說，全由你自己。第二，我教你的刀法，不要在別人面前施展，自己去山上找個僻靜地方早晚習練，不要鬆懈了。」

趙觀點點頭，心知成達就要離去，淚水不禁湧上眼眶。成達說完便走回廳中，此時雲幫主也已出來，趙觀聽得成達向雲龍英告辭，忙抹去眼淚，快步走向大廳，心想：「這件事非得問個清楚不可！」但見成達和雲龍英握手道別，甚是親熱，當此情景，要開口問哪個才是自己的父親，畢竟難以啓齒。他呆在當地，但見成達向自己走來，拍拍他的肩頭，微笑道：「趙觀，你年紀還小，別喝太多酒，知道麼？」趙觀說不出話，只點了點頭。

成達向雲幫主一拱手，回身出廳，大步走出宮門，下山而去。

趙觀追了出去，望著他的背影，心中一陣悵惘，不知是何滋味。卻聽身後雲幫主說道：「阿福，你領觀少爺去房間休息。酉時正吃飯，你帶他去飯廳，夫人要見他。」

趙觀回過身來，卻見雲幫主已和身邊兩個幫眾談起話來，僕人阿福走近前來，作手勢請他向宮內走去。他回頭見成達的背影已消失在山後，便跟著阿福去了。

那龍宮建築雄偉奇詭，道路千曲百迴，趙觀卻毫無心情去看各處布置，跟著阿福走了一陣，來到一間偏屋之中。阿福替他開了門，說道：「小少爺，這兒便是您的房間。」

趙觀見那屋子布置得甚是精潔，正中是一間小廳，左首是一間臥房，右首是一間書房。他走入臥房，見床上被褥枕頭一應俱全，打開衣櫃，各種衣服疊得整整齊齊。他拿出一件往身上一比，竟然完全合身，不由得一怔。

阿福笑道：「小少爺，老爺知道你要來，早先就吩咐了，讓奶奶叫丫頭們給你縫好了四季的衣服。」

趙觀在情風館時，生活雖較一般的小廝優厚，也只不過有一間小小的臥室，三套換洗衣服。這屋子比他母親的房間還大，滿櫃新衣，他不由得受寵若驚，心想：「他們眞把我當成少爺了？那奶奶又是什麼人，便是雲幫主的老婆麼？」轉頭向阿福一笑，說道：「阿福伯伯，哪幾位阿姨替我縫了衣服，還請你代我向她們道一聲謝。至於奶奶那邊，我得親自去向她道謝才是。」阿福笑道：「少爺體貼下人，我們當不起的。剛才老爺吩咐，奶奶今晚會跟少爺同進晚飯，少爺當面向她道謝便是。」

趙觀悄聲問道：「阿福伯伯，奶奶脾氣怎樣？請你跟我說說，免得我等會兒應答失禮。」阿福道：「夫人脾氣如何，小人怎敢亂說？」

趙觀望著他，臉上露出失望焦慮之色。阿福心中不忍，便道：「不瞞少爺說，奶奶性子很嚴肅，不喜歡別人跟她說笑。她生起氣來，罵人很凶的。」趙觀點了點頭，心想：「你定是常常拍馬屁拍到馬腿上，被她斥罵。哼，一個嚴肅的老太婆，對我這麼好作什麼了？她想要我認她爲娘，再也休想。」

趙觀慣於和情風館裡的伴當僕役相處，當下便與阿福閒聊起來，慢慢從他口中揣摩情況，不多久就摸出了個大概：原來雲幫主膝下無子，雲夫人只生了一個女兒，比趙觀大三歲，今年正好十六，已許給了虎嘯山莊的大公子凌比翼。雲幫主雖收了不少弟子，但始終以沒有兒子爲憾，中年尋到一個兒子，自是歡喜之極，決意要好好教養他，盼他能繼承雲家香火。

趙觀莫名其妙，心想：「我還不知道你是不是我爹，你就要好好教養我，還要我繼承你雲家的香火。他媽的，是你瘋了還是我瘋了？」

當夜一個丫鬟來到他屋中，服侍他梳洗更衣。趙觀逗她說笑，她都只微笑不答。將到酉時，阿福來到門口，領趙觀去飯廳。趙觀見宮中處處打起青色燈籠，心想：「這龍幫可有錢的很，夜夜打這麼多燈籠，倒像我情風館招攬客人一般。燈籠不打紅色打青色，陰森森的嚇唬人麼？」

他來到飯廳中，只見一個中年婦人坐在廳上，一身黑底繡花緞袍，極爲講究，一張富態圓臉未施胭脂，嘴角下垂，神情冷肅。那婦人見他進來，只輕輕哼了一聲，並不開口。趙觀不自由主生起厭惡之意，心想：「那些院子裡的老鴇母上起妝來，我道已不怎麼好看了，沒想到老女人不上妝更加難看。」阿福在他後面推他一把，低聲道：「快見過奶奶。」

趙觀走上幾步，躬身說道：「奶奶好。」

那婦人轉過頭來，望了他一眼，又別過頭去，仍舊不說話。趙觀站在當地，不知該如何是好，便走到一邊去坐下。便在此時，一個少女從屛風後走了出來。趙觀眼前一亮，但見那少女約莫十六七歲，明眸皓齒，容貌妍麗動人，神態高貴矜雅，想來便是雲幫主的獨生愛女了。那少女轉頭瞥了趙觀一眼，又望向母親，說道：「娘，這便是爹找回來的孩子麼？」

那婦人哼了一聲，說道：「可不是！骯髒地方出來的孩子，果然沒半點教養！非凡，妳去教教他，該怎樣來見我。」

雲非凡道：「是。」來到趙觀面前，說道：「小弟弟，這位是我娘。你第一次見她老人家，該要跪下向她磕頭才是。來，我帶你行禮。」說著拉起他的手，帶他去向雲夫人磕頭。

趙觀見她神態和善，不好拒絕，但要他向那婦人磕頭，畢竟不肯，便道：「姊姊，我平生只向天地君師、佛祖菩薩、忠臣烈士、英雄好漢磕頭，請問妳娘是哪一種？」

雲夫人聽了不由得大怒，豁然站起身，瞪大了眼，一時氣得說不出話來。

便此時，雲幫主剛好走進門來，雲夫人轉向丈夫，指著趙觀叫道：「你聽聽，你聽聽，這孩子說話可有多無禮！」

雲幫主也聽到了趙觀的言語，甚覺尷尬，向他招手，溫言道：「孩子，你過來。此間諸事我還未好好跟你說明清楚，是我不好。我是你的爹爹，這位便是你的母親。快來向母親問好。」

趙觀見他溫顏和語，便道：「雲幫主，我從小跟著我娘長大，從來不知我生父是誰。但我曉得這位不是我娘，我最多稱她一聲阿姨便是。至於你，在我不能確知你是我父親之前，便暫時稱你一聲大叔，你瞧如何？」

雲幫主和雲夫人都是一愣，沒想到這野孩子竟不肯開口叫父母。雲夫人怒道：「龍英，這孩子已經十多歲了，現在再要教養，怎還來得及？他跟著他娘那等低賤的女人長大，哪裡還能改性？」

趙觀聞言大怒，衝上前指著雲夫人，大聲道：「喂，妳憑什麼罵我娘？」

雲夫人身為龍幫幫主夫人，地位尊貴，幫中人人對她畢恭畢敬，哪裡見過一個少年在她面前如此無禮？只氣得全身顫抖，臉色發白。雲幫主忙在一旁打圓場，說好說歹，才撫平了夫人的怒氣。雲非凡向趙觀瞪了一眼，心想這孩子衝犯母親，大是不該。阿福和其他僕婢眼見素來嚴厲的主母受了這野孩子的氣，心中暗暗稱快，但也覺得趙觀對長輩出言大膽無禮，未免過分。

雲幫主終於勸得一家人坐下吃飯，這頓飯自是吃得十分不愉快。雲夫人不斷挑剔趙觀出身低下，不懂規矩，容貌太過秀氣，沒有半分男子氣概等等，雲幫主則不斷為趙觀說好話，說趙觀在雲夫人的調教之下，假以時日，定能長成個知禮孝順的青年。

趙觀一一聽在耳中，強自忍耐，不動聲色，心想：「他媽的，我要孝順，也不會孝順妳這刁鑽的醜八怪老太婆。妳要來調教我，那是妳自討苦吃，可怪不得我。」

晚飯過後，雲幫主將趙觀叫到房中，將他訓斥了一頓。趙觀哪裡聽得進去，插口問道：「雲幫主，你怎知道我是你的兒子？」

雲幫主微微一呆，說道：「我怎麼不知道？我識得你母親劉七娘，是她親口跟我說的。」趙觀心想：「她也跟成大叔這麼說，可見我娘說話不大可靠。」口裡說道：「原來如此。」

雲幫主道：「我知道你母親不久前死於祝融，我為此非常難過。多年來我一直想接你來住，都不得其便。」趙觀問道：「爲什麼不得其便？」

雲幫主歎了口氣，說道：「孩子，你才來第一天，便惹得夫人如此生氣，實在很讓我爲難。」趙觀恍然，心想：「我娘還活著的時候，他老婆怎會讓我來？我娘豈不是母以子貴，比她雲夫人還要重要？」又想：「我和娘在蘇州過得好好的，她又怎會讓我來這裡受這等鳥氣？」但見雲幫主神色凝重，直望著自己，目光中充滿期許之意，便低下頭，沒有答話。

雲幫主又道：「夫人表面嚴峻，但她內心其實非常善良，你多認識她一些，便會知道了。現在我也不勉強你叫她母親，只要對她有對長輩的恭敬之心便行。再怎麼說，她都是家中的主婦，就算你母親在世，也是要向她磕頭，聽她的話。」

趙觀點了點頭，忽道：「雲幫主，我母親不是死於火災，她是被仇家殺死的。」雲幫主呆了呆，問道：「仇家？」

趙觀見他露出不信的神氣，心想：「我若不說出我們是百花門人的事，他定然不會相信有高手來我館裡屠殺。」正遲疑要否說出，雲幫主已搖手道：「這樣吧，我明日便派手下去蘇州察查。這件事，你年紀還小，就不要去多想了。我讓人在龍宮後的寺廟裡替你母親供個牌位，你逢年過節可去燒香祭拜。我今兒還有事忙，你也早點去休息吧。」

趙觀聽他無意詢問詳情，便不再說，行了禮走出屋去。卻見一個少女候在門外，雙眉揚起，滿面怒容，雙手叉腰，正是雲非凡。她瞪著趙觀，說道：「小弟弟，我娘被你氣得胃痛難受，你快去向她賠罪！」

趙觀心中正煩，哪肯聽她的話去向老太婆道歉，當即回口道：「是她先出口侮辱我娘，幹麼我要向她道歉？」

雲非凡睜大了眼睛，驚訝這小孩怎能如此出言不遜，隨即柳眉倒豎，一伸手，啪一聲清清脆脆地打了趙觀一個耳光，喝道：「小子，你來到我們家，是飛上枝頭作了鳳凰，這還不明白麼？你不感激娘讓你住進來，還要這般忤逆她、氣惱她，世上忘恩負義、無恥愚蠢之徒，沒有能及得上你的了！」

趙觀雖也會些武功，但雲非凡一來年紀較大，二來從小受父親指點武功，這一巴掌他更無法避過，頰上登時高高腫起。他心中大怒，但自知打不過她，又想好男不與女鬥，便不回手，只狠狠地瞪著她，心中轉著無數粗言穢語，卻不敢罵出口。

雲非凡道：「走！跟我去見娘。」

趙觀大聲道：「不去！不去！妳打死我也不去！」雲非凡大怒，揮掌又要打他，趙觀連忙抱頭躲避，口裡大叫：「臭小娘凶蠻潑辣，誰娶了妳誰倒霉！」

雲幫主早聽到兩個孩子在屋外的話語，開門出來阻止道：「非凡，觀兒由我來教訓，妳不得打他。他年紀小，又不會武功，怎挨得了妳的拳掌？妳去跟妳母親說，我就去看她。這孩子長途跋涉，想必累了，我讓他先去休息，有什麼事情明兒再說。」

雲非凡聽雲幫主這麼說，只得強壓怒氣，低聲答應。趙觀便自回房去，心中一團怒火，暗將雲家的十八代祖宗都罵了個遍。

此後趙觀便在龍宮中住了下來。雲幫主事忙，一個月只有幾日在山上。起初雲夫人每日同女兒和趙觀一起用三餐，趙觀受不了她的刻薄挑剔，便有時早去，有時晚到，如躲鬼怪般避著雲夫人，便遇上了，也冷冷地十分無禮。雲夫人看不慣趙觀小流氓般的言行舉止，對他厭憎已極，見到他便皺眉，偶爾叫他過來糾正指責，訓斥一頓，趙觀總翻起白眼，毫不理睬。雲夫人滿肚子氣，見到他便吃不下飯，此後便要趙觀在自己和女兒吃完後再吃，有時甚至令下人不要給他準備吃食，讓他飽一頓、餓一頓的，只有雲幫主在山上時她才勉強和趙觀同桌吃飯。趙觀和雲非凡起初有若仇人，之後互不侵犯，倒也相安無事。

雲夫人身負教養趙觀的重任，卻怎也改不了趙觀的性子，又是厭惡，又是苦惱。一次她請了個先生來教他讀書，趙觀便在書房裡撒潑胡鬧，將先生氣走；一次找了個武師來教他練武，趙觀看不起那武師的武藝低微，便出言譏刺，翹起腿不肯學。雲幫主數次想親自教他武功，但雲夫人生怕趙觀學了上乘武功後更加無法管教，便推說趙觀已有師父，或是他身體虛弱，或是他學武不認眞等等，加以阻止。雲幫主幫務繁忙之下，便也打消了親自授藝的念頭。

如此數月過去，趙觀見雲幫主再也不提探查母親仇家之事，心想：「他只要知道我娘死了就好，哪裡會花心思去替她報仇？老太婆不讓他教我武功，我在這宮裡虛晃時日，又能有什麼作爲？」

他跟龍宮中諸人格格不入，當眞是度日如年，卻又不知下了山能去哪裡，想起成達臨行前要自己乖乖待著，才忍耐著留下。宮中的僕役丫鬟見主母厭惡他，便也對他冷面相待，背後都叫他婊子兒子，又因他生得好看，或叫他姑娘少爺。趙觀心中不痛快，幾番想出手將所有人都毒死了乾淨，總算自己克制住了。他在蘇州時也是個受人輕賤的小廝，但至少街坊上還當他是個人，在情風館裡更是母親和眾姊姊們的心肝寶貝；在龍宮他卻像根梗在喉嚨裡的刺一般，受盡冷眼譏嘲，處境難堪已極。時間久了，他也懶得跟雲夫人和下人們計較，閒著無事，便早晚勤練成達傳授的刀法，又拿出母親的百花門毒術祕笈，細心研讀，偶爾上山去尋找毒蟲，帶回房中培養，倒也自得其樂。

第十七章　虎山傳人

如此住了一年餘，這日雲幫主回到山上，叫了趙觀過來，說道：「觀兒，今兒爹有客人來，你在旁伺候著，看看人家的孩子是怎樣的。」

趙觀問道：「是誰要來？」雲幫主道：「是虎山凌大俠的二兒子凌雙飛。他年紀比你大不了幾歲，武功高強，英雄俠義，是武林少一代中數一數二的俊傑。你該趁這機會多向凌二哥請教才是。」

趙觀應了，望向一旁的雲非凡，見她臉露微笑，便走過去低聲問道：「是妳未來的小叔？」雲非凡瞪了他一眼，臉上紅暈，顯是默認了。趙觀逗她道：「我聽說凌家兄弟是雙生子，長得一模一樣，見了小叔，就跟見到妳的未婚夫一樣了。」雲非凡自言自語道：「我也很久沒見到他啦，不知他這幾年變了多少？」

趙觀道：「想來看了弟弟，就知道哥哥變了多少。」雲非凡瞪了他一眼，啐道：「你說夠了沒有？人家兩位公子都是英雄豪傑，武功氣度樣樣比你高出百倍。哼，就算生了一張跟你一模一樣的臉蛋，卻跟你一般沒有半點出息，我正眼也不瞧一下！」

趙觀不知從何生起一股妒意，心想：「妳這般推崇凌家公子，卻看不起妳自己的弟弟，世上哪有這樣的姊姊？」又想：「妳平日對凌家大公子朝思暮想，神魂顛倒，瞎子都看得出來。我倒要看看這凌家二公子有什麼了不起？」

卻聽雲幫主的左右手葉揚道：「幫主所言甚是，凌家兩位公子都是極爲出色的人中俊傑，年紀輕輕，武功行事已令武林中人讚服不已。」雲幫主點頭道：「他父母親都是一等一的高手俠士，這兄弟倆自也是出類拔萃的了。」

趙觀甚是好奇，問道：「葉叔叔，請您說說，這兩位凌公子究竟怎樣出色法？」雲非凡嗤笑道：「誰似你這般孤陋寡聞，竟然沒聽說過凌家兄弟的事跡！」趙觀惱道：「我就是孤陋寡聞，那又怎樣了？」

葉揚微笑道：「少爺既然問起，我便爲少爺說一說。虎嘯山莊大公子凌比翼還是少年時，足不出山，便已名動武林。那時有個江湖上公認劍法超卓的劍客，叫作『寒光一劍震神州』崔無敵。這人自以爲劍法無敵於世，氣勢洶洶地上虎山向醫俠挑戰。他不知去往虎嘯山莊的路徑，走到山腰時，遇上了一個十多歲的少年，正挑著柴往山上行去，便向少年詢問醫俠住在何處。少年回答道：『我爹爹去山裡採藥了，這個月也不知回不回來？』崔無敵見找不到醫俠，便想改日再來。那少年問道：『你是來找我爹爹挑戰劍術的麼？』崔無敵道：『正是！』那少年喜道：『你不用找我爹爹啦，我來接你的招吧！』這少年便是凌比翼了，那時他才剛滿十五歲。」

雲非凡聽到此處，嘴角露出微笑，神色極為得意。

葉揚續道：「崔無敵見這孩子不過十幾歲年紀，竟然狂妄如此，不由得惱怒，仰天大笑，說道：『我若不在二十招內打敗你這小鬼，我不姓崔！』當時崔無敵劍術已臻上乘，對這少年竟然說出二十招，還是看在他是醫俠兒子的分上，對他十分忌憚了。他和一般江湖中人對敵時，很少用到五招以上。」

雲幫主歎道：「確是如此。我見過這位崔無敵的劍術，那時他向武當派第二代的弟子挑戰，竟然沒有一個是他的對手。年紀不到四十已有此造詣，也難怪他如此自負了。」

葉揚續道：「當時凌比翼笑道：『二十招便二十招！你若不姓崔，卻要改姓什麼？』說罷從背後拔出長劍，便和崔無敵交起手來。這場比試，到今日武林中人還津津樂道；那崔無敵不但沒在二十招內打敗他，竟在二十招內被凌比翼打斷了長劍。他全沒料到自己會輸給一個十多歲的小娃子，羞愧已極，從此隱姓埋名，封劍不出，江湖上算是沒了這號人物。」

雲非凡轉頭向趙觀望去，臉上滿是譏嘲之色，似乎是問：「凌大哥這樣的人物，你比得上麼？」

趙觀想起自己也是十五歲，武功卻仍稀鬆平常得緊，哪裡能和凌比翼相提並論。輕哼一聲，轉過頭去裝作沒有聽見。

葉揚續道：「自此之後，醫俠長子凌比翼的名號便在武林中傳開了。他第一次出劍便打敗了崔無敵，你想這少年的武功有多麼令人震驚？江湖上人人皆知醫俠和秦女俠是當世劍術數一數二的高手名家，只沒想到他夫婦沉潛不出，他們的兒子竟練就了一身傲視江湖的上乘武功。醫俠退隱後仍能教出這樣的兒子，也足以自傲了。」

雲幫主搖頭道：「你道醫俠很為此得意麼？那你就錯了。他聽說兒子出手和人對劍，大大不快，以為他武功未成便驕躁自滿，存心炫耀，將兒子教訓了一頓，又親自去向崔無敵道歉。此後數年，凌比翼再也沒有出山，繼續跟著父母練武，直到十八歲才正式出山。他那時的武功傳說已和醫俠年輕時不相上下，達到了一流高手的境界。這位凌大公子出山後四處行俠仗義，英名遠播，武林中人無不欽服。」

雲幫主說到此處，轉頭向趙觀望去，臉上露出期許之色，說道：「觀兒，凌二公子雙飛當年和兄長一起出山，名聲武功、行事作風都不在其兄之下。你回頭見到他，該多向他請教學習才是。」

趙觀點了點頭，沒有說話，暗自對這兩個凌家公子已是滿心厭惡。

過不多久，門口報說凌二公子已到了山門外，雲幫主帶著女兒和趙觀到宮門口迎接。卻見一個二十出頭的青年快步來到山門口，但見他一身勁裝結束，腳步輕捷，精神飽滿，容貌俊朗，眼神明亮，眉目間英氣十足，確然是個超凡拔萃的人物。趙觀看了他的儀表，也不由得暗暗折服。那青年向雲幫主躬身行禮，說道：「小侄雙飛，拜見雲世叔。家嚴家慈囑小侄向幫主問好，並問候幫主夫人身體清健。」

雲幫主點頭道：「有勞賢侄代問，愚叔和內人都好。」凌雙飛轉向雲非凡一揖，說道：「愚兄雙飛，見過雲姑娘。」雲非凡滿臉通紅，點了點頭。

雲幫主迎凌雙飛進宮，請他在大廳坐下，問起他父母家人。凌雙飛對答得體，談笑自若，年紀雖輕，已甚有威嚴氣度。他說承父母之命來龍宮造訪，希望能多留幾日，向雲幫主請益。雲幫主從他母親手中接過龍幫，對他凌家自是萬分敬重，滿口答應了。凌雙飛便向他請問幫務情形，雲幫主一一詳答，毫不省略隱瞞。

趙觀聽了一陣，都是些龍幫在何處的分壇如何如何之事，甚覺無聊。一直到傍晚，雲幫主和凌雙飛的談話才告一段落，四人一起用了晚飯。飯後雲幫主有事去忙，便留雲非凡、凌雙飛和趙觀三人在小廳中用茶點。雲非凡連使眼色要趙觀出去，趙觀卻假裝不懂，坐在桌旁不走。雲非凡只好不去理他，問凌雙飛道：「大哥可好麼？」

凌雙飛道：「大哥都好。大哥也讓我問候雲姑娘好。」雲非凡臉上露出喜色，趙觀忍不住笑了出來。凌雙飛向他望去，早先雲幫主介紹趙觀時，只說了他的名字，因此凌雙飛一直不知他是誰，便問雲非凡道：「雲姑娘，這位小兄弟是令尊的弟子麼？」

雲非凡道：「不，他是我的異母弟弟。」

凌雙飛一怔，說道：「我竟不知令尊有這麼大的兒子了！」說著向趙觀多打量了幾眼。雲非凡道：「他來龍宮也有一年多了。他母親是蘇州人，前年他母親不幸逝世，我爹就讓人接他來這兒住下。」凌雙飛道：「原來如此。雲幫主中年得子，真是喜事一件。」

雲非凡又向他問起凌比翼的情況，聽說未婚夫並沒有託弟弟送信或傳話給自己，甚感失望。趙觀自凌雙飛來到後便沒有出過聲，此時忽然插口道：「凌大哥武功高強，英雄過人，他既有這許多行俠仗義的大事去辦，這些捎話傳信的小事，自然不免忘上這麼一兩件、兩三件了。姊姊又何必放在心上？」

雲非凡怒目向他瞪視，趙觀卻笑嘻嘻的，轉向凌雙飛道：「凌二哥，你說是不是？」

凌雙飛心想：「這小弟弟忒地頑皮，故意用話氣他姊姊。」他尚未摸清這對姊弟間的關係，便道：「大哥這些日子都在山西，我離開時他並不在虎山上。他肯定有很多話想跟雲姑娘說的，只是沒機會託我傳話罷了。」

雲非凡微覺安慰，問起凌大哥在山西作些什麼。凌雙飛便說起兄長行俠仗義的事跡，雲非凡聽得津津有味，不斷追問細節。

趙觀甚覺奇怪，心想：「這凌大哥聽來像是個人物。但他的兄弟來看他未婚妻，這凌大哥不但沒送她什麼體己的事物，連句話也沒帶，未免太不解風情。」眼見凌雙飛和雲非凡對答熟絡，言笑晏晏，將自己冷落在一邊，不由得甚感無聊無趣，暗想：「我趙觀是木頭人麼？你們當我聽不到、不會說話，我便繼續作木頭人好了。哼，風水輪流轉，莫要得意得太早。說不定我趙觀以後揚名江湖，稱雄武林，你們兩個想要聽我說句話都求不得呢。」但他自知武功氣度、品貌家世、談吐見識，自己處處比不上凌雙飛，連坐在他身邊都不禁自慚形穢，這麼想想只是自我安慰罷了。

第二部

百花門主

第十八章 離家出走

卻說凌雙飛在龍宮中待了三個多月，日日跟在雲幫主身邊，助他處理幫中事務。雲幫主對他讚不絕口，說他能幹明達，是少見的人才。雲夫人也很喜歡他，開口閉口便說凌大俠夫婦好福氣，有如此佳質良子，又說雲非凡將來嫁到凌家，也是她的福氣。

趙觀心想：「你自己夫婦生不出兒子，只找了個不成材的小子回來，果真沒有福氣得緊。」他原本便厭惡待在龍宮，這些日子只更覺難以忍受。

匆匆三個月過去，凌雙飛向雲幫主辭別。趙觀心想：「這地方我是待不下去了。雲夫人巴不得我立地消失，雲幫主不肯教我武功，也不幫我報母仇，我還待下去吃閒飯幹什麼？成大叔那時曾說，我要報母仇，須得去找虎嘯山莊凌莊主。不如我便跟了凌二哥去，他對我雖不特別親熱，但他父母是當世武林高人，應不會虧待我的。」當下打定了主意，悄悄收拾起一包衣物，待凌雙飛下山後，便在房間桌上留了封信，說感謝雲幫主夫婦這些日子來的收留照顧，有緣再會云云，便揚長下山去了。

趙觀生長於娼巷賭街，除了幼年跟著青幫的糧船去過京城一趟之外，從未單獨一人跋涉長途，全不識得路徑。他下了五盤山後，便沿路探問凌雙飛的蹤跡，在後緩緩跟上。如此跟了兩日，這日來到一個小鎮，四處詢問有無見到一個身形高大、腰繫寶劍的青年，都說沒有見到。正問到一家客店時，那掌櫃的向他身後一指，說道：「那可不是麼？」趙觀一驚回頭，果見凌雙飛便站在自己身後，凝目望著自己。

趙觀一呆，趕忙擠出一個笑容，說道：「凌二哥，我可找到你啦。」

凌雙飛點了點頭，問道：「雲小兄弟，你跟著我作什麼？」

趙觀沒料到會被他發現，便胡扯道：「自是因爲我十分仰慕凌二哥的武功爲人，捨不得你離開，忍不住跟下山來，盼能多向你請教請教。」

凌雙飛問道：「是你爹讓你來的麼？」趙觀道：「不是。我沒告訴他。」凌雙飛道：「是你娘麼？」趙觀道：「我也沒告訴她。」凌雙飛道：「是雲姑娘麼？」趙觀道：「也不是。」凌雙飛凝望著他，似乎想探知他究竟在玩什麼把戲。

趙觀歎了口氣，說道：「凌二哥，不瞞你說，我整日待在龍宮裡，眞是氣悶得緊。我老想下山玩玩，但幫主從不讓我出門。我就想藉這機會跟上你，到山東去看看，也想拜訪令尊令堂。」

凌雙飛聽了，搖頭道：「雲小兄弟，你小小年紀，怎地如此頑皮？你應該稟明了父母，才能下山來。他們找不著你，可不知有多擔心！我這便送你回去。」

趙觀忙道：「不、不！我不要回去。」凌雙飛道：「莫非你在家裡惹了什麼禍，才不敢回去？」趙觀道：「不是！我在那龍宮裡，活像隻纏在蜘蛛網上的蟲子，動彈不得，生不如死。現在好不容易脫逃出來，你怎能再將我送回去多受折磨？」

凌雙飛皺起眉頭，說道：「雲夫人雖非你親生母親，雲幫主夫婦畢竟待你不薄。你怎能說出這等話？」趙觀道：「雲幫主待我確實不錯，雲夫人卻巴不得能快快拔出我這個眼中釘。」

凌雙飛歎了口氣，說道：「一定是你太過頑皮，雲夫人才不得不偶爾教訓你。無論如何，我都該送你回去。」趙觀心中大急，眼珠一轉，說道：「凌二哥，你既這麼說，我便跟你回去罷了。雲幫主夫婦如此歡喜信任你，你送我回去，可要在他們面前多幫我說些好話，請他們不要責罰我，我才敢回去。」凌雙飛點頭道：「我請他們不要太過責罰你就是。」趙觀假裝高興道：「那我就放心啦。」

凌雙飛便帶著趙觀回頭向五盤山行去。趙觀一路和凌雙飛同行同宿，纏著他請教武功醫道，探問他父母往年的俠義事跡，親熱之極。到得第三天晚上，兩人將到五盤山腳，在一家客店下榻。次晨凌雙飛醒來時，發現睡在鄰床的趙觀竟已不知去向，大驚跳下床，在客店裡外尋找，卻哪有半點蹤跡？他心中疑惑：「我睡眠時一向不失警覺，他便是翻個身我也會醒來，怎麼可能他下床、取包袱、開門出去，我竟半點也沒知覺？」

他一時想不出頭緒，連忙趕上五盤山，向雲幫主夫婦報告此事。雲幫主幾日前便派出幫眾追尋趙觀，得知趙觀跟著凌雙飛回向五盤山，甚是放心，便撤回了追尋的人手，沒想到趙觀竟有本事從凌雙飛手中溜走。凌雙飛和一群龍幫幫眾在山腳附近搜尋了數日，趙觀卻像煙一般的消失了。

雲夫人暗暗額手稱慶，雲幫主卻極爲擔心，說道：「觀兒小小年紀，獨自在江湖上亂走，難保不遇上危險！」凌雙飛道：「觀兄弟聰明機智，勝過大人，一定能處處化險爲夷。他曾說想去虎山尋訪家父家母，小侄在回家路上定會留意觀兄弟的蹤跡。他若是眞到了虎山，我們總能護送他回來。請世叔不要過於操心。」雲幫主也只得放心，笑道：「我們龍幫這麼多人，若連個小孩兒也找不出來，也不用在江湖上混了！」

凌雙飛笑道：「不瞞雲世叔，我小弟三兒的調皮搗蛋、精靈古怪，恐怕比觀兄弟還猶有過之。他十二歲時曾偷偷溜下山去，家父家母找了他幾個月都找不到，竟讓他一路玩到了蘇州，才被陳叔叔抓回家來。我爹娘從此看得他緊緊的，再也不讓他踏出莊門半步。」

雲幫主和雲非凡聽了都不禁失笑，說道：「沒想到你家裡還有個更難管教的！」凌雙飛當日便向雲幫主等告辭，起程回家。

卻說趙觀那夜得以逃脫，自然是靠著酣夢粉的功勞了。他別的毒沒使過，還不熟悉，這酣夢粉卻是青竹親自傳授的，他習練有素，竟一舉得手，毒倒了武功高強、精明幹練的凌雙飛。趙觀出了客店後，拿出準備好的老人衣衫和假鬍鬚，易容打扮一番，裝成個老頭子，次日便僱了輛騾車，向東而去。青竹的易容術甚是高超，趙觀跟她學了幾手，打扮得雖有些粗糙，卻已能瞞過雲幫主派出來的人。他出身百花門，慣於祕密行事，這麼一扮一逃，竟沒有留下半點線索。

趙觀知道凌雙飛不久後又會走上這路，心想自己往東行去便是，不用跟著他，便蓄意避開。他母親當年留下不少銀兩，趙觀單身行路，吃住從簡，所攜川資綽綽有餘。

不一日來到山東境內，趙觀不識得去虎山的道路，向人詢問，卻也不得要領。虎山原是平鄉旁的一座小山，並非十分出名，一般人或許知道平鄉是省內著名的藥材集散地，但只有武林中人才熟知虎山和虎嘯山莊的名頭。趙觀既然問不出頭緒，便再向東行，這日來到一座大山下，一問人才知道已到了泰山腳下。

趙觀心想：「我看書上說『登泰山而小天下』，既然來了，去開開眼界也好。或許虎山就在泰山上也說不定。」便往山上行去。他爬到天黑，雙腿痠軟，還未到達半山腰，便在山邊的小客棧過了一夜。次日清晨又向山上行去，見到幾個樵夫經過，便上前探問：「請問這山上有會武功的人麼？」

一個老頭子瞪眼道：「咱泰山上連神仙都有，會武功的高手滿山都是，你隨便走走便能撞上一群。還問什麼？」

趙觀問起該去何處尋找他們，老頭子卻語焉不詳，只道：「我聽說那邊山裡有個道觀，裡面住著練劍的道士，還有好幾個教武功的老師父，住在哪兒我就不清楚了。」趙觀又問了幾個樵夫遊人，眾說紛紜，都咬定泰山有神仙游俠，卻不知道在哪裡。一個年輕樵夫道：「東邊那座山峰常有人在練劍，你可以去找找。」趙觀便依著他的指點，往東邊行去。

中午時分，趙觀來到一塊平臺之上，抬頭見東方另有數峰，心想：「我爬了這麼久，這山上竟然還有更高的峰！眼前那麼多山峰，卻該上哪一座找去？」便信步沿著一條山路走去。道路愈漸崎嶇，他爬得氣喘吁吁，再也走不動了，便躺在山坡上休息。忽然一陣山風吹過，頭上許多松針跌了下來，正落在他的臉上。趙觀伸手拂去松針，又是一陣山風撲面，耳中隱隱聽得兵器相交的聲音，再聽卻又沒有了。他又驚又喜，心想：「這附近果真有人在練劍！」

第十九章　泰山觀劍

他循著風向走去，爬上一座山嶺，卻見嶺後一片高臺，二十多個青年正在臺上雙雙對劍。趙觀躲在樹叢之後，悄悄靠近，偷偷望去，卻見那些人的招術時而古拙，時而靈動，時而緩慢，時而快捷，變化萬端，與他所學的披風快刀一味求快全然不同，不由得看出了神。

眾人練了一陣，一個三十多歲的男子叫道：「好了！大夥休息一下。」那人身材瘦小，一張窄臉，眼睛眉毛擠在一塊，看上去甚是悲慘，說話中氣雖足，卻慢吞吞的無甚精神。一眾劍客便即罷手，聚在那男子身前，坐下休息。那男子坐在一塊大石上，用衣袖抹汗，說道：「各位師兄弟，大師姊昨日看了咱們練劍，對咱們的進境不很滿意。等下她要來一個個考較，親自指點。大家警醒些，認眞學著，不要錯過向大師姊討教的難得機會。」眾人聽了，交頭接耳，竊竊私議，又是興奮，又是緊張，似乎對這大師姊又敬又怕。

休息了一陣，一眾劍客又開始練習。過不多時，先前那男子忽然拍手，叫道：「大師姊到！大家停下。」果見一個女子緩步來到高臺之旁，身後跟了一個十三四歲的綠衣少女，少女的背上揹了一柄長劍。眾劍客忙收劍轉身，一齊向那大師姊行禮。

趙觀從樹枝間望去，卻見那大師姊是個四十出頭的婦人，膚色纖白如脂，幾如透明，雙目黑白分明，有若秋水，雙眉斜飛入鬢，不怒自威。趙觀看得呆了，心想：「世上怎有這麼美的女人？」

他自幼生長花叢，鶯鶯燕燕自是看得多了，他母親姬火鶴曾是蘇州青樓第一名妓，手下姑娘個個有過人之姿，這婦人卻比他見過的所有女子加起來還要美。婦人身邊的綠衣小姑娘一張瓜子臉，杏眼彎眉，嘴帶微笑，甚是俏麗可喜，但比起那婦人卻不免遜色了。

卻聽那大師姊道：「各位師弟，家父這幾日身體欠安，特別交代愚姊來和師弟們切磋劍術。浩弟，你讓門中弟子按入門先後，來跟我試招。」

那男子便讓眾劍客依長幼在高臺四周坐了一圈，一個十五六歲的少年最遲入門，最先出來，向大師姊行禮道：「弟子王強，請大師姊指教。」趙觀見他衣袖不停顫抖，想來心中緊張得很。

那大師姊顯然也看出這孩子十分緊張，微微一笑，向身邊的綠衣少女道：「寶安，妳先去向這位師兄討教吧。」

那少女應了一聲，走上前去，向王強行禮。王強見這小姑娘年紀比自己還小，又長得好看，不再害怕，反而露出微笑，也向她行禮。

那少女寶安從背後拔出長劍，擺了個劍招，說道：「師兄請。」兩人便交起手來。寶安出劍極快，刷刷刷連攻三劍，王強招架不住，連連後退。寶安便緩下手來，讓對手有機會反攻。兩人雙劍相交，錚錚而響，王強顯然不敵，時時手忙腳亂，寶安卻揮灑自若，游刃有餘。趙觀心想：「這兩人年紀都比我小，劍術竟都不弱。這小姑娘尤其厲害，出劍又快又準，我可決計打不過她。」

少年少女過了五十來招，那大師姊才道：「好了，收劍。」兩人相對行禮，又轉向大師姊行禮。大師姊走到場中，向寶安點了點頭，從她手中接過長劍，向王強道：「王師弟，你『頑石點頭』、『風雨飄搖』、『風調雨順』這幾招守勢使得還不錯，只是一急起來，就使得不像了。這石風劍的七十二招，你須得下苦功先練熟了招式，再慢慢體會劍意。『石破天驚』、『狂風暴雨』、『風捲殘雲』等攻招則使得不夠狠猛，你一個男子漢，出手該有一股勇猛衝勁才是。你看我使。」說著揮劍連攻三招，勁準狠穩，劍鋒嗤嗤作響，旁觀眾人都不由得贊歎。

趙觀心中也暗暗驚訝：「這些招術原本厲害，在她手下使起來更加不得了。她作大師姊的，果然有兩下子。」

那大師姊又要王強依樣練了五遍，才點頭稱許。接下來又換另一個弟子上來，大師姊仍要寶安上去對劍，之後親自指點。資格愈深的弟子，她愈是嚴厲，有時甚至嚴辭斥責。好幾個弟子下場時都垂頭喪氣，滿臉通紅。直到最先入門的八個大弟子，她才親自出手過招，趙觀見她運劍靈動奇幻，不拘泥於招數，顯然比其他弟子高出許多，只看得目不暇給，心下欽佩無已。

最後她和那領頭的男子過完招，說道：「浩師弟，你較去年大有進步，但火候仍嫌不足。你使『乘風破浪』時，後勁用得不足；『石樑獨行』則不夠艱險。其他的攻招也顯虛弱。爹身體好些時，你該多向他請教。」那男子點頭受教。

大師姊收劍後退，低頭向寶安說了幾句話，又向眾師弟點了點頭，便轉身離開高臺。眾劍客一齊躬身相送。趙觀見大家似乎要散了，心想：「我該找個機會問問他們是什麼劍派，知不知道虎山在哪裡。」便向山邊行去。

才走出十幾步，便聽身後一個清脆的聲音叫道：「喂，前面那位小哥哥，請留步。」趙觀回頭一看，見一個綠衣少女從後快步追上，正是那名叫寶安的少女。

趙觀對她甚有好感，站定了腳步，問道：「請問姑娘有什麼事？」

寶安向他一笑，說道：「我們剛才練劍，師父見到你在一旁觀看，想請你過去一談。」趙觀哪裡知道偷窺別人練武乃是武林大忌，被抓到往往當場處死，但見這小姑娘和善可親，便欣然道：「好。」當下跟著寶安走去。

寶安與他並肩而行，問道：「請問小哥哥貴姓大名？」

趙觀道：「我姓趙，單名一個觀字。請問姊姊貴姓？」寶安道：「我姓鄭。」趙觀道：「妳師父便是大家的大師姊麼？」鄭寶安道：「是的。」趙觀笑道：「嘖嘖，不得了！妳小小年紀，劍術就已經比師叔們都厲害了。一定是妳天生聰明，加上妳師父教得好的緣故。」

鄭寶安格格嬌笑，說道：「師父劍術超卓，當然教得好。我最愚蠢不過，說我聰明可不敢當。」

趙觀見過的小姑娘甚多，情風館的姑娘嬌媚膩嗲，丁香、夜香謹慎乖覺，幼年時見過的周含兒嬌貴愛哭，陳眞兒惹人憐愛，雲非凡高傲矜雅，這少女卻大方而成熟，溫存而可親，雖非最美，卻最讓人親近喜愛。

趙觀一路和鄭寶安談笑，不多時二人便來到一座莊子之外。鄭寶安引他進去，來到西首的偏室外，叩門道：「師父，那位小哥來啦。」門內一人道：「進來。」

鄭寶安推開門，讓趙觀進去，自己也跟了進來。趙觀見那大師姊坐在桌邊，便上前向她行禮，說道：「小子拜見前輩。」

大師姐轉過頭來望向他，趙觀就近望見她的臉容，不禁屏息低頭，心中暗想：「她當眞美貌得很！」

卻聽大師姊開口道：「小兄弟，剛才我教劍時，見你在一旁偷看。你可知偷窺別人練功乃是武林大忌？」趙觀聽她語氣嚴峻，不由得一驚，偷眼看她不像十分生氣的模樣，忙跪下道：「小子年幼無知，不懂規矩，只是看大家練劍練得很好，就多看了一會，絕不是有心偷學，還請前輩大量原宥！」

大師姊點頭道：「我看你年紀小，又非有心，這次便不追究。孩子，你住在這附近麼？」趙觀道：「不是，我是來找虎山的。請問前輩可聽說過虎山麼？」

這話一出，那大師姊和鄭寶安都是一怔，互相望了一眼。趙觀見二人神色，猜想自己定然說錯了什麼，忙道：「我不識得路，到處問人，都沒人知道虎山在哪裡。我心想虎山或許在泰山附近，便上泰山來尋找。」

大師姊向他望去，目光如電。趙觀鼓起勇氣，抬頭向她回視，心中不禁怦怦而跳。大師姊望了他一陣，才問道：「孩子，你要去虎山作什麼？」趙觀道：「我想求見醫俠夫婦。」那大師姊又問道：「請問你貴姓大名？」趙觀道：「我姓趙，單名一個觀字。」

大師姊點了點頭，說道：「趙小兄弟，請坐下來慢慢說。」趙觀在她身旁椅上坐了，微覺不安。他一向大膽無忌，這大師姊對他雖和顏悅色，卻自有一股威嚴，他便不敢放肆。

大師姊道：「趙小兄弟，這裡是泰山秦家劍派。虎山在平鄉附近，離此約有幾百里路。秦家劍的掌門人便是家父。我是秦燕龍，虎山醫俠便是外子。請問你找我們有什麼事？」

趙觀一怔，心想自己跑上泰山，竟然誤打誤撞見到凌夫人，天下哪有這等巧事？至於凌夫人是秦家劍掌門人的女兒，此事天下皆知，趙觀卻不知道，一時不知是否該相信。

燕龍見他臉上露出不信的神色，微微一笑，說道：「你不信也罷。趙小兄弟，我不知怎樣才能取信於你。我可以指點你去虎山的路徑，讓你自己找上虎嘯山莊，再去那兒等你，但這樣未免麻煩了些。你自己決定吧。」

趙觀想了想，大著膽子道：「前輩，晚輩早就聽過您的名聲，請您恕我孤陋寡聞，當了面都認不出。我認識一位前輩，他說和您相熟，可否讓我在您面前演練他所傳授的刀法，晚輩再斗膽向您請教招術的名稱。」燕龍點了點頭。

趙觀便從布包中取出一柄單刀，向她行禮，拔刀出鞘，左劈一刀，刀鋒向上撩起，接著向右斜斬一刀，直拖到地，隨即回刀入鞘。

燕龍一見便知究竟，拍手笑道：「『聲東擊西』，『忽左實右』。原來你是浪子成大哥的傳人！」

原來成達曾告訴過趙觀，這披風快刀他從未傳授給別人，只和燕龍詳細討論過其中兩招的精髓。趙觀想起此事，便使出這兩招來，燕龍果然叫出了招數名稱。他心中再無疑慮，向燕龍下拜道：「凌夫人，小子碰巧得遇前輩，眞是大幸！」

燕龍微笑道：「原來是故人之徒。成大哥都好麼？」

趙觀想起成達，心中又是懷念，又是感激，說道：「我遇見成大叔，得傳刀法，也是將近兩年前的事了。兩年前一別後，也不知他去了哪裡。」

燕龍見這少年面目俊秀，一雙眼睛十分機靈，卻脫不去一股市井流氣，不知是什麼來頭，也不知成達爲何會挑他爲傳人。他不稱成達師父而稱成大叔，也甚是奇怪。便問道：「趙賢侄，是你成大叔要你來找我們的麼？」

趙觀道：「是他指點我來的。我求見二位，是想請二位助我報殺母之仇。」當下說出自己是姬火鶴之子以及情風館遭屠殺的經過。燕龍靜靜聆聽，鄭寶安聽到情風館遭屠殺時，伸手掩口，眼中露出驚憐之色。

趙觀說完，不禁激動，想起母親等被殺已將近兩年，情風館屍陳浪藉的慘狀似乎猶在目前，忍不住痛哭流涕。趙觀想起那日母親讓自己去送給陳近雲夫婦的信，便從包袱中翻出那封信來，說道：「凌夫人，這封信是我母親去世之前寫給兩位的，我一直未能交到兩位手中。」燕龍展信看了，卻見一張素籤，寥寥兩行，寫道：「敬啓凌莊主暨夫人大正：敵侵蘇州，不知來歷，手段陰狠，疑爲餘孽報仇。請萬萬留意。鶴筆。」

燕龍呆了一陣，忽問：「你說令堂死前在地上寫了字，請問是什麼字？」趙觀道：「我看不出是什麼字。」從包袱中取出一塊布，拿給燕龍看。他當時將那字畫在衣襟上，後來剪下了一直保存著。燕龍看後，臉上變色，良久不語。

趙觀和鄭寶安望著她的臉，都不敢出聲。過了一陣，燕龍才道：「趙賢侄，請你跟我回虎山一趟，待我將這事跟外子談過，再作定奪。」

趙觀忙向她跪下拜謝。燕龍扶起他，說道：「令堂以前曾救過外子，我們和百花門的淵源極深，都是自己人。就算不靠這層關係，令堂俠名遠播，無端遭人殺害，我們也不能置身事外。」趙觀點了點頭，心中極爲感激。

燕龍向鄭寶安道：「我們明日便起程回虎山。我去看看妳師祖身子好些了沒有，妳領趙家哥哥先去客房休息。」鄭寶安應了。燕龍又道：「妳等下也來跟師祖道別吧。他老人家很掛念妳爹爹，我跟他說妳爹爹出遠門辦事，不得來看他。唉，他老人家身體虛弱得很，眞是多擔待妳了。」鄭寶安低頭道：「是。」

鄭寶安便領趙觀來到一間偏房休息。趙觀在秦家睡了一夜，次日清晨，便跟著燕龍和鄭寶安離開泰山。

才到山腳，便見五個青衣漢子守在道旁，向燕龍恭敬行禮，送上三匹駿馬。趙觀從他們的服色看出是龍幫幫眾，心中暗驚：「他們別是受了雲幫主之命來捉我才好！」幸好那幾名幫眾似乎並未注意到他。

三人策馬向南行去，一路上龍幫幫眾盡心照應，十分殷勤周到。各個分壇的壇主都親自出來接待，對燕龍恭謹尊敬，出於至誠。想來她雖辭去幫主之位，長年隱居虎山，在武林中的地位卻並無稍減，仍舊受到無比敬重。趙觀心中暗暗詫異，心想：「我早聽說淩夫人昔年曾任龍幫龍頭，卻沒想到她在江湖上的地位這般高。」他聰明乖覺，知道機不可失，便常向她請教武功，探問江湖諸事。燕龍偶爾指點幾招，卻沒有多傳武功。她說起江湖掌故軼事，如數家珍，歷歷如指，只教趙觀聽得目瞪口呆，直歎大開眼界，識見大增。

趙觀和鄭寶安兩個年紀相若，一路上談笑作伴，相處甚歡。這日一個龍幫頭目來見燕龍談事，鄭寶安和趙觀便留在客房裡閒聊。趙觀想起一事，問道：「寶安，妳爹出遠門辦事，是去哪兒了？」

鄭寶安微微一呆，隨即明白過來，歎口氣道：「我爹爹七年前就去世了。我師父在泰山上跟師祖那麼說，是怕他老人家知道了實情會太過傷慟，因此要我幫著瞞他。」趙觀恍然，後悔失言，忙道：「對不起，我隨口亂問，請妳別介意。」

鄭寶安搖頭道：「不要緊。你不知道才問，也不是亂問。我爹爹原本拜在師祖門下，是師祖的大弟子。後來因爲一些誤會，被師祖逐出了師門。師祖後來很爲這事感到後悔，耿耿於懷。這回師父特意帶我上泰山拜見他老人家，就是想讓他釋懷，別總念著他過去虧欠了我爹爹。唉，他老人家一看到我就流淚不止，看來心裡眞是很記掛著我爹爹。」

趙觀道：「妳爹是秦家劍派的大弟子，定是個很了不起的劍客。」

鄭寶安微微一笑，說道：「爹爹武功很高，但他不是劍客，他以前是皇宮裡的侍衛。我聽娘說，我還只七歲的時候，一次爹爹去追捕一個大盜，被暗器打傷而死。爹爹死後，娘便帶我去虎嘯山莊投靠凌莊主夫婦，沒多久她自己便也病逝了。莊主夫婦憐我年幼孤苦，認我爲義女，後來師父又收了我作徒弟，教我武功。」

趙觀心想：「原來她跟我一樣，也是孤身一人。我十多歲時娘才去世，爹爹不知是哪一位，但畢竟還活著，比起她那麼小就沒了父母，已是幸運得多了。」不由得對她生起敬意，心想：「她身世甚是可憐，卻毫無哀怨之氣，多半因爲她天生性情開朗，凌莊主夫婦想必也待她很好。哼，雲幫主家裡死氣沉沉，雲老太婆又對我呲牙裂嘴的，我寧可不要這樣的爹娘。」想到此處，不由得歎了口氣，說道：「你師父他們待妳眞好。」

鄭寶安臉上露出笑容，說道：「是啊。不只我義父師父，我的三位哥哥也都待我很好。」

趙觀最會察言觀色，尤其懂得小姑娘的心思，聽她這麼說，便笑道：「我瞧妳的哥哥們不只待妳好，還一定疼愛妳得緊。」鄭寶安臉上一紅，說道：「他們都是英雄豪傑，對我像小妹妹一樣，說不上愛不愛的。」

趙觀早見過凌雙飛，此時爲了引逗鄭寶安，佯裝道：「我聽說比翼雙飛兩位是雙生子，都是出類拔萃的人物。妳快跟我說說他們的事情，我眞等不及要見他們呢。」

鄭寶安抬起頭，嘴角帶笑，說道：「大哥哥爲人爽朗重義、待人眞誠，我想世上沒有比他更好的人了。二哥哥聰明能幹，什麼事都料得很準，辦起事來周到妥貼，讓人欽服。小三哥哥麼，嘻嘻，他調皮搗蛋，精靈古怪，誰都猜不透他心裡在想些什麼。我總幫著他，因此他很信任我，我們是最要好的朋友。」

趙觀聽她的語氣，已猜知她心中偷偷仰慕著她的大哥哥，心想：「怎麼西邊一個非凡姊，東邊一個寶安妹，都愛上了凌家的大少爺？凌二哥人是不壞，說起聰明能幹，還不是被我趙觀毒倒了？想來那凌大哥也半斤八兩，好不了許多，不知他什麼地方迷人了？」又想：「凌二哥多半已回到虎山了，他見到我，定要押我回去龍宮。雲幫主的這檔事我一直沒敢跟凌夫人說，最好自己先招了，求她不要送我回去。唉，我不回龍宮，也不好意思賴在他們虎嘯山莊不走，天下之大，我還能去哪裡？成大叔號稱浪子，我是浪子的兒子，看來命中注定是要到處流浪的了。」想著想著不由得有些落寞自傷。

第二十章　虎嘯山莊

不一日，趙觀跟著燕龍和鄭寶安來到虎山腳下。三人往後山行去，穿過數個密林險谷，才來到一座莊子前。他一抬頭，見莊上連塊匾都沒有，心想：「這便是名震江湖的虎嘯山莊麼？」

他原想虎嘯山莊定如龍宮那般雄偉，至少也該像秦家劍派的莊園那般宏大寬闊，豈知竟是這般不起眼的一座莊子，圍牆屋宇全用生木、粗石、竹蘿建構而成，格局布置雖甚雅致，各種家具品物卻極爲精簡樸素，有如隱者的住處。他不知此處並非虎嘯山莊，卻是藥仙揚老的故居，原本只是幾間木屋，凌霄和燕龍歸隱虎山後，才又略略擴建了。凌霄以醫道濟世，數十年來已積蓄了甚厚的家產，只因他生性澹泊，不慕榮華，收來的診金大都拿去救濟窮苦，因此自己的住處仍儉樸如昔。他與妻兒隱居在此，平日鑽研醫道，採藥教子，生活甚是閒適自在。他將山前的虎嘯山莊交給師弟劉一彪和師妹柳鶯夫婦掌理，自己隔日才去看看；劉一彪等若遇上難治的病家，也會來後山請師兄前去診視。

趙觀才走進虎嘯山莊莊門，便見幾個莊丁奔來跑去，不知在忙些什麼。一個青年匆匆走過，見到燕龍，連忙過來行禮，說道：「大師嫂，您可回來了！」

燕龍皺眉道：「怎麼回事，亂糟糟的？」那青年臉上神情哭笑不得，說道：「小三兒趁您不在的時候，又溜下山去啦。大師哥發現後立即追下山去找他，二師哥和比翼也跟去了。他們已去了四五日啦，仍沒有半點消息。」燕龍又好氣又好笑，說道：「好小子，怎地又被他溜走了？」

趙觀脫口道：「小三兒？」鄭寶安道：「小三兒就是義父師父的小兒子，也就是我的小哥哥。他名叫昊天，最是調皮搗蛋了。」

趙觀不由得笑了出來，說道：「原來是他！我識得他的。」鄭寶安奇道：「你怎會識得他？」趙觀道：「他幾年前曾跑來我們蘇州，我跟他一塊兒上酒樓喝酒吃菜，好不痛快。」

燕龍聽見了，回頭瞪了他一眼，說道：「好啊，原來你也是個小酒鬼！」趙觀吐了吐舌頭，不敢再說。

原來當年凌霄和燕龍從西北戰場回來後，便在虎山隱居，專心帶養兩個兒子。燕龍那時在獨聖峰上身受重傷，又在千里奔波中產子，繼而至西北赴戰，身體已大不如前。她在凌霄的細心照顧下逐漸恢復，八年後才又生了一個兒子，取名凌昊天。因他行三，家中都喚他小三兒。這孩子自幼頑皮難帶，奇變百出。他八歲時正逢九老慶豐年，凌霄夫婦心想九老中總有一個有辦法治他，便讓他跟了去，盼他能學學規矩。不意小三兒跟著九老去了一整年，回家後頑劣的性子不但沒改，反而變本加厲。原來九老年紀大了，對這聰明伶俐的小孩兒疼愛異常，慶完豐年後仍將他帶在身邊，各自向他傳授絕學。小三兒學得極快，醫卜星相、琴棋書畫都學上了手，九老喜愛他的資質，只縱容得他無法無天。一年之後，不但揚老、文風流、遙遙、康箏幾個溫和的長者對他束手無策，聰明如古隱、星月老人也管他不住，最後連常清風、趙捧、玉衣和尚幾個凶悍的長者也拿他沒轍，九個老人頭疼不已，終於決定將他交還給父母去帶。

這回小三兒趁著母親離開，又故技重施，溜下山去了。那青年乃是凌霄的小師弟段正平，正向燕龍報告小三兒溜下山的前後。鄭寶安拉拉趙觀的衣袖，走到旁邊，低聲笑道：「我跟你打賭，他們一個月內絕對找他不到。」

趙觀奇道：「妳怎知道？」鄭寶安微笑道：「你別跟我師父說。小三兒老早就想溜下山去，已經籌劃很久啦。家裡只有師父管得住他，師父一出門，我就知道他要趁機作怪。」趙觀笑道：「啊，妳早知道他要開溜，卻沒跟妳義父和師父說。」鄭寶安笑道：「說了也沒用啊。小三兒想要作什麼，那是誰也防不了的。」

卻說到了傍晚，凌霄回到莊上，果然沒找到小三兒。凌比翼和劉一彪等尚未回來，還在山下尋找。燕龍見了凌霄的臉色，不禁莞爾，說道：「霄哥，我早說這孩兒你管不住，要帶他一道去泰山，你卻怕我得分神看著他，一定要他留下。現在既給他跑了，咱們只能等他自己玩膩了，才回家來。」凌霄搖頭歎氣，說道：「這孩兒不知是什麼東西投胎的，這麼會作怪！眞讓人頭痛得緊。」

燕龍笑道：「你別太貪心啦。咱們兩個大兒子都不讓人操心，若是沒一個兒子教咱們頭痛，天也要妒的。」凌霄聽了妻子的安慰之辭，也只能苦笑。燕龍道：「咱們還有更緊要的事。我在泰山遇見這位趙小兄弟，竟是故人之子。趙賢侄，請你過來。」

趙觀上前向凌霄行禮。凌霄聽說他是姬火鶴之子，甚是驚喜，拉著他的手，請他坐下。趙觀見凌霄貌不驚人，謙和平易，溫文敦厚，心想：「凌莊主果然不愧稱爲醫俠。聽說他武功獨步武林，全身上下卻一點殺氣霸氣也沒有，就像個慈祥的大夫。」

燕龍簡略說了趙觀的出身背景。凌霄驚道：「我早聽說了情風館的血案，只道火鶴堂全遭毒手，原來還有生還者！趙賢侄，請你詳細告知當時的情況。」趙觀便說出情風館血案的前後。凌霄聽完後，又細細詢問眾人的致命傷處。趙觀當時曾仔細觀察屍體，他記性甚好，館中慘烈的情景又深印腦中，一一回答。

凌霄看了姬火鶴的手箋和趙觀畫下的字形，沉思半晌，抬頭望向燕龍，說道：「燕兒，妳以爲如何？」燕龍道：「我的猜想和姬女俠一樣。」

凌霄臉色凝重，說道：「是他們來報仇了！」燕龍緩緩點頭，說道：「當年咱們下手雖絕，卻未能斬草除根。」凌霄道：「怎能有人留下？」燕龍道：「百密一疏，也是有的。霄哥，攻入情風館的人不怕毒術，世上除了你以外，還有誰有這等本領？」凌霄搖頭道：「我想不出。尤其是香霧，能解的人絕無僅有。白水仙以前曾歸服過火教，張芙蓉也曾叛門，火教可能還留有百花門的解藥方子。」

燕龍沉吟道：「還有一個可能，就是情風館出了奸細。」轉頭問道：「趙賢侄，你們館中還有其他人生還麼？」

趙觀想了想，說道：「我娘在事發前派了兩位師姊去通知兩位師伯，因此她們當時不在館中。我再也沒見到她們，也不知她們是否還在世上？」

燕龍點了點頭，說道：「這兩位想必是你娘最親信的弟子，才會派她們出去傳訊。」趙觀道：「是。一位是館裡的姑娘，名叫青竹，一位是娘的貼身丫鬟，名叫丁香，都是我娘最信得過的。」

凌霄問道：「你入了百花門麼？」趙觀道：「是。我十二歲時，娘接引我入門。」凌霄道：「令堂可曾指定火鶴堂的繼承人？」趙觀道：「娘將鐵火鶴傳給了我。」

凌霄點點頭，沉吟一陣，問道：「孩子，令堂可曾跟你說過火教的事？」趙觀搖了搖頭。凌霄道：「這幾十年來，火教銷聲匿跡，難怪你沒有聽說過了。」轉頭望向妻子，燕龍色微變，蹙眉不語。

凌霄緩緩說道：「火教是個拜火的邪教，興起於數十年前，教主叫作段獨聖。他以迷惑人心的手法吸引了上萬教眾，並用邪術嚴密控制教徒。當時武林中人受其所迫，無不對火教俯首稱臣。正教武林多次聯手反抗，卻都被段獨聖鎮壓誅滅。最後在南昌一場浴血苦戰，武林中人死傷極重，總算天不佑惡人，段獨聖終究伏誅。」燕龍聽到此處，身子一顫，凌霄伸手握住了她的手。

趙觀心想：「成大叔跟我說過，段獨聖正是死於他二人之手，這場大戰肯定驚險至極。江湖上對醫俠夫婦如此尊敬，想來也是因他們當年曾冒死救了大家性命的緣故。」他心中一動，忽然想到一事，跳起身道：「段！娘臨死前在地上寫的字，便是段字的起筆？」

燕龍點頭道：「我們確是如此猜想，這件事很可能是火教餘孽所爲。段魔頭死後，火教餘孽猶存。爲免他們勢力再起，龍幫當時曾和百花門聯手，誅盡火教未死的護法使者。段獨聖當時有三十多個子女，已經陷入火教的都被百花門出手刺殺了，年紀還小的則被少林和武當兩派收留養育。這些孩子在正教各派的監護下都已長成，並不知道自己的身世，應不會出問題。倘若對情風館下手的確是火教餘孽，其黨羽想必不只一人，而手段之狠，思慮之詳，實令人畏懼，其主腦必是當年教中的頭號人物。」

趙觀心中激動，說道：「凌夫人可猜到是什麼人麼？」

燕龍緩緩搖頭，說道：「我等對火教的憤恨恐懼，甚你百倍，決不可能明知對頭留下了足以報仇的力量，還坐視不顧。我不知道對頭是什麼人，只猜想對百花門下手的人極可能是火教餘孽，消滅情風館，自是爲報當年百花門出手殲滅之仇。」

趙觀低下頭，眼前似乎出現了一絲光明，心想：「我既知道仇家的來頭，追查起來就容易多了。」

燕龍望向趙觀，忽道：「趙賢侄，情風館的血案，龍幫早已著手探查，只是迄今尚無結果。你住在龍宮的一年多中，難道雲幫主沒跟你說起此事麼？」

趙觀暗叫一聲不好：「她早知道我是從龍宮逃出來的。」當下強自鎮靜，搖頭道：「沒有。」

燕龍道：「趙賢侄，我以前曾是龍宮主人，怎會不知道你是雲幫主的兒子，龍幫正到處找你？我早便想問你爲何私自逃離龍宮，你來找我們，是否有其他意圖？」她口氣平和，並無責備之意，趙觀聽了卻不禁背上流汗，忙道：「凌夫人、凌莊主，請不要懷疑我！我母親去世前，並未告訴我我親生父親是誰。情風館出事後，先是浪子成大叔來找我，以爲我是他的兒子；接著龍幫的人又找上我，說我是雲幫主的兒子。我自己卻是一頭霧水，不知道誰才是我眞正的父親。」

凌霄和燕龍聽了，都不由得甚奇。趙觀便說出自己離開蘇州後的遭遇，又說了雲幫主並不知道自己的母親是百花門人、雲夫人對自己十分厭惡忌諱等情。最後懇求道：「凌莊主、凌夫人，兩位指點我找出殺母仇人的線索，晚輩已是感激不盡，只求兩位讓我即時離開虎山，自行探索敵蹤，千萬不要將我送回龍宮去！」

凌霄和妻子對望一眼，都覺得趙觀的身世甚是奇特。凌霄道：「這樣吧。不論你的父親是誰，你畢竟與百花門的淵源最深。我這便讓人去聯繫白水仙門主，再作計較。」說著向妻子望去。燕龍點頭道：「如此甚好，雲幫主那邊我會交代。趙賢侄，這些日子就委曲你暫且留在虎山吧。」

趙觀聽了，心頭一鬆，跳起身來向二人連連打躬，喜道：「多謝兩位！」

趙觀便在虎山住了下來。凌霄夫婦待他十分親厚，趙觀也收拾起在龍宮時的任性潑蠻，從個粗野無禮的小流氓變成了個乖巧規矩的少年。燕龍平日便讓他和寶安一起練武，詳加教導。燕龍並不使刀，但她武功高絕，在她的點撥下，趙觀將成達所授的披風快刀又練得更深了一層。凌霄則偶爾與他談論醫藥毒術，指點他哪些毒術容易探知，哪些容易避免，哪些容易解除等等。趙觀從沒想到世上有人醫術高明到可以輕易解除本門毒術，又驚又佩，用心思考改進之法，也頗有創見。

過了十餘日，凌比翼和凌雙飛兄弟相偕回到莊上，凌比翼沒找到弟弟小三兒，凌雙飛也沒找到趙觀。燕龍道：「小三兒一定早走遠了，要一彪也別找了，早些回來吧。」凌霄很爲這小兒子擔心，燕龍卻道：「他愛出去玩，就讓他玩個夠。在外面吃了苦頭，他才知道家裡的好。」

凌雙飛見趙觀已來到莊上，不由得一怔。他聽寶安說了趙觀的出身和來到虎山的經過，恍然笑道：「想來那時趙小兄弟不告而別，定是靠了家傳絕學！」趙觀見他對自己下毒之事一笑置之，也鬆了一口氣。

他見凌氏兄弟身材容貌雖十分近似，神情舉止卻有顯著的不同：凌比翼多了一分爽朗粗獷之氣，豪邁熱絡；凌雙飛則拘謹肅穆，較有威嚴。兄弟倆並排站在一起，確是分不出誰是誰；但只要一人開口說話，旁人立時便能分辨。趙觀在蘇州時見過好幾對雙生子，卻沒見過容貌這般相似、性情卻這般不同的，偏偏兩個又都是人中俊傑。

燕龍偶爾讓凌比翼指點鄭寶安和趙觀武功。凌比翼的武功已得父親眞傳，又喜歡涉獵其他兵器，刀法劍法都頗爲精深。他將趙觀當成自己的小兄弟般，和他談笑的時候倒多於指導武功。趙觀對凌雙飛還有幾分敬畏，對凌比翼卻十分親近熱絡，將過去對他的厭惡嫉妒之心全拋去了九霄雲外。

練武之餘，鄭寶安常跟趙觀說起小三兒頑皮胡鬧的事跡，帶他去看小三兒搗蛋作怪的傑作，像是將莊上豢養的老虎剃去半邊毛皮；用焦炭在峭壁上畫出一個巨大的鬼臉；在森林的老樹上蓋起一排木屋給猿猴居住，和猿猴一起爬樹喝酒；讓山中的野生老虎和山豹打擂臺，自任裁判；在父母房間的屋頂鑽洞偷窺，丟下毛蟲來嚇他們；在大哥的床頂上畫幅雲非凡作鬼臉的肖像；將家裡的雞鴨全抱到高樹上，看牠們會否自己飛下來，種種稀奇古怪、匪夷所思之舉，不一而足。趙觀只看得歎爲觀止，心想：「這小子當眞古怪得緊，難怪他的爹娘對他如此頭痛。」果如鄭寶安所料，凌昊天這一溜下山，一個月來音訊全無，不知所蹤。

如此過了月餘，這日凌霄請趙觀來到書房，卻見房中除了凌霄夫婦和凌比翼兄弟之外，還有一個二十來歲的女子，膚色白皙，圓臉小眼，一見到趙觀，便起身向他行禮，十分恭敬。

凌霄道：「觀兒，這位是白山茶姑娘，是你水仙師伯派來的。」

白山茶向趙觀道：「門主聽聞火鶴師叔的噩耗，痛心之極，得凌莊主傳訊，才知趙師弟還在世上。她老人家甚是欣慰，特令我來此接師弟去幽微谷一見。」

趙觀見到百花門人，甚是歡喜親切，上前行禮道：「白姊姊長途跋涉，多有辛苦。我從未謁見掌門師伯，心中一直十分仰慕，正想去拜見她老人家。」

白山茶道：「趙師弟不必多禮。百花門近來連遭橫難，門主正召集百花門人聚會於幽微谷。她得知趙師弟是火鶴堂的繼承人，囑咐我一定要接趙師弟去參與大會，共商對策。」趙觀道：「掌門師伯既有此令，弟子自當遵從。」他向凌霄望去，見他點了點頭，便道：「小弟這便去收拾，盡快隨師姊上路。」白山茶道：「也不用那麼急；請師弟帶齊了事物，我們明日清晨起程便是。」

趙觀甚是興奮，回房匆匆收拾好衣物藥箱。晚間凌霄夫婦請他過去談話，凌霄道：「觀兒，此番百花門聚會，須留意對頭趁機偷襲。對頭不知是否已發現你還在世上，你這一路得萬分小心。我讓比翼送你一程，路上好有個照應。」

趙觀甚是感激，說道：「多謝莊主！只是煩勞凌大哥相送，晚輩實在過意不去。」燕龍道：「我既答應了雲幫主要好好照顧你，自然要保護你妥貼。比翼常走江湖，閱歷比你稍稍多些，有他跟著，我們也好放心。」趙觀點頭稱謝。

凌霄道：「孩子，你在莊上住了數月，我們都已看出你靈智巧黠，遠勝一般少年。大丈夫立於世間，武功強弱、智慧高低都屬次要，最重要的還是誠信與義氣。我們處於江湖之人，能否贏得他人的敬重，終歸在於能否堅守正道。盼你好自珍重，善加勉勵。」趙觀點頭受教，說道：「謹遵凌莊主教誨，晚輩定當銘記於心。」

燕龍道：「男兒只要有志氣，便能自立，不須依靠他人。世上人心險詐，你對人須有防範之心，但對朋友兄弟卻須推心置腹，才能贏得別人的眞心相待。一個人若慣於以巧詐待人，往往會忘記唯有拿出眞心，才能結交到眞正的朋友。」

趙觀深思其中的道理，點頭應諾。凌霄夫婦又問他路費是否充裕、衣物是否足夠；趙觀都說夠，凌霄仍給了他許多銀兩作爲盤纏，燕龍也收拾了幾套小兒子的冬衣給他帶上。次日清晨，趙觀便隨著白山茶和凌比翼離開了虎嘯山莊。臨走時趙觀向凌霄夫婦拜別，感念二人相待之厚，忍不住流下眼淚。他頻頻回頭遙望，似乎知道未來相見的機緣不多了。

三人向南行去，經過淮安、高郵，來到揚州。趙觀知道凌比翼的家傳輕功是武林一絕，便纏著向他學輕功。他原本已向成達學過一些口訣，自己摸索練習，畢竟火候不夠。凌比翼道：「我娘的雪上飄輕功太過難練難學，我教你另一套輕功吧。這套輕功叫作『飛天神遊』，是前任丐幫幫主趙漫所創，你也姓趙，跟他算是同宗。」

趙觀大喜，便認眞練了起來。他佻達好動，輕功學得特別快，到揚州時，已將飛天神遊輕功學了個五六分，縱躍騰挪、疾行奔跑都較以往快捷得多，心下甚是高興。

第二十一章　承天禪寺

三人朝行夜宿，腳程甚快，比預定的行程還快了幾日。凌比翼和白山茶商議，爲免趙觀觸景生情，決定繞道從鎮江、宜興南下，避開蘇州，一逕來到大城杭州。白水仙隱居的雁蕩山在浙省東南，從杭州南下不過三四日的路程。三人見時間充裕，又怕貪趕路程誤了落腳，便決定在杭州留宿一夜。

趙觀和凌比翼、白山茶三人於午時到達杭州，來到城裡的客棧投宿，店主卻說已沒有空房了。白山茶又去問了幾家客店，竟然全都客滿。凌比翼甚覺奇怪，一打聽，才知當晚杭州炎暑山莊的老莊主盛冰作八十大壽，遠近的武林人物齊來赴宴，因此將城裡的客店都擠滿了。凌比翼道：「不如我們去找個寺廟歇腳，明兒一早便走。」

白山茶道：「就怕我婦道人家，去寺廟借宿不方便。」凌比翼道：「杭州承天寺旁有間尼庵清水庵，我們去承天寺掛單，白姑娘便可去清水庵留宿。」

趙觀忽道：「凌大哥，我不願上承天寺去。」凌比翼道：「怎麼？」趙觀微一遲疑，說道：「承天寺以前有個淫賊和尚，專門欺侮前來燒香許願的女施主，被我師姊殺了。」

凌比翼笑道：「我聽說過這事，原來是你們下的手！承天寺現在的當家名叫無遠，有些迂腐，人倒是很正派。以前淫和尚無念當家時，無遠是他師兄，常常規勸他。無念很討厭這師兄，對他百般欺侮取笑，又總差他去作最辛苦低賤的雜役。後來無念伏誅，廟裡其他和尚都很高興，群相慶祝，只有無遠怕他落入阿鼻地獄，不斷爲他誦經禮懺。大家見他最有慈悲心，一致推選他作了住持。現今承天寺乃是十分清靜的處所，咱們去住一夜應是無妨。」趙觀聽他這麼說，便答應了。

三人便去杭州城西小峰山承天寺求宿。凌比翼通報了姓名，不多時便見一個高瘦老僧迎將出來，皺紋滿面，笑著向凌比翼合十道：「凌施主，好久不見，快快請進！」

凌比翼笑道：「大師清容如昔，晚輩好生欣慰。晚輩這回匆匆路過杭州，正逢盛莊主辦壽，城裡客店住滿了，沒地方歇腳，只好來叨擾大師。」

無遠道：「不叨擾、不叨擾。歡迎之至。」當下請三人進客室奉茶。無遠甚是木訥，不善言辭，結結巴巴地反覆說道很高興能再見到凌比翼，多謝他當年仗義相助云云。趙觀聽了半天，才聽出個所以然。原來當年左近一間道觀的主人橫行跋扈，見無遠懦弱，便計劃奪走承天寺的寺產，聯合了杭州的三個富商，想將承天寺瓜分了。凌比翼當時正好在杭州，出面幫無遠斡旋，才保住了寺廟，無遠感激他便是爲此。

凌比翼又問起杭州城中最近有什麼大事。無遠道：「也沒什麼大事。姓王的土霸這幾年收斂了許多，常來燒香禮佛，不敢造孽，倒是好事一件。有個姓胡的錢商放高利貸，十多戶農家受他剝削，還不起錢，儘管這兩年都是豐年，還得賣妻鬻子，十分可憫。」

凌比翼道：「杭州城不乏俠義之士，竟沒有人出面說話麼？」

無遠道：「盛家確是常常施捨濟助窮人，但他家數代富有，錦衣玉食，並不知道農家的辛苦。最近經過本地的俠客都沒空管這事。」

凌比翼點頭道：「我知道了。還有別的麼？」無遠道：「盛家太爺今兒作壽，來祝壽的人很多，也不知是不是都安著好心。」接著又說了一些城裡的瑣碎事，陪三人用了午齋，才讓他們各去休息。無遠喚一個小沙彌領白山茶到半里外的清水尼庵歇宿，凌比翼和趙觀則去承天寺的單房下榻。

趙觀問道：「這位老和尚怎地這麼清楚城裡的事兒？」

凌比翼一笑，說道：「像無遠這樣的老和尚，你在別處是找不到的。他看來文弱無用，其實卻是個最重俠義的和尚。左近幾百里的百姓遇上不公道的事兒，總會來廟裡上香求佛祝願，其實也就是來向老和尚哭訴。老和尚一一聽在耳裡，能幫忙的他總自己去幫忙，有時惡人勢力太大，他敵不過，就記在心裡。他認識的游俠甚多，每當哪位游俠經過杭州，他便請求他們出手除惡扶善。幾年下來，城裡因此被整的惡霸甚多，慢慢開始疑心是老和尚告的狀，便相約闖上承天寺，將老和尚痛打了一頓。」

趙觀啊喲一聲，說道：「這老和尚一把老骨頭，怎麼禁得起打？」

凌比翼道：「可不是？好在我有遠見，幾年前便問他要不要學武功。他說：『出家人慈悲爲懷，不能學這種傷害別人的玩意兒。』我看他堅持不肯，就說：『不如這樣，我傳你一套挨打不還手的功夫，如何？』他答應了，我便傳了他一套『銅骨鋼筋功』，讓他被打時只受些外傷，不致傷到筋骨。那些惡霸多次上山來找老和尚的麻煩，老和尚總是逆來順受，棍來頭擋，棒來背接，怎麼打都打不死。幾次下來，惡霸也怕了，以爲他是菩薩下凡，不敢再來招惹他。老和尚便繼續充當這爲民喉舌的中間人，城裡大小事情都躲不過他的耳朵。常來杭州的江湖俠客都知道，要探聽城中的情況，最快的方法莫過於造訪承天寺的無遠和尚。」

趙觀聽得又是驚佩，又是好笑，說道：「這老和尚當眞不簡單！」

凌比翼笑道：「可不是？但無遠今日可以當家，令承天寺恢復佛門清靜，還要歸功於你師姊當年出手誅殺無念那老淫賊呢。」

趙觀想起當年跟著青竹來杭州刺殺無念，那時自己尚未入百花門，隨青竹出來辦事時總纏著她問東問西，一派天眞。屈指算算，那也是五六年前的事了。如今自己毒術學全，青竹卻已下落不明，想起她對自己的好處，不由得心中感傷。

凌比翼道：「天候還早，不如我們去城裡逛逛，順便看看那姓胡的錢莊老闆生得什麼模樣。」

趙觀知道凌比翼要去找那姓胡的麻煩，甚是興奮，拍手笑道：「好極！」兩人相偕出了承天寺，往杭州城行去。

行經西湖邊上，卻見八個青年男女迎面騎馬而來，個個衣飾鮮明，精神飽滿。其中兩個是女子，大的和趙觀差不多年紀，小的似乎比他還小幾歲，都生得甚是秀麗。八人見到凌比翼和趙觀，一齊縱馬圍將上來，其中一個方面男子喝問道：「喂，閣下可是清霜派的人麼？」

凌比翼道：「不是。」

那年紀較大的少女道：「三弟，這人當然不是清霜派的。你沒看他身上帶的劍不是清霜劍？」

那方面男子道：「不問問怎麼知道？咦，這人長得倒很面熟。」說著擠眉弄眼向凌比翼打量去。那年幼的少女道：「三哥，你認識他麼？」那大哥還未回答，年長少女已插口道：「這位公子長得倒俊。小妹，不如我替妳作個媒怎樣？」旁邊一個瘦臉男子皺眉道：「妳們兩個，說話有點節制行不行？莫要丟臉丟到西湖邊上來了，讓表哥們笑話。」

一旁像是他們表哥的兩個男子，約莫二十七八歲，只是微笑不語。那兩個少女不服氣，齊聲道：「二哥說什麼話來，我們哪裡丟臉了？莫非只有你們能說別的姑娘俊，我們便不能說人家青年俊？」

其餘六人中年紀最長的男子大聲道：「夠了、夠了！你們再吵，我回頭告訴爹爹去。咱們是出來辦事的，怎麼自己鬧窩裡反？」年長少女道：「是啊。二弟，你一直跟我過不去，不是窩裡反是什麼？」那二弟道：「大哥又沒說是我，妳和小妹不聽大哥的話，也是窩裡反。」小妹道：「別扯上我。」六人你一言我一語，爭辯起來，吵得不可開交。

凌比翼和趙觀對望一眼，都覺得這幾個少年男女夾纏不清，言行可笑。

卻聽那姊姊道：「三弟就愛挑別人毛病，自己不好好練功，總說別人哪裡哪裡不對。」三弟道：「我哪有不好好練功了？」姊姊道：「爹的折梅散手，小妹都學會了，你到現今還學不會。你要學會了，再來指責別人還行。」三弟怒道：「我怎麼不會？要不要打賭？」兩個女子異口同聲道：「賭就賭。哪，那株梅樹看到了麼？你能去將最高的梅枝摘下，我就服了你，向你道歉賠罪。」

三弟抬頭一看，那梅樹總有十多尺高，自忖跳不上去，搖頭道：「妳故意出難題，算什麼英雄？」一旁年紀最小的少年拍手笑道：「我知道、我知道，姊姊是巾幗英雄！」眾人嘻笑聲中，那姊姊抬起下巴，向三弟挑釁道：「怎樣？我就知道你不行。」

三弟受不得她激，大聲道：「誰說我不行？我這就去！」跳下馬，在樹下站定，陡然提氣上躍，姿勢美妙，手臂急伸，在空中劃過，但離那最高的梅枝還差上老大一截。

其他七人都笑了。三弟惱羞成怒，說道：「你說小妹行，那要她來試試！」那姊姊道：「小妹年紀小，讓她摘低一點的梅枝。」三弟嚷嚷道：「不公平、不公平！」一邊瘦臉的二哥道：「有什麼不公平？小妹確實比你小，自然該讓她。」

三弟轉頭瞪向那二哥，說道：「你就愛偏袒小妹。不如你自己試試。」小妹道：「你別欺負二哥。」三哥道：「這都是妳引起的，還有臉說話？妳自己不行，就要大姊二哥回護妳，眞沒用！」小妹眼眶一紅，便要哭出來。那二哥道：「小妹，別理妳三哥，妳看二哥的。」也下馬去摘梅，湧身躍起，姿勢比他兄弟更加優雅美妙，卻也差上數寸，沒摘到梅枝。

那大哥見兄弟連續出醜，也自惱了，埋怨那姊姊道：「妳幹麼出這等難題，讓自己的兄弟難堪？」那姊姊辯道：「我只是跟三弟打賭，是他自己願意賭的。二弟去摘，是三弟要他去的，可不是我。」那大哥道：「妳自己也摘不到，賭什麼賭？」那姊姊道：「你怎知道？我猜你也摘不到。」兩人又鬥起嘴來，結果兄妹一起下馬，向梅樹奔去，先後躍起。那大哥的手指碰到了梅枝，卻無力摘下；那姊姊離梅枝還差上一寸左右，落地時兩人都是臉上通紅，又羞又惱。

眾弟妹掩嘴而笑，卻不敢笑出聲來。便在此時，一個人影晃過，眾人一抬頭，卻見那最高的梅枝已被採下，低頭一望，那梅枝正插在小妹的衣襟上。

七人大驚失色，望望梅枝，又望望小妹。那小妹原本泫然欲泣，見大家望向自己，才發現衣襟上多了一枝梅花，又是驚訝，又是歡喜，將梅枝拿在手中把玩，笑道：「瞧，這花兒眞美！」一個表哥拍手笑道：「梅大哥，好身手？」

那大哥搖頭道：「不是我。」那姊姊道：「也不是我。」三弟嗤笑道：「廢話，妳連梅枝都沒碰到，自然不是妳。」那姊姊橫眉怒目，便要發作。

那大哥怒道：「夠了，我說，你們都給我閉嘴！」眾弟妹這才安靜下來。那大哥雖未看清，卻已猜知出手的是凌比翼，當下向他走去，拱手道：「這位俠士，我弟妹們年輕好爭，丟人現眼，眞正不好意思。我等是岳陽梅莊的子弟，請問閣下貴姓大名？」

凌比翼微笑道：「原來是洞庭梅莊的四梅二雪，兄弟久仰諸位大名。兄弟姓凌，草字比翼。」

那梅大哥畢竟有些見識，驚道：「原來是虎嘯山莊凌大哥！我們有眼不識泰山，眞正失禮了。」凌比翼道：「好說。」

其餘七人聽聞凌比翼的名頭，忙下馬行禮。這幾個兄妹彼此間儘管爭吵不休，對俠士倒是十分敬重。梅大哥道：「凌大哥，我爹爹、叔叔和令尊令堂都熟識，只是令尊長年隱居，近年少有往來。今日能見到大哥尊容，小弟眞是高興。小弟是梅家長孫，單名一個天字。」指著弟妹道：「這是我大妹雪花，這是二弟梅地，這是三弟梅君，這是小妹雪萍，這是小弟梅師。這兩位是盛老莊主的孫兒，盛才敏和盛才捷。」眾弟妹和盛家的二子一一上來行禮攀談，甚是親熱。

凌比翼不願冷落了趙觀，說道：「這位小兄弟名叫趙觀，是在下的好朋友。」眾人見趙觀小小年紀，面容俊秀，身形瘦小，甚是文弱的模樣，聽說是凌比翼的好朋友，才對他多看幾眼，應酬幾句，不敢失了禮數。

梅天對小妹雪萍道：「還不快謝凌大哥送妳這枝梅花？」梅雪萍道了謝，小弟梅師奇道：「這梅枝眞是你摘下來的麼？怎麼我沒看見？」

凌比翼笑道：「不是我。我方才見到一隻燕子飛過，摘下梅枝去作巢，沒啣好掉了下來，才落在梅小姑娘的衣襟上。」

梅家幾個兄弟姊妹都將信將疑，他們畢竟沒有親眼看見凌比翼出手，不能確知是他摘的，聽他說什麼燕子飛過，倒也煞有介事，交頭接耳，議論紛紛。

凌比翼年紀與他們相若，武功卻較他們高上太多，在武林中的名聲地位更是不可同日而語。他出手摘梅，並非想炫耀武功，只是聽出他們是梅莊子弟，知道父親與梅家相識，理當相認敘舊，又不想聽他們絮絮爭辯下去，才出手將他們震懾住。沒想到幾個年幼的武功太差，甚至沒看見他躍起的身影。

梅天和盛家兄弟的眼光畢竟勝過弟妹們，知道定是凌比翼出手摘梅，心中好生敬佩。梅天問道：「凌大哥，盛老莊主大壽，請問您是代令尊令堂來赴宴的麼？」

凌比翼道：「不瞞梅大哥和盛家兩位哥哥，我與這位趙小兄弟正趕路去往南方，恰巧途經杭州，並不知曉盛老莊主大壽。匆匆而來，未曾準備盛老莊主的壽禮，當眞過意不去。待小弟事情一了，定當造訪炎暑山莊，向盛老莊主拜個晚壽。」

盛才敏是盛家長孫，年紀最長，甚是老成，拱手道：「凌兄身有要事，我兄弟也不敢強留。家祖的壽宴便是今夜，凌兄若在杭州待一夜，不如便來敝莊一敘。我們兩家數代交好，爺爺若見到您，一定極爲高興，那可比什麼禮物都強了。」盛才捷也道：「爺爺他老人家最敬重令尊令堂，壽禮這等小事，他老人家如何會放在心上？請凌兄一定來喝一杯壽酒。」

凌比翼見推辭不過，便道：「既是如此，我和趙小兄弟便一起叨擾了。」盛家兄弟甚是歡喜，相顧微笑。

凌比翼想起剛才梅天對自己的問話，便問道：「各位可是出來尋找清霜門人的麼？」

盛才敏歎了口氣，說道：「不瞞凌兄，爺爺這次辦壽，來祝賀的武林人物很多，爹爹怕仇家夾雜在其中，在壽宴上搗亂，擾了他老人家的興致。因此這幾日派我們出來探查，看有沒有什麼人在暗中搞鬼。」凌比翼道：「令尊以爲清霜劍派的人會來尋仇？」盛才捷道：「正是。」

凌比翼抬頭望著西湖對岸的遠山，凝思一陣，才道：「小弟既受邀赴宴，自當盡力不讓盛老莊主受到打擾。」

盛才敏和盛才捷都臉現喜色，一齊拱手稱謝，說道：「有凌兄這句話，我兄弟就放心了。」梅家姊妹和三個弟弟卻沒他們這般有信心，私下暗道：「憑他一個人，就能保證壽宴上不出事麼？」

凌比翼問道：「請問壽宴幾時開始？」盛才敏道：「酉時正。」凌比翼道：「甚好。現在天色還早，我們先去城裡走走，酉時正一定到府上向老壽星拜壽。」當下向八人道別，與趙觀相偕離去。

第二十二章　杭州壽筵

走出一段，趙觀忍不住道：「凌大哥，好輕功！只是俏媚眼作給瞎子看啦。」凌比翼微微一笑，說道：「那幾位梅家的小姐少爺，唉！聽說人是很善良的，就是太過喜愛吵嘴爭辯了。」

趙觀道：「我瞧盛家的兩位倒是聰明得很。」凌比翼道：「怎麼？」趙觀道：「他們拉你為他家的事出力，卻半點不著痕跡。」凌比翼一笑，說道：「我也不知幫不幫得上忙，只能盡力了。若要保證今兒晚上不出事，我一個人可不成，須得你幫手才行。」

趙觀受寵若驚，說道：「我？我能作什麼了？」

凌比翼笑道：「你堂堂火鶴堂主，能作的可多著呢。趙兄弟，你跟盛家無親無故，我不敢勉強你出手相助。這盛家乃是武林四大世家之一，在江南武林興旺了幾十年，子孫中雖沒有什麼特別出色的人才，也都是規矩方正之士，老莊主盛冰更是位值得敬重的老英雄。」

趙觀聽了，心想：「凌大哥對我好生重視，我怎能不賣他這個面子？」當下拍胸口道：「凌大哥，你要我如何幫忙，儘管開口便是，小弟一定盡力！」

凌比翼甚是高興，說道：「此刻我還不知該如何借重於你，咱們先去城裡看看再說。初進城時，我見到幾個跟清霜派交好的武林人物，想跟上去探探。」

趙觀問道：「這清霜派跟盛家有什麼仇恨？」凌比翼搖頭道：「我也不很清楚。聽說當年在南昌大戰時，清霜掌門褚文義被擒，傳說他貪生怕死，向敵人投降，招出了許多正派武林的祕密，才被放出來。盛家的人聽聞此事，便出手殺了他。褚文義的兒子卻說他父親沒有投降洩密，盛家聽信謠言，錯殺了褚掌門，揚言要報仇。當時武林中人死傷甚眾，武林中的幾位首腦便出面勸兩家罷手，勿再追究此事。那是許多年前的事了，想來褚文義的兒子報仇之心未泯，又要向盛家挑釁。」趙觀道：「原來如此。」

言談間，兩人已來到杭州城裡。凌比翼和趙觀在街上走了一回，見處處都是身帶刀劍的武林人物，大約都是來赴壽宴的。凌比翼去了幾家酒館，忽然喜道：「運氣不錯，給我找著啦。」

趙觀順著他的目光望去，見酒樓角落坐著兩個漢子，都是紫黑臉膛，身形矮壯，並不怎麼起眼。凌比翼低頭向趙觀囑咐幾句，趙觀點頭答應了。凌比翼便當先走入酒館，向小二買了一壺酒，來到角落那兩人桌旁，將酒壺往桌上一放，打橫坐下，笑道：「兩位大哥，兄弟請你們喝酒！來、來，不要客氣。」

那兩個黑面漢子抬頭向他瞪視，不知他是什麼路數。凌比翼已自斟了一杯酒，舉杯道：「請，請。」左首的漢子冷冷地道：「我們跟兄臺可不相識啊。無端受請，我等擔當不起。」

凌比翼並不理他，招手要趙觀也過去坐下，說道：「兩位大名鼎鼎，江湖上誰不知曉？『嶺南雙雄』當年在戴雲山大戰群匪，英雄無敵，教人好生佩服。」那兩人臉色微變，互望一眼，內心不禁有些得意。他兄弟久居嶺南，在中原名頭並不響，沒想到這人竟認出自己，還出言恭維。兩人又向凌比翼打量去，都想：「這人不過二十來歲，聽口音也不是嶺南人，怎會聽過我兄弟的名頭？」

凌比翼自己喝了杯酒，又道：「所謂江湖義氣，為朋友兩肋插刀，那是沒得說的。但若陷朋友於不義，或陷朋友於危難，那便說不上是好朋友了。兩位說是不是？」

嶺南雙雄中的兄長吳濤道：「閣下說話，我不大明白，還請閣下明言。」

凌比翼低聲道：「人家是勢力雄厚的武林世家，辦這麼大的事，自然早有周全準備。人家敬重兩位是號人物，才發送請帖，若是存心生事，就不免自取其辱了。」

吳濤臉色一變，強笑道：「兄臺說些什麼，我眞是不懂了。」

凌比翼一笑，說道：「這件多年前的公案，閣下的朋友念念不忘，定要向人家尋仇。事情黑白未明，兩位便要出手相助，未免陷朋友於不義。對手戒備嚴密，兩位出頭相助，未免陷朋友於危難。這可不是待友之道了。」

弟弟吳波臉色一變，冷笑道：「你胡說什麼？我一句也不懂。」忽然伸手去抓凌比翼的手腕。凌比翼反應極快，後發制人，反手扣住了他的手腕，吳波登時全身癱瘓，動彈不得。凌比翼心下甚是高興，他用話相套，這兩人這麼容易便露出馬腳，倒省得他多花功夫。

吳濤見兄弟落入對方掌握，強笑道：「有話好說、有話好說。請閣下將話說明白了，我兄弟好回答。」忽然伸手，去抓趙觀手腕。趙觀不及閃避，被他抓個正著。吳濤忽然低呼一聲，飛快地抽回手來，手上如被熱油燙到一般，疼痛莫名，接著全身一麻，手腳便即動彈不得。他驚恐莫名，向趙觀望去，只見他對己一笑。

凌比翼知道趙觀毒術高超，吳濤不加防備便去扣他手腕，自是自討苦吃。微笑道：「咱們在大庭廣眾間，動手動腳的未免難看。煩請兩位帶我去見你們的朋友，咱們多親近親近。」

吳濤吳波額上流汗，全身卻一寸也動彈不得，好似進入夢魘一般，只能應允了。凌比翼抓住二人臂膀，說道：「兩位請帶路吧。」

吳波知道凌比翼以內力震住自己，是靠了眞實功夫，吳濤卻不知如何著了那少年的道兒，兩人都是驚懼交集，在凌比翼的攙扶下走了出去，來到客棧一間房中。凌比翼放鬆了吳波的手腕，問道：「人呢？」

吳波問道：「什麼人？」

凌比翼手上用力，吳波手臂痛徹骨髓，更說不出話來。凌比翼喝道：「你們的計畫，盛家老早一清二楚。褚孝賢那小子在哪裡？」

吳濤不敢再裝傻，說道：「他不在城內。他怕進城會被對頭發現，帶了手下埋伏在城外。」

凌比翼哼了一聲，說道：「他晚間帶人進來，你們便是內應了。」吳濤和吳波不答，顯是默認了。凌比翼搖頭道：「兩位跟褚公子的交情深厚，這我是知道的。但我坦白跟兩位說，褚公子這番想趁武林前輩大壽時鬧場，實是不義之舉。要報仇，自當坦然正大的去挑戰，趁人辦壽時去打擾，未免有失光明。」

吳濤吳波都是默然。凌比翼又道：「再說，江湖中的恩恩怨怨，旁人原本難以論斷。我爲褚公子打算，他炎暑山莊的名頭響了數十年，豈是好惹的？今晚壽宴上群雄雲集，都是盛家的好朋友，若是這麼一鬧能報得了仇，倒也罷了。但我以爲褚公子不但成不了事，反而要吃大虧。」

吳濤吳波見識了他的手段，心中都暗自驚憂：「這青年是從哪兒冒出來的，武功這般高強？搞不好對頭眞有準備，這次要不鬧得灰頭土臉也難。」吳濤膽子較小，便道：「兄臺指點的是。我們當初答應幫忙，也只是基於一時意氣，經兄臺指點，我兄弟這回不插手便是。」

凌比翼道：「如此甚好。褚公子在宴上還埋伏了哪些內應？我這便去勸勸大家，別跟著他起鬨，自蹈險境。」吳濤對他甚是心服，便老實道：「據我所知，還有九華山的張五公、赤璧俠白無歸、西山三雄和大悲和尚。」

凌比翼道：「就這些人麼？」吳波道：「我兄弟知道的，就是這幾位。」凌比翼皺眉道：「褚公子手段未免太過陰狠。張五公的火藥，想必已混入壽禮中了吧？加上大悲和尚的悲情毒粉，西山三雄的飛刀，他是一意要致壽星公於死地了。」

吳濤吳波都垂首不語，臉現不忍之色。凌比翼見到他們的神色，知道自己猜得沒錯，便道：「人家能享高壽，自有他的福報。這麼幹未免太狠了些。褚掌門自己呢？他準備怎樣侵入盛家？」

吳波道：「除了清霜劍門下之外，他還請來了一批高手。他倒也不是一味陰狠，我聽他說，要闖入盛家，指名向老莊主挑戰。埋伏下西山三雄和大悲和尚，是爲了不讓與宴的賓客們插手干預；預備張五公的炸藥，則是他若挑戰失敗，便要與盛家同歸於盡。」

凌比翼嘿了一聲，說道：「厲害、厲害！」放開二人的手臂，拱手道：「多謝兩位相告。在下姓凌，名比翼。方才得罪了兩位，還請見諒。」

吳濤吳波都是一驚，對望一眼，態度登時轉變，吳濤躬身道：「原來是醫俠的大公子！先公昔年曾受醫俠恩惠，猶未報答。凌大公子武功高強，俠義方正，虎嘯山莊果眞名不虛傳。」凌比翼道：「不敢當。」

吳波此時倒爲凌比翼擔心起來，說道：「凌大公子，褚兄弟這回找的幫手中很有些硬手，你須得小心。」凌比翼道：「他們現在何處？」吳波道：「在東城外的土地廟裡，預定戌時動手。」凌比翼道：「承蒙兩位指點，在下感激不盡。多有得罪，還請大量包涵。」一拱手，便帶著趙觀離去。

趙觀與凌比翼出了客棧，凌比翼找了個僻靜處，向趙觀道：「趙兄弟，我去城外探探，看他們究竟帶了些什麼厲害人物，最好能將他們都擋在城外。現在時間不早了，請你先去盛家，罩住宴上的埋伏。」當下向他簡略說了張五公、白無歸、西山三雄和大悲和尚的形貌特徵、擅長何技，趙觀一一記住了。

凌比翼道：「這嶺南雙雄是不敢造次了，另外那六人十分好認，下毒的和尚你定能對付，使飛刀的、用火藥的、還有那赤璧俠，請你想法穩住他們便是。」趙觀道：「包在我身上。」凌比翼看趙觀一副胸有成竹的模樣，微微一笑，拍了拍他肩膀，便出城向東而去。

此時已近酉時，趙觀獨自來到盛府，在門口通了姓名，不多時梅天和盛才敏迎將出來，見只有他一人，忙問：「凌大哥呢？」趙觀道：「他還在外邊逛逛，一會就到。」二人都顯出憂色。此時客人絡繹到達，盛家和梅家子弟忙著招呼，梅天便叫人隨便找個位子讓趙觀坐了。

趙觀見賓客湧入，人多耳雜，沒有機會告訴他們該留心什麼客人，便作罷了。他坐在位子上游目四顧，正好見到梅家的小弟梅師經過，便上前拉住他道：「梅小兄弟，今兒眞是熱鬧，你陪我到處看看，好麼？」

梅師性情天眞，見有年紀相若的友伴，甚是高興，兩個少年便在宴席間邊聊邊走。趙觀留心各處的客人，低聲向梅師詢問，逛了三四圈，便已盯上了臥底的六人，又連帶留意了與六人有接觸的可疑賓客，一一下手施毒。他又跟著梅師到廚下看師傅準備酒菜，盤桓了好一會，才回到座位坐下。

酉時過後，盛府已來了上千賀客，府內樂師奏起慶壽的樂曲，煞是熱鬧。賓客各自就座後，一桌桌酒席開將上來，談笑喧鬧聲不絕於耳。宴席分成兩廳，內廳坐的都是前輩長者、武林耆宿，約有三百來人；外廳坐的則是些尋常武人和年輕子弟，也有七八百人。過了戌時，壽宴進行順遂，賀客紛紛起身獻賀辭、敬壽酒，老壽星盛冰笑逐顏開，甚是暢懷。他年長不能多喝，便由兩個兒子盛起和盛赴代飲，賓主皆歡。盛冰的女兒盛清清和丈夫梅無問也在席上，他二人留心張望席上各人，見無人鬧事，才漸漸放下心。盛才敏和盛才捷、梅家六兄妹等坐在外廳，見平靜無事，也開始喝酒猜拳、高聲說笑起來。

酒席過了一旬，趙觀見凌比翼仍未到來，不禁開始擔心。他望見鄰桌的西山三雄似也坐立不安，不久便起身說要去解手。趙觀心想：「這三人感情眞好，解手也一起去。」隨即明白：「他們要去探探情況，看姓褚的怎麼還沒出現。」當下離座跟上。

但見三人在莊後停下，低聲談了幾句，便從側門走出莊外。趙觀展開輕功，遠遠在後跟著。莊院裡的眾守門家僕甚是鬆懈，互相敬酒玩鬧，更未注意西山三雄和趙觀已悄悄離莊。趙觀暗想：「盛家好大一個家族，卻沒有什麼人才。若不是凌大哥出手相助，敵人早攻到你大廳上去了。」又想：「那兩個黑臉漢子說姓褚的在城外伏有高手，現在這西山三鬼也跑去幫忙，不知凌大哥能否抵擋得住？」

他一路跟上，出了東城，來到一片荒涼的野地。他見西山三雄消失在黑暗的草叢中，便屛住氣息，悄悄鑽入草叢，從懷裡摸出兩種毒粉，準備隨時出手。忽聽前面噹的一響，似是兵刃相交之聲，心想：「凌大哥還在跟他們動手。」緩緩從草叢中掩上，不多時面前出現一塊空地，只見兩個人影在場心對打，旁邊圍繞了二十多人，都是一聲不響。

第二十三章　月夜險鬥

打鬥中的二人其中之一身穿黑衣，月光下看出是個老者，另一個則是身穿灰布衣衫的青年，氣度凝重，劍光閃爍，正是凌比翼。卻見那老者不斷繞著凌比翼奔走，速度極快，兩手各持一柄戒刀，偶爾衝上快攻數刀，便又退開。凌比翼站在中心，劍尖晃動，那老者一逼近，便出劍指向老者的要害，劍勢凌厲已極。那老者轉瞬間繞了三十多圈，攻了二十多刀，卻沒有一招使得完，便被凌比翼擋回。又繞一陣，那老者終於長歎一聲，收刀而立，拱手道：「老朽甘拜下風。閣下武功精妙，令人大開眼界。閣下多次手下留情，老朽豈有不知？多有得罪。」回身走去，消失在夜色中。

凌比翼點了點頭，轉過身來，說道：「還有哪位朋友要賜教？」

旁邊一人大步走出，冷冷地道：「你打敗了命絕大師、西北老人、連環冷月刀，但要阻止我師兄弟報仇之志，卻是休想！我恩師當年死於盛家之手，此仇不共戴天，在下雖不才，也要見識見識閣下的劍法。」

凌比翼道：「這位想必是『清霜一峰』馮孝峻馮師傅。閣下熟練清霜三才劍陣，不如你們師兄弟三人齊上吧。」馮孝峻哼了一聲，道：「你倒知道得不少。三才一動，不死即傷。這可是你自找的，須怨不得我等以多勝少！」凌比翼笑道：「閣下放心，儘管出手吧。」

月光下只見馮孝峻臉色難看之極，一揮手，又兩名漢子持劍走上，站定方位，將凌比翼圍在中心。凌比翼長劍一擺，說道：「請出招。」

那三人忽然交錯步伐，扔出手中長劍，旁邊之人便即伸手接住。三人不斷移動身形，三柄長劍不斷轉手，熟極如流，有如變戲法一般，一圈劍光將凌比翼團團圍住。趙觀心中大奇：「這是什麼武功，怎麼玩起拋劍的雜耍來了？」

凌比翼在劍陣中心，卻已看出它的厲害，心中一凜：「這劍陣變化甚巧，不可小覷。若在白日，我看得清他三劍轉遞，此時月光昏暗，他們突然攻擊，倒是不易避開。」當下展開輕功，在三人之間穿梭，仔細觀察三人的步伐及劍勢。

忽聽一人低喝一聲，三人傳劍忽止，同時挺劍向凌比翼刺去。凌比翼縱身躍起，避了開去。那三人緊追不捨，仍將他圍在陣心，攻勢加快，每傳兩三次劍便出手攻擊，凌比翼雖能及時躲開，卻無法攻破劍陣。趙觀看得心急，緩緩上前兩步，忽聽得輕微的呼吸聲，側頭見到三個身影，卻是那西山三雄也躲在草叢中偷看。趙觀生怕自己被他們發現，呼叫起來讓凌比翼分心，雙手各握一把迷藥「春風拂檻」，又轉頭去看空地上的打鬥。

卻見四人在場中移動極快，凌比翼的身形有如鬼魅，那三人再也捉摸不住他的方位，攻勢雖猛，卻招招落空。趙觀看得極為興奮，心中暗自驚訝：「凌大哥輕功之高，好似連影子都不留下！」

凌比翼此時已漸漸占了上風，忽然停步不動，站在中心，長劍揮舞如波，不斷指出，逼得那三人無法靠近他一丈之內，轉遞長劍也緩了下來。凌比翼忽然大喝：「著！」噹噹噹三聲，那三人的長劍一齊脫手，遠遠地飛了出去。凌比翼收劍而立，月光映照下，但見他臉帶微笑，衣襬在夜風吹拂下微微飄動，神態瀟灑已極。那三人呆立一陣，才頹然退開。

趙觀心中對凌比翼敬服無已，暗想：「凌大哥年紀輕輕，武功竟已如此出神入化！這份以寡擊眾、憑實力破敵陣勢的氣度，天下誰人能及？難怪我那非凡姊對他神魂顛倒，寶安也對他滿心仰慕。天下哪裡還找得出這般的男子？嘿，我趙觀若是女子，只怕也要愛上他。」

卻聽凌比翼道：「褚公子，今兒你出師不利，還是打退堂鼓回家休息吧。」褚孝賢哼了一聲，冷冷地道：「父仇不共戴天，豈是你這小子能懂得？我與盛家仇深似海，你是阻止不了我的。我今夜定要闖上盛家去，向老賊討回一個公道！」

凌比翼道：「你在這兒打不過我，去了盛家更加打不過。」便在此時，破空聲響，六柄飛刀一齊向凌比翼背後急射而去。凌比翼聽得聲響，立時向旁讓開一丈，躲開了三柄，隨即反手揮劍，打下了兩柄，最後一柄從他肩頭飛過，劃出一道血痕。他仗劍回身，凝神以待，卻聽得三聲悶吼，草叢中奔出三個人影，才跨出幾步便撲地倒下，再也不動了。

凌比翼背上流汗，他知道偷襲者必是西山三雄，這三人以飛刀絕技聞名江湖，三十六柄飛刀齊出，能躲過的武林人物寥寥可數。他只道六柄飛刀之後，其餘飛刀定將連珠而發，全神貫注，仗劍以待，豈知奇變陡生，飛刀止歇，三人奔出後便即摔倒在地。

凌比翼正奇怪這西山三雄爲何突然倒地不起，卻見草叢中走出一人，他凝目看去，這才恍然，哈哈大笑，說道：「小兄弟，多謝你出手相助！」

那人自是趙觀了。他見到西山三雄出手偷襲，連忙放出手中的「春風拂檻」，三人在他的下風，登時中毒。趙觀惱他們出手偷襲，用藥甚是猛烈，三人才奔出草叢兩步，便已昏暈了過去。

褚孝賢眼見西山三雄偷襲不成，臉色更加難看，說道：「在下爲父報仇，與閣下毫無關係，爲何定要出手攔阻？」

凌比翼道：「閣下要報仇，爲何不光明正大地上門挑戰，卻要在人家辦壽宴時去搗亂？」

褚孝賢默然不答，忽然叫道：「圍住了他！」他身後二十餘名師弟登時衝將上來，細劍出鞘，團團將凌比翼和趙觀圍住。他自己一躍上馬，快馳而去，轉眼消失在夜色之中。

凌比翼向身周眾人望去，歎了口氣，說道：「你們是擋不住我的。我今晚不想多傷人，你們快退開吧。」

一眾清霜弟子震於他的威勢，都不敢上前。一名弟子大聲道：「我清霜派決意爲先師報仇，除非你將我們全都殺了，不然別想離開這兒。」此言一出，眾弟子膽氣大壯，一齊吶喊振勢，仗劍攻上，竟是不顧性命的打法。凌比翼揮劍將當先幾人的長劍震飛了去，說道：「趙小兄弟，麻煩你幫我擺平了這些朋友，但請你別傷他們性命。」

趙觀道：「成。凌大哥，這藥請你含在口裡。」扔過一顆藥丸給凌比翼，接著從懷中掏出一把名爲「春眠不覺曉」的迷魂藥，揮手揚出，周圍的清霜弟子霎時全數中毒，還來不及出聲叫喊，便一一倒地，昏睡過去，人事不知。凌比翼見狀，也不由得一呆，說道：「這麼快？」

趙觀微笑道：「讓他們昏睡一兩個時辰，也不用費多少功夫。」凌比翼搖頭苦笑，說道：「我也該改行學毒才是。要我一一打倒他們，點上穴道，又花時間又費功夫。你一揮手便解決了，可不是省力得緊？」趙觀道：「這些人武功平平，一毒便倒。要對付高手，我便不成了。」

凌比翼哈哈大笑，說道：「今日見識到百花門絕技，當眞大開眼界。我回去定要求爹爹教我幾手毒術才是。」

趙觀道：「凌大哥，我的毒術算得什麼？要學了上乘武功，像你這般出手將敵人打得心服口服，才是眞英雄。」他心中敬佩凌比翼，這話說得十分誠懇。

凌比翼微微一笑，說道：「眞英雄，假英雄，還是得辦成了事才算數。褚孝賢這人固執得很，硬要跑去鬧壽宴，眞是不到黃河心不死。咱們快去看看。」

凌比翼和趙觀便向城裡趕去。凌比翼輕功甚高，托著趙觀快奔，不多時便來到炎暑山莊之外。

此時褚孝賢正跨入山莊，在門口大聲索戰。話聲才落，便覺一人拍上自己肩頭，回頭一看，見是個身形高大的青年，眉目俊朗，英氣照人，依稀便是在城外出手阻擋自己的那人。褚孝賢不由得一驚：「這人武功極高，沒想到他竟這般年輕。」

凌比翼一笑，說道：「褚掌門，你先走一步，趕來喝壽酒麼？」

褚孝賢怒道：「果然是你！我來向盛老賊挑戰，你快給我滾遠一點！」凌比翼道：「我是盛老莊主的客人，你可趕不走我。」褚孝賢不去理他，湧身前衝，踏進壽宴外廳。

這時盛家和梅家二代三代的子弟早已聞聲奔出，見褚孝賢闖入廳中，連忙上前攔阻。盛才敏喝道：「姓褚的，我炎暑山莊豈是你想來便來？」

褚孝賢冷冷地道：「我來找老賊報仇，小的先來送死麼？」忽然大聲喝道：「我要你們一個個痛哭流涕！」這原是個暗號，令暗藏在席上的大悲和尚開始施毒。

卻見大悲和尚從席間站起身來，忽然大叫一聲，跳到桌上，雙手亂揮，狀似癲狂。其餘賓客都大覺奇怪，一齊向他望去。一名客人想起他善使毒術，驚道：「悲情毒粉！」周圍眾客聞言大驚失色，紛紛離座走避，但又並未感到異樣，回頭望向大悲時，但見他雙目發直，口中喃喃自語，手舞足蹈，好似醉酒一般。但聽一個少年的聲音叫道：「和尚喝醉酒啦！」眾人這才放下心，都不禁失笑。盛家家丁連忙將他攙了下去。

眾人中最驚訝的便數褚孝賢。他埋伏下大悲和尚，原想讓他趁亂施毒，將廳上的人都毒倒了，自己便能闖入內廳。沒想到大悲施毒不成，反被人作了手腳。他心中又驚又怒，舉劍向盛才敏砍去。盛才敏從酒席間奔出，身上未帶兵刃，連退了幾步，險險避開。這時盛才捷和梅家六兄妹也已奔上前來，他們也無兵刃，只能站成一排阻擋對頭，大呼小叫地躲避褚孝賢的劍鋒。褚孝賢心中殺機已動，狠狠砍向盛家和梅家八個孫輩，只想殺死幾人洩恨。忽覺手上一空，長劍竟已脫手，卻是凌比翼夾手奪過了他的長劍。

褚孝賢怒道：「又是你！」凌比翼道：「褚掌門，夠了吧？」褚孝賢側頭見幾個家丁攙扶著另一人走出，正是赤璧俠白無歸，也醉得不省人事，不由得愕然，心中驚疑：「盛家的人果然厲害，我的內應竟被他們一一揪出！」他此時孤身一人，帶來的幫手全在城外被解決了，宴上的埋伏也被擺平，咬牙想道：「跟他們同歸於盡便了！」揮掌打退梅天、梅地兄弟，奮力衝向內廳，遠遠見盛冰坐在堂上，賀客和家僕正一一獻上賀儀壽禮，讓老莊主過目。

張五公見到褚孝賢，立時站起，捧著一籃壽桃走上前去。褚孝賢心中大喜：「我終究能炸死了老賊！」卻見張五公才走出幾步，便忽然停下，臉色發白，神情驚恐莫名。旁邊的人見他舉止有異，笑問：「五公怎麼了？」卻見他忽然回身，抱著那籃壽桃狂奔出去，直奔到院中，跳到花園的池子裡，水花四濺。

見者都是一陣轟笑，不知他在搞什麼鬼。凌比翼向趙觀望去，見他嘻嘻一笑，知道是他作了手腳，卻看不出他用了什麼手段。盛家的莊丁忙奔過去將張五公拉出水池。

此時內廳中鼓樂飄揚，眾賓客飲酒談笑，喧鬧震耳，雖有些賓客注意到褚孝賢站在廳口，大半的人卻矇然不知有敵上門挑釁。

褚孝賢臉色灰敗，知道此番一敗塗地，單憑自己一人絕對討不了好去，轉身便走。盛家和梅家的二三代子弟已衝上攔住，舉兵刃相迎。褚孝賢長歎一聲，忽然轉頭望向凌比翼，問道：「閣下是誰？」

凌比翼道：「無名晚輩，不值一提。」褚孝賢搖了搖頭，說道：「我雖敗在你手下，卻知道盛家梅家沒有你這樣的人物。」

凌比翼道：「醫以濟世，俠以行義。」褚孝賢輕哼一聲，說道：「原來是虎嘯山莊的人。好，我認栽了！」舉步往外走去。梅家六兄妹上前擋住，喝道：「這麼容易便走得了麼？」

凌比翼走上前來，搖頭道：「他為父報仇，原是出自一片孝心。讓他去吧。」梅天見他出面說話，便揮手要弟妹退開，望著褚孝賢大步走出。

盛家梅家眾人只道褚孝賢此番闖上莊來，定要大鬧一場，沒想到他只動了一下手便乖乖走了，都極為奇怪。盛才敏、才捷兄弟忙上前來向凌比翼探問，凌比翼沒有多說，只道：「他大約看壽宴太過喜慶，不好意思煞風景吧。」

炎暑山莊長子盛起見到凌比翼出手奪劍，武功不凡，早已離開席間，出來行禮探問，得知他是虎嘯山莊的凌大公子，又驚又喜，忙將他迎入內廳。盛家二子盛赴則叫了兒子和姪兒過來，低聲道：「你們還不快帶了人跟上對頭？」盛才敏和盛才捷兄弟這才省悟，忙率領了十多個莊丁匆匆跟上褚孝賢。

盛起對凌比翼極為禮敬，領他去向老莊主盛冰拜壽。盛冰見到他，呵呵笑道：「我當年見到你父親，他還只是個十來歲的孩子，如今你也這麼大了！眞是虎父無犬子啊。」凌比翼道：「晚輩拜壽來遲，還盼老莊主不要責怪。老莊主福壽雙全，老當益壯，晚輩見了好生歡喜。」

趙觀站在一旁，凌比翼沒有替他引見，他便也不出聲。

盛起十分熱情，讓出自己的席位，請凌趙二人坐下吃喝。趙觀甚感不自在，他在情風館受母親訓誡，下手施毒後定須儘快離去，不可留下半點痕跡。此番他毒倒了好幾人，雖作得神不知鬼不覺，卻很不願留在當地以眞面目示人，心想：「凌大哥多半要留下喝壽酒，我自己先回承天寺便了。」

正要開口，卻聽凌比翼道：「多謝盛大伯盛情。但小姪今夜還有要事，不能多留。下回定當再來貴莊造訪，向老莊主磕頭，向兩位伯伯請益。」盛起一再挽留，見凌比翼堅持要走，才作罷了。凌比翼便向盛起盛赴等告辭，帶著趙觀出了盛家。

不多時盛才敏兄弟回來，向父親叔父報告在城外見到一群清霜弟子昏倒在地，叫醒了幾人詢問，才得知凌比翼曾出手退敵，將褚孝賢眾幫手阻在城外等情。宴會散後，炎暑山莊又發現了大悲和尚和張五公等人臥底的情形，盛家、梅家各人不禁流下冷汗，不敢想像褚孝賢等若成功闖進莊來，加上這幾個厲害內應，炎暑山莊將遭受多大的挫折？凌比翼暗中出手擺平敵人，全不擾到老莊主的興致，手段實是高明之極。不意他不動聲色，暗中已送給盛家如此一個大禮，卻不受功，早早離去，果有隱逸豪俠的風範。

第二十四章 湖上聆樂

卻說那夜淩比翼和趙觀出了炎暑山莊，一陣晚風撲面，清涼舒爽，二人都甚覺暢快。淩比翼肚子忽然咕嚕響起，趙觀笑道：「淩大哥，你午時只在老和尚那裡用了素齋，想必餓得很了。」

淩比翼笑道：「是該照顧照顧肚子啦。西湖邊上有家酒館開得晚，那兒的牛肉羹最出名，咱們快去填飽了肚子正經。」二人便找上那酒館，叫了四五樣菜，一壺紹興，大吃大喝起來。

趙觀笑道：「淩大哥，你幫他們這麼大個忙，我猜他們還全不知道呢。」

淩比翼道：「盛家的人雖庸碌了些，倒也不那麼蠢。我猜他們此刻應已知道了，我無意要他們道謝，才早早辭退。再說，你在筵席中下手，旁人雖不一定看得出，但盛家的人要是心生懷疑，問起是哪位高人出手下毒，你百花門一向行事隱祕，我可不好交代了。」

趙觀不意淩比翼想事如此周全，竟處處爲自己設想，心下十分感動，舉杯道：「大哥，我敬你一杯！」兩人對飲一杯。淩比翼又斟了酒，也舉杯笑道：「小兄弟，多謝你出手相助，事情才得辦得如此乾淨俐落。大哥也敬你一杯！」趙觀笑著喝了。

淩比翼甚是好奇，問起趙觀是如何下的毒，竟能巧妙若斯。

趙觀道：「那和尚最容易。我知道他要使『悲情毒粉』，先在他身上下了『百仙酒』

和『無情秋霜』。他一使動『悲情毒粉』，『無情秋霜』便會克制住毒粉的藥性，又同時催動『百仙酒』，讓他如醉酒一般，昏睡幾個時辰才會醒。」

凌比翼拍手道：「妙、妙！」

趙觀又道：「那赤璧俠也不難。我見他將兵器藏在衣服底下，露出了一截刀柄，我就將百仙酒粉塗在刀柄上，他一伸手握刀，便中毒醉倒了。那用火藥的老頭子比較麻煩，我在他的茶裡下了藥，讓他手心出汗，又在他袖口施了黏膠，他過去拿起那籃子，手上的汗和袖口的黏膠混合，便令他的手緊緊黏在籃子之上，再也甩不脫去。他走到一半便發現了，才趕快跳到池子裡，好熄滅火藥。」

凌比翼哈哈大笑，心下甚是驚佩，趙觀小小年紀，竟能在這些高手身上作這許多手腳，又令各人毫無知覺，當眞是用毒如神。

兩人吃飽喝足，坐在酒館中閒聊，甚是愉快。趙觀側頭望向凌比翼，忍不住道：「凌大哥，我在龍宮時，非凡姊姊總向我誇說你有多麼英雄，我還半信半疑。現在我才知道她跟我述說的那些，還不及你本人的一半哩。」凌比翼淡淡地道：「那是她太看得起我了。」

趙觀心下好奇，問道：「凌大哥，你和非凡姊的好事快近了麼？」凌比翼笑容略歛，搖頭道：「沒定。」

趙觀見他似乎不想多說，便不好再問，心想：「看來凌大哥對雲姊姊沒那麼熱衷，枉費非凡姊對他一片傾倒。」又想：「非凡姊對我雖不怎麼親熱，但她氣質容貌、家世武功都可說是上上之選，足可配得上凌大哥。卻不知凌大哥心中是否已有了別人？若是如此，他又爲何與非凡姊定下婚事？」

此時已近中夜，凌比翼忽然側過頭，似乎在聆聽什麼。趙觀問道：「怎麼？」凌比翼道：「你聽，簫聲。」趙觀靜下凝聽，他內力不足，只隱隱聽到斷斷續續的幾聲。那簫聲慢慢接近，趙觀漸漸聽出曲調，其聲美妙宛轉，令人心曠神怡；變化萬端，令人心旌動搖。凌比翼和趙觀凝神聆聽，簫聲愈發清幽深長，扣人心弦，二人只聽得如醉如癡。

此時酒館將要關門，兩人便結帳下樓，循著簫聲走去。剛來到湖邊，簫聲卻陡然停下，四周劃然寂靜，只剩風吹湖面的淺淺波浪之聲。二人向湖中眺望，遠處似有幾艘舟子，卻霧濛濛地看不眞確。忽聽一聲鶴唳，戛然劃空而過，兩人抬頭望去，卻見一隻白鶴掠過湖面，到湖心時忽然斂翼，落在一葉小舟上。湖上霧濃，只隱約見到一人坐在小舟中，手中拿著一管洞簫，橫在口邊，卻並未出聲。便在此時，岸上叮咚聲響，傳來幾聲琴音。

凌比翼心中一凜，這幾聲琴音中貫注了深厚內力，而那吹簫之人身在湖心舟上，簫聲竟能清楚地傳至岸邊，顯然也非等閒。他雖經歷過許多江湖凶險，此時情境之特異奇詭，也不禁令他暗自驚慄，深深吸了一口氣，凝神以待。趙觀不知危險，只迷迷糊糊地極想再聽那醉人的簫聲。

琴聲響過後，便又靜了下來。過了一會，一絲極輕極柔的簫聲從水上飄出，哀哀然悠蕩在薄霧之中，好似頓失依靠的寡婦在荒野湖邊徘徊啜泣，又似即將分別的情人在彼此耳邊纏綿傾訴。簫聲愈響，愈是唏噓哀怨，直讓人想跪下痛哭一場。凌比翼怔然想起許多心事，閉上眼睛靜靜聆聽，不覺流下兩行清淚。趙觀雖年幼開朗，此時也不由得想起自己家破人亡、無處可依的境況，腦中一陣暈眩，忽然向後倒下，人事不知。

凌比翼聽得趙觀呼吸突轉急促，回身去看，見他倒下，及時伸手扶住了。他心中一驚，忙收攝心神，運氣在體內走了一個大周天，才感到腦中清醒了些。再去聽那簫聲，仍舊哀怨愁苦，濃郁纏綿，卻已無法動搖他的心神。他想：「這人在簫聲中貫注了上乘內力，才能令人心神為之動蕩。趙兄弟內力不足，無法抵受。」他扶趙觀躺下，伸指探他的脈搏，覺脈象平穩，只是昏睡了過去，才放下心，當下盤膝而坐，繼續聆聽簫聲。

便在此時，岸上琴聲叮咚而響，奏起一首喜慶的曲子，弦音跳脫變化，曲調流暢歡快，凌比翼眼前似乎出現了一群滿面笑容的小孩兒，有的拍手唱歌，有的追逐玩鬧；一旁大人圍坐聚餐、歡暢談笑，一派年節慶典的喜樂氣氛。琴音中也貫注了內力，絲毫不受簫聲的影響。凌比翼暗暗驚詫：「這琴音一派天眞爛漫，好似不知世間有愁苦二字。這人在那悲慘哀怨的簫聲下仍能彈出這般無憂無慮的心境，委實不易。」此時簫琴交互響起，一喜一悲，一歡一苦，兩個極端交纏敵對，直如一場高手拚殺。

凌比翼聽出雙方勢均力敵，不相上下，暗自讚佩兩人的功力，又暗叫好險：「若非我剛才收攝心神，以內力自制，否則若驟然聽到這一喜一悲兩種樂聲，非發瘋不可。」

又過了一盞茶時分，琴簫漸漸弱了下來，顯然二人都開始感到疲憊。凌比翼心想：「這兩人必是當世高人，才能這般以琴簫比拚內力。此時正是比試的緊要關頭，聽來兩人都已力疲，若繼續下去，其中一人必受內傷。」心中生起相惜之意，當下吸一口氣，出聲長嘯，嘯聲中正平和，遠遠地傳到湖面上。琴簫各自微頓，爭鬥之意驟退，在凌比翼的嘯聲中各自收斂，悲者趨於安穩，樂者趨於平靜，不久便同時停下了。

凌比翼也停止嘯聲，站起身來。但見湖中小舟緩緩蕩了過來，老者手持洞簫站在船頭，叫道：「兩位朋友，請上舟小敘。」

岸上一個蒼老的聲音縱聲長笑，說道：「松鶴老弟，你哪裡找來這麼高明的朋友，躲著爲你助陣？」便見一個人影從岸邊躍出，站上了小舟，月光下看出是個白髮白鬚的矮小老頭，手中抱著一具瑤琴。持簫老人道：「我可沒找人來幫忙。我不認識這人，但聽來像是虎嘯山莊的人物。」

凌比翼見他竟能從嘯聲中推斷自己的來頭，甚是驚異，當即走到岸邊，朗聲道：「小子凌比翼，冒昧打擾兩位前輩雅興，還請見諒。」

抱琴老人笑道：「我道是誰，原來是凌霄的大兒子。喂，小娃子，上船喝杯酒吧。」凌比翼微笑道：「承老前輩相邀，小子自當遵命。」伸手抱起趙觀，飛身躍上了小舟。

上得小舟，但見那持簫老人滿面皺紋，勾鼻鷹目，容貌十分剽悍，剛才見到的白鶴一腳獨立，收翅站在他的身後，凝視著來客。抱琴老人身形矮胖，白髮紅面，頭大臉寬，眼細嘴闊，十分慈善和氣的模樣。兩人看來都已有七八十歲年紀，但精神矍鑠，一望而知是內家高手。凌比翼向二老行禮，說道：「凌比翼拜見兩位前輩。小子識淺，請問兩位前輩如何稱呼？」

抱琴老人笑道：「凌小朋友不用客氣。老夫康箏，跟你太師父揚老是老朋友了。這位是西湖松鶴老，是老夫的表弟。」

凌比翼這才知道那彈琴老人便是九老之一的康箏，二人都是自己祖輩的人物，當下恭恭敬敬地向二人行禮拜見。

松鶴老請二人進入舟蓬。蓬內甚是寬敞，中間一張方几，四個蓆子，几上點著一盞油燈。兩老坐下了，凌比翼也在蓆上坐下，將趙觀放在身邊。松鶴老問道：「這小孩怎麼了？」凌比翼道：「這位是晚輩的朋友。他功力尚淺，抵不住兩位的樂音，昏了過去。」松鶴老道：「既是如此，便讓他多睡一會，免得受了內傷。」向後艙叫道：「老邱，取酒來！」

後艙一人應了，不多時一個艄公模樣的瘦高老人走了進來，送上一壺酒和幾碟下酒的花生小食。松鶴老吩咐道：「今兒是望日，月色正好，你將船划到翠堤邊上，咱們賞月去。」老邱應了，便撐篙將舟子緩緩向湖中蕩去。

康箏笑道：「松鶴老弟，咱們兄弟七八年沒見了，沒想到你的簫技進步了許多。」松鶴老微笑道：「咱們這回比試，仍舊不分上下。」康箏道：「加上凌小兄弟發嘯助興，咱們今夜湖上鬥樂，可精采得很哪！」

凌比翼道：「晚輩胡亂出聲，擾了前輩雅興，還請恕罪。」康箏搖頭道：「什麼恕罪不恕罪？咱們還該感謝你才是。若非你出聲相阻，咱兄弟鬥得高興，停不下來，只怕都要受內傷了。」凌比翼道：「不敢。晚輩得聞前輩仙樂，大飽耳福，實是受益不淺。」

松鶴老望著他，說道：「你年紀輕輕，內力就有這般造詣，當眞不易。」說著斟了三杯酒，舉杯道：「老夫敬你一杯！」凌比翼謝了，一飲而盡。

三人飲酒閒談，臨風賞月，甚是歡快。兩老都是世外高人，凌比翼自幼隨父母隱居虎山，雖多走江湖，仍不脫隱逸之氣，三人相談甚是投機。凌比翼道：「兩位雅善音律，小子好生仰慕。不知可否請兩位再奏一曲？」

松鶴老謙讓幾句，才道：「老頭子獻醜了。」舉起洞簫，悠悠吹起，這回簫聲不再哀怨，卻帶著淡淡的惆悵之意。凌比翼心想：「這位前輩定然有過一段傷心事，吹出的簫聲才如此悲愴。」康箏將瑤琴放在几上，也彈奏起來，與簫聲相和。琴簫合奏的曲調漸漸趨於輕靈，有若浮雲蒸氣，在虛空中飄浮蕩漾。凌比翼只聽得通體舒泰，好似懸浮於半空，不知身在何處。

正傾聽時，忽然一聲尖號破空而起，似是金屬相擊，又似鬼哭神號，松鶴老和康箏立時停了下來。三人愕然相顧，都覺毛骨悚然。凌比翼問道：「那是什麼？」

松鶴老搖頭道：「傳說西湖邊的山林裡住著一個鬼怪，常在夜半出聲號叫。我曾遠遠聽過那號聲，卻是第一次這麼近聽到。」康箏奇道：「什麼鬼怪？」松鶴老道：「聽鄉人說，那鬼怪長得青面獠牙，醜陋可怖。有時下山來咬斷農家雞鴨牛豬的脖子，有時偷去鄉人的小娃娃。鄉人曾結伴去山裡尋獵那鬼怪，卻從來沒找到。」

正說時，忽聽遠處岸上傳來一陣嬰兒的哭聲，康箏臉色一變，說道：「莫非他眞捉了個小娃娃去？」松鶴老皺眉道：「我早想看看這鬼怪的眞面目。咱們去瞧瞧。」

凌比翼也甚是好奇，說道：「我隨兩位前輩同去。」松鶴老點點頭，回頭叫道：「老邱，快將舟子划去北岸。」

老邱探頭進來，說道：「主人要去抓鬼麼？」松鶴老道：「我們去瞧瞧。」老邱似乎十分害怕，說道：「我聽人說那山鬼會施法術，主人要小心啊。」松鶴老道：「我理會得。你快划船吧。」三人雖都不相信鬼神，當此情景，也不由得生起慄慄之感。

小舟將要蕩到岸邊，那尖銳的號聲再次響起，極爲刺耳。三人都聽出那叫聲並非猛獸所發，其中貫注內力，疑是內家高手。康箏和凌比翼當先縱躍上岸，松鶴老吩咐老邱道：「你照顧著這小孩兒，將舟子蕩到湖中，我吹簫召喚時，便來此地接我們。」說著也躍上岸去，白鶴展翅跟在他身後。三人循著號聲來處向山上行去，老邱見三人去遠了，忙不迭地將船蕩到湖心。

趙觀睡在艙中，聽到那幾聲刺耳尖號，不多時便悠悠醒轉，睜眼望見篷頂，又見到小窗外的一輪圓月，揉揉眼睛，坐起身來，腦中一片迷糊：「這是什麼地方？凌大哥呢？我怎麼睡著了？」他發現自己在一艘小舟上，探頭到後梢張望，見一個枯瘦老者正撐著篙，便問道：「老公公，這是什麼地方？」

老邱見他醒了，回頭道：「這是我家主人的小舟。」趙觀道：「我怎會跑來這裡？」老邱道：「我家主人在湖中吹簫，邀請凌大公子和康老來船上喝酒，我見凌大公子抱著你一起跳上船來。」

趙觀道：「原來我們早先聽到的簫聲，是你主人所吹。」又問：「他們去哪兒了？」

老邱道：「他們去山上抓鬼了。」趙觀不知他是說笑還是當眞，吐了吐舌頭，問道：「什麼鬼？」老邱聳聳肩道：「不知道？傳說山上有鬼，剛才聽到鬼號，主人就去瞧瞧了，要我們在湖中等他。」

趙觀點點頭，心想：「幸好凌大哥沒帶著我一起去抓鬼。」見到桌上有酒，便問道：「老公公，我可以喝酒麼？」老邱道：「你是凌大公子的朋友，也是我主人的客人，有什麼不可以？」趙觀甚是高興，說道：「老公公，你也來喝一杯吧。你放心，我不會跟你主人說的。」

老邱這時已停下篙子，讓船在湖心漂蕩，正準備坐下抽根水煙，聽趙觀相邀，不由得心動，考慮了一會，才道：「我只喝一點。你可別跟我主人說。」趙觀笑道：「當然不說。我一個人喝酒多氣悶，有人陪才有意思。」

此時湖上薄霧散去，月明風清，甚是舒爽，趙觀拿了酒壺酒杯，到後梢與老邱對飲。老邱酒量遠不如他，喝一兩杯便已醺醺然。一老一少互道姓名，談天說地，甚是暢快。

第二十五章　豹女山兒

此時已過午夜，月亮偏西，松鶴老卻仍沒有吹簫召喚。老邱靠在船梢上打起盹來，趙觀剛睡了一覺，精神爽快，睜眼望著天上繁星，心想：「不知他們去抓鬼如何了？等下會不會把鬼怪帶回船上來？」

忽見湖面上出現十多個燈光，似乎是打著燈籠的舟子，在水面上映出點點倒影。趙觀看得有趣，搖醒老邱，說道：「喂，你看，那是什麼？」老邱睡眼惺忪，搖頭道：「不知道？」便又睡了過去。

趙觀凝目望去，見那十多艘船似乎在追逐一艘小船，不多時便將小船圍在中心。他隱隱見到那小船帆作青色，船頭站了一人，寒光一閃，手中似乎拿著一柄單刀。趙觀留上了心，向老邱道：「喂，我們過去看看，好麼？」老邱嗯了幾聲，仍舊不肯醒來。趙觀沒想到這老頭喝了一點兒酒便醉成這樣，但聽得那邊叫囂聲起，十多艘小船漸漸圍近，中間船上那人舉起單刀，大喝一聲，聲震江面。趙觀心想：「這人被這麼多人圍攻，情勢頗為不妙。我當去看看。」

當下自己抓起篙子，將小舟蕩將過去。將近那圈船時，但聽刀聲響起，眾人已動起手來。小船上那人大聲喝道：「王八蛋、鷹爪孫，老子不怕你！」回手砍翻了兩個跳上他船的人。

趙觀將船靠近了，才看見周圍眾船都打著官家旗幟，船上眾人身穿官兵服色，心想：「原來是官兵。不知他們在追捕什麼人？」但見小船上那人身形極為高大，有如一座鐵塔，一柄刀使得甚是猛勁，刀法雖不怎麼高明，但氣勢威猛，虎虎生風，以一抵眾，毫無懼色。趙觀不由得暗讚：「好一條漢子！」

但聽為首的官兵叫道：「匪徒田忠，快快束手就擒！杭州縣令大人有令，匪徒若頑強抵抗，格殺勿論！」趙觀一怔，心想：「田忠？這名字好熟。」

卻聽那大漢田忠叫道：「鷹爪子要我投降，再也休想！」爲首的官兵怒道：「你敢違抗官令，造反了麼？」田忠喝道：「狗官爲了與我青幫爭利，編織罪名，陷我於罪，我如何能心服？今夜我能殺幾個就殺幾個。上來吧！」

趙觀聽他說起青幫，登時想起：「田忠，不就是我年幼時曾在蘇州結交的糧船領幫？」他見田忠孤軍奮戰，勇對眾敵，心中熱血上湧，將小舟撐上前，穿入那圈官船之中，叫道：「田大哥，我來助你了！」抽出腰刀，砍向旁邊船上的官兵。幾名官兵沒留神，登時被他砍下船去，大聲慘呼。

老邱這才驚醒過來，但聽趙觀叫道：「老邱，將船往中間撐去！」老邱見小舟竟已夾在數艘官船中間，只嚇得全身發抖，聽趙觀指令甚有威嚴，惶急中別無他策，只好抓起船篙，撐起舟來。他撐了數十年的船，技術原本甚精，這回夜半酒醒，硬著頭皮撐舟穿過一圈官兵船，竟也甚是靈巧，不多時便來到那大漢的船旁。

趙觀讚道：「老邱，撐得不壞！」轉向田忠叫道：「田大哥，好久不見啦。你還記得我麼？我是蘇州趙觀，碰巧今夜也在這西湖之上，特來助你一臂之力。」

田忠見是故人，不由得又驚又喜，但想這孩子也不過十來歲年紀，就算有勇有謀，也未必能幫到自己。他此時已處於死地，竟然有人肯出手相助，心中不由得極爲感動，說道：「趙小兄弟，這是我青幫的事，我不願連累到你，這些人殺人不眨眼，你快快離去吧。」

為首的官兵叫道：「小小孩童，竟敢相助叛逆？來人，兩個，不，三個都格殺勿論！」

老邱聽他將自己也算了進去，不由得雙腿打戰，低聲道：「趙小哥，咱們還是快走吧。」趙觀道：「怕什麼？好，我去他船上，你先回去好了。」老邱雖害怕，也知道自己決不能捨他而去，說道：「小爺，我求求你，咱們一起走吧。我若將你留在這兒，主人非罵死我不可。」

田忠道：「趙小兄弟，老丈，兩位義氣深重，在下心領了，這就快去吧！」趙觀道：「路見不平，拔刀相助，何況你我是舊識，大哥何須客氣？」

對答未已，旁邊官兵已大聲吶喊，圍攻上來。趙觀揮出腰刀，擋開兩枝長矛。他自幼出手傷人，都是暗中下手，儘管向成達學過刀法，卻從未正面對敵。這夜他見到凌比翼孤身以一柄長劍打退眾多高手，心中大為仰慕，這時便想仿效他的英風，也來個以寡擊眾，揮刀退敵，便收起毒物不用，使開披風刀法，打退身邊一眾官兵。

為首的官兵沒想到這小孩竟然也會使刀，刀法還甚是高明，又驚又怒，罵道：「大膽狂徒，還不放下屠刀，等下死於非命，爺爺可沒好心替你念經超度！」指揮手下攻上。

官兵船共有十二艘，每艘上各有五至七名官兵，有的持刀，有的持矛，趙觀一瞥之下，已知這些官兵武功平平。他大喝一聲，縱身跳上左方一艘官船，揮刀將六七人都砍下船去。老邱眼明手快，見他擺平了一艘，便過去接他，送他去下一艘之旁。那些官兵原非勇敢之輩，見趙觀快刀逼來，很多不等他攻近，便大呼小叫地自行跳入水中，逃命去了。

不多時趙觀便打散了八艘官船，轉頭看去，田忠正被兩艘船的官兵圍攻，忙讓老邱將舟移近，跳上田忠的船，揮刀相助。他的披風刀法已練得甚熟，雖從未與高手對敵，對付這些官兵卻是綽綽有餘。趙觀心中自也清楚，自己打退一群武功平庸的官兵，相較於凌比翼打退四五個武功高手，其間的難易實不可以道里計。但此時在湖上逞逞威風，也覺得意氣飛揚，顧盼生威。

爲首的官兵看情勢不對，大聲喝令退兵。此時只有三艘船上還有未落水的官兵，聽得退兵令，如獲大赦，連忙救起落水的同伴，匆匆划去了。趙觀大樂，叫道：「落水狗，夾著尾巴逃啦！」

田忠轉過身，向趙觀深深一揖，說道：「趙小兄弟仗義出手，救了哥哥性命，大恩不言謝，哥哥總會銘記於心，日後當圖報答。」趙觀笑道：「什麼報答不報答，自己兄弟，再也不用提起。田大哥，他們爲什麼要捉你？」

田忠歎了口氣，說道：「無非是與民爭利。我青幫近日來生意好生興旺，引起官府覬覦，索賄壓榨不成，便將我等羅織入罪。我原本已在幫眾掩護下舉家逃離，卻不巧在這西湖上被官兵攔截了下來。你不用擔心，哥哥自有辦法逃脫。我不願給兄弟多添麻煩，就此別過了。」

趙觀抱拳道：「田大哥請多保重。青山不改，綠水長流，後會有期。」跳回老邱船上，揮手道：「走吧！」老邱此時酒早醒，臉色甚是難看，瞪了一眼，匆匆將小舟划開。

田忠看在眼中，說道：「老丈出手相助，在下好生感激。老丈請放心，在下定當設法不讓閣下受到牽連。」老邱聽了田忠的話，臉色才稍稍緩和了些。

趙觀心下甚覺對不起老邱，待他將船撐遠，說道：「老邱，我迫你去冒險救人，當眞過意不去。」老邱搖頭道：「罷了、罷了。好在主人還未召喚，咱們出來幹這等事，我待會定得向主人如實報告，等領責罰，唉！」趙觀道：「這都是我的主意，你主人該是講理的人，不會怪到你頭上的。」

正說話間，忽聽岸邊傳來兩聲洞簫，老邱一驚，說道：「主人叫我啦。」連忙撥槳划去北岸。趙觀遠遠便見三個人影站在岸邊，兩個是白髮老者，第三人便是凌比翼，三人頭上還飛著一隻白鶴。趙觀見他們沒有帶什麼回來，放下了心，叫道：「凌大哥，捉到鬼怪了麼？」

三人待小舟靠近，縱躍上船，趙觀這才見到兩老的容貌。凌比翼領他拜見了，四人進篷中坐下。松鶴老見桌上酒壺已空，微覺奇怪，喚老邱再拿酒來。老邱端了酒壺進來，便向松鶴老說起趙觀打退官兵、解救田忠之事。趙觀生怕松鶴老會爲此不快，自己是跟著凌大哥來的，不免連累到他，心下惴惴。他答應要替老邱說話，待他講完，便插口道：「松鶴老爺爺，這都是我的主意，邱公公是被我逼著去的，請你不要怪他。」

松鶴老點了點頭，淡淡地道：「青幫田忠是號人物。你們救了他，很好。」老邱和趙觀一聽，兩顆吊著的心才放了下來。老邱又道：「主人，那些官兵若追究起來，認出這艘船，可怎麼是好？」

松鶴老道：「田忠臨去時，有沒有說什麼？」老邱道：「他說會設法不讓我們受到牽連。」松鶴老道：「那你還擔心什麼？」老邱張口結舌，說道：「就憑他一句話……」松鶴老道：「這等幫會中的人物，別的沒什麼，說話一定算話。放心好了，咱們走。」老邱便不敢再說，回去後梢撐篙。

趙觀心想：「這松鶴老對幫會中人的守信重諾倒頗爲推崇。」見他不爲此事著惱，不由得對他生起好感。

松鶴老、康箏和凌比翼喝了一輪酒，康箏才噓了一口氣，說道：「好傢伙！」松鶴老也不斷搖頭。

趙觀見三人臉色古怪，似乎見到了什麼不可思議之事，大爲好奇，問道：「凌大哥，你們究竟見到了什麼？」

凌比翼仰頭喝乾一杯酒，說道：「咱們見到了挺奇特的事物，待我跟你說來。」

卻說松鶴老、康箏和凌比翼三人躍上岸後，便循聲向山上奔去。那山位於西湖邊上，林木茂密，向無人居，只有樵夫偶爾上山伐木撿柴。三人聽那山鬼的號聲似乎就在附近，又似乎還在老遠，施展輕功快步追上。直奔了半個時辰，入山已深，四野寂靜，三人停下步來，仔細傾聽，那山鬼卻再未出聲，更不知他已奔去何方。

松鶴老道：「看來是找不到了，咱們回去吧。」話聲未了，忽聽前面傳來一聲尖銳的怒吼，正是山鬼的聲音，其中還夾雜著幾聲狼嗥。三人都是一呆，但聽山鬼的叫聲和狼嗥愈來愈凶猛激烈，似乎正互相撲擊廝殺。三人快步掩上前去，聲音卻倏然靜下，一場激戰似乎已然結束，森林中瀰漫著一股刺鼻的血腥味。再往前五六步，月光下但見前面空地之上橫躺著一隻灰色巨狼，身上滿是血跡，已然死去。

凌比翼正想上前查看，康箏卻拉住了他，低聲道：「有東西近前來。」凌比翼抬頭望去，但見昏暗的樹林中陡然亮起一雙綠油油的眼睛，一眨眼便又不見了，過一下卻又出現在數丈之外。凌比翼一呆：「這對眼睛怎能移動得如此之快？」

卻見那雙綠色眼睛陡然又出現在那灰狼屍體之旁。眼睛的主人似乎能察覺有人在旁窺伺，向三人藏身的草叢冷然望了一眼，又低頭望向地上的死狼。三人見那眼睛在黑暗中閃爍著奇異的綠光，卻不像猛獸的眼睛，不知究竟是什麼東西，都感到背上一涼，暗想：「莫非這綠眼睛便是山鬼？」

忽聽一聲尖號，在三人右方七八丈處響起，正是那山鬼的叫聲。三人都是一驚，心想：「原來那綠眼睛不是山鬼，山鬼卻在我們旁邊！」

但見一個人影一邊尖號，一邊從樹叢中衝出，手中持著一柄長劍似的東西，向那綠眼睛砍去。便在此時，一道灰影從綠眼睛的身邊閃出，直向山鬼撲去。山鬼慘叫一聲，仰天倒下。那猛獸一擊傷敵，立時扭身躍回，和那綠眼睛的主人一起伏在黑暗之中，向著山鬼凝視。

但聽樹叢後傳出陣陣濃重的喘息聲，接著腳步聲響，一個高大的身影走了出來。凌比翼凝目向那身影望去，只見那是個人不像人、鬼不像鬼的東西，再看之下，才知他確實是個人。他頭髮長及腰際，散亂已極，鬍鬚蓬鬆，有若野人，身上披著一件破爛的袍子，看來像是道士袍，左手抓著一柄三尺長劍，右手臂垂下，鮮血一滴滴落在地上，似是被方才那猛獸所咬傷。山鬼走到灰狼的屍體旁邊，陡然仰頭狂呼，尖銳淒厲。卻見他手一揮，向對面那綠眼睛扔出一團事物，凌比翼看清了，那團事物竟是一個嬰兒，全身是血，想來已被山鬼弄死。

對面那綠眼睛向旁閃開，又沒入黑暗之中。便在那對綠眼睛快速閃開時，一絲月光落在其上，凌比翼在那一瞬間已看出那是什麼，不由得震驚難已；那綠眼睛乃是人的眼睛！那人竟騎在一隻通體漆黑的猛獸之上，似乎是隻豹子。松鶴老和康箏也已看清，互望一眼，心中都升起同一個疑問：「這山鬼雖可怖，卻顯然是人；對面那綠眼睛卻是什麼？」

但聽山鬼狂吼連連，似乎在叫：「我殺了你、殺了你！我替你報仇、替你報仇！」揮劍衝上前，攻向那黑豹和騎在豹上綠眼睛的主人。那黑豹極爲靈敏，一躍上樹，在樹枝間跳躍，不時撲下攻擊。綠眼睛的主人口中低聲呼喝，指揮黑豹趨避縱躍，渾不似人的聲音。此時曾咬傷山鬼的灰影也跳了出來，張口向山鬼咬去。凌比翼等已看清那是一隻灰狼，體型比一般狼大，與死在地上那隻似乎是同種。

那山鬼揮劍砍向灰狼，他劍術竟然極精，不下武林中的一流高手。黑豹和灰狼無法攻入，忽聽灰狼一聲嗥叫，卻是後腿被砍了一劍。黑豹數次險險避開山鬼的長劍，卻始終無法傷到山鬼，不多時也中了一劍。便在此時，豹上那綠眼睛忽然高聲呼嘯，聲徹山林。只聽遠處隱隱響起一陣沉重腳步聲，似乎什麼巨大的猛獸正向此逼近。山鬼一驚回頭，只見一個一人半高的巨物矗立身後，雙掌合攏，登時將他合胸圍抱住。山鬼長聲尖叫，淒慘已極，長劍落地。

凌比翼只看得睜大了眼，二老臉上也露出驚恐之色。三人都已看出，那巨大猛獸乃是一頭黑熊。

三人正想退去，卻見豹上那綠眼睛跳下地來，走到灰狼的屍體之旁，俯身將牠抱起。巨熊、灰狼、黑豹圍在綠眼睛身邊，嗚嗚低鳴，似乎在爲灰狼之死哀悼。

凌比翼凝目望去，但見那站在群獸當中的綠眼睛主人身材瘦小，便似個十多歲的少年，一雙眼睛在黑暗中發出綠色的光芒，詭異已極。他只覺難以相信眼前情景，忍不住伸手揉了揉眼睛。

那一人三獸站了一會，綠眼睛便抱著灰狼的屍身，鑽入樹林，消失無蹤。

凌比翼和二老直呆了好一陣，才走出樹叢，但見那山鬼躺在地上，滿臉鮮血，已然斃命。松鶴老蹲下去查看，驚道：「是他！是飛天觀的杞懷子！」康箏奇道：「當眞？難怪他劍術如此精湛！」凌比翼問道：「那是什麼人？」松鶴老道：「咱們先將他埋了，我回頭跟你細說。」

凌比翼向樹林望去，按捺不住心中好奇，說道：「那騎在豹子上的究竟是什麼人？我想追上去看看。」松鶴老搖頭道：「凌小兄弟，莫要無端蹈險啊。」康箏則道：「小心在意，別去太遠了。」

凌比翼點點頭，說道：「我去看看，很快就回。」便向山林深處奔去。松鶴老和康箏便在地上掘了個坑，將道士和那嬰兒掩埋了。

凌比翼對那騎豹之人極爲好奇，循著血腥味追上，不多時便見到那巨熊的背影。他心中一驚：「這熊當眞龐大，難怪那道士全無抵擋之能，被牠一抱而死。」鼓起勇氣叫道：「請等等！」

那一人三獸登時停下，回過身來。凌比翼見黑暗中那對綠眼睛一瞬不瞬地望著自己，直覺知道：「他一定能看得見我，我卻看不見他。」走上幾步，說道：「你的朋友受了傷，我有治傷靈藥。」

那對綠眼睛向前逼近了一些，凌比翼定睛望去，看出那似乎是個少女，身穿獸皮衣衫，看來只有十三四歲，臉上神色漠然，只定定地望著自己。凌比翼從懷中取出一盒虎嘯山莊的治傷神膏，說道：「將這藥敷在傷口，很快便能復原。」

那少女望著他伸出的手，眼中閃爍著懷疑之色，忽然發出一聲低吼，充滿了威脅之意。凌比翼一呆，心想：「她不會說話麼？」當下向她打手勢，告知可將傷藥擦在傷口。那少女卻只向他瞪視，顯然完全不懂。

凌比翼心中一動，取出一柄小刀，在自己手臂上劃了一道口子，流出血來。那少女和三隻猛獸一齊望著他，不知他在作什麼。凌比翼取出神膏敷在傷口，流血頓止。那少女似乎恍然大悟，伸手接過神膏，轉身替灰狼和黑豹敷在傷口上。

凌比翼望著她，心中大爲懷疑：「這女孩怎會一個人住在山上，與禽獸爲伍？」問道：「姑娘，妳爲何一個人住在山裡？妳的爹爹媽媽呢？」那少女敷完了藥，見灰狼和黑豹身上的傷口流血停止，似乎甚是滿意，聽得凌比翼說話，回過頭來，向他搖頭表示不懂。凌比翼見她身上衣服都是樹皮、獸皮等作成，臉上如禽獸般毫無表情，心想：「或許她從小生長在禽獸間，從未與人接觸。」

那少女忽然伸手指著他，含糊不清地道：「你、誰？」凌比翼聽懂了，心中一喜，指著自己道：「比翼。」

那少女點點頭，也指著自己道：「山、兒。」她說話有如三四歲的孩童，咬音不正，只能斷斷續續地說出兩三個字。兩人交換了名字，便無法再行溝通。那少女皺起眉頭，抬頭想了一陣，才道：「你、謝。」凌比翼微笑道：「不用謝。」

那少女似乎十分高興，呼哨一聲，率領三頭猛獸鑽入密林深處。

凌比翼呆了一陣，才回頭尋到松鶴老和康箏，將所見說了。松鶴老和康箏都甚是驚異，紛紛猜測那少女怎會獨居山中，與猛獸為伍。三人相偕向山下走去，凌比翼向松鶴老問起那道士的來歷。

松鶴老道：「這杞懷子曾是杭州飛天觀的住持，數十年前在武林中也是一號人物。他曾和一個村姑私通，生下一子。後來發生了一件慘劇，他因此而發瘋，不知去向，卻沒想到後來出現的山鬼便是他！那是十多年前的事了。事情傳說是這樣的：那村姑不知為何要帶著孩子離開他，杞懷子大怒之下，出手將母子都殺了。觀中其他人都見到他出手殺人，但他激怒過後，卻忘了是自己下的手，抱著二人的屍體大哭，立誓要為他們報仇。他懷疑凶手是觀中之人，便將觀中道士都殺光了。他找不到眞凶，日益癲瘋，發誓要練成絕頂武功，為妻子報仇。但他自己就是凶手，又如何能找到凶手報仇？他後來練功走火入魔，每到月圓便須喝生血，才不致斃命。他偶爾下山去農村殺家禽家畜，偷人家的嬰兒，大約便是爲此。」

凌比翼和康箏聽了，都不由得驚詫嗟歎。這人劍術高妙，堪稱一代高手，竟然落得發瘋顚狂，淪爲荒山之鬼，死於禽獸之爪，實讓人不勝感歎。

三人回到岸邊，見白鶴立在岸邊等候，松鶴老便吹簫召喚舟子過來，回到舟上。

此時已近五更，滿月西沉，薄霧升起，天色漸明。趙觀聽完了凌比翼的敘述，不禁驚異無比，嘖嘖稱奇，心想：「凌大哥藝高膽大，心地也忒好，竟敢追上去和那綠眼睛怪人打交道，還贈藥給幾隻猛獸！」

天初明時，二人甚感疲倦，便向二老告別，上岸離去。臨走時聽得湖中簫聲琴聲輕輕響起，迴蕩在晨霧之中，若有若無，縹緲空靈。凌比翼和趙觀站定了聆聽，如在夢境。凌比翼經過一夜劇鬥奔波，此時呆立於清爽的晨曦之中，一時不知昨夜的見聞是眞是幻。

趙觀笑道：「咱們昨夜碰見那兩位老爺爺，好似遇上了仙人一般。你見到那山鬼和山兒，卻是十足遇上了鬼怪。一夜之間，將神仙鬼怪都見全了，可不難得！」凌比翼也頗有同感，微笑道：「你說得是。天快亮了，咱們該回承天寺去睡一忽兒了。」

第二十六章　幽微谷中

兩人在承天寺單房中直睡到午後，才讓小沙彌給叫醒了，說道：「有位姓白的女施主來問了幾次，聽說兩位還在睡，要我請兩位起身。」凌比翼和趙觀這才爬起身，出門去見白山茶。

白山茶催著二人上路。趙觀道：「凌大哥，咱們還沒去找那姓胡的錢商算帳哩。」凌比翼道：「你白師伯急著見你，我先送你去雁蕩山，回頭再來教訓那姓胡的不遲。」

趙觀見自己將錯過這場好戲，甚是失望，但想去見白師伯乃是大事，只好乖乖上路。趙觀跟著凌比翼和白山茶離開杭州，續向南行，三四日後，終於來到雁蕩山下。白山茶道：「凌大公子，多謝你一路相送，我好生感激。此後的路途只有百花門人得入，我斗膽想在此與凌大公子別過。」

凌比翼道：「不妨。趙小兄弟便請妳多多照顧了。」轉向趙觀道：「趙兄弟，你日後若需要什麼，隨時給虎嘯山莊捎個信來。家父家母定會盡力相助，你大哥我也絕不會袖手。」

趙觀心中感動，說道：「多謝大哥！大哥一路上對小弟多方照顧教導，小弟總會銘記在心。」當下與凌比翼握手為別，才跟著白山茶向山上行去。他一邊走，一邊回頭張望，但見凌比翼站在山腳之下，微笑著向自己揮手。趙觀心中一陣傷感，不斷向他揮手，直到轉過山腰，看不到凌比翼的身影才止。

趙觀吸了一口氣，跟著白山茶走上崎嶇的山道。一路上十多個身穿白衣的百花門人從隱祕的藏身處現身，向二人行禮，見到趙觀時，臉上都露出驚訝之色，有的甚至低呼出聲。行出半個時辰，白山茶領著趙觀來到一道瀑布之前。那瀑布如一道白練自天而降，打在之下的巨石之上，水花四濺，甚是壯觀。瀑布側立著一塊青花石碑，寫著「千尺練」三個朱字，筆跡甚是秀麗，趙觀念道：「千尺練。」

白山茶指著石碑道：「這是百花婆婆的親筆遺墨。」趙觀便上前向石碑恭敬行禮。抬頭望去，那瀑布起於幾百尺高處，絕沒有達到千尺，心想：「百花婆婆愛取整數，自己叫百花，又叫這瀑布千尺。」

白山茶領著趙觀繞過大石，來到千尺練之後，卻見瀑布後是一條陰溼黑暗的隧道，水聲盈耳，地下凹凸不平；數十步後，才來到山洞的另一頭。但見洞外竟然別有天地，放眼盡是茵綠垂柳，環繞著一片碧綠色的池子，水上漂著幾朵碗大的花，鮮紅搶眼，既非睡蓮，也非荷花，不知是什麼花種。

白山茶從洞旁的小竹棚中取出一件簑衣披上了，又交給趙觀一件，領他踏入繫在池岸邊的一艘小船。趙觀低頭望向那綠得發亮的池水，但見水色極清，直可見底，忽覺有些詭異；再看一陣，才發現水中連一條魚都沒有，甚至也無半點水草浮萍之類。他心中奇怪，低頭細看，忽然聞到水中傳來淡淡的甜花茶香，這才領悟：「這池中定是下了『翠綠碧葉』

一類的毒藥。記得在娘的書上讀到過，這種劇毒若沾上了一滴上身，不及時救治，三個時辰便能要人性命。」

抬頭望向那幾朵漂浮在水面上的紅花，心想：「這花如何能生長在翠綠碧葉之中？難道這便是傳聞中奇毒無比的『火蓮』？傳聞這花只要靠近它一尺之內，就會讓人中毒昏暈。是了，也只有這等劇毒之花能在翠綠碧葉之中生長。」想到此處，不由得打了個冷戰，忙離開船邊。卻聽白山茶吃吃一笑，說道：「小心些，別那麼靠近船邊。這碧波池不是好玩兒的，你沒見我穿上了簑衣麼？」說著拿起橫臥船底的篙子，小心翼翼地避開那幾朵火蓮，將船向對岸撐去。

趙觀望著小船在碧波池中劃出的波紋，感到一陣毛骨悚然，暗想：「這兒是我百花門的大本營，處處是毒，我可得提高警覺。」不多時，白山茶已將船撐到對岸，停靠在岸邊，領著趙觀走上岸去。一個老婦人從樹叢中走出，說道：「百花盛開，春神永在。」白山茶點點頭，褪下衣領，露出烙在頸下的百花印記。那婦人望向趙觀，趙觀會意，拉起左臂衣袖，露出母親爲他點的百花印記。老婦人細細檢查了，才點點頭，讓二人過去。

白山茶帶著趙觀走上一條小徑，蜿蜒向下，直落下幾百丈。趙觀問道：「這兒就是幽微谷麼？」白山茶道：「是的。不多遠，就快到了。」又走了一盞茶時分，二人來到一座莊子之前，門楣上寫著「清水閣」三字，字跡甚是娟秀。二人踏入大廳，卻見迎面便是一個靈堂，白花繚繞，堂中十多個女子全身縞素，伏地痛哭。趙觀一呆，白山茶臉色大變，向旁邊的門人顫聲問道：「娘娘……娘娘她……」

一個門人抹淚道：「娘娘是三日前仙去的。」白山茶聞言，奔上前在靈前跪倒，痛哭失聲。趙觀呆在當地，他來到幽微谷，原本一心想拜見白水仙門主，不意她竟不遲不早，就在自己來到之前死了。他定了定神，緩步上前，卻見靈堂上供著一盆水仙花，猶自開得燦爛，木主上寫著「百花門主白水仙之靈」九個字。他猛然想起母親死去時的情景，心中悲痛，跪倒在靈前，流下淚來。

忽覺一隻手扶上自己的肩膀上，趙觀回過頭，卻見身後站著一個身形纖小的婦人，約莫三十來歲，穿著一襲守喪麻衣，膚色雪白，雙目極大，眼角已出現淡淡的皺紋。她雙眼紅腫，低聲道：「這位想必是火鶴堂趙師弟。我是白蘭兒，水仙堂繼任堂主。」

趙觀站起身來，說道：「蘭兒姊姊。門主她……她也是被人害死的麼？」

白蘭兒歎了口氣，說道：「請跟我來。」拉著他的手走入內廳，請他坐下，說道：「娘娘的死因原本不是什麼祕密。唉，這事說來既可笑又可恨。門主在三十多年前曾與百合堂主蕭百合師伯決鬥，彼此在對方身上下了極深的奇毒，須得每年互換解藥才能活命。數年前百合堂的山寨被人攻破，蕭百合師伯自殺身死，只有女兒蕭玫瑰和少數百合堂門人逃了出來，投奔此地。她們未及帶出解除家師身上奇毒的解藥，家師苦心思索，仍舊無法自救，毒性一日日深入骨髓。她自知命不久長，聽聞師弟仍在世上，立即派人去接你來相見。家師她這幾個月來身體愈來愈虛弱，終於……終於在三日前辭世了。」說著雙眼又紅起來。

趙觀怔然，不明白這兩個師姊妹間怎會有如此深的仇恨，竟致互下劇毒，卻不敢多問，只道：「原來如此。我聽聞北山山寨被人挑了，所幸仍有幾位師姐生還。」

忽聽一個女子的聲音冷笑道：「娘說火鶴師叔收了自己兒子爲百花門人，我道師叔不會如此胡鬧，原來竟是眞的！」另一個女子道：「可不是？我道火鶴堂全死盡了，原來還有人活著。」

趙觀回過頭，卻見兩個女子相偕走進，一個身形高眺，一身紅衣，約莫三十來歲，容色算得秀麗，眉目間卻帶著一股狠霸戾氣。另一個身形較矮，作丫鬟打扮，穿淡紅衣衫，總有四十來歲年紀，神色憂愁，口角下垂，似乎剛遇著了十分不如意的事。兩人手臂上各綁了白布，顯出在守喪，除此外衣著打扮一如平時。

白蘭兒道：「蕭堂主，這位便是火鶴堂主趙觀師弟。」指著那紅衣女子道：「趙師弟，這位是百合堂繼任堂主蕭玫瑰師姊。」又指著那淡紅衣衫的丫鬟道：「這位是小菊師姊。」

趙觀起身行禮，說道：「兩位姊姊好。」

蕭玫瑰抬起下巴，向趙觀打量了幾眼，嘴角微撇，說道：「水仙師叔千里迢迢讓人接回來的，就是他麼？」白蘭兒道：「正是。」小菊冷笑道：「蘭兒師妹，令師此舉未免太小題大作了。百花門主之位原本老早便可定下，令師堅持要等趙師弟到來才能決定，嘿嘿，實在是多此一舉，多此一舉！」

白蘭兒雙眉揚起，冷冷地道：「家師死於百合堂仙術，我已令本堂弟子不許對貴堂尋仇。沒想到兩位還敢這般放肆無禮，對先師不敬，難道連長幼之序都不顧了麼？」

蕭玫瑰冷笑道：「說起長幼之序，我百合門原是長門，此時本門無主，自該聽從我堂的主張。蘭師姊竟想以本門之主自居，豈不笑掉人家的大牙？」說著與小菊大笑起來。

白蘭兒沉著臉等二人笑聲停下，才緩緩說道：「本門向來不分入門先後，只憑武功仙術。此刻三堂堂主俱在，這門主之位，便可作出個了斷了。」

小菊笑道：「蘭師妹，誰不知道妳的心思？妳對趙師弟溫柔和善，不過想拉攏他，讓他支持妳。嘿嘿，妳對他若全無惡意，爲何對他下了『神飛魄散銷魂粉』？再說，就算有這小娃兒相助，妳又怎是我們的敵手？」

白蘭兒臉色一變，大眼流露出怒意，站起身道：「蕭師姊既然如此相逼，便請賜教！」

蕭玫瑰雙手背在身後，側目相望，臉上滿是不屑之色。

便在此時，一個蒼老的聲音道：「百花門主之位，豈能這麼輕率就決定？」但聽門聲響動，十多個老婦人從門外走入，身上都穿藍印花布衫裙，並未戴孝，年紀都在五六十歲以上，有幾個似已有七八十歲。當先一個老婦拄著枴杖走入，但見她滿面皺紋刀疤，一目已瞎，雙眉下垂，神色陰沉沉地甚是可怖。她向趙觀瞥了一眼，便沒再理會他，轉向白蘭兒和蕭玫瑰道：「妳們這些黃口豎子，在前輩面前可有半分敬意麼？」白蘭兒和蕭玫瑰對望一眼，一起行禮道：「參見紫薑師叔。」

老婦人紫薑走上幾步，大剌剌地在上首坐下了，冷笑道：「想當年百花婆婆手創百花門，收了兩百弟子，傑出者不下數十位。哼哼，妳們以爲武林三朵花在江湖上有些名聲，便很了不起了麼？當年暗殺少林伏虎堂主空密大師、丐幫副幫主施千手、獨行採花盜邱棣的任務，可不是三朵花可以擔當得了的！」

白蘭兒和蕭玫瑰、小菊三人聽了，都是一驚，白蘭兒道：「原來那三個都是婆婆下的手？」

紫薑昂然道：「不錯！我這隻眼睛，便是毀在空密手下。老身正面與他對敵，一掌打在老和尚的胸口，他吐血身亡，臨死前禪杖一點，我這隻左眼才沒了。」她望向白蘭兒，冷冷地道：「白水仙向空密出手三次不成，百花婆婆才派我出手。那年師父傳衣缽給白水仙，我第一個不服。若非師父嚴令禁止我挑釁，白水仙只怕早已死了十七八次了！妳！」伸手指著白蘭兒，喝道：「不過是白水仙的一個丫鬟，算什麼東西？」又望向蕭玫瑰，說道：「妳老娘本已不是老身的對手，幾番輸在老身手下，妳今日還有臉跟老身爭麼？」

白蘭兒和蕭玫瑰臉色微變，小菊大聲道：「妳說的都是幾十年前的事啦。當年百花婆婆沒有傳位給妳，自有先見之明，知道妳性情古怪、心胸狹窄，不能勝任此位。妳此刻年老力衰，還來跟年輕人爭，豈不叫人笑話？」

紫薑臉上不動聲色，似乎全無聽到小菊的言語，忽然手中枴杖點出，直指小菊左眼。小菊大驚後退，只覺眼皮一痛，心想這隻眼睛定要廢了，卻聽紫薑輕哼一聲，喝道：「誰？」

小菊伸手捂住左眼，心中怦怦亂跳，慶幸這隻眼睛並未被刺瞎，抬眼一望，卻見門口多出了一個青衣女子，鳳眼斜飛，嘴角含笑，向眾人盈盈一福，說道：「晚輩火鶴堂青竹，參見紫薑師叔、眾位姊姊。」

紫薑抬目向青竹凝望，尚未發言，趙觀已喜極大叫：「竹姊！」向門口奔去。紫薑枴杖微動，似乎想阻止他，卻忍住了。她心中暗自驚異，方才她出手攻擊小菊，蕭玫瑰和白蘭兒同時出手相救，攻向枴杖，但最先得手的竟是趙觀。他立處離自己最近，忽出右掌直斬自己手腕，逼她回杖自救，出手凌厲巧捷；紫薑看出厲害，立時收杖攻向趙觀，卻覺後心風聲響動，有人自門口出手攻擊，這才回杖不攻。她沒想到趙觀小小年紀，武功竟已有些火候，睜著一隻獨眼向青竹和趙觀望去，抿嘴不語。

趙觀已撲到青竹懷中，喜叫：「竹姊，眞的是妳！」

青竹伸手撫摸他的頭髮，微笑道：「阿觀，你長高了這許多。」趙觀這才注意到青竹身後另有一個少女，一張圓臉笑出兩個酒窩，正是丁香，她開口叫道：「少爺！」趙觀上前一把抱住了她，笑道：「丁香，妳也沒事，我眞高興！」

青竹握住趙觀的手，上前與白蘭兒和蕭玫瑰、小菊見過了，又向紫薑行禮，眾女重又坐下。白蘭兒道：「家師去世前，曾遺命讓三堂堂主較量武功仙術，以決定門主之位。此刻小妹、蕭師姊、趙師弟都在此處，加上紫薑師叔無心退讓，我提議便讓紫薑師叔加入比試，四人當中勝出者，便名正言順當上本門門主。各位意下如何？」

蕭玫瑰輕哼一聲，說道：「好！便是如此。」

紫薑站起身，冷冷地道：「莫非老身還得跟妳們這些晚輩動手？」

白蘭兒、蕭玫瑰、小菊和青竹四女一起抬頭望向她。蕭玫瑰冷笑道：「師叔不用倚老賣老。妳若眞有本領，便來跟我等比個高下。若執意不肯，我等也不怕妳。」紫薑看著四女，嘿嘿冷笑，不再說話，一揮手，身後十幾個老婦一起走上前來，眼露凶光。白蘭兒恍若未見，伸手揭開身旁茶几上的香爐，燃起火煤，便去點那香。

紫薑臉上變色，低喝道：「住手！」白蘭兒抬眼道：「師叔也聽說過家師的『天誅地滅煙』麼？」

紫薑右手翻處，乾枯的手指間已夾了四枝小鏢，鏢頭發出淡藍的光芒，顯是餵了劇毒。蕭玫瑰伸出左手，捻起花瓶中一朵豔紅的野玫瑰，望向紫薑。小菊雙掌合攏，望著白蘭兒，一時屋中寂靜無聲，眾女互相凝望，不稍動彈。趙觀坐在一邊，大氣也不敢透上一口，眼見眾女互相牽制，任誰一動都將觸發一場殊死戰，卻偏偏沒有人來對付他。他感覺自己就像一隻爬在牆壁上的蒼蠅，誰也沒空去留心，在這詭異的險境中作壁上觀。

過了一陣，卻是青竹打破沉寂，說道：「各位姊姊請息怒。小妹斗膽在眾位姊姊跟前說一句話。大家都是百花婆婆座下，原是一家人，何苦一言不合，便互相動手？當年百花婆婆親自選定白師伯任本門門主，誰敢不遵？白門主擔任門主爲時已久，名正言順，大家既承認她是本門之主，她所示下決定下任門主的方法，大家自也應當遵從。想我火鶴堂人丁衰薄，自是無力與水仙百合兩堂爭奪。本堂遭遇不幸，趙師弟和小妹還須倚靠門中姊妹替我等報仇。大家誰作門主都好，小妹只不願見到各位自相殘殺，忘了本門的深仇大恨，讓歹毒敵人逍遙於外。」

四女聽了這話，緊綳的情緒才似緩和了一些。蕭玫瑰道：「不錯。家母遭難，不論誰當上了門主，都得主持公道，爲家母報仇！」白蘭兒點了點頭，說道：「百合、火鶴兩堂遇難，那是大家的事，新任門主自不能置身事外。」紫薑嘿了一聲，也出聲附和。

白蘭兒點頭道：「既然如此，那麼以比試武功仙術爭奪門主的辦法，各位還有異議麼？」蕭玫瑰道：「就這麼幹！」紫薑也微微點頭。三女互相凝望，似乎全忘了趙觀的存在。趙觀向青竹望去，見她對自己使個眼色，便不出聲。青竹開口道：「請問比試的規矩如何？」

白蘭兒道：「家師定下的規矩，比試二人在碧波池上，各乘小舟對敵，不能有幫手，以毒倒或打倒對方爲憑。但有一個規矩，那就是不能毒死或打死了對手，違者取消資格。」蕭玫瑰和紫薑似乎早知道這些規矩，都沒有異議。青竹又問道：「那麼比試的順序呢？」白蘭兒道：「既然有四人加入比試，那麼便讓兩位先比，勝者再比。四人頭場比試的順序，依抽籤決定。」

青竹點了點頭，說道：「這場比試如此緊要，該選個黃道吉日才好。請問蘭師姊，比試將定在哪一日？」

白蘭兒取過几上一本黃曆，翻看一陣，說道：「七日後的初九是個吉日，利接印，便在那一天吧！」紫薑、蕭玫瑰接過黃曆看了，都無異言。當下眾女各去休息。

第二十七章　決鬥前夕

白蘭兒讓手下領青竹和趙觀、丁香三人去東首的廂房中休息。青竹關上門，轉過身來，神色凝重，望向趙觀，說道：「阿觀，這場比試，你一定要贏！」

趙觀一呆，脫口道：「我怎麼贏得了她們三位？」青竹道：「贏不了也得贏！眼下形勢，紫薑實力最強，蕭玫瑰勝算最大。蕭玫瑰知道紫薑厲害，多半會和白蘭兒聯手對付紫薑。蕭玫瑰若打敗了紫薑，又有小菊相助，定能輕易打敗白蘭兒，因此最有可能得勝。蕭玫瑰若作上門主，我們全都別想混下去了！你娘的血仇，也別想報了！」

趙觀驚道：「為什麼？」

青竹道：「蕭百合號稱北山盜王，曾是河南湖廣一帶最凶狠的盜匪。她的女兒號稱『多刺毒玫瑰』，比她母親更加狠辣凶殘。娘娘見她們行事太辣，曾出手干預，壞了她們的幾筆生意，百合門因此多次想下手對付火鶴門，若非娘娘及早發現她們的陰謀，火鶴門早已被她們毀了。這樣的人當上門主，你想她會幫娘娘報仇麼？她不但不會報仇，更會對我們趕盡殺絕！」

趙觀甚是驚詫，低下頭，說道：「但我不知……不知自己敵不敵得過她們？」

青竹握住他的手，說道：「你一定敵得過。娘娘的毒術祕訣已傳給你了吧？百花婆婆年老時將一身絕技都傳給了娘娘，因此我們知曉其他兩門的獨門毒術，他們卻不知道火鶴門的祕術。阿觀，你只要知道如何抵擋她們的獨門毒術，便絕不會輸給了她們！」

趙觀點了點頭，稍微有了些信心。青竹又道：「這些人雖狠毒，但你只要提高警覺，便不會著了她們的道兒。白蘭兒初見你時，對你下了『神飛魄散銷魂粉』，蕭玫瑰又對你下了『雲雨巫山斷腸丹』，都是專門對付男子的奇毒，你不是都擋住了麼？」趙觀道：「這兩種藥我曾在書上讀到過，當時沒有多想，就用娘的解毒法擋住了。」

青竹點頭道：「幸好你沒擱下娘娘教給你的仙術，不然哪裡能活到現在？剛才在內廳裡她們四人相持不下，你看清楚她們用的手法了麼？」

趙觀側頭想了一下，說道：「蘭兒去點的那香，想必是『天誅地滅煙』。這香威力極強，一旦點起，屋中所有人都會立即暈死。紫薑手中小鏢上的毒，應是『見血封喉靛』，她怕蘭兒點香，因此亮出一觸肌膚便能致命的毒鏢。蕭玫瑰拿出紅玫瑰花，想是要施放『萬紫千紅散』，毒已下在花瓣上，她若擲出花瓣，便能立時讓紫薑全身痲痹，無法射出小鏢。小菊雙手合攏，她手中藏了什麼呢？是了，定是『掌心小紅蓮』一類的火藥，她對準了蘭兒，自然也爲了防止蘭兒點起那香。」

青竹臉現讚許之色，說道：「一點也不錯。但你反應還是太慢，還須想想才能明白。身處這些人之間，別人的一舉一動你都得看得清清楚楚，算準她們將使出什麼毒術，隨時準備自衛反擊，才能保住性命。阿觀，你看我當時作了什麼？」趙觀道：「妳將袖子裡的竹管一頭對住小菊，一頭對住蘭兒。」

青竹從袖中取出一段青竹管子，說道：「不錯。你可知我竹管中有什麼？」趙觀道：

「是『萬蟲囓心蠱』。」青竹道：「正是。這囓心蠱藏於竹管中，我對著誰，便可將蠱向誰發出。她們若不是熟知囓心蠱的厲害，又怎會聽我說話？阿觀，你當時也在，卻作了什麼？」趙觀低下頭，說道：「我什麼也沒作。」青竹道：「你爲什麼不用娘娘祕傳的『凝香紅艷』、『雲裳花容』，或是『春風拂檻』、『春風解恨』？」

趙觀搖了搖頭，慚愧道：「我……我沒有想到。這些毒我雖學了，卻並沒有用過。」

青竹安慰道：「你也不用太過自責。這些人一輩子在毒物中打滾，數十年的老經驗，你自然比不上。你當時沒有出手，或許還是好事，讓她們看不出你的底細，對你少了提防。咱們還有七天的時間，我來訓練你，咱們定能打敗她們，奪得門主之位。」

趙觀點頭道：「請竹姊指教，我一定盡力學習！」

青竹當日便即開始訓練趙觀。她沉吟道：「阿觀，你年紀尚幼，很多毒物都還未用過，經驗不足，對敵時不免吃虧。須得實際對人下毒，才能有所體會。但這幽微谷裡都是本門其他堂的人，誰肯讓你試毒？」

忽聽一人道：「少爺，你在我身上試吧！」趙觀和青竹轉過頭去，卻見說話的正是丁香，她一直站在屋角，這時才走上前來，咬著嘴唇，神色堅決。

趙觀一呆，搖頭道：「這不行的。」青竹卻道：「只有這麼作了。阿觀，各種解藥我們都有，丁香最多是吃點苦頭，並不會眞毒死的，你可放心。」

趙觀還在遲疑，青竹已道：「我們先試『凝香紅艷』。丁香，妳脫下了衣服。」丁香臉上一紅，隨即除下了外衣，只剩下貼身的小衣。趙觀幼年時雖與她朝夕相見，卻也從未見過她赤身露體，加上幾年不見，丁香稚氣盡去，身形圓潤成熟，趙觀不由得臉上通紅，望向青竹，低聲道：「竹姊，我……我下不了手。」

青竹冷冷地道：「阿觀，你要不要報你娘的血仇？連這一點小事都忍不得麼？你聽好，你是四人中唯一的男子，若連女子的身體都不敢看，還跟她們比什麼？」

趙觀吸了一口氣，想起母親的血仇，只能一咬牙，說道：「請竹姐指教。」

青竹從懷中取出一枚「凝香紅艷」，那是一顆淡紅色的果子，只有指甲大小，便如一般樹上結的果實一樣，細看之下，才能見到上面生滿了細而尖銳的倒勾。青竹道：「比試時各自乘船，距離甚遠。這『凝香紅艷』形狀有如天然果實，飄去對手身邊，只要碰到對手的身上任何地方，都可透過衣衫施毒，令對手難以察覺。」

她將那枚「凝香紅艷」放在手掌中，輕輕吹一口氣，那小果實便凌空飛起，飄了出去。青竹力道拿捏得剛剛好，「凝香紅艷」正落在丁香的肩頭。卻見她肩頭肌膚登時轉紅，紅圈漸漸擴大，延至胸口、手臂。丁香站著不動，口中說道：「我一點感覺也沒有。」

青竹道：「這『凝香紅艷』的高明處，就是能讓人中毒了，還全無知覺。」過了半晌，青竹又道：「你瞧，這時她體內血脈開始運行加快，令她心神煩亂焦躁。」趙觀望著丁香，果見她身上流汗，微微喘息。青竹道：「你看見她的臉色麼？比剛才紅了許多。這就表示『凝香紅艷』已開始生效了。敵人一旦中了這毒，便無法專心，出手定然輕率，感覺也較爲遲鈍，你便可伺機下更猛烈的毒藥。你先試著對她再下一枚『凝香紅艷』。」說著遞過去三枚果子。

趙觀接過了，將果子托在手中，向站在房間另一頭的丁香擲去。那果子體小而輕，甚難投擲，趙觀試了幾次，都無法及遠。青竹在一旁教他手上須用的巧勁，趙觀又試了七八次，才能將「凝香紅艷」扔出五丈以外，終於有一枚落在丁香腿上。

青竹道：「接下來你便可向敵人下較烈的毒藥。你用『春風拂檻』吧。」說著遞過一個小小的瓶子，又道：「丁香，妳移動身形，盡量躲避。」丁香依言在房中奔走。

趙觀吸了一口氣，接過那瓶子，從瓶中倒出一丁點的粉末，望向丁香，靜下心來，運起內勁，看準了丁香的身形，向她彈出。丁香低呼一聲，滾倒在地，神色痛苦已極。青竹道：「好！一擊便中。」飛身上前，將一顆解藥塞入丁香口中。

趙觀也奔上前去探看，卻見丁香全身顫抖，一張臉已成紫青色，服下解藥後仍打顫不止，心中又驚又惜。青竹道：「你看清楚了麼？她身上已有『凝香紅艷』的毒性，再中『春風拂檻』，反應更加迅速激烈。原本需半晌才會發作的藥性，立時便發作了。『春風拂檻』中者全身發冷，若不得解藥，半個時辰便會凍死。」趙觀硬起心腸，點了點頭。

待丁香體內解藥生效後，青竹又讓趙觀在丁香身上下了另外三四種劇毒，觀察她的反應，中毒後多久會生效等，直試了兩個時辰才止。

丁香身中多種毒藥，雖服了解藥，藥性畢竟難以盡除，倒在地下縮成一團，全身時而麻癢，時而劇痛，時而火熱，時而冰冷，難受已極。趙觀看得心痛，說道：「竹姊，今日夠了吧？我怕……我怕丁香會撐不下去了。」青竹也感到不忍，說道：「她已中了太多毒啦，是該讓她休息了。」

趙觀便替丁香披上衣服，抱她去內屋的床上睡下。丁香睜眼望向他，眼中露出感激的神色，竟沒有半點怨懟之意。趙觀低聲問道：「妳還好麼？」丁香點了點頭，低聲道：「少爺，為了你，為了替娘娘報仇，我什麼都能忍。」

趙觀緊緊握住她的手，咬牙道：「丁香，我永遠不會忘了妳的恩情。我……我以後總是會好好保護妳，絕不讓妳再吃一點苦頭。」他替丁香蓋好了被，忽然低下頭，在她頰上親了一下。丁香臉上暈紅，閉上眼睛，露出微笑。

趙觀回到外廳，青竹問道：「阿觀，你使什麼兵器？」趙觀道：「單刀。」說著從腰間拔出刀來。青竹接過了，說道：「你有新鮮的蛇毒麼？」趙觀道：「有。」他長年養蛇，當下從行囊中取出一隻蛇籠。青竹看了看，說道：「取小半杯毒帽蛇的毒液。」趙觀點點頭，拿出一隻小玉杯，在杯口罩上一層薄紗，伸手從籠中抓出一隻朱紅色的毒帽蛇，右手兩指將蛇頭扳開，左手持著小杯，將毒蛇的獠牙按在杯上，右手兩指輕壓蛇頭兩旁的毒囊。不多久，毒蛇牙中流出淡黃色的毒汁，一滴滴滲入杯中。

青竹凝神看著那毒液，說道：「阿觀，四種蛇毒中，這是哪一種？」

趙觀對毒蛇甚是熟悉，隨口道：「毒帽蛇的毒液中有三種毒性。它可令傷口劇痛痲痹，這是第一種；可攻擊人的心臟，讓人血行減速，這是第二種；第三種是毒帽蛇特有的，專事攻擊人的筋肉，讓肌肉完全放鬆，以致全身不聽使喚。」青竹點頭道：「不錯。那第四種呢？」趙觀道：「第四種蛇毒能讓傷口肌膚潰爛，蝮蛇一類的毒中有此功效。」

青竹微笑道：「你養了幾年毒蛇，總算沒有白養。蛇毒一旦吐出，功效很快便消失了。你快將這毒塗在刀上。」趙觀依言而行。青竹又道：「你拿這刀，在自己身上砍一下。」

趙觀一怔。青竹道：「蕭玫瑰是用蛇毒的高手，你極有可能中她所下的蛇毒，須得知道中毒時的反應，學會及時自救。這毒性你會解救麼？」趙觀道：「我可將毒液吸出，並服下專解蛇毒的乾血。」青竹道：「你有麼？」趙觀點了點頭，從懷中取出一個小瓶。青竹點頭道：「很好，你砍吧。」

趙觀便舉刀在自己左臂劃了一個口子。初中毒時，傷口並無劇烈疼痛之感，半晌後他才覺得腦中有些遲鈍，接著感到身子虛弱，神智昏沉，眼中看出去一片模糊黯淡。他強自支撐，耳中聽得青竹道：「蕭玫瑰的蛇毒一定比此還強，你得知道自己能撐上多久，算準來不來得及自救。」

趙觀點點頭，等了一陣，說道：「我快不行了。」青竹搖頭道：「你還能再撐久一些。」又過了一陣，趙觀道：「我眞的快不行啦。」青竹這才點點頭，說道：「好，你立即開始自救，在我數到五之內作完。」

趙觀立即伸手擠出傷口毒血，服下解藥，青竹口中數到了五後，忽然揮掌打來。趙觀一驚，趕忙閃身躲避，只覺身子僵硬，難以使喚，強自支撐，躲開了二十多招，才感到體內毒性漸漸退去，手腳恢復靈活。

青竹笑道：「不錯！你輕功也有些造詣。此後我們每日讓你受三次蛇毒，你在對敵蕭玫瑰時便可撐得更久些。」

當下讓趙觀坐下休息，並要他取出火鶴娘娘的毒術祕訣，共同研讀，討論防禦水仙和百合門的奇門毒術之法。二人直鑽研到半夜，青竹才道：「你也該休息了。我出去窺探一下，看看別人有什麼隱密奇招。」閃身出門，腳步輕盈，遠遠地去了。

趙觀噓了一口氣，坐倒在椅上。他一生從未在一日之內使過這麼多的毒藥，用過這麼多的心思。他勉力起身，走去床邊看望丁香，見她臉色蒼白，已沉沉睡去，自己也翻身滾倒在床上，靠在她身邊睡了。

此後趙觀每日跟著青竹勤練毒術，研讀母親傳下的毒譜，並反覆練習各種防禦和擊倒三個對手的技巧。他在青竹的指點調教之下，對使毒的種種技巧大有體會，進步極快。

第二十八章　百花門主

如此七日匆匆過去，比試之日終於到來。那日天還未亮，百花門人已聚集在碧波池旁，抽籤定序。第一場是蕭玫瑰對紫薑，第二場是趙觀對白蘭兒；勝出者再比一場，贏者便可登上門主之位。

順序一定，門人各自聳動，紛紛談論四位比試者獲勝的機會。時辰一到，百花門人齊聲誦念百花頌辭。誦畢，白蘭兒高聲宣告：「比試開始！請百合堂主蕭玫瑰和紫薑師叔出場比試。」

蕭玫瑰走到池邊，遙遙向紫薑行禮，滿面傲色，說道：「師叔承讓！」縱身一躍，踏上了東首的小舟。她紅色的衣衫在碧綠的池水上顯得更加奪目，似乎比水中那幾朵火蓮花更加鮮豔。小菊站在岸旁，雙手叉腰，傲然望向紫薑一夥老門人。紫薑瞪著一隻獨眼，緩緩跨上一隻小舟，舉起槳用力一撥，小舟便如箭般穿入池中。

旁觀眾人屏氣凝神，專注於碧波池中的第一場比試。青竹低聲道：「蕭玫瑰先上舟，占了上風，可說已贏了七成。但紫薑也不是好惹的，她在水裡作了手腳，你瞧見了麼？」趙觀微微點頭，說道：「想是水魚雷一類的東西。」丁香插口道：「你們瞧！小菊在旁偷偷相助，撒下了『赴湯蹈火』。」青竹道：「紫薑早有準備，她在舟旁設下的『天羅地網』，應能將小菊的手段盡數擋住。」

三人低聲議論，池中二女已鬥了起來。蕭玫瑰從袖中甩出一段極長的鞭子，鞭梢直指紫薑的面門。紫薑在舟上縱躍閃躲，一邊撥槳將舟子蕩到南方。蕭玫瑰的鞭身發出淡淡的紅光，顯然餵有劇毒，虧得她竟能將這極長的鞭子使得靈活如神，鞭梢總在紫薑面前盤桓不去。紫薑忽然大喝一聲，舉起手中木槳一捲，纏住了長鞭，用力一扯，所乘小舟竟快捷無比地向蕭玫瑰的小舟欺去。紫薑舉起另一支木槳在水面上一劃，掀起一片碧綠池水向蕭玫瑰潑去。

蕭玫瑰一驚，長鞭不及扯回，當即躍起數丈，避開那片水花，但見她鮮紅的裙襬沾上了幾滴池水，登時變成焦黑色。便在此時，砰的一聲大響，卻是紫薑揮槳打去，將蕭玫瑰的小舟從中劈成兩半，蕭玫瑰的身子往下落去，眼看便要跌入池中。

旁觀眾人驚呼聲中，蕭玫瑰在半空中手腕疾振，長鞭如靈蛇般扯著木槳打向紫薑胸口。紫薑怒罵一聲，側身避開，木槳脫手，落下時正勾住了船舷，蕭玫瑰用力一扯，纖腰一扭，已落上了紫薑的小舟。此時二女一站舟頭，一站舟尾，近身相搏，情勢更加凶險。蕭玫瑰已捨長鞭不用，取出一柄蛾眉刺向對手攻去，紫薑則持木槳橫揮直攢，勢道凶猛。二女不但以武功相拚，更不斷勾心鬥角，互施毒術，旁觀眾女驚呼聲不絕於耳。

趙觀仔細觀鬥，但聽青竹在耳邊道：「你瞧，紫薑會使『清風蠱』，這是百花婆婆早年的絕技。蕭玫瑰也不簡單，靠著『瞞天過海』網幕擋住了紫薑的『清風蠱』。她母親蕭百合是百花婆婆的大弟子，果然得傳許多旁人不知的祕術。」趙觀點了點頭，青竹又道：「蕭玫瑰有小菊暗中相助，小菊擅長火器，紫薑所知火器卻十分粗淺。這場比試，想來蕭玫瑰要贏。」

二人相鬥正急，蕭玫瑰忽然格格一笑，向後一躍，長鞭甩出，捲上岸邊的樹枝，向後蕩了出去。便在此時，紫薑的舟下忽然砰砰兩響，水花四濺，小舟一陣劇烈搖擺，便向旁翻了過去。紫薑驚呼一聲，飛身向上躍起，落下時小舟已翻成底部向上，她落在舟底，雖免於落入池中，但鞋襪都已被碧波池水沾溼了。紫薑臉色難看已極，蕭玫瑰仍藉著長鞭在樹下搖晃，笑聲不絕，說道：「妳施放的『漏網之魚』，怎麼游到了自己的舟下啊？」

旁觀眾女都已看出，紫薑臉色發黑，顯然已在翻舟的那一剎那中了蕭玫瑰的毒，加上她雙腳沾上了碧波池水，這場自是輸了。旁邊紫薑的弟子連忙划舟過去，將紫薑救到舟中。至於紫薑的「漏網之魚」魚雷怎會游到她自己舟下，青竹和趙觀等都看得清楚，那是蕭玫瑰早用魚網撈住了魚雷，特意將魚雷帶到紫薑的舟下，再將之引發，藉以反敗爲勝。

此時蕭玫瑰已輕巧地落在岸邊，將長鞭捲在腰間，向白蘭兒望去，臉上滿是挑釁之色。

白蘭兒冷笑一聲，說道：「不用得意，若非小菊師姊相助，妳怎能得手？」蕭玫瑰臉一沉，喝道：「血口噴人，胡說八道！」長鞭陡然向白蘭兒揮出。但見青影一閃，卻是青竹伸出竹管將鞭子蕩開了，冷冷地道：「蘭師姊和趙師弟還未比試呢。不嫌急麼？」

蕭玫瑰鼻中哼了一聲，滿臉不屑之色，說道：「我便休息一下也無妨。」回身走開。

白蘭兒轉頭望向趙觀，說道：「趙師弟請。」趙觀行禮道：「蘭師姊請。」兩人還未上舟，便已攻擋了三招毒術。趙觀心想：「蘭師姊使毒時全然不動聲色，當眞可怕。我若不是事先知曉她水仙門的祕傳，只怕倒在地下了還不知道是怎麼著的道兒。」

白蘭兒向趙觀多望了一眼，心中一凜：「這小娃子懂得的毒術倒不少，不能小覷了。」當先跨上小舟，持槳蕩到池中。趙觀也乘舟緩緩蕩入池中，兩人相隔五丈，相對而立。

趙觀早在上舟前便掌握風向，悄悄使了「春風拂檻」，留神觀察白蘭兒的反應。白蘭兒也對趙觀下了「欲哭無淚」，能讓對手雙目陡然紅腫，無法視物。二人相對而望，都知道對方已然擋住了。白蘭兒微微一笑，心想：「這小娃子守禦的功夫倒不錯，該用別的方法勝他才行。」當下拿起木槳緩緩向趙觀划近，口中唱起歌來，歌聲柔細宛轉，若有若無，好似春閨低吟，只聽得趙觀臉上發熱。他想起丁香裸露的身子，繼而想起母親的血仇，輕輕吸一口氣，凝神沉著，也將舟子划近前去。

白蘭兒口中輕唱不絕，趙觀望著她的臉，嘴角露出微笑，低聲道：「蘭師姐，妳唱得眞好聽。」白蘭兒聽他口氣癡迷，心想這孩子畢竟年少，這麼容易便落入我彀中，當下左手輕揚，放出一把「巧笑倩兮」。這是白水仙自創的毒藥，無色無臭，令人極難防備，一旦中毒，便會心神蕩漾，感到異常愉快，最後在暈暈然中狂笑而死，至死不知自己中毒。

趙觀恍若不覺，微笑道：「跟蘭師姐動手，小弟不但不敢，而且不願。」白蘭兒微笑道：「爲什麼不敢？爲什麼不願？」趙觀道：「我怕打不過師姊，在大家面前丟臉，是以不敢；又怕打傷了師姐，是以不願。」白蘭兒點頭道：「你要放棄比試，那也好得很。我師姊弟相親相愛，原不必傷了和氣。」趙觀卻搖頭道：「我雖不敢不願，但還是得跟師姊過招，不然怎麼稱得上是男子漢大丈夫呢？」

白蘭兒噗嗤一笑，說道：「你這小小孩童，竟自稱是男子漢麼？」趙觀挺胸道：「自然是的。咱們百花門中，找不出比我更加男子漢的了。」白蘭兒望向他，臉上竟然微微一紅。

趙觀哈哈大笑，神色忽轉癡迷，臉上笑容愈盛，並開始手舞足蹈。白蘭兒心中大喜：「他已中了我的『巧笑倩兮』，不多時便會無法自制大笑起來，再暈死過去。」果見趙觀行動漸顯狂亂，呵呵傻笑，胡亂將舟滑近，邊笑邊道：「蘭師姐，在這池中划舟眞正開心，妳讓我過去妳舟上，跟妳一塊兒坐坐好麼？」白蘭兒見他中毒已深，笑道：「那有什麼不行？」

趙觀放聲大笑起來，拍手道：「好極、好極！」湧身躍上白蘭兒的舟子，臉上笑容不歇，左手卻揮木槳直向白蘭兒打去，右手並拔出單刀向她橫劈。原來便在蘭兒認定他已中毒的當兒，趙觀趁著她心神微分之際放出數枚「凝香紅豔」，一枚正落在她的左後肩上。他知白蘭兒尚未察覺，須把握時機搶攻，令她無暇自救解毒，因此一躍上舟便猛下殺招。

白蘭兒這才省悟趙觀其實並未中「巧笑倩兮」之毒，只不過在裝模作樣，令自己放下戒心，暗罵：「奸詐小鬼！」側身避開木槳，翻出一柄匕首擋開趙觀的刀。兩人都是以快打快，招術陰柔小巧，正是百花婆婆最擅長的近身相搏之術。趙觀躍上舟時已搶了先機，站在舟心，搖擺較少，不斷向白蘭兒搶攻，將她一步步逼到舟尾。

白蘭兒不料這孩子的刀法竟如此精妙，心中暗自驚慌，斥道：「小賊！」連續向對手使出水仙門祕傳的毒術「涕泗滂沱」、「橫眉怒目」、「悲從中來」，趙觀在青竹的訓練下，早已有備，一一擋住。又過了七八招，白蘭兒因已中了「凝香紅豔」，呼吸漸粗，心神煩躁，手腳遲緩，抵擋不住趙觀的快刀，被逼到了船舷邊上。趙觀眼看時機成熟，叫道：「得罪了！」忽然往後跳出，用力踩在舟頭，舟尾便高高翹起，白蘭兒原本嬌小，身子登時離舟飛起。趙觀手中木槳一撥，將舟轉了半圈，白蘭兒落下時便無著落之處。

她尖聲驚叫，眼看便要落入池中，趙觀已飛快地伸出手，攬住了白蘭兒的腰，將她抱回舟中。白蘭兒性命便在那一眨眼之間，她身上冷汗未歇，一知自己得救，毒念又生，立時向趙觀的面門吐出一口氣，卻是水仙門的祕傳毒術「吐氣如蘭」。趙觀暗暗惱怒：「我好心救妳，妳還敢對我下毒手？」手指用力，將戴在指上的「浪蝶狂蜂」毒針刺入白蘭兒的腰內。

白蘭兒見他竟然不怕自己的「吐氣如蘭」，又覺腰間微痛，不由得大驚失色，才剛站上舟板，便覺身上火熱痠疼已極，更無法站起身來。她惱怒中又帶著幾分驚佩：「這娃兒的手段竟如此厲害！我先前太小覷他了。」卻不知百花婆婆晚年時對小弟子姬火鶴最為鍾愛信任，將諸般毒術祕訣都教給了她，因此火鶴門傳下的毒術最為完整，更能克制所有水仙和百合門的毒術，這自是白蘭兒未能料及的。

水仙門弟子忙划舟近前去接過白蘭兒。趙觀喘了口氣，尚未回頭，便聽得岸邊傳來蕭玫瑰尖銳的笑聲，接著身後勁風響動，他不及回頭，但覺背後劇痛如火炙，已被蕭玫瑰的長鞭打中。他心念電轉，驚呼一聲，俯身倒下。蕭玫瑰早已跳上小舟向他划來，長鞭啪啪兩聲，又在他背上抽了兩下，尖聲笑道：「趙師弟，你怎麼啦，站不起來了麼？」

青竹在岸邊怒喝：「卑鄙賤人，竟敢偷襲？」蕭玫瑰不去理她，喝道：「這便是最後一場比試了，要教你知道厲害！」揮長鞭捲住趙觀的手臂，使勁一拉，眼看便要將他扯入碧波池裡。

趙觀的身子似乎已然僵硬，被鞭子一扯，便翻過了船舷。就在他將跌入池中的那一剎那，他忽然伸手抓住鞭身，用力一扯，蕭玫瑰不曾防備，向前一衝，險些失去重心摔入池中，趕忙握緊了鞭柄。趙觀要爭的就是這一刻，快手將鞭梢繞在船舷之上，縱身躍起，施展輕功踏鞭而行，直衝向蕭玫瑰的小舟。四周的百花門人都看得呆了，但見趙觀身輕如燕，轉眼已奔到蕭玫瑰身前，單刀揮出，斬向蕭玫瑰的肩頭。蕭玫瑰怒罵一聲，想要鬆手放鞭讓趙觀跌入池中，趙觀卻已一躍上了她的小舟，哈哈大笑，說道：「妳這點小小蛇毒，怎奈何得了我？」

蕭玫瑰一向自負蛇毒精湛，心中不由一驚：「他竟不怕我鞭上的蛇毒？」翻出蛾眉刺向他攻去。趙觀單刀奇快，砍在蛾眉刺上，發出噹的一聲巨響。

蕭玫瑰雙眉豎起，罵道：「裝模作樣的小渾蛋！」從袖中射出一枚花瓣般的暗器「一瓣心香」，直向趙觀面門打去。趙觀揮刀打落，回罵道：「窮凶極惡的老八婆，老子不怕妳的暗器！」蕭玫瑰罵道：「下三濫的小雜種！你奶奶的，老娘不斬下你兩條狗腿，刺穿你張爛嘴，老娘不姓蕭！」趙觀回罵道：「去妳媽的，妳倒斬斬看刺刺看？老子才要砍下妳雙肥腿作蹄膀，撕下妳對肥唇來下酒！」喝罵聲中，單刀和蛾眉刺相擊不絕，這兩人一個出身妓院，一個出身盜匪窟，口中的污言穢語愈來愈粗俗難聽，手中兵器相鬥，暗中互施毒術，嘴上竟也相罵不絕。

數十招過後，趙觀知道自己已中了蕭玫瑰的蛇毒，雖硬撐著不露出痕跡，但若不快點解除，轉眼便會昏倒，當下一咬牙，舉刀在自己左臂上劃了一個口子，登時鮮血迸流。蕭玫瑰笑罵道：「你心裡不爽，也不用砍自己出氣。乾脆自己抹脖子算了！你娘幹那骯髒勾當的，才會生出你這等野雜種！」

趙觀怒道：「去妳媽，閉上妳的鳥嘴！老子不小心掛彩，待會也少不了妳的！」他自知血中已有蛇毒，因此自割放血，以免毒性蔓延太速，聽得蕭玫瑰侮辱他母親，心中更加恚怒，使出披風刀法最後一式，一柄單刀使得潑水不入。

蕭玫瑰本擬他已中毒，定會氣力漸衰，出手疲軟，不料他竟愈戰愈勇，手臂上鮮血點點濺出，神情猙獰，貌似瘋狂，不由得暗暗心驚。她自幼從母為盜，向來心狠手辣，殺人不眨眼，性情眞可說是窮凶極惡。但所謂「惡人無膽」，惡人怕的便是比他更惡的人。蕭玫瑰原本對趙觀這小小孩童滿心輕視，見他一到幽微谷便受白蘭兒攏絡，之後青竹出現時他眞情流露，顯然對青竹依戀甚深，只道他是個嬌貴軟弱的少年，多半受了點傷、中了點毒便會哭泣認輸，哪裡想得到趙觀不但毒術精熟，更且性情勇悍，愈傷愈戰，愈戰愈勇，似乎破釜沉舟，不惜與對手同歸於盡。

蕭玫瑰膽戰心驚，在趙觀的快刀急攻下，不由得被逼退兩步，一腳踩在船舷上，絆了一下。趙觀怎會放過這個機會，左手立時射出一支毒鏢「春風解恨」，正中蕭玫瑰肩頭。蕭玫瑰驚呼一聲，趙觀手中單刀下翻，已架在蕭玫瑰後頸，將她的頭壓向碧波池水，喝道：「誰也不准罵我娘，聽見了沒有？收回妳的話！」蕭玫瑰又驚又怒，叫道：「你有種便把我推進池裡，老娘絕不向你低頭！」

趙觀心道：「這等悍狠婆娘，非要讓她知道害怕，才會服我。」當下手上用力，將她的臉壓近水面，冷冷地道：「妳不向我娘道歉，這張臉就要毀了。」

蕭玫瑰原本善用蛇毒，一般毒鏢自是無法傷她，但趙觀特在「春風解恨」鏢上餵了專門抵抗蛇毒的馬血，正能克制她血中的毒性，她中鏢後便全身痲痹，手腳顫抖不聽使喚，但覺冰冷冷的刀鋒壓在自己後頸，鬢旁幾莖頭髮已浸入池水，發出焦臭的味道，自己的鼻尖離水面已不過半寸。她猛然望見碧波池中自己碧油油的倒影，臉色煞白，滿面驚慌，心想：「我就要這麼死了麼？」忽然生起一股恐怖之意，叫道：「我認錯，我認輸！」

旁觀百花門眾女全沒想到趙觀竟能打敗蕭玫瑰，大出意料之外，俱都張口結舌，目瞪口呆。青竹眼見機不可失，立時跨前一步，高聲叫道：「趙師弟勝了兩場，榮登本門第三任門主。大家還不快參見百花門新任門主？」

眾女這才回過神來，轟的一聲，紛紛跪倒在地。

趙觀收回單刀，抬起頭來，舉目四望，但見池水四周百花眾女一齊俯身拜下，口稱門主。寒風吹過，碧波池被吹得波光粼粼，綠幽幽的池水深不見底，他一時只覺如在夢中，心中也不知是喜還是怕。

第二十九章　小三回家

卻說趙觀跟隨凌比翼、白山茶離開虎嘯山莊後，燕龍便親自下山去找小兒子，帶了鄭寶安一道。才到山腳，燕龍便問：「寶安，妳想小三兒去哪兒了？」

鄭寶安知道師父要著落在自己身上找小三兒，微微一笑，說道：「我也不知道？小三兒總說山西汾陽杏花村出產的汾酒名聞天下，直想去看看他們是怎樣釀的。」燕龍望著徒弟，笑道：「妳不打自招，這次就饒過妳。走！咱們這就去汾陽。」

師徒倆向山西行去，數日後來到黃河邊上的渡口，晚間來到一家酒樓打尖。燕龍見樓下擁擠吵鬧，便向掌櫃要樓上的座位。掌櫃的道：「樓上座頭是有，但有兩位爺正鬥酒，很有些閒漢在那兒圍觀，怕會擾了兩位雅興。」

燕龍道：「那倒不妨。」便和鄭寶安走上樓去。才上得樓，便見一群人圍著一張桌子，拍手嘻笑，喧譁起鬨，好不熱鬧。師徒找了個角落的座位坐下，鄭寶安甚是好奇，探頭去看賽酒的二人，忽然咦了一聲，叫道：「師父！」

燕龍轉頭去看，也不由得一呆，卻見眾人圍觀下，一張酒桌旁坐著一老一少，桌上、椅上、地上都放滿了酒壺，二人你一杯我一杯地酣暢對飲，又說又唱，又叫又笑，都有八九分醉意。那少年十四五歲，不是別人，正是自己的小兒子凌昊天。那老的六十來歲，頭髮花白，不是別人，正是凌霄的父親凌滿江。

卻聽凌滿江道：「小子，我們不醉不散。你小子酒量不壞，來，再乾三十杯！」凌昊天道：「一句話！三十杯算什麼？我再喝三百杯都成。」旁觀眾人都是些閒漢、跑堂的，聽了都大聲叫好。

燕龍見了這場活劇，不由得又好氣又好笑，帶著鄭寶安走上前，穿過圍觀眾人，在祖孫二人桌旁坐下。凌昊天醉眼乜斜，側頭見到母親，嚇得酒意半醒，坐直了身子，又看到鄭寶安，苦笑道：「妳也來啦。」凌滿江看到燕龍，也呆了一下，揉揉眼睛道：「媳婦兒，是妳麼？我兒子呢？」

燕龍微笑道：「公公，難得見到您老人家，卻在這兒跟小孫子賭酒。」

凌滿江望向凌昊天，指著他道：「這渾小子是我孫子？」凌昊天也指著他道：「這糟老頭是我爺爺？」兩人相對大笑，笑得眼淚都流了出來。旁觀眾人見他二人竟是祖孫，都道：「作弊、作弊！這兩個是聯手來騙錢的。」說著一哄而散。卻不知凌滿江多年來從未回家，卻是眞不知道眼前少年便是自己的孫子。

燕龍見二人醉成如此，便向隔壁客棧要了個客房，扶二人去睡下。次日她便押著一老一少，回向虎山。

凌霄見妻子不但抓了兒子回來，還連帶請了老父歸來，極爲歡喜，忙讓人整治好菜迎接父親。凌昊天被罰閉關，在莊後的小黑屋中大嚷大叫：「不公平、不公平！我跟他喝酒，怎麼他回家有好酒好肉，我卻受罰？」凌霄夫婦聽了，都不禁搖頭。凌滿江也有些不好意思，說道：「就讓他出來吧，咱們祖孫好好聚聚。」

燕龍道：「公公，您莫寵壞了小孩兒。」

凌滿江只好倚老賣老，指著凌霄道：「我以前沒機會寵我的兒子，一生爲此遺憾。妳竟不讓我寵寵我的孫兒麼？」燕龍無奈，心想：「小的無法無天，老的縱容放任，我還能說什麼？」終於放凌昊天出來，讓他跟大家一起吃飯。

凌霄久不見父親，甚是歡喜，不斷勸酒挾菜。凌滿江只要有酒便高興，說道：「霄兒，你這兒藏的酒不壞，當眞不壞！你自己怎不多喝一些？」凌霄道：「我一向喝不多。」凌滿江搖頭道：「可惜了、可惜了。」問凌雙飛和鄭寶安道：「你們倆呢？怎不多喝一些？」兩人都道：「我們酒量不行。」凌滿江笑道：「看來我的子孫中，只有昊天能陪我喝酒了！」

凌昊天瞪著酒杯，他在父母面前自是不敢偷嚐半滴，這時趁機插嘴道：「爺爺，您說這酒好，可知道它是什麼來頭？」

凌滿江又喝了一口，細細品嘗，說道：「像是高粱，又像果子酒，嗯，又有參酒的味兒？奇怪、奇怪。」凌昊天微笑道：「告訴您也不妨。這是我特製的人參果子高粱酒。」凌滿江大為好奇，忙問究竟。

凌昊天道：「這酒小半是我的發明，大半是我在山上的朋友幫忙釀的。」凌滿江奇道：「山上的朋友？」鄭寶安笑道：「爺爺，小三兒跟山上的猿猴們是好朋友。」凌滿江這才恍然。

凌昊天又道：「山上的朋友特會釀酒，但釀成這一壺，卻靠了些奇蹟。」

燕龍道：「你別賣關子了，快說吧。」

凌昊天笑道：「娘您別急，我正要開始說啊。幾年前的秋天，我在家裡偷偷用爹的人參釀了一壺酒，後來酒快釀好了，我打開酒壺，想聞聞酒香，沒想到卻招引來了一群朋友。山上的猴子王聞到味道，親自跑到我的窗口，向我討酒。我辛辛苦苦釀成的參酒，自己還沒嚐過，怎能給牠？這老猴兒十分蠻橫，伸手就搶。這時爹也聞香來到我房門口，我生怕被爹發現，只好讓老猴兒搶走那酒壺。那老猴兒在我面前喝了一口，苦著臉怪叫，想來味道太苦了些。牠聽到我爹來，一溜煙跑回山上去了，將酒壺一併帶走了沒留下。那天傍晚，我看牠沒來還我酒，動了怒，便跑去山上問罪。沒想到才上山，便見老猴兒帶了一群猴子猴孫全都醉倒在地，怎麼都叫不醒。我到處看看，見我的酒壺倒在一旁，早已空了。我想：『好老小子，竟將我的參酒都喝光了！』但我轉念一想，這老小子酒量不壞，怎能喝一壺參酒就醉成這樣？我拿起酒壺聞聞，才發現原來這老猴兒聰明得緊，把味苦的參酒摻雜在牠自己釀的蜂蜜果子酒裡，味道剛剛好，牠猛喝猛喝，就此醉得不省人事。」

凌滿江拍手笑道：「有趣、有趣！」

凌昊天續道：「我看牠將我的參酒用得一滴不剩，十分惱怒，就闖入老猴兒的酒庫，發現每一壺蜂蜜果子酒裡都給摻上了參酒，竟然味道絕佳，不知那老猴兒怎生調的比例。我將它們一股腦都偷回家，算是報復。沒想到一回家，就看到娘和大哥攔在門口，問我手裡拿著什麼。我生怕他們不懂這酒的珍貴，連忙動腦筋扯謊……」

他見母親瞪了自己一眼，作個鬼臉，又道：「但我娘何等精明，一下便拆穿了。她要我乖乖交出酒來，讓大哥拿去還給猴子王。大哥也很精明，知道他若拿酒去還，非被群猴圍攻不可，便連連向我眨眼睛。我知他不願去跟猴子們打交道，也不敢違抗娘的命令，生怕他隨手將酒給倒掉，正焦急時，恰好爹的朋友送來十簍高粱酒，爹喚大哥去幫忙搬酒。誰曉得大哥趁著搬酒，順手將猴子酒都倒入了高粱酒裡。但他沒有猴子聰明，有的倒得太多，有的太少，不免暴殄天物。爺爺，您現在喝的這一簍，是其中上品；另外只有兩簍和它差相比擬，其他的七簍，便都是次品了。」

凌滿江連連點頭，說道：「不錯，這確是上品。孩子，你以後其他事都別幹了，專門替爺爺釀酒吧！」

凌昊天歎了口氣，說道：「只可惜這樣的好酒，我可再釀不出來了！第一，爹再不讓我玩他的人參，我便沒法偷釀人參酒了。第二，猴子王大生我氣，足足一年不理睬我。第三，被我偷來的那些果子酒是牠十多年來的珍藏，這幾年果子長得不好，牠也沒法再釀出上等的果子酒了。第四，爹的倉庫裡已有這麼多高粱酒，他一輩子也喝不完，一定不會再採買新酒。所以我說釀成這酒，還靠了些奇蹟天助才成，很難再有了！」說著連連搖頭，凌滿江也搖頭歎息，祖孫二人相對感歎不已。凌霄夫婦和凌雙飛都聽得又好氣又好笑，鄭寶安見了師父的臉色，不禁掩嘴偷笑。

凌昊天忽然湊近凌滿江耳邊，嘰嘰咕咕地說了好一陣。凌滿江點了點頭，正色道：「我說兒子、媳婦兒，小三兒這回釀了好酒給爺爺喝，也算積了點功勞。他這回偷下山的事情，便不要處罰他了。」

燕龍知道兒子仰仗爺爺的庇蔭，想跟爹娘討價還價，心想：「等爺爺走了，再來修理你。」說道：「公公既然這麼說，小三兒偷下山的事，我就不罰他了。」

凌昊天甚是高興，說道：「娘，您說話可不能反悔。」燕龍道：「我說話向來算話，怎會反悔？」

凌昊天一笑，說道：「那就好啦。我這回下山，可見到許多有趣的事兒，比我六年前跟九位爺爺們下山慶豐年時所見還要精采。您若要罰我，我就不說了。」

凌雙飛道：「你下山去，不外又幹了些胡鬧事兒，有什麼精采的？」

凌昊天眼睛一轉，說道：「我碰上精采的事兒可多了，有趣得緊、有趣得緊。」鄭寶安按捺不住好奇，說道：「你快說說。」凌昊天道：「二哥不想聽，我不說。」

凌雙飛又好氣又好笑，瞪著他道：「我想聽啊。你到底說不說？」

凌霄道：「小三兒，有話快說，咱們等著聽爺爺說話，難道還等著聽你說話？」凌滿江忙搖手道：「我沒有什麼好說的，快讓小三兒說吧。」

凌昊天笑嘻嘻地道：「我講故事，要有點東西潤喉才講得精采。」

凌霄夫婦知道他終究是要討酒喝，凌霄便道：「好，限你喝一杯酒，講完了故事。」

凌昊天大喜，從爺爺的酒壺中倒出滿滿一杯，啜了一口，講出一個故事來。

第三十章　犬馬雙丐

凌昊天一邊喝酒，一邊說起故事：「那日我溜下山去，躲過爹爹、大哥、二師叔的追捕，一路往西去，打算上山西汾陽去嚐嚐天下第一名釀汾酒的風味。我沒帶多少盤纏，就扮成個小乞丐，一路乞討而去。這日來到一個小鎮，討到了一個饅頭，坐在街頭大嚼。嘿，我那時錢帶得不多，這風味絕佳的人參果子高粱酒卻帶了滿滿一壺。我拿出懷裡的酒壺，喝了一口。過不多時，身邊忽然多出了兩個老乞丐，一邊一個，夾著我坐下。我轉頭打量那兩個老丐，左邊那個擎著一枝枴杖，頭髮稀落，滿面瘡斑，嘴部突出，活像一隻癩皮狗子；右邊那個精壯結實，頭頸甚長，臉長而窄，上輩子定是一匹馬。兩個老丐坐下不久，跛腳的就用手肘碰碰我，說道：『小朋友，你壺裡是酒吧？我用這兩個饅頭換一口酒喝，怎樣？』說著掏出兩個壓扁了的饅頭，發出酸味，也不知有多舊了。

「右邊長臉老丐插口道：『我這兒有塊大餅，香噴噴的，兩天前討到的，也跟你換口酒，怎麼樣？』我看他兩人如此愛酒，引爲知己，便大方道：『好酒要跟好朋友同飲。你們拿去喝便是，只限一口啊，多了我可不依。』兩個老乞丐大喜，跛腿老丐便接過了酒壺，對著嘴咕嘟咕嘟喝起來。我看他喝了半晌也不停，不多久大半壺都已流入他的肚皮，驚叫道：『老叫化搗鬼！』想起爹曾教過我，氣舍穴被點上，中者定須換氣，就伸出手指去點他氣舍穴。果然跛腿老丐伎倆被破，停口吸氣，嗆了幾下。

「我搶回酒壺，卻聽右邊長臉老丐道：『他作弊，我可是老老實實的。小兄弟，你還欠我一口呢。』說著搶過酒壺，對著嘴喝起來。這一口卻也極長，我又嚷嚷起來，那長臉老丐十分狡猾，用另一隻手護住了氣舍穴。我靈機一動，就伸手去搔他的腋下。長臉老丐忍不住笑，噗一聲笑出來，噴出一口酒，終於停下了。我往酒壺裡張望，竟然只剩下兩三口，不由得又驚又怒，罵道：『兩個老鬼，都不老實！』但我看出兩個老丐內力甚深，才能一口氣喝下大半壺酒而不用換氣，心下倒頗爲佩服。

「那兩個老丐喝夠了酒，都很是高興，但見我似乎會點穴，也頗爲驚訝，跛腿老丐問道：『小朋友，你叫什麼名字？向誰學的武功？』我道：『我叫小三兒，向誰學的武功，偏偏不跟你說。你們兩個叫什麼？騙小孩子的酒喝，算什麼英雄好漢？你們的武功又是向誰學的了？我去告你們師父去。』

「長臉老丐笑道：『小三兄弟，對不住啦。這酒太好，我兄弟遠遠就聞到香味，若不多喝一點，豈不愧對肚皮？』跛腿老丐道：『是啊。我說小三兒，你要大方就大方到底，才夠義氣嘛。我叫作三腿狗，這是我兄弟，叫作一里馬。』」

眾人聽了，都不由得失笑，這兩個名字太過匪夷所思，與二人的形貌卻恰恰配襯。凌昊天向凌雙飛看去，說道：「二哥，我考考你，這兩個老丐是什麼來頭？」凌雙飛想了想，搖頭道：「我沒聽過他們的名頭，也不知是不是假名？爹，您一定知道。」

凌霄道：「聽來像是丐幫中的人物。我近年來很少和丐幫打交道，也不認識這兩位。」

凌昊天拍手笑道：「還是爹行。這兩位果然是丐幫中人。」又接著道：「那時我聽他們自報姓名，也是好笑，越看他二人，越覺得名字貼切。但我可不敢眞笑出來，仍舊裝出惱怒的樣子。他們看我不高興，三腿狗便道：『小三兒，爲補償你，我兄弟帶你去個好地方，讓你有一頓好吃的，怎樣？』我看這二人雖古怪，卻不像壞人，便答應了，當下跟著二人向一座山上走去。過不多時，來到一座青瓦尼庵前，匾上寫著『淨慈庵』三個字。」

燕龍微笑道：「霄哥，我倒要考你了，這淨慈庵是什麼來頭？」

凌霄道：「我聽說庵主心海老師太是淨慈劍法的唯一傳人，庵裡有一柄寶劍，叫作絕寒劍。老師太出家五十多年，在當地頗受人敬重，但聽說脾氣很有點古怪。」燕龍笑道：「你隱居已久，江湖上的事情倒還知道得挺多。」

凌昊天道：「爹說得一點沒錯。你們再聽我說下去。我們到了庵門口，兩個老丐就在庵門口輪流叫道：『師太們行行好，施捨老乞丐一點殘羹冷飯吧！』這麼叫了半天，才有一個老尼姑走出來，手中拿著一碗剩飯，見到外邊有兩個老乞丐加一個小乞丐，一碗飯顯然不夠，微微一呆，轉身進去，好一陣才又出來，攤攤手道：『三位見諒，我庵裡清貧儉樸，實在沒有什麼剩飯可以施捨了。』

「一里馬道：『師太好心，化子感激不盡。佛說：耳目腦髓，皆可施捨。師太怎說沒有可以施捨之物？』那老尼姑聽了，愕然一陣。三腿狗又唱道：『心寬似海，布施無邊。感激涕零，犬馬爲報。』老尼姑向我們瞪視一陣，回身入庵，不久又快步出來，行禮道：『原來是丐幫中的英雄。住持有請。』將我們迎進庵中，讓我們在小廳中坐了。不多久一個小沙彌尼奉上清茶甜點，兩個老丐用下巴指指那甜點，示意要我吃，我就老實不客氣，將一盤點心都吃了個風捲殘雲。正喝茶時，木門滑開，一個六十來歲的老師太走進廳來，一身灰袍，眉目還算端正，但神色冷冷地甚是嚴峻，好似石刻一般，讓人看了便怕。老師太合十行禮，說道：『老尼心海，見過丐幫兩位長老。』

「兩個老丐站起身回禮道：『住持不用客氣。』心海師太在前面的蒲團上盤膝坐下，說道：『貧尼素聞丐幫長老英名，深愧無緣晤見。請問兩位可是犬馬雙丐麼？』三腿狗道：『正是。』我伸手掩住嘴巴，假裝咳嗽，強忍住笑；這一隻狗，一隻馬，竟然合稱犬馬雙丐，豈不滑稽？原來三腿狗、一里馬是他們眞正的稱號，卻不是騙我的。

「我聽心海師太道：『敝庵清貧，沒能好好布施兩位，實在過意不去。我已吩咐準備一席素齋，請三位用了再走。』三腿狗道：『師太盛情，我兄弟感激不盡，先此謝過。我兄弟這番來，不是爲了討一頓飯，卻是想向師太討一個孩子。』」

此言一出，席上眾人都是一呆，不知丐幫的人怎會對一位師太出言如此無禮？但聽凌昊天續道：「心海師太臉色一變，說道：『長老說笑了。』我也想：『你這兩個乞丐太不像話，跑到人家尼姑庵來討孩子，未免過分。』又想：『這犬馬雙丐竟是丐幫中的長老，難怪武功不壞。』

「卻聽三腿狗道：『在下絕無說笑之意。師太可記得約莫十五年前，一位懷胎婦人投奔貴庵，在貴庵生下了一個女嬰？』心海師太道：『是有這件事。那婦人產下孩子不久便歸西了，我等已將她安葬，那孩子便由本庵扶養長大。』三腿狗道：『當時那位婦人全家遭強盜搶劫，孤身逃出，在敝幫的掩護下，才逃來貴庵藏身。敝幫於一年前探知，婦人的丈夫當時被強盜砍成重傷，天幸仍在世上。這位朱老丈得知女兒在貴庵，數次來貴庵想見女兒，卻被師太們攔住。在下不才，想請問師太其中的緣故。』

「心海道：『原來是這件事。首先，那位朱施主是否眞是慈惠的生父，貧尼不得而知。其次，慈惠已出家七年，對塵世了無眷戀，我怕她心神受擾，因此暫且不讓她和朱施主相見。』一里馬脾氣較急，大聲道：『依師太所言，便是不肯放人了？』心海瞪著他道：『這孩子由本庵養大，皈依佛門，因緣殊勝，實已找到最好的歸宿。兩位硬要將她帶出佛門，卻是抱了什麼心？』

「三腿狗較爲沉著，好言道：『我等當年曾幫助朱夫人投奔貴庵，熟知其中經過。今日我等既知朱某生還，他親人死盡，老邁孤獨，得知世上還有這個女兒，激動之極，一心想和親女團聚，怎奈師太不斷阻擾，三番四次將他拒在庵門之外。我等見他情狀可憐，自告奮勇來和師太談談，想請師太高抬貴手，讓他父女相見，重享天倫。我兄弟抱的就是這個心，別無他意。』

「我想這三腿狗話說得很客氣，又十分有理，老師太一定沒話說了，沒想到她道：『世間家庭親人，原本便是因緣相聚所成，本性爲空。慈惠此生與佛門有緣，與親人無緣，才會在本庵長大。現在你要帶她出寺，再去捲入紅塵，她好好一塊難得的明淨璞玉，你如何定要將她拿去塵世中污染了？』一里馬聽了，再也忍耐不住，拍桌怒道：『血濃於水，這是人間定理。她的緣分如何，也不用妳爲她決定。無論如何，妳不讓一個小女孩見親生父親的面，天下哪有這種事理？』

「心海也惱了，一雙柳眉倒豎起來，大聲道：『一有情纏，便有煩惱。我是慈惠的皈依師父，須保護她不受煩惱所染。』一里馬怒道：『她在這庵裡長大，順理成章跟著妳出了家，我只聽說別人看破紅塵出家的，沒聽過老尼姑逼迫八歲的小女孩也作尼姑！』心海這下眞給激怒了，大聲道：『慈惠靈臺空明，乃是上上根器。你說她年紀小，卻不知她過去幾世都是出家人，這一世出家乃是最自然之事。』一里馬道：『妳怎知道她過去幾世都是尼姑？根本就是胡說八道！』

「我心裡暗暗爲一里馬叫好，卻聽心海冷冷地道：『貧尼在此開山立庵，從未有人敢在庵中如此放肆。兩位硬要跟貧尼過不去，貧尼只好不客氣了。』三腿狗見既已撕破了臉，便道：『師太的淨慈十二劍名震武林。我兄弟不才，兩張嘴既無法說服師太，只好領教師太的寶劍了。』說著和一里馬一起站起身來。心海師太當先走出小廳，來到庵後的一片空地上。我見三人一言不和便要動手，忙跟了上去，心想：『這老尼姑蠻不講理，最好兩個老丐打贏了，讓那朱老丈見到他的小尼姑女兒。』

凌昊天說到此處，忽然停下。一家人都望著他，等他說下去，卻聽他道：「一杯酒喝完啦，我不能再說了。」

大家一陣鼓噪，都說這好小子，講到緊張處便趁機賣關子討便宜。燕龍也聽得興起，只好再讓他倒滿一杯，凌昊天咧嘴而笑，啜了一口酒，繼續說下去。

「心海師太站在空地北首，手持寶劍，冷冷地道：『兩位是一個一個來呢，還是兩位一起上？』三腿狗和一里馬道：『我兄弟出手，向來聯手而上。』心海道：『好啊，出手吧！』她抽出長劍，抖動數下，發出一圈劍光，繞在她身周。我看過爹劍上的劍光，長可達三尺；這老尼姑的劍光竟然有一尺多長，圍繞在身周，久久不散，不由得一驚。我再看仔細了，那劍確是柄寶劍，輕輕一揮，便有無數點寒光閃動。原來心海是靠了這劍，劍光才能長達一尺，但她劍術想來也不可小覷了。

「三腿狗和一里馬對望一眼，都甚感驚異。三腿狗大喝一聲，撐著枴杖跳上前，右手揮出一條黑色的鐵索，狀似軟鞭，但比一般鞭子短了許多，只有四五節，揮出時呼呼風響，似是鋼鐵所製。一里馬則抽出一根短鐵棍，兩人跨出步伐，姿勢時如動物，時如醉酒，醜怪百端，兵器一硬一軟，全從意料不到的方位交互攻上。

「心海師太叫道：『好！』一一揮劍擋開。我站在一邊觀望，見二丐內力渾厚，但招術遲滯，奇則奇矣，卻不夠靈活，招術往往差了數寸，遞不到對手身上。但二人練熟了的夾擊陣勢，倒也十分難擋。心海師太寶劍如一泓秋水，鋒快銳利，對手兵器不敢當頭與之相交，占了優勢。她招術稜角分明，剛健雄猛，渾不似出家女尼的劍法。想來她年紀已老，又出家多年，早已脫去男女相，此時使動淨慈劍法，膂力強健，便如一個中年男子，劍勢威猛已極。我看得緊張，不斷爲二丐喊叫助勢，每見他們失手，便大聲歎息，每見老尼姑差點砍上二人，又驚呼好險。

「又過了數十招，二丐招數奇詭，內力深厚；心海劍術精妙，寶劍鋒利，三人不相上下，總要打上好一陣才能分出勝負。便在這時，庵前傳來一陣喧鬧，我隱約聽到一人叫道：『讓我見我女兒！』我想，莫不是朱老丈又上山來？便跑到庵前，果見門外一個老漢叫嚷哀求，自稱姓朱，口口聲聲說要來見女兒。我看了不忍，心想這時正好老師太被纏住，就跑回庵中，大叫：『慈惠、慈惠！妳師父命我找妳。』過不多時，一個十四五歲的小尼姑走上前來，問訊說道：『請問施主找我有什麼事？』這位小師父眉目清秀，神情祥和，相貌甚是莊嚴。

「我便假傳聖旨，說道：『妳師父在後面事忙，要妳出去接見外面那位姓朱的施主。』慈惠這小師父倒也不笨，露出懷疑之色，說道：『這事，我要親自請示師父才行。』

「我急了，就道：『出去見一個人，還需要請示師父幹麼？我告訴妳，外面那人是妳的親生父親，想見妳快想瘋了，妳慈悲心總有一點兒吧？怎能不去見他？』沒想到這小師父極爲乖順，對她師父一片忠心，低頭道：『我師父跟我說過，那人胡言亂語，當不得眞。我從小是個孤兒，沒有父母。師父命我不要見他，自是爲了那位施主好，也是爲了我好。請問你是誰？』

「我急得跳腳，便想抓住她將她拖到前門，但知庵中會武功的尼姑甚多，這麼蠻來是不行的，便道：『糊塗小尼姑，妳管我是誰？妳爹在外面哭叫要見妳，妳連去看他一眼也不肯麼？』

「便在此時，庵前忽然傳出一陣急驟鐘聲，慈惠驚道：『啊，庵外有敵，那是師姊號召大家的訊號。』匆匆奔去了。我見庵中一片混亂，許多尼姑拿著長劍奔到庵前，心想：『這兒的尼姑除了拜佛念經，還能提劍殺敵，厲害得很。』便也來到庵前，卻聽一個尖銳的聲音道：『心海老尼呢？要她出來！』

「我正想去庵後看三人打得如何，便聽身後一個蒼老的聲音道：『貧尼在此！』我回頭望去，見心海師太大步走出，小尼姑慈惠正跟在她身後。老尼姑見到我，向我瞪了一眼。我心裡一驚：『咦，老尼姑打敗了兩個老丐了麼？』轉頭見兩個老丐也走到庵前，不像受了傷的模樣，才噓了口氣。原來三人老早聽得朱老丈在外呼喚，也聽到我去勸慈惠，繼而聽到外面敲鐘示警，知道庵外來了敵人，便一齊罷手，到前庵來看個究竟。

「我跟著兩個老丐走到庵前，卻見院中站了一個瘦高的青衣漢子，約莫三十來歲，勾鼻小眼，長相甚是特異。卻聽心海道：『夜梟，你三番兩次來騷擾佛門清靜地，膽子也未免太大了！』夜梟道：『我只要借妳的絕寒劍一用，妳不肯給，我就跟妳耗上了。』心海怒道：『這劍是我鎮山之寶，怎能交你這邪魔外道手中？你不要癡心妄想了！』

「我問兩個老丐這人是誰，三腿狗道：『這人是夜梟蔣青鷹，一手使劍，一手使鷹嘴鉤。他前幾年不知被誰打敗了，折了劍，他不怪自己武藝不精，卻怪沒有好劍，之後便到處尋訪寶劍，想藉以報仇。他上淨慈庵來索劍，但他打不過心海，又有個屁用？』正說話時，心海跨步上前，揮劍砍向那夜梟。那夜梟像是怕了，抱頭逃竄，鑽向庵門，陡然鷹嘴鉤閃出，勾上了慈惠的衣袖，將她拉了過去。

「眾尼姑尖聲驚叫，三腿狗和一里馬站得太遠，來不及阻止，此時一齊衝上前，一鞭一棍攻向蔣青鷹。那蔣青鷹輕功甚是厲害，手裡抓著慈惠，向後退出十多步，避開了兩個老丐的攻擊，一溜煙出了庵門，口中叫道：『拿寶劍來換小尼姑！』

「這人當著大夥的面擄掠了一個人去，眾人都覺臉上無光，一齊追出庵門。那朱老丈還在門口，見到兩個老丐，忙上前探問。兩個老丐不願隱瞞，說道：『我二人無能，令嬡被剛才那人捉去了！』朱老丈大驚失色，跟在眾人後面，向那夜梟追去。

「奔出一陣，大夥來到一座危崖下，卻見蔣青鷹挾著慈惠，站在危崖的高臺之上。該處地勢甚險，中間一道斜而窄的石樑通向崖上的平臺，甚是難行，一群人絕對無法奔上，一個一個上去呢，蔣青鷹居高臨下，又能輕易打退來敵。大家束手無策，卻聽蔣青鷹叫道：『心海老尼，拿劍來換這小尼姑，不然我便將她扔下山崖去！』

「心海大怒，說道：『我心海豈能受人威脅？不給！』蔣青鷹道：『妳半個時辰不給，我就在這小尼姑身上劃一鉤。一個時辰不給，劃兩鉤，看是妳能堅持得久，還是這小尼姑能堅持得久？』

「這話一出，山下眾人都大罵起來，說蔣青鷹不要臉。蔣青鷹卻不在乎，說道：『我只要借老尼姑的劍一用，一個月後就還她，又不是什麼大不了的事。老尼姑如此吝嗇，連自己徒弟的性命都不顧，可怪不得我。』朱老丈只嚇得臉色蒼白，向心海跪下求道：『老師太，求求妳便將劍借給他吧。一柄劍再寶貴，也寶貴不過人命啊！』心海只是不理。朱老丈急得哭出來，說道：『老師太，妳弟子多，死一兩個不當回事，我可只有這一個骨肉啊，妳怎能如此狠心？』

「那心海老尼姑心腸剛硬得緊，說道：『這渾蛋拿去了劍，哪裡還肯歸還？這柄劍是先師留下之物，本庵之寶，豈能隨便給人？』朱老丈急得向蔣青鷹叫道：『喂，你千萬別動手啊！我這就上去換小師父下來，你將我推下山谷也好，在我身上劃幾鉤也好，可千萬別傷害這位小師父！』蔣青鷹哪裡睬他，喝道：『老頭子囉哩囉唆，你敢走上石樑一步，我馬上劃小尼姑一鉤。』朱老丈眼睜睜地望著山上的女兒，只急得汗淚齊下。

「僵持一陣，眼看半個時辰就要過去，我道：『老師太，妳將寶劍借我，讓我去試試。』老尼姑沒當我是個人，全不理睬。我便去和兩個老丐商議，他二人對我也不怎麼信任，但也別無他法，終於點頭答應了。於是我們三個一起圍上心海，兩丐同聲大叫：『妳不給劍，幹麼不自己上去奪回徒兒？』伸手去推她。老尼姑矜持得緊，不肯讓人碰到她的身子，哼了一聲，向旁避開。她卻沒料到我們乞丐有多狡獪，兩個老丐忽然出手夾住她的雙臂，我便施展爹教的解環擒拿手，將她的寶劍奪了過來。

「心海老尼大怒，叫道：『原來你們跟那渾蛋作一道！』我道：『師太，我去換回妳的徒兒，妳放心，總讓妳寶劍徒兒都不丟了。』就抱著絕寒劍奔過石樑，來到那平臺上，說道：『我送劍來啦。』蔣青鷹見到我，十分高興，說道：『老尼姑終於醒悟了麼？寶劍拿來。』我道：『你先放了小尼姑，不然我抱著劍跳下山谷，誰也得不到這劍。』蔣青鷹還在遲疑，老尼姑已在山下大叫：『小子，你敢跳，我不會放過你！』我笑道：『我這一跳，自己也摔成爛泥了，還怕你不成？』蔣青鷹向那劍凝視一陣，看老尼姑緊張的樣子，知道是眞劍，便道：『好！小子，你可不要搞鬼。』我道：『你用一個沒劍的小尼姑，換一個有劍的小乞丐，豈不是大占便宜？』他想想也對，伸手一推，將小尼姑放了。

「便在此時，我拔劍出鞘，噹一聲，斬上蔣青鷹的鷹嘴鉤。我本想將他的鉤子震去，但內力不足，只將鷹嘴削去了一截。蔣青鷹大怒，罵道：『奸詐小子！』舉鉤向我攻來。老尼姑的劍的確鋒銳，我劍法未成，還能跟那夜梟打上十多招。側頭一看，卻見小尼姑還在山崖上，我只道蔣青鷹點了她穴道，大叫：『小尼姑，妳怎麼還不走？』

「原來慈惠被放後，正要奔下山，她師父忽然大叫：『慈惠，師父教妳的俠義道去哪兒了？人家冒險救妳，妳怎能就此逃走？』慈惠當即停步不前。三腿狗和一里馬都看出她應先逃開，我才有辦法和那夜梟周旋，大叫：『小師父，妳先下來再說，免得妨礙小兄弟對敵。』那老尼姑不知在想什麼，好似一心要致小尼姑於死地，又大聲命令她不准下來。一尼兩丐在山下大聲呼喚，一方催她下山，一方不讓她下山，叫了一陣，兩邊在山下又大打出手。小尼姑不知所措，怕受師父責罰，又怕妨礙到我，不斷前後張望。忽然朱老丈大叫一聲：『小心！』原來小尼姑腳下一滑，險些跌下山崖去。我嚇了一跳，忙伸手拉住她，心中也急了，大叫：『快給我滾下山去！妳不滾，我們兩個都得滾下山谷去！』

「小尼姑怕了，匆匆爬下山崖。我這麼一分心，那夜梟已持鉤攻上，劃上我的右肩，又向我當頭砍下。我一個打滾避開了，滾到山崖邊上。山下眾人見了，都大聲驚呼。

「幸好他的鷹嘴鉤已被我斬去一截，劃上我肩頭雖痛，卻沒有大礙。我翻身跳起，大叫：『我要將劍丟下山谷了！』此時他對我惱怒已極，不再理會我的威脅，罵道：『我先殺了你這小子！』看來一心要殺了我，連劍都不顧了。

「我幸是沒忘了娘教的輕功，仗著劍利，和那夜梟硬撐了十多招。山下的人看得驚險，卻因石樑太窄，無法上來相助。小尼姑這時總算爬下山去了，我看石樑空出，便跨上石樑，一邊揮舞寶劍，一邊後退。哪知這夜梟輕功好極，一躍過了我頭頂，回身攔住，反將我困在靠山崖的石樑上。他揮鉤攻來，我被逼得退了幾步，轉眼又要回到那平臺上。

「我眼見情勢不利，若有失手，不是被他砍死，就是摔下石樑，心想此時只有孤注一擲，便猛然將劍鞘向他扔去。他低頭避開，我已趁機將寶劍反手插在後腰腰帶上，攤開雙手笑道：『劍眞的摔下山谷啦，誰也得不到了。』他沒看清我手上的劍怎麼不見了，大驚失色，連忙往山下看去。那老尼姑倒很配合，在山下聲嘶力竭地大罵：『小子，你丟了我的寶劍，我要你的命！』

「夜梟信以爲眞，低頭直往山谷望去。我趁他低頭，連忙跳上一步，從腰後拔出寶劍，揮劍砍去，我這次可沒失手，一劍將他的鷹嘴鉤給打飛了，追隨那劍鞘落入了谷底。他見到我手中的劍，大怒之下，忘了它是柄鋒利寶劍，竟然空手來奪。我胡亂揮舞，他的雙手登時滿是鮮血，也不知少了幾根指頭。我仗劍向前，他只好後退，直到石樑盡頭。這人倒很有膽識，知道自己敵不過老尼姑和二丐，湧身跳下山谷，落在一株樹上，沿著山谷攀爬去了，轉眼消失在樹叢後。

「我拿著寶劍走下石樑，但見老尼姑臉上青一陣，白一陣，不知該謝我還是殺我，我就將劍交給了兩個老乞丐。三腿狗捧著劍，向老尼姑道：『心海師太，小三兄弟冒險替妳奪回長劍，請妳看在我兩張老臉上，恕我們奪劍之罪。這朱老丈的事，還要請師太高抬貴手。』

「老尼姑哼了一聲，接過長劍，轉身去了。一眾弟子都跟了去，慈惠也在其中。自慈惠下山後，朱老丈一直盯著女兒癡望，幾番想上前跟她說話，慈惠卻都躲著。現在眼看她離去，朱老丈又老淚縱橫起來。

「一里馬開口叫道：『慈惠小師父，請妳暫留一步。』慈惠微一遲疑，終於回過頭來。老尼姑搖頭道：『慈惠，妳塵緣未了，枉費了師父一番教導。妳要去見那人，跟他糾纏下去，這就去吧。』我暗罵老尼姑假慷慨，這話一說，小尼姑還怎麼敢來？我開口叫道：『慈惠小師父，佛說四恩須報，是哪四恩？』慈惠答道：『是佛恩、國恩、父母恩、眾生恩。』我道：『是啊，妳父母恩未報，還說什麼遁入空門、修行成佛？』」

凌雙飛奇道：「小三，你什麼時候學到這些佛法道理了？」

凌昊天微笑道：「我和九位老爺爺出去慶豐年時，玉衣老和尚跟我說了好些佛法禪理，我只約略記得一些而已。這時胡亂說出幾句，倒也感動了小尼姑。她終於回過頭，走到朱老丈面前。朱老丈望著她不斷掉淚，好半天才道：『閨女，妳長得這麼大了。妳長得跟妳娘一個樣兒。』慈惠也哭起來，開口叫了爹。我和兩位老丐眼看事情圓滿，便向他父女告別。我臨走時忍不住向她道：『妳師父爲了一柄劍，連妳的命都可以不要。妳爹卻寧可自己性命不要，也要救妳的命。妳自己想想吧！』才和兩個老丐下山去了。」

說到這裡，眾人聽得結局圓滿，才鬆了口氣。鄭寶安拍拍胸口道：「老天保佑，他父女終得團圓。」

凌滿江忽道：「小三兒，我說你實在不行啊。」凌昊天一呆，說道：「爺爺說我怎麼不行？」凌滿江不斷搖頭，說道：「你娘在你這個年紀，已被認證爲雪艷，領袖全族，武功高絕；你爹這個年紀時，也已專精醫道，救人無數，劍法精奇，震驚江湖。你卻只能靠著狡智跟敵人周旋，跟那什麼狗屁夜梟打得不分上下，枉費你爹娘的家傳絕學了。」凌昊天聽了，鼓著嘴不語。

凌滿江道：「依我看，你膽識智計都有一些，武功卻實在太差。你再不好好下功夫，以後長大了，人家不再看你是個小孩子而對你掉以輕心，你就混不下去了。」

凌昊天知道爺爺說得沒錯，卻不願承認，想了一陣，才滿不情願地道：「那我此後認眞練功便是了。」

凌滿江道：「你對我說有什麼用？你要肯跟你娘專心學五年輕功掌法，跟你爹學五年醫術劍術，我包管你比兩個哥哥還要強。但我看你性子浮躁，絕對學不到五年，便要放棄開溜。」凌昊天被他一激，便道：「學便學，五年便五年，誰說我作不到？」

燕龍沒想到公公還有本領逼小三兒乖乖學武學醫，當下敲釘轉角，望著兒子道：「一言既出。」凌昊天道：「駟馬難追。」

這話一出，凌霄夫婦都臉露微笑，沒想到這個桀驁不馴的小兒子在爺爺的激將之下，就此束手就擒，可省了爹娘無數頭痛煩惱。

凌昊天當時十五歲，從此定下心隨母親練武，武功才開始突飛猛進。他原本資質甚佳，只因不耐煩一遍遍練習同樣的招式，招式學得雖快，卻總無法練得專精。此後他在母親的嚴厲督促之下，收拾起頑皮小聰明，刻苦磨練，終於鍛鍊出了一些真實功夫。他白日練武，晚間便跟著父親苦讀醫書。他聰明穎悟，記性極佳，加上天性好奇，事事鑽根究底，稀奇古怪的問題一大堆，有時連凌霄都無法解答。這孩子精力充沛，白日練武，夜晚讀書，父母都被他累壞了，他仍有空閒去纏著兩個哥哥搗蛋，或拉著寶安滿山亂跑，盡興頑皮胡鬧。

而凌滿江在虎山待了半個月，受不了山上枯靜無聊，便又下山雲遊去了。數日後凌比翼回山，聽說與爺爺失之交臂，甚是惋惜。他向父母報告已平安送趙觀抵達雁蕩山，又說了炎暑山莊壽宴、遇上松鶴老和康箏等情。凌昊天聽得津津有味，只恨自己不能也下山去玩一趟。他早聽說趙觀曾來到山上，自己卻剛好溜下山去，沒見到他，甚覺遺憾，心想：「這趙觀是個有意思的人物，不知何時才能再跟他一塊喝酒？」

又過了月餘，一名百花門人來到虎嘯山莊，送上一封密信，言道百花門第三代門主已然即位，謹此稟告醫俠夫婦云云，信末的署名正是趙觀。

第三十一章　百花之谷

千里之外的幽微谷中，百花門人圍繞之下，趙觀正式接任百花門主之位。他與青竹商議，認爲眼下第一件大事，便是統一百花門。百花門自百花婆婆去世後便分裂爲三堂，老門人則自成一團體。名義上雖以白水仙爲門主，實際上互不統屬，各自爲政。趙觀打敗水仙堂、百合堂的首領和老門人之首的紫薑，名正言順當上門主，但地位並不穩固。水仙門的白蘭兒還算講理，不致生變；蕭玫瑰和小菊卻是盜匪出身，若是心懷不忿，蓄意跟他作對，倒是十分棘手。紫薑等老門人雖已不成氣候，但若暗中生事，也頗爲麻煩。火鶴堂只剩下三人，勢力單薄，無法與其他三門相抗，如今之計只有懷柔各堂，再慢慢收伏歸一。

趙觀便召集門人，宣布道：「本座年輕識淺，才德不足，當此重任，深恐難以勝任。本座因此想請幾位師伯師姊襄助，特任命爲長老，執掌門中各務，以爲本座輔佐。」他望向第四堂門人，說道：「本座特請紫薑師叔爲執法長老，專職監管維護本門秩序。執法長老發現任何人觸犯門規，可全權依門規處置，本座或各堂堂主皆不得干涉過問。」

紫薑沒想到趙觀會分派自己此一重任，甚是驚訝，站出來躬身道：「紫薑接旨！」

趙觀又道：「本座想請蘭兒師姊任傳功長老，專職發揚百花婆婆的武功毒術，傳授門中弟子。各門人在毒術上有何創新、改進、補闕，都應向傳功長老匯報。傳功長老並須確保本門毒術不致外流，令外人無法解除本門毒術。」

蘭兒往年曾協助白水仙匯集整理本門毒術，擔任此職甚是恰當，當下欣然接令。趙觀又令蕭玫瑰為護法長老，專職援救保護門人；令小菊為考績長老，專職接引新門人、考查門人功績、決定升遷獎罰；令青竹為善財長老，專管門中財物分配。

趙觀又道：「此後幫中大事，都由本座和五位長老共同決定。本門正當危急多事之秋，我等應當同心協力，防備對頭侵襲，壯大本門，並為百合堂主、火鶴堂主報仇。」

眾門人見他分派妥當，五位長老分掌其職，各得其所，都無異言。趙觀又花了幾日的時間，一一會見三百餘位門人，詢問她們入門的經過、學過的武功毒術、所司何職等。他性子平易，又生長於眾多女子之間，對女子的心態了解得甚為透徹，和年輕年長的女子都談得上話，數日後便已記得大部分門人的面容背景、脾氣長處，見面便能叫出對方的名字來。

這日趙觀和青竹單獨在房中，他想起一事，忍不住問道：「竹姊，妳可知道我的父親是誰？」這事他一直放在心裡，此時才終於有機會向青竹問出。青竹微微一呆，反問道：「阿觀，這幾年間，可有人來找過你？」

趙觀便說了成達和雲龍英認己為子的經過。青竹道：「只有他們兩位，沒有別人？」趙觀一怔，說道：「難道還有別人？」

青竹抬起頭，沉思一陣，說道：「阿觀，娘娘已經仙去了，你爹究竟是誰，她從未親口告訴過我，因此我也並不知曉。但我知道你出生以後，娘娘一共送出了三封信，告知三個人你是他們的兒子。在你出生之前那年，娘娘和浪子走得很近，浪子三天兩頭便來留宿，我知道浪子是一個。我也見過雲幫主來找娘娘。聽你說來，這兩位自然都得到了娘娘的信。至於這第三封是給誰的，我就不知道了。」

趙觀奇道：「竹姊，那時妳跟在娘身邊，怎會不知道這第三人是誰？」青竹道：「我只聽說過這第三人，卻沒有見過他。娘娘曾簡略跟我提起這人的事，說他當時將要與對頭決鬥，對頭託娘娘向他下毒，令他第二日決鬥落敗。娘娘去找了這人，跟他度了一夜春宵，很佩服他的英雄氣概，便沒有對他下毒。第二日決鬥如何，我也不知道，想來是這人打贏了。但這人究竟是誰，娘娘始終沒有告訴任何人。這件事算來時間正好在你出生前十個月，因此猜想那第三封信定是送給他的。」

趙觀聞言不由得怔然，冒出兩個父親已經夠奇怪的了，沒想到還有神祕的第三個爹。他問道：「竹姊，這第三位收信人是誰，妳可有半點線索？」

青竹搖頭道：「我只知道他是武林中素負盛名的一位俠士，武功超卓，至於他是誰，我始終沒有猜出來。」側頭想了想，又道：「阿觀，我還想起一件事。娘娘曾說她替你起名字時，曾考慮過最可能是你父親的人是誰。」

趙觀大奇，說道：「我的名字？」青竹道：「是的。娘娘當時說，她以爲你最可能是浪子或是那第三人的孩子。她替你取名爲觀，就是從成達的達字而來，取其『達觀』之意。」趙觀接口道：「那我姓趙，定是和那第三人有關。」青竹道：「多半是如此。」

趙觀沉吟道：「難道他姓趙？武林中有什麼姓趙的武功高手？還是哪個高手的名字中有個趙字？」青竹道：「我曾想過青幫幫主趙自詳，但他年紀老邁，遠在武漢，武功也是平平，不大可能。丐幫前任幫主趙漫也姓趙，但他已去世多年。九老裡面有個趙捧，但他是老一輩的人物了，總有八十來歲了吧？武林中其他姓趙的好手，我倒沒有聽說過。」

趙觀滿腹疑團，心想：「娘好大的本領，成大叔和雲幫主都是了不起的好漢子，這第三人聽來似乎更加不得了。不知他究竟是誰？他接到娘的信，為什麼始終沒有來找我？他還在世上麼？」心想母親既然有意隱瞞此事，自己再多想下去，也難以猜出此人是誰，只能將這事置之腦後。

趙觀在幽微谷住了十多天，這日他帶著丁香在谷中到處遊逛，丁香忽道：「門主，這谷十分奇怪，四面環山，只有西面一個通道可入。那瀑布流下來的水，卻從哪裡出去？」趙觀也甚覺好奇，向千尺練瀑布望去，說道：「或許這谷下面，還有一個谷。」二人好奇心起，便向瀑布走去。卻見小路上立了一碑，積滿青苔，趙觀拂去苔痕，見上面寫道：「百花禁地，門人迴避，唯門主可入」。

趙觀心想：「這麼一個小谷之中還有什麼禁地，可眞怪了。」丁香見了碑上文字，便不敢再向前。趙觀獨自來到瀑布之旁，也沒見到什麼出奇的事物。他低頭見瀑布下池水清澈，看來是淨水，不似碧波池中下了劇毒。他回去後，便向蘭兒問起那禁地是怎麼回事。

蘭兒道：「傳說昔年百花師祖曾隱居於雁蕩山的百花谷，那百花谷因有地熱，終年百花盛開，蔚為奇景。先師來雁蕩山尋找百花谷不得，反而發現了這個谷，名之為幽微谷。百花婆婆來過這幽微谷數次，瀑布下那石碑便是百花婆婆所立，我也不知是為了什麼？」

趙觀奇道：「水仙師伯怎會找不到百花谷？難道沒有人去過百花師祖的隱居處麼？」

蘭兒道：「百花師祖行蹤隱祕，她年老時的隱居之處，確是從來沒有弟子去過。」

趙觀從未見過百花婆婆，只聽母親說過她的事跡，不由得對這位師祖充滿了好奇之心。次日下午，他又單獨走上小路，仔細觀看路邊那石碑，也沒發現什麼，便又來到瀑布下的池旁。幽微谷中處處是毒，他雖身爲百花門主，卻甚覺不慣，此時見到清水，忍不住童心大起，脫下鞋子，捲起褲腳，伸腿泡在水中涼快涼快。但覺池水冰冷，低頭見水中游魚蝌蚪紛紛從他腳旁游過，甚覺有趣，雙腿起落，只踢得水花四濺。

忽然見到一群小魚結伴往一道石縫游去，消失其中。那石縫甚寬，向左折去，似乎別有通路。他提起褲腳，踏入池中，池子起初甚淺，到中間卻陡然深陷，無法走過。他便脫下上衣，揮手扔到岸邊上，吸一口氣，鑽入水中，向石縫游去。

池水清澈已極，池底鋪滿了白色小石，清晰可見。趙觀游到石縫旁，卻見一道窄窄的水道轉而向左，好似一條通路。他順著水道游去，游出七八丈，來到一個較大的圓池，三面都是峭壁，並有瀑布支流沿壁流下，有如一個天然的浴池，煞是奇觀。他爬上池中間的一塊大石，仰頭觀望從天而降的清水，只見遠處一片小小的藍天，那峭壁總有幾千仞高。他靜坐了一陣，忽然注意到西首的山壁上畫了一個手掌大的圖形，他定睛看去，發現那是一個淡淡的百花印記，形狀和他手臂上的一模一樣。他心想：「原來這山壁也是我百花門人。」又想：「誰會在山壁上畫這印記？百花婆婆或水仙師伯一定來過此處，她兩位倒不怕水冷，游到這圓池子來。」

又見那圖形旁有一個小小的箭頭向下指去。他上身赤裸，被風一吹，頓覺寒冷，便又跳回池中，游到那圖形下，心想：「箭頭下有不知什麼東西？」往池中鑽去，卻見四五丈深處有一團光，好似一顆巨大的夜明珠。

趙觀心想：「那是什麼寶貝？」探頭出水吸口氣，又潛入水中，去看那亮光，這回他潛得深些，看出那並不是什麼夜明珠，卻是一個洞穴。他游近了，見那是個天然的石孔，另一邊透出亮光，顯然另有出路。他閉著氣，鑽入石孔中，但見外邊的水一片光亮，比原先的圓池要亮得多。他浮出水面，換了口氣，睜眼見到池外景觀，不由得呆了。

他放目望去，但見岸邊五顏六色，開滿了水仙、丁香、山茶、牡丹、紫羅蘭、野玫瑰、蝴蝶蘭等花卉，遠處桃樹柳樹雜列，鳥聲悅耳，好個洞天福地！他爬上岸，但覺谷內溫暖，有若盛春，放眼萬紫千紅，百花盛開，確是春意盎然。趙觀絕非風雅之人，看到這等景觀，也不禁讚歎：「世上怎能有這等仙境？這裡定是百花婆婆的隱居處了。她老人家在石壁上畫下百花圖形，想是指點後人尋來。不知水仙師伯來過沒有？」

他在谷中閒步，見蜜蜂蝴蝶穿梭飛舞於百花之間，三兩隻松鼠、野兔站在草叢中，好奇地望著自己。他在谷中走了一圈，見到東首有座竹屋，心想：「這定是百花婆婆的住處了。不知還有人住在這裡麼？」走到屋前，朗聲道：「有擾前輩，百花弟子趙觀求見。」

屋內無人答應。他推門進去，但見屋內擺設簡單，桌椅等都已極爲陳舊。牆上掛著一幅畫，畫中是個二十來歲的女子，身穿紅衣，手中拿著一朵花，半遮著臉。她臉雖遮住了大半，仍能看出她容貌甚美，眼中充滿媚意，左眼角有一顆小小的風流痣。趙觀心想：

「這便是百花婆婆麼？她可美貌得很啊。」向那圖畫恭敬行禮。

他走進左首的房間，見屋中一張大書桌，四壁都是圖書，積滿了灰塵。趙觀信步走入後進，卻見後廳正中放了兩口石棺材，棺木都已吻合。他微微一驚，走近去看，見左邊的寫著：「千葉神俠葉落英」，其下寫著：「一世情仇，盡付東流」。右邊的寫著：「百花仙子戚流芳」，其下則寫：「有情無情，皆歸塵土」。

趙觀見到這八字頌辭，心想：「這定是百花婆婆的棺材了，原來百花婆婆名叫戚流芳。左邊那個不知是什麼人？」當下向百花婆婆的棺材跪下，恭恭敬敬地磕了八個頭，暗暗禱祝：「趙觀才德不足，忝爲百花門主，但盼師祖英靈在上，多加保佑庇護，讓我百花門不受敵人欺侮。」

趙觀站起身來，環望四周，見那停棺房乃以巨石築成，四壁刻滿了精緻的圖形花紋，都是各種花朵樹木，雕刻甚細。他在竹屋內各房室走走，忽覺有些不對勁，又走了一圈，才想起有什麼不對：「蘭師姊說百花婆婆晚年獨居百花谷，直到某一年當與弟子聚會時她沒有出現，大家才知道她已仙去。卻是誰將她收殮入棺？是水仙師伯麼？」

他回到停棺石屋，見百花婆婆的棺旁端端正正地放了一個小几，上面放了一本書，封面寫著《百花情懺錄》。

趙觀看出書上有藍寶花毒，便從几上取過一個小鑷子，挑開書頁，見首頁裡夾了一張信紙，寫道：「字囑水仙吾徒：我百花門以仙術武功稱雄江湖，然向無善惡是非之辨，流爲偏邪少義之派。余老矣，甚悔往年濫殺無辜，乃立此遺囑，百花門人一體遵從。余百年後，門人毋濫用毒，毋殺無辜，毋自相鬥，壹以救助天下孤苦無依女子婦人爲心，行俠義天理之舉。此令可宣於門人，不遵者逐出。本門三寶置於書案金匱，交由火鶴保存。百花絕筆。」

趙觀心想：「百花婆婆爲何不親自宣布，卻要在自己死後讓水仙師伯宣讀遺令？」又想：「我娘才是眞正體會婆婆用心的弟子。娘嚴戒弟子濫用毒術和濫殺無辜，眾姊妹間和諧相親，不似其他兩門自相殘殺、草菅人命。」

他又翻閱那書，竟是百花婆婆的自傳。趙觀一頁頁地看下去，直到最後一頁，讀畢怔然，噓歎不已。

原來百花婆婆本名戚流芳，從師於古山老仙。她十七歲學成武功毒術，橫行江湖，得著個「百花仙子」的美號。她與師兄葉落英自幼相戀，葉落英卻一心報父母之仇，四處流浪，尋找仇人，將兒女私情置之腦後。多年過去，葉落英終於如願報了大仇，回頭才發現師妹還在癡癡相候，十分感動，遂決定與師妹結縭。不意二人婚前又生波折。戚流芳發現師兄在流浪時期曾與另一女子結下情緣，幾番爲此爭吵，婚姻終究未成。一次她大怒之下，出手毒死了情敵。葉落英惱怒已極，竟在她面前服毒自盡。從此戚流芳性情古怪，不近人情，善惡不分，動輒殺人，結了許多仇家。她厭惡男子三心兩意、情不專屬，立誓殺盡天下負心薄倖的男子。後來成立百花門，門中許多弟子受到她的熏陶，也是正邪不分，性格偏激，手段毒辣。

她老年時獨居百花谷，回思往事，後悔不已，認爲女子身具三毒，名爲量狹、嫉妒、易怒，自己一生即爲這三毒所毀。她心高氣傲慣了，雖知過錯，卻終究不願承認，因此留下遺書命門人改過，自己伴著師兄的遺體獨居山谷，寂寞以終。臨死前自己入棺，闔上棺木，盼弟子白水仙能尋到此處，取去遺書云云。

趙觀懷想百花婆婆一個姿容風華絕代、武功毒術蓋世的奇女子，竟在情場上如此不如意，最終孤死山谷，不由得感慨萬分。又想：「水仙師伯顯然沒有來過這裡，也沒見到這遺書。不知她爲何未來此處探尋？她沒見到百花婆婆留在石壁上的標記麼？」卻不知白水仙不識水性，雖去過那禁地池邊，卻從來沒有泅水入縫，到達那天然浴池，更無法鑽入池底的石孔。若非自己恰巧闖來，百花婆婆的遺命恐便要永遠湮沒了。

趙觀又去書房探看，書案上果有一個金匱，裡面放著三本書。趙觀取出了，見封面分別寫著《古山仙術》、《百花神功》、《千容百變訣》，各爲毒經、武譜和易容書。趙觀心想：「原來百花三寶乃是這三本書，而不是江湖上傳說的名花、香霧、百仙酒。百花婆婆要我娘收存這些書，定是知道百合和水仙師伯相互爭鬥太烈，若將三寶交給其中一個，另一個一定會拚死爭奪。我娘中正剛直，書若留在她手中，兩位師伯便不敢輕易招惹。」

他取了《古山仙術》，出屋在落日餘暉下一頁頁翻看，發現百花婆婆的毒術浩若煙海、博大精深，眾多弟子所學不過是皮毛而已。他愈看愈興奮，無法釋卷，直至天色暗下，又去屋中點起火燭再讀。晚間他便在書房中睡了，次日天剛明，又拿起書苦讀，思慮其中道理。渴了便去喝池水，餓了便摘樹上果實充飢，全神貫注於研讀這部曠世奇書。

如此兩日，他才將《古山仙術》看完，驚歎不已，彷彿踏入了毒術中的另一境界。他又去翻閱《百花神功》，見其中記載了「四時掌法」、「巽蕊擒拿手」、「蠍尾鞭法」、「蜈蚣索」四種武功，不禁又驚又喜。他知道母親曾得傳春花掌法，白水仙和蘭兒等得傳夏雨掌法，蕭百合和玫瑰、小菊等得傳秋風掌法，紫薑等得傳冬雪掌法，各人所學零亂不全。這書中詳載四時掌法的春夏秋冬四式，十分完整，兩種奇門兵器也精妙無比。趙觀心想：「這些功夫一時也無法學成，得回去慢慢修練。」便又去翻閱《千容百變訣》，見裡面記載了各種易容的巧訣，心想：「竹姊看到這書，一定高興得很。」

那時天色已暗，他心想：「這些書我日後當好好細讀。回去要經過水道，沒法帶書，下次來要帶上一塊油布。」當下將書放回金匱，回到池邊，鑽過石孔、游過水道，回到千尺練下的水池。

幽微谷寒冷，趙觀從水池中鑽出，拾起衣服披上，走出禁地，卻聽得谷中叫囂聲響，不知發生了什麼事。他快步奔出，但見處處火把高照，門人來回奔走，神色驚惶。趙觀暗叫不好，忙趕到清水閣前，丁香迎了出來，急道：「少爺，你可回來了！大事不好，仇家齊來圍攻，姊妹們正在谷口交戰！」

第三十二章　仙容神卉

趙觀一驚，快步奔入清水閣，見青竹、小菊、蘭兒、紫薑四人正在廳中激烈爭辯。眾女見到他來，都一齊起身行禮，面色凝重。趙觀問起情況，蘭兒道：「領頭的是玄武幫的人物。先師殺了他們幫中多人，這些餘孽膽大妄為，竟然尋找到本谷，聯合了其他幫派共百來人齊來圍攻。他們已攻破了上山的幾道防線，玫瑰師姐正率弟子守住山口，應能抵擋一時，但要退敵卻不容易。」

小菊道：「蛛仙派、青蛇洞、五毒島三派也與玄武幫聯手，這些門派都識得些毒術，能夠抵禦本派許多毒物，賊人中也頗有武功硬手。」

趙觀問道：「還來了些什麼門派？」蘭兒道：「還有黑蛟幫、排海幫等。」

趙觀抬起頭，陷入沉思。眾女只道他年紀小，未經大事，聽到敵多勢眾便害怕了，互相望望，除了青竹外，餘人眼中都露出輕視嘲弄之色。青竹見眾人懷藏不服之心，說道：「門主，要如何對抗外敵，我等便在此共同商議定奪，如何？」

趙觀卻搖頭道：「有什麼好商議的？」眾女聽了，都是一呆。

趙觀站起身，說道：「要打退這些人，還不簡單？妳們聽我號令。蘭師姊，去取五錢蛇膽粉、一兩曠天香、三兩奪命丸、三錢無神天丹，取來後四者混一，拿到山口分三處點燃燒起，往下風送去，並要玫瑰師姊停手，率眾守住東山口。菊師姊，妳率領手下三十人，多帶麻繩，從崎嶇路繞道下山，擋住路口，見到人來就以輕風蠱攻擊，全部綁起，一個也不要放過。紫薑師叔請率門人嚴守清水閣、雲縱梯、碧波池、十七步洞口，若有人攻來，以絕命紅對付。竹姊，請妳替我裝扮成女子，我們出去瞧瞧。」說完眼望眾人。蘭兒、小菊、紫薑聽他號令清楚，凜然有威，不禁肅然，紛紛領命奔出。

趙觀和青竹來到後室，丁香幫他換上女子衣衫，青竹便替他打扮起來，忍不住問道：「阿觀，曠天香、奪命丸、無神天丹的藥性都不強，你眞有把握麼？」

趙觀微笑道：「竹姊請放心，山人自有妙計。」青竹睜著鳳眼望向鏡中的少年，臉上露出疑惑之色，手中已替他梳起一個髻子，又替他塗紅嘴唇，改畫細眉。趙觀容色原本俊美，略一裝扮，活脫便是個俊俏少女。他道：「竹姊，我要改改名字啦，不叫趙觀，叫作……嗯，我單名一個觀字，身爲百花門主，就叫作上官千卉吧。咱們走。」

青竹一呆，隨即拍手笑道：「阿觀，你女音裝得好像！」趙觀微笑道：「竹姊誇獎了。」站起身，帶著青竹、丁香爬上雲縱梯，橫過碧波池，穿出十七步洞，來到山口。

但聽刀劍聲響，趙觀四下一望，見蘭兒已放出自己指示的毒物，蕭玫瑰仍與敵人打鬥未止，便低聲道：「竹姊，請妳說我到了，要大家住手。」

青竹當即朗聲道：「百花門主上官千卉駕到，妖魔小醜，還不快快束手就擒？」

玄武幫和其他各幫派的人聽說百花門主到來，心中一驚，都停手抬頭觀望。火光下但見一個俏麗少女緩步走出，不過十幾歲年紀，臉露微笑。百花門人見了，認出便是趙觀，見他作女子打扮，都面面相覷，不敢作聲。

玄武幫中走出一個黑衣大漢，滿面鬍髯，粗聲道：「上官門主，在下玄武幫幫主杜七護。妳前任門主白水仙殺我幫二十多人。血債血還，我今日也不要什麼，只要妳交出當年殺我幫眾的娘們，我便不再追究。不然，哼哼，杜某今日大開殺戒，可不會手下留情！」

趙觀見這杜七護身高七尺，全身肌肉盤結，手中提著一根熟銅棍，總有三十來斤重。

他話雖說得凶，卻顯得有些外強中乾，顯然對百花門十分忌憚。趙觀微微一笑，走上幾步，行禮道：「杜幫主息怒。小女子初任本門門主，事務多有不熟，處理不當，還要請杜幫主、各位幫派門主見諒。」

杜七護見他年幼嬌美，也不好意思太過粗橫，便道：「好說。」

趙觀道：「小女子年幼識淺，不識諸位前輩。請問各位身屬何門何派，高姓大名？」各路人馬跟著杜七護上山圍攻百花門，早知此行凶險，趁夜攻擊便是想隱藏身分，以免失敗後遭百花門報復。此時聽百花門主相問，不禁遲疑，暗想若避而不答未免太過丟臉，便一一通了姓名。來者共有十五個門派，其中有蛛仙派主霍嬌娘、青蛇洞主赤練客、五毒島主梁抿發、排海幫主宋舟、黑蛟幫主支無屛等，與百花門有仇的只有五派，其他都是來幫手的。

趙觀一一見過了，最後道：「蘭兒師姊，前掌門師叔爲何殺了玄武幫的大哥們，請妳說一說。」蘭兒哼了一聲，說道：「玄武幫的幾個狗崽子見到一位師妹生得好看，對她輕薄無禮，先師便令我出手誅殺了。」

趙觀向杜七護道：「杜幫主，看來是貴幫幫眾先來招惹我們。我們百花門都是孤弱女子，怎禁得起一群凶霸霸的壯漢威逼欺凌？蘭兒師姊出手保護本門門人，所爲合理，貴幫兄弟乃是罪有應得。」

杜七護怒道：「什麼罪有應得，小姑娘胡說八道！嘿，當時出手的便有這蘭什麼的娘們在。妳交出她來，讓我們殺了她在死去的兄弟前祭告，我才罷休。」

趙觀搖頭道：「這怎麼行？小妹才當上百花門主沒有幾天，就讓人欺上頭來，未免太過無能。這樣吧，我給你們一個機會。你們還要命的，就立時下山去，堅持要留在這兒找本門麻煩的，小女子只好得罪了。」

杜七護哈哈大笑，說道：「妳能得罪，便得罪看看！」

趙觀走上三步，雙袖揮出，蛛仙派主霍嬌娘忽然慘叫一聲，向後倒去，屬下門人也紛紛尖叫倒地，口吐白沫。趙觀又一揮袖，青蛇洞主赤練客和手下陡然縱聲狂呼，聲音淒厲，倒地翻滾不止。趙觀轉頭望向五毒島主梁抿發，微笑道：「梁島主，得罪了。」

梁抿發早嚇得臉色青白，又不願當眾示弱，只有挺立凝神以待。但見百花門主向自己揮出衣袖，梁抿發只覺腦中一昏，有如醉酒，胃中翻騰，難以自制，不由得臉如土色，側眼見身後弟子都七歪八倒，紛紛俯地嘔吐，心中又驚又駭：「我五毒島辟毒靈藥，怎能敵不過這小姑娘的毒術？」還未動完念，胃中一陣抽搐，便彎腰大嘔起來，旁邊十多名弟子嘔聲不絕，臭氣沖天。

杜七護、宋舟、支無屏等其他首腦見此情狀，都驚得呆了，但見百花門主轉頭望著自己，不由得臉色雪白。宋舟膽子小，雙腿發抖，立時跪下道：「仙姑饒命！」另外三個幫派的幫主派主也各各求饒。

趙觀微微一笑，說道：「各位欺上我幽微谷來，未免太過放肆。我百花門並非蠻不講理，現下為了自保，只好多多得罪了。」衣袖揮處，投降的四派紛紛昏倒在地。餘下門派中三個首領見狀，大呼一聲，率眾轉身向山下逃去，山口前便只剩杜七護等五個和百花門有仇的門派。

杜七護見情勢不妙，他勇霸過人，哪裡肯屈服於一個十來歲的少女，喝道：「偷偷摸摸下毒，是下三濫的行徑！有種的便出來跟你爺爺打個三百回合！」

趙觀點頭道：「好！我要你輸得心服口服。取刀來！」丁香走上幾步，捧過趙觀的佩刀，趙觀接了，持刀凝立。

杜七護出口向她叫陣，本來只是死裡求生、硬著頭皮的無賴之舉，沒想到這小姑娘竟然答應了，心下大喜，說道：「咱們刀頭上分勝負，妳可不許用毒。」趙觀道：「我百花門仙術武功蓋世，單憑武功，便可贏你，何須用毒？」

杜七護更是放心，當下跨上一大步，喝道：「接招！」銅棍橫掃過去，勢道極猛。趙觀迎上前去，單刀奇快，直指杜七護眉心。杜七護大驚，後退避開，趙觀身形有如鬼魅，又直跟上來，單刀不斷指向他的臉面。杜七護喝聲連連，銅棍揮舞，趙觀施展輕功，總在差著分毫處避開銅棍。他爲了震懾住杜七護，並不傷他，只將刀子在他臉旁劃來劃去。

過不多時，但見鬍鬚飛舞，杜七護的一臉鬍鬚竟全數被他割下。旁觀眾人不禁驚噫，百花門人雖見過趙觀使刀，卻也不知他的刀法已精妙到這等地步。其他幫派不乏武功高強、狠猛凶殘之人，見到趙觀的毒術快刀，都不禁暗暗咋舌，想不出一個十多歲的少女怎能高明若斯。

杜七護瞥見眾人對自己指指點點，伸手一摸下巴，只覺光禿禿地，不禁驚出一身冷汗，心知對方手下留情，才沒將自己的腦袋斬成十七八塊，只能頹然罷手，心想：「這小姑娘身手靈活，刀勢奇快，膂力強勁，哪裡像個嬌滴滴的姑娘？看不出，當眞看不出！」

當下搖頭道：「上官門主，在下甘拜下風。杜某今日上山報仇不成，妳要殺要剮，悉聽尊便。」

趙觀見他服輸，後退幾步，正要說話，忽見支無屏率著黑蛟幫眾猛然向山口衝來。蕭玫瑰大罵一聲：「狗賊！」率手下迎上抵擋。紫薑守在洞口，此時也率手下出山洞迎擊，使出絕命紅，黑蛟幫十餘人紛紛慘叫倒地，全身發紅，已然斃命。

杜七護見此情況，哪裡敢再妄動，說道：「我今日冒犯百花門，原不打算活著回去。妳給我個爽快的吧！」

趙觀卻搖頭道：「我百花門不濫殺無辜。這幾位黑蛟幫的大哥想攻入本門聖地，我等爲了自衛，只好出手懲殺。至於其餘各位雖冒犯我門，本座念你們報仇心切，便不追究。本座只有兩個小小請求，各位若願首肯賜諾，自當恭送各位下山。」

餘下眾人早以爲必死無疑，聽得有一線生機，忙豎耳傾聽。杜七護道：「上官門主請說。」

趙觀道：「第一，本門與五派之間的仇隙，此後一筆勾銷，再也不要提起。」杜七護心想：「我等反正打不過妳，報不了仇，還能提什麼？」便道：「行。」其他三派也點頭承諾。

趙觀又道：「第二，我們都爲柔弱女子，行走江湖，總畏懼強人欺侮。本座想請諸位大哥對本門弟子多加保護，處處禮敬照拂，則本座感激不盡。」

杜七護心想：「妳門人不來殺我，我已謝天謝地了，怎敢不禮敬？」便道：「悉聽門主吩咐。」

趙觀微微一笑，說道：「大丈夫一言既出，駟馬難追。本座想請各位跪地發誓，若違此二約，便是豬狗不如之輩。各位立誓完畢，本座便恭送下山，並承諾既往不咎，雙方互爲友好。我門以保衛孤弱女子爲宗旨，只要貴幫派中人不欺到我等頭上，不仗強欺凌女子，本門便不會出手懲殺貴幫派弟子。」

眾人一聽，心想不但可以死裡逃生，還可和百花門結爲友好，何樂而不爲？便紛紛起誓。之前逃下山的三派全被小菊等抓住，也都立了誓，才放人走路。蘭兒等救醒了三個被毒倒的門派，這些人見識到百花門毒術的厲害，都心驚膽戰，怎敢再與百花門爲敵？聽說可以生還下山，都欣然立誓。這百多人來勢洶洶，去時卻都摸著後腦，懷疑自己怎能在慘敗後還留著一條命，有如作了一場大夢。眾人對百花門的畏懼恭敬無以復加，新任百花門主上官千卉的名頭登時在黑道武林中傳開了，江湖中人並贈了她一個稱號：「仙容神卉」。

當夜趙觀緊急召集門人，神色凝重，說道：「我們藏身處已露，須得立時躲避。大家聽我號令，取齊清水閣中重要事物、足夠糧食，立即去百花谷避難。」

眾人聽說百花谷，都是一呆，紛紛相詢。趙觀簡略說了自己經千尺練下水池尋得百花谷入口之情。他心知幽微谷既被這十五個幫派找到，屠殺情風館的厲害對頭轉眼便會找上門來，這些人可不如十五幫的人那麼好對付，因此急令門人趕緊躲避。

趙觀帶領眾女分批來到千尺練下的水池，游過水道，鑽入石孔，進入百花谷，不識水性的門人都在師姊妹的協助下泅過水池。直至清晨，三百多名弟子才全數離開了幽微谷。趙觀和青竹、蕭玫瑰最後離去，縱火將清水閣燒了，又仔細清除眾人去往水池的足跡。趙觀命二女留在幽微谷崖壁山洞中窺視動靜，囑咐她們小心隱藏，勿和敵人交手，次日晚間再來百花谷會合。

卻說百花門人來到百花谷中，見到谷中彷若仙境的景色，知道這是本門湮沒已久的聖地，也是師祖晚年隱居之處，盡皆讚歎欷歔不已。趙觀見門人忙了一夜，便讓大家在百花婆婆停棺的石屋中休息。許多弟子見到師祖的石棺，都恭敬禮拜，痛哭失聲。趙觀又派蘭兒率手下去尋找百花谷的其他出路，加以防守。

次日晚間，青竹和蕭玫瑰才從水池出來，臉色雪白，趙觀忙問端的。青竹道：「我們才在山洞中躲好，便見十多人闖入谷中，輕功出神入化，全是高手。這些人頭上都戴了罩子遮住眞面目，手持刀劍，在谷中仔細搜索探查，直到午後才離去。」蕭玫瑰道：「狗崽子武功確實不弱，卻看不出是什麼門派的。我注意到其中有三人使彎刀，至少留下了一點線索。」

趙觀知道來人多半便是向情風館和北山山寨下手的對頭，不由得咬牙切齒，握緊了拳頭，只想追上去將他們趕盡殺絕。但他知道這些人武功極高，門人雖多，卻遠不是他們的對手，幸而及早避開，躲過了一劫。他聚集門人，讓玫瑰、青竹描述敵人的體形武器，个大家以後多加留意，以探出對頭的眞面目，伺機報仇。

趙觀向眾人道：「幸得百花婆婆在天之靈護佑，讓本座及時發現了通往百花谷的路徑。我昨夜打退十五幫，便是靠了百花婆婆的『合毒分攻法』。這法門記載於百花婆婆所傳的《古山仙術》之中，我不過是略加變化，改成專門對付蛛仙派、青蛇洞、五毒島三派的合毒。」

他又道：「所謂力分則弱，力合則強，經昨夜一役，大家定已體認。本座盼從今以後，本門弟子互相愛護尊重，勿再爲小怨小恨起爭執。百花婆婆遺訓指示門人毋互相爭鬥，百花門人皆應恭謹遵從。」

當下出示百花婆婆遺書，申述「毋濫用毒、毋殺無辜、毋自相鬥」和「以救助天下孤苦無依女子婦人爲心，行俠義天理之舉」的遺訓，令紫薑依此三戒監督門人，違者嚴懲。眾人見是百花婆婆的遺令，都凜然遵從。

趙觀又道：「至於百花婆婆的三寶，這本《古山仙術》記載了百花婆婆畢生毒術精華，此後便交由傳功長老掌管，請蘭兒師姊詳加研究闡發，轉傳給各長老。這本《百花神功》記載百花婆婆的武功祕訣，交由護法長老掌管，請玫瑰師姊練成後，依小菊師姊的品評，擇傳資質品性良好的弟子，以保護本門。這《千容百變訣》記載婆婆的易容妙術，便交由善財長老掌管，請青竹師姊擇傳門人。」

眾女聽了都是大喜。各人只道趙觀尋到這些祕典，必將藏私自重，沒想到他將三書交由各長老掌管，自己也能得傳，都興奮之極，對他的無私甚爲感佩。

紫薑問起他假扮女子之事。趙觀道：「對頭手段毒辣之極，本座不願以眞面目示人，因此故意在十五幫面前以女身出現。我此後化名爲上官千卉，門人在外提到本座時須稱此名，不要再提趙觀二字。」紫薑等聽他思慮深遠，都點頭受令。

玄武幫一役後，紫薑、玫瑰、小菊、蘭兒等才開始衷心佩服趙觀，對他再無反心。趙觀見眾人同心，便與五位長老商討未來大計。此時北山山寨和情風館被破，幽微谷所在爲人所知，百花谷不能久待，門人必得覓地遷移。

趙觀和長老們商議，認爲門人都爲無家女子，能藏身處只有青樓、尼庵、道觀或是深山荒谷等處，才不讓人起疑。爲使門人行蹤更爲隱蔽，趙觀主張大量擴充本門據點，讓門人分散各地，互通聲氣。百合堂原本以盜維生，多年來累積下了一大筆金銀錢財，此時自是全數供百花門使用。眾人決議讓青竹去各大城市擇買不惹眼的青樓妓院，接年輕門人去院中藏身；又派紫薑去各處尼庵道觀開路，接引年長門人去寺院中作佛婆、道奉等。

眾女分頭辦事，各處據點紛紛建立之後，青竹又在杭州買下一座莊子，名爲江家莊，作爲百花門的大本營，供門中首腦聚會居住。

趙觀平日遊走四方，與各長老協力在各地開拓新據點，冬日則多留居杭州江家莊。他一有空閒，便與紫薑和蕭玫瑰等參研百花婆婆的《百花神功》，練成了四時掌法、異蕊擒拿手等功夫及蠍尾鞭和蜈蚣索兩種奇門兵器。百花門武功原爲女子而創，招式陰柔奇險，兵器也是柔軟及遠的鞭索一類。趙觀膂力較女子強，練成各種武功後，往往在柔巧中加入剛猛之勁，又多了幾分險狠。蘭兒在鑽研毒術有心得時，也常與趙觀討論切磋。百花一門在趙觀手中，各派系間的爭鬥逐漸化爲無形，竟恢復了百花婆婆在世時的和諧興盛。

數年之間，百花門在幾個首腦的整頓策劃下，深入各地，行蹤隱祕，勢力財力漸增，以解救孤苦女子、扶助無依婦人爲天職。趙觀從母親身上學得正義豪俠之氣，於保護孤弱女子不遺餘力，門人弟子對他愛戴無已，都稱他爲「護花使者」。

此時趙觀剛滿十八歲，保持祕密身分，化名江賀，定居於杭州江家莊。他偶爾在杭州青樓中露臉，在當地也漸漸有了些名氣。杭州城裡都道這江公子是個流連脂粉堆中的富家子弟，卻不知他便是隱祕深藏、充滿傳奇，令黑道邪幫聞而變色的百花門主。

第三部 青幫新秀

第三十三章 杭州少爺

卻說趙觀成年後，身形高䠷，容貌俊美，風流倜儻，年輕的百花門人對他傾心愛慕者不在少數。青竹等長老商議之下，爲防爭寵吃醋、偏愛回護等弊端，認爲門主不應與屬下弟子有任何曖昧關係，便與趙觀訂下規條，並在這上頭對他管得極嚴。趙觀倒也從善如流，不去招惹門中姑娘。唯一的例外是丁香；丁香曾爲姬火鶴的婢女，對趙觀一片忠心，趙觀當上門主後，丁香便作了他的隨身丫鬟，服侍他起居，晝夜不離。趙觀正當少年，血氣未定，不免和這忠心的俏丫鬟結下了情緣。青竹等對此也睁一隻眼，閉一隻眼，只要他不鬧得過分，便任由他去。

這年秋初，趙觀帶著丁香去北京城視察青竹新買下的怡甜院，見青竹將那院子打理得妥貼完善，甚是放心。他才回到杭州江家莊，家丁崇福便來報道：「昨日劉家四少爺遣人送了帖來，說中秋夜在他家園子聚會賞月，廣請杭州城內名門子弟，請大少爺一定要賞光。」

趙觀笑道：「我也算得上是杭州城裡的名門子弟了？這熱鬧可不能不湊！丁香，妳跟我一塊兒去吧？」丁香抿嘴笑道：「少爺在城內的名聲原本便不怎麼佳了，若再帶個丫鬟去赴宴，也未免太不像樣了吧？」

趙觀歎道：「妳不肯陪我，那就算啦。崇福，你幫我打聽打聽，還有些什麼人會去赴宴？」

崇福甚是乖覺，說道：「我早替少爺打聽過啦。劉四少好客，這回城裡的富宦子弟、武林世家、幫會人物全都請到，總有五六百人，場面擺得很大。何家大少爺、司徒公子、傅員外的三個公子、炎暑山莊盛家兄弟、汪家大少爺都說會到。」趙觀點頭道：「都是老相識。好，你替我回話給劉四公子，說我一定到。」

他在杭州的兩三年間，在風月場所結識了不少官宦富商子弟。當時有錢有勢人家的子弟無不喜好上青樓宴飲買醉，因此十個子弟中趙觀倒認識八九個。劉四少便是趙觀在百花門下的青樓「七里香苑」結識的。劉四少的祖父中過進士，當過大官，因此劉家稱得上是書香世家；他父親轉而從商，買賣絲綢布疋，又成爲杭州數一數二的富商。劉四少自己讀書不成，學商也不行，偏偏喜好俠義，少年時便拜在炎暑山莊二爺盛赴的門下學武。但他資質平平，學武也沒什麼成就，只喜愛仿效俠客到處打抱不平，常常惹上麻煩。橫豎他家裡有財有勢，天大的麻煩也總能替他擋著。一次趙觀撞見劉四少在七里香苑喝酒賞伎，上前和他攀談，稱讚他豪俠義勇、武功高強，劉四少極爲高興，將他引爲知己，之後兩人便常結伴上青樓宴飲。

卻說中秋傍晚，趙觀坐轎來到劉府。但見府門燈火輝煌，來客如流。一個家丁識得趙觀，忙將他引進府內。只見幾百頃的園子中搭起無數帳幕，幕中桌上放滿各樣酒水瓜果、山珍海味，任賓客取用，極盡奢華。東首一班戲子正演出《牡丹亭還魂記》，臺前觀眾或站或坐，總有五六十人，看到精采處，鼓掌喝采聲如雷響起，煞是熱鬧。

穿過幾層月洞門，來到後進，氣氛便又不同。此處絲竹流轉，幽雅悅耳，樹間掛著罩紗燈籠，極為雅致風流。那家丁引趙觀來到一間涼亭，卻見劉四少和何家大少爺、司徒公子、傅家幾個少爺等都在亭中，十多個杭州名妓圍坐侍酒，一個以歌喉出名的妓女正鶯鶯瀝瀝地唱著一支小曲。

一曲才畢，眾少爺都讚不絕口。趙觀也識得那歌妓，拍手笑道：「好、好！妙娘的《傍妝臺》小曲兒，等閒不能聽得。劉四哥，你好大的面子，將號稱杭州第一歌喉的妙娘也請到了。」

劉四少見到他，起身招呼，笑道：「江賢弟，你來得正好。我們正想行酒令，請你來當酒令官吧！」趙觀笑道：「你可得拿上好的酒出來，我才肯作酒令官。」他和座中各人都相識，互相招呼了，在桌旁坐下。

劉四少笑道：「有江大少在，我怎敢不奉上珍藏的佳釀？」吩咐僕人去取酒來，又起身去亭外摘下一枝桂花，交到趙觀手中，說道：「我們行傳花擊鼓令，妙娘，請妳負責擊鼓。」妙娘嬌聲答應了。

趙觀接過花枝，從僕人手中接過酒壺，滿滿倒了一杯，仰頭喝乾了，笑道：「好！恰恰十八年的紹興泥封女兒紅，千金難買，劉大少果然慷慨。咱們這就開始吧。」當下板起臉，說道：「酒令官有言，在座盡聽令。本酒令官有三道律令：第一，傳花擊鼓，鼓響三通，仍不成句，罰三滿杯。第二，句不通順，須罰杯數，依令官裁斷。第三，令出不可違，爭議違抗者，一律罰十杯。」眾人都稱好。

趙觀道：「好！第一道令來了。」抬頭望天，說道：「這是個四聲令，每人對一句，每字須按聲韻。這四個字是『皓月當空』。」當下將花傳給劉四少。花鼓聲中，劉四少想了一陣，才道：「笑靨清波。」趙觀笑道：「好！劉四少不愧是風流才子。」

劉四少哈哈一笑，將花傳給何大少。何大少搔頭笑道：「我想到一個：大袖清風。」趙觀拍桌道：「何大少家財萬貫，怎說得出這一句？該罰三杯！」眾人轟笑聲中，何大少被罰了三杯。

花枝傳到司徒公子手上，他吟道：「桂馥飄香。」趙觀笑道：「司徒公子詩書滿腹，果然出言文雅。」

司徒公子將花傳給傅家三少爺，他一時想不出來，擊鼓三通後，被趙觀罰了三杯。傅五少爺道：「興致高超。」趙觀道：「好！切景合宜。」傳六少爺道：「氣撼江山。」趙觀讚道：「好氣魄！」一個名妓笑道：「這是我本行：唱戲聽歌。」眾人都笑了。另一個妓女道：「這也是我本行：睡覺撒嬌。」眾人大笑。

輪到酒令官自己，趙觀笑道：「我說出這個，你們定要罰我。我先自罰三杯。我想到的是：樂極生悲。」眾人都大叫：「你破壞氣氛，該罰十杯。」

趙觀大笑，連乾十杯，又道：「好，下個令來了，聽好了：四個字，須用比喻，形容女人身上你最欣賞的某處，語句不可下流。你說的這處地方，須是身旁姑娘願意當眾讓你親一下的才算。我先說：櫻桃小口。」說完便摟著身旁妓女，在她唇上一吻。眾人都大笑起來，說他討便宜，將最好的先說了。幾個公子少爺傳花擊鼓，有的說「淡掃蛾眉」，有的說「剪水星眸」，有的說「弱柳纖腰」，有的說「柔荑十指」，傅三少爺說「三寸金蓮」，竟眞的去親旁邊妓女的腳，被趙觀斥爲下流，罰了五杯酒，眾人笑鬧成一團。

趙觀讀書雖不多，但聰明機巧，行起酒令特有趣味。眾人輪流被罰喝酒，都笑得前俯後仰。行了一陣酒令，眾人又要妙娘唱歌。劉四少見大家聽得高興，便向趙觀招招手，走出亭去，說道：「江賢弟，咱們去外邊瞧瞧。」

劉四少和趙觀並肩走到前院，說道：「今日來的客人，有不少是豪俠之流，你不是說一向傾慕武林人物麼？我今日便給你介紹幾位。」

劉四少既拜在武林世家盛家門下，又喜好結交江湖俠客，當夜來赴宴的武林人士總有百來人。劉四少上前與一眾武師招呼了，介紹了幾個給趙觀認識，都是當地的拳師一類。趙觀甚覺無聊，便找了個藉口開溜，跑回後院，跟熟識的子弟們去內廳飲酒調妓去了。

趙觀正與眾子弟玩鬧得不亦樂乎時，忽聽一個女子的聲音道：「我也要跟哥哥們去喝酒，有什麼不可以？」

另一人道：「當然不可以。妳瞧瞧這廳上，哪有半個好人家的女兒？」另一個女子道：「我和小妹出去，不就有了好人家的女兒了麼？小妹，走。」

趙觀聽這聲音好熟，轉頭去看，卻見屏風後走出兩個少女，竟是梅雪花、梅雪萍姊妹，梅天、梅地四兄弟跟在她們身後。幾年不見，梅氏姊妹出落得更加嬌美動人，兄弟們更加英俊挺拔，彼此間不斷爭辯吵嘴的習慣卻半點沒改。趙觀正遲疑該否上前相認，小弟梅師眼尖，已瞧見他，向他走來，拱手說道：「這位仁兄好面熟，在下梅師，不知仁兄如何稱呼？」

趙觀只好迎上去，拱手道：「原來是梅四少爺。小弟姓江名賀，字照觀。令外祖父八十大壽時，小弟曾造訪炎暑山莊，不知四少爺還記得否？」

梅師登時記了起來，笑道：「是了，我怎麼不記得？你那時跟著凌家大哥一道。」當下問起他的近況。趙觀隨口編了個故事，說自己去南方辦完事情後，便搬來杭州定居，繼承先父的絲綢生意，侍奉老母云云。梅師遇見故人，甚是高興，將兄姊都叫了過來，讓大家跟趙觀相見。梅家眾人十分熱絡，七嘴八舌地向他探問凌比翼的情況。

趙觀甚久沒有聽到凌家各人的消息，反要向梅家兄妹請問。梅雪萍道：「凌大哥和凌二哥這幾年多在北方行走江湖，沒到咱們南方來。我倒聽說過他們的小弟去年在棗莊大鬧婚宴的事情。」說著格格笑了起來。

趙觀笑道：「是凌昊天這小子麼？他又幹了什麼好事了？」梅雪花道：「原來你也識得他。事情是這樣的。卻說那棗莊的雙槍堡堡主簡行益好色非常……」

老三梅君插口道：「大姊，這故事妳們姑娘家說來不雅，讓我來說吧。是這樣的。這姓簡的祖父是個戰功輝煌的武將，以家傳簡家雙槍聞名。他父親死後，簡行益襲了祖父的官位，在地方上算是一霸。這人別的壞事不敢幹，專喜歡娶妾。他家裡共有十八個大小老婆，去年一年內便娶了三個小妾。去年底他看中了鄰村賣酒老漢的女兒，便給了她父母二十兩銀子，要他們隔日便將閨女送過來。賣酒老漢萬分不願，但害怕簡家財多勢大，不得不送，又急又傷心，坐在門口唉聲歎氣。這凌家老三正好去棗莊買酒，聽聞這事，就要賣酒老漢不要擔心，一切有他。」

梅師接口道：「你猜這淩老三怎樣對付姓簡的？嘿，他可古怪了。他要老漢去向姓簡的說，一定要用花轎來接他閨女，還要大宴親朋好友。姓簡的答應了，隔天便眞派了花轎來。淩昊天要賣酒的姑娘躲起來，自己穿戴禮服霞披，裝成新娘，跨上花轎。你說這人是不是異想天開？他扮成新娘後，倒很沉得住氣，坐花轎、入門、拜天地都辦完了還不出聲，一直等到酒宴上，酒過三巡，才突然站起來，粗聲說：『老子等不及了，姓簡的，我是你第十九個老婆，還不快來跟我親熱！』說著掀開霞披，衝過去一把抱住那姓簡的。」

趙觀聽了不禁大笑，連問：「後來怎樣？」

梅天笑道：「之後更加不像樣。那姓簡的嚇得吐出滿口飯菜，指著他說不出話來，只道：『你……你……』淩昊天伸手握住了姓簡的手，說道：『老爺，你不是看中了我，一定要娶我爲妾麼？現在幹麼怕成這樣？你別害臊，這些客人都是熟人，咱們今兒晚上還要更加火熱哩。』」

梅地笑著續道：「那雙槍堡的客人見新娘子竟然是個漢子，都看得目瞪口呆，有的轟然失笑，有的竊竊私議。簡行益的幾個弟子見事情不對，衝上前大叫：『什麼人故意來此搗亂？快快滾出去！』淩昊天已制住了簡行益手腕的穴道，笑道：『我是簡堡主的第十九號小妾，也是這堡的第十九號女主人，你憑什麼要我滾出去？』

「簡行益動彈不得，知道落入高人手中，忙要弟子退開。淩昊天倒了滿滿一杯酒，說道：『簡老爺，喝杯喜酒！』簡行益喝了，淩昊天又倒一杯讓他喝，簡行益只得一杯接一杯地喝，臉色漸漸轉紅。簡行益喝一杯，凌昊天自己也喝一杯，他酒量驚人，喝了二十多杯，仍舊若無其事。」

梅師接下去道：「起初大家覺得好笑，後來看姓簡的臉色愈來愈紅，眼看就要被這第十九號小妾灌死，忙上來想法阻止。但見姓簡的落在新娘手中，都不敢動強，只能在旁說好說歹，求他放過了堡主老爺。凌昊天不理他們，又灌了那姓簡的七八杯酒，姓簡的實在喝不下了，連連搖頭，捂著嘴要嘔。凌昊天道：『你既不肯跟我喝喜酒，便表示你不肯娶我，不給我這個面子，那也罷了。你又老又醜又好色，我原也不想嫁你。現在正好一拍兩散，誰也不欠誰的。』姓簡的只能連連點頭。凌昊天又道：『十八個老婆還不夠，你當自己是皇帝老子麼？你給我聽好了，你今後若敢再強逼人家賣閨女給你，我這十九號老婆決不會放過你！來，在咱們喜宴上，你對著親朋好友、門人徒弟發誓，此後再不娶妾。若違此誓，叫你命根子齊根爛去，老婆全部跑掉。快說！』」

梅君接口道：「那姓簡的被他嚇得半死，滿肚子烈酒，只想大吐特吐，只好乖乖發誓。發完誓，凌昊天撕下喜服，說道：『我姓凌名昊天，虎嘯山莊排行老三的便是。今兒大家聽到簡堡主發誓，都是見證，以後他若敢再娶妾，我凌老三一定回來喝他喜酒，順便再灌他個七八十杯。』說完便大步出了雙槍堡。大家哪敢攔他，去看簡堡主時，早已口吐白沫，昏了過去。」

趙觀捧腹大笑不止。梅雪萍抿嘴笑道：「故事沒完，後面還有更可笑的呢。簡家的十八個大小老婆聽說了這事，都笑得闔不攏嘴，稱讚凌老三作得好，紛紛派人送謝禮給他。

棗莊其他官家財主的夫人小妾姨太太們，也都偷偷派丫鬟婆子去找凌昊天，想請他去給她們家的老爺也來鬧這麼一場，讓他們再不敢娶妾。一時之間，虎嘯山莊門前擠滿了富貴人家的管家、家丁、丫鬟、老媽子，各各提了珍貴禮品，指名要找凌昊天。凌昊天沒法應付，只好溜之大吉，躲了起來。最後還是他爹媽出面，好言將這些人勸走了。」

趙觀想像凌霄和燕龍出面勸走這些丫鬟老媽子的情景，不由得忍俊不住，心想：「這小三兒在家裡已經夠古怪了，下得山來一般的胡作非為。卻不知凌大哥和凌二哥怎樣了？凌大哥和非凡姊成婚了麼？雲幫主他們又怎樣了？」

他雖知凌家會為自己保守百花門主身分的祕密，仍舊不願和梅家兄妹多談江湖事情，說笑一陣，便找藉口走了開去。

第三十四章　南國初春

趙觀來到廳口，又撞見了劉四少，劉四少笑道：「江賢弟，我正找你呢！」攬著他的肩走入大廳，東張西望，忽然向人叢中一指，說道：「這位女中豪傑可不得了，我定要替你引見引見！」

趙觀順著他的指處望去，但見牆邊一尊白瓷觀音前立了一個青衣少女，十七八歲年紀，肌膚白嫩如瓷，雙頰天然透紅，一雙大眼睛漆黑明亮，雙眉濃而端正，小口嫣紅，嘴旁露出兩個淺淺的酒窩，容貌娟秀中透出一股英爽豪氣。趙觀心中暗讚：「好個明麗爽朗的姑娘！」

正巧那少女轉頭向他這邊望來，二人眼光相接，那少女並不靦腆，向他直視，微微一笑。趙觀也報以一笑，心中一動，問道：「劉四，這位是誰？」

劉四少哈哈笑道：「我就知道你會想見見李大小姐。來，我替你介紹。」二人繞過大廳，來到那少女身前，劉四少行禮道：「李大小姐。今晚可玩得開心麼？」

李大小姐一笑，回禮道：「今兒的夜宴可熱鬧啦。爹爹身子不大合適，沒能來成，讓我多謝四少的邀請。」劉四少客套了兩句，便替趙觀引見，說道：「李大小姐，這位是我好友江大少，單名一個賀字。江賢弟，這位李大小姐可不得了，乃是青幫壇主李四爺的獨生女兒，號稱『南國初春』，一手飛刀絕技享譽江湖。你們見見。」

趙觀心想：「原來是江湖中人。李家飛刀的名聲，倒是略有所聞。」作揖道：「李大小姐，小生有禮了。」李大小姐凝視著他，嘴角笑容略斂，回了一禮，一雙明亮的眼睛始終沒有離開他的臉。

不一會劉四少走了開去，趙觀便與李大小姐閒閒攀談起來，得知她是號稱「江南一條龍」李四標的女兒，名叫畫眉。趙觀在杭州數年，自曾聽過李四標的名頭，知道他是青幫中地位甚高的壇主，幫主趙自詳的親信。獨生女兒李畫眉豪邁爽朗、聰明能幹，很年輕就成爲父親的助手，在青幫中也領有職位。

趙觀正與李畫眉說話，忽聽大廳上一陣哄然，僕從們請眾客往旁讓開，空出一片地來，好讓武師們演練功夫。眾人叫好聲中，一對師兄弟當先上場，施展羅漢拳，鬥了起來。兩人出拳虎虎生風，喝聲如雷，你來我往，顯是一套練熟了的套招。旁觀眾人見他們打得漂亮，都喝起采來。李畫眉微笑而觀，趙觀從旁望著她長長的睫毛，說道：「聽說李大小姐身手不凡。小生沒用得緊，手無縛雞之力，看這些大哥們揮拳踢腳，似乎很厲害，但慚愧得很，我可不大看得懂。」

李畫眉一笑，說道：「這些人都是花拳繡腿而已，沒什麼可看的。江公子，你不懂武功麼？劉家有位姓馬的護院師傅，功夫很是不錯，待會劉四少若讓他出來獻幾手，才有些看頭。你和劉四少相熟，或許可以請這馬師傅教你幾招。」

趙觀搖頭道：「我天生體弱，資質太差，什麼功夫都學不會的。我這便去催催劉四，要他請馬師傅露個兩手。」他在杭州城中小心隱藏身分，雖不願讓這美貌姑娘看輕自己，也只好裝作不會武功。卻聽李畫眉道：「不用啦。你瞧，馬師傅便在那兒，我猜他就要上場了。」

趙觀抬頭望去，但見一個鐵塔般的禿頭大漢站在場角，全身筋肉盤結，顯是外家高手，正是劉家的護院武師馬師傅。他手中持著一疊寸許厚的石板，待那兩個練羅漢拳的師兄弟退下來，便走入場中，將石板放在地上，向四方團團抱拳，登時喝采聲大動。待觀眾靜下後，馬師傅吸口氣，拾起一塊石板扔起，一拳打去，但聽砰的一聲巨響，那石板四散飛裂，已碎成十多塊。眾人拍手喝采聲中，馬師傅又扔起一塊石板，抬腿踢去，將石板踢裂。接下來他又表演了手肘斷石、指爪碎磚、鐵頭破石等。趙觀心想：「外功能練成這樣，也算不錯了。但眞要和高手對敵，他筋肉雖硬，卻抵不過內家高手的掌力。」

他轉頭望向李畫眉，卻見她身邊忽然多出一個高大的漢子，膚色黝黑，眼若銅鈴，低頭向李畫眉道：「師妹，妳怎麼一個人在這裡？」

李畫眉道：「我和江公子一塊兒。」便替他們介紹了。那漢子卻是她父親的徒弟，名叫張磊，他向趙觀粗聲粗氣地招呼了一聲，便低頭和師妹討論起馬師傅的武功。過不多時，張磊抬起頭，見趙觀還站在旁邊，冷冷地瞪了他一眼，神色中充滿厭惡，擺明是說：「小子，你最好離我師妹遠些！」

趙觀見他師兄妹談話親近，冷落了自己，甚覺無趣，便走了開去。忽聽內廳隱約傳來一陣琵琶聲，輕靈悠揚，極爲動聽。趙觀在情風館時常見姊妹們習練琵琶，知道這是一首極難彈奏的曲子〈夕陽簫鼓〉，當年即使在情風館劉七娘的悉心調教之下，也只有青竹、落英兩人能夠演奏這首曲子。他被那琵琶聲吸引，信步來到內廳門口，探頭見廳中多是女眷，不便進去，便倚在門口觀望。但見眾女眷圍繞中，一個妙齡歌妓坐在蓆上，一身淡紅羅衫，低眉斂首，懷抱琵琶，朱唇微啓，一邊撥弦，一邊唱起初唐詩人張若虛的〈春江花月夜〉：

「春江潮水連海平，海上明月共潮生。灩灩隨波千萬里，何處春江無月明。江流宛轉繞芳甸，月照花林皆似霰。空裡流霜不覺飛，汀上白沙看不見。江天一色無纖塵，皎皎空中孤月輪。江畔何人初見月，江月何年初照人？人生代代無窮已，江月年年只相似。不知江月待何人，但見長江送流水。白雲一片去悠悠，青楓浦上不勝愁。誰家今夜扁舟子，何處相思明月樓。可憐樓上月徘徊，應照離人妝鏡臺。玉戶簾中卷不去，搗衣砧上拂還來。此時相望不相聞，願逐月華流照君。鴻雁長飛光不度，魚龍潛躍水成文。昨夜閑潭夢落花，可憐春半不還家。江水流春去欲盡，江潭落月復西斜。斜月沉沉藏海霧，碣石瀟湘無限路。不知乘月幾人歸，落月搖情滿江樹。」

歌聲曼妙細膩，將這首古詩唱得輕靈宛轉，情深辭切，在座無不動容。趙觀更是驚訝，這琵琶曲原本甚難演奏，這歌妓竟能一邊彈奏一邊唱曲，且唱得如此高明，當眞極不簡單。他耳中聽著曲音，不禁想起童年時在情風館中的種種往事，眼眶微濕。他凝目望去，想看清楚這歌妓的容貌，卻被幾個站起身鼓掌的聽客給擋住了。遠遠只見那歌妓起身行禮，轉入屏風後面去了。趙觀微覺失望，側頭見司徒公子也站在門邊聆聽，便問道：「剛才彈琵琶唱曲的那位，是哪家的姑娘？」

司徒公子顯然也是被曲音吸引過來的，說道：「聽說她是蘇州人，劉四少請來府裡小住，專給劉家老太太唱曲子的。想是今兒開宴，也請她出來給家中女眷獻技。」趙觀點了點頭，心想：「原來她是我老家蘇州人。卻不知是哪家院子的？」

那邊大廳之上，馬師傅剛剛表演完畢，觀眾喝采聲如雷。李畫眉回頭去找趙觀時，見他已不在身邊，脫口問道：「咦，江公子呢？」

張磊對這個師妹鍾情已久，聽她口氣若有所失，心中大感酸味，便道：「江公子走開去了。你瞧，他正在內廳那兒聽一個妓女唱歌呢。」

李畫眉轉過頭去，果然見到江公子倚在內廳門口，全神貫注地聆聽歌曲，臉上神色如癡如醉。她走上幾步，探頭望去，一眼便見到廳中那歌妓姿色不凡，江公子顯然不僅為歌聲所吸引，更為這歌妓的姿色所傾倒。她心中沒來由地感到一陣不快，不自覺頓了頓腳，走了回來。張磊望見她的神色，心中極不是滋味，卻不知該說什麼，便道：「師妹，這位馬師傅的功夫不壞，但比妳師兄還差上一截。我這便去露幾手師父傳我的武功，妳說可好？」李畫眉皺眉道：「這種場合，有什麼好炫耀的？」回身走開。張磊隨後追上，叫道：「師妹，妳去哪裡？」

李畫眉甚覺不耐煩，回頭道：「這兒熱，我出去透透氣，一會就回來。」逕自走入後廳。

此時眾賓客不是在大廳看演練武藝，便是在前院戲臺前看戲，後廳空無一人。李畫眉獨自在後廳走了幾圈，只覺心跳甚快，雙頰發熱，好一陣子才明白自己為何會這般心神不寧：自她第一眼看見那江公子後，心頭便感到一陣異樣，這時與他分開，心下竟隱隱盼望能多看他幾眼，多和他說一會兒話。方才她見到他癡望那歌妓彈琵琶唱曲，心中便不自禁感到一陣失落。

李畫眉想到此處，不由得歎了口長氣。她也曾聽聞這江大少的名頭，知道他是城裡出名的花花大少，終日流連青樓，風流不羈，聲名狼藉。這回見到他的人，這些傳言卻不知怎地都飛到了腦後，只覺他溫文俊雅，談吐風趣，狡黠的眼神中似乎藏著許多不為人知的祕密。她素來高傲自持，這時不禁甚是懊惱：「我李畫眉怎會對這樣一個男子傾倒？怕是今夜喝多了兩盃吧？」

便在此時，一個女子走入後廳，李畫眉抬頭一望，卻見來人是個身形婀娜的少女，身穿淡紅羅衫，容色秀麗絕倫，神態楚楚可憐，約莫十六七歲年紀，正是剛才在內廳中唱曲的歌妓。李畫眉一呆，心想：「這姑娘果然姿色過人，難怪江公子要對她癡望。」

卻見那歌妓直向她走來，斂衽行禮，開口說道：「請問是李大小姐麼？」聲音嬌柔如水。李畫眉見她似是專為找自己而來，不禁驚訝，點頭道：「我是。請問姑娘是？」

那歌妓又行了一禮，神色間帶著幾分嬌羞，又帶著幾分歉意，輕聲說道：「小女子無意驚擾小姐。小女子方柔卿，乃蘇州歌妓，劉四少請我來家中給老太太唱曲兒的。」

李畫眉凝望著她，心中更加疑惑：「劉四少家中的歌妓，卻為何來找我？」她身為大家小姐，與青樓中人少有接觸，當下問道：「方姑娘，我與妳素不相識，不知有何見教？」

方柔卿忙道：「不敢。」微一遲疑，才道：「我聽劉四少爺說起，李大小姐乃是江湖中人，熟知江湖中事。小女子有一事想請問，盼李大小姐能為小女子解疑。」

李畫眉更加好奇，心想：「今日來赴席的江湖中人如此之多，她為何單找上我？是了，想是因為我是女子的緣故。她一個年輕歌妓，自不方便逕去與那些江湖漢子攀談。」便道：「妳說吧。」

方柔卿吸了一口氣，說道：「請問李大小姐有無聽說過『虎山醫俠』的名頭？」

李畫眉聞言甚是驚奇，一個盤桓於青樓豪門之間的妙齡歌妓，怎會問起虎山醫俠？她沉吟道：「虎山醫俠在武林中大名鼎鼎，無人不知。卻不知方姑娘為何問起？」

方柔卿面露喜色，又追問道：「李大小姐果然聽說過！請問虎山卻是位在何處？」

李畫眉望著她，說道：「我也不是很清楚，聽人說是在山東平山衛附近。方姑娘，妳顯非武林中人，卻為何會問起醫俠？」方柔卿臉上一紅，說道：「我聽人說醫俠醫術精妙，心中好奇，因此問問，也沒有什麼，倒是打擾您了。多謝李大小姐！」向她一禮，匆匆離去。

李畫眉甚覺奇怪，正遲疑該否追上去細問，方柔卿卻已快步出廳去了。李畫眉想著這歌妓的姿容歌藝，想起江公子凝望她時的眼神，心中忽然又煩惱起來，只覺得屋中悶熱難受，便舉步往後院走去。

劉家後院甚大，人聲略息。李畫眉抬頭望月，一輪中秋月皎潔明亮，從枝椏間灑下清亮的光輝。她信步走到後院深處，見四下無人，便抱膝坐在小池邊的大石上，一陣涼風拂面，甚是清爽，心頭漸漸平靜下來，低聲哼起曲子。

過不多時，一朵烏雲飄過，擋住了滿月，四周漸漸暗下。李畫眉正想回去廳上，忽聽一陣細碎腳步聲響，似是一人踩著枯葉快奔過來，聽步聲輕功竟然甚佳。李畫眉連忙噤聲，側耳傾聽，卻聽一個女子的聲音道：「到手了麼？」另一個女子道：「手到擒來。」但聽兩人的腳步聲向自己這邊奔來，其中一人竟直闖到池邊，見到李畫眉，一驚之下，頓時止步。

李畫眉不知來人是敵是友，正想開口喝問，那人已向著她直衝上來。李畫眉驚叫一聲，連忙後退數步，那人跨步跟上，直將李畫眉逼到池邊。李畫眉這時才看清，身前是個年老婦人，滿面皺紋，雙眼瞇起，向她一咧嘴，露出一口半缺的牙齒。

李畫眉大驚，取出飛刀想射出攻敵，但那老婦已離她太近，飛刀難以出手。那老婦嘿的一聲，伸手抓住了她的手腕，奪下她的飛刀，另一手向她當頭斬下。李畫眉覺出她這一斬力道極猛，自己非死即是重傷，想伸手去擋，卻覺全身痠軟，更抬不起手來。便在這生死一線之際，忽聽不遠處一個聲音喝道：「放過她！」

那老婦陡然住手，鬆手放開了李畫眉，閃身消失於暗處。李畫眉軟倒在地，只覺身上冷汗淋漓。她吸了口氣，奮力想撐起身來，但全身痠麻，手腳遲鈍，更不聽使喚，有如墮入噩夢之中。這時烏雲遮月，院中一片黑暗，她心中害怕，想出聲叫喚，又怕那老婦會回來殺了自己，只能躺在地上喘息。

便在此時，她忽覺身旁多出了一人，不由得低呼一聲。那人不知何時來到她身旁，她竟完全沒有察覺。黑暗中隱約見到那人彎下腰，伸手輕輕將自己抱起，走出後院。李畫眉又驚又怕：「這人是誰？他要抱我去哪裡？」

她在暗中看不清那人的臉面，低聲問道：「你是誰？」那人並不回答，抱著她走到屋前，才將她背對著自己放下。李畫眉雙腿忽然恢復知覺，能夠站立，卻仍不穩；但覺腰上一暖，卻是那人伸手扶住了自己的腰。她感到那雙手中傳來的熱氣，心中怦怦而跳，呆了片刻，忽覺身體痲痹消失，腰間一鬆，那雙手已然移開。她連忙回頭去看，身後那人竟已不見。她四下一望，只見後院中樹木花叢、假山涼亭依舊，卻哪有半個人影？

李畫眉在花園中呆立一陣，才快步走回大廳，定了定神，回想剛才在後院中所見所聞，漸漸理出一個頭緒——似乎有人從劉府偷了什麼事物或抓走了什麼人，被自己撞見，那老婦因此想殺人滅口，另一人卻出聲阻止。她心中驚疑不定，回想當時情景，自己面對那老婦時，手腳忽然不能動彈，險些便傷在那老婦手下。她耳中似乎又響起那聲「放過她！」她想著那聲音，忽覺雙頰火熱，那是誰的聲音，為何如此耳熟？

李畫眉鎮定下來，找到師兄，說她頭疼要先回家。張磊道：「我送妳回去。」李畫眉道：「不必，我讓轎夫抬回去便是。」便匆匆離去了。

第三十五章　青樓舊識

當夜趙觀在劉家玩到四更過後，才醉醺醺地回到江家莊。他走進內廳，便見紫薑和水仙門下的舒堇還候在廳上。丁香上來替他脫下外袍，趙觀醉態全去，冷冷地向紫薑和舒堇望了一眼，問道：「人呢？」舒堇道：「關在後院。小子喝得大醉，又聞了迷魂香，半點知覺也沒有。」

趙觀沉聲道：「我讓妳們過了半夜再動手，為何才過亥時就出手了？」

紫薑走上一步，說道：「我見汪信雄兒子獨自醉倒在偏廳，附近無人，正是下手的良機，便動手抓了人。未及請示門主，還請恕罪。」趙觀哼了一聲，說道：「亥時人便不見了，怎能確知不會有人尋他？劉家開那麼大的宴會，客人還未散去，後院又怎會無人？妳不就被人撞見了麼？」

紫薑翻起一隻獨眼，說道：「門主，我本想殺了那小姑娘滅口，你卻爲何要我放過了她？」趙觀搖頭道：「那是青幫李四標的獨生女兒，殺不得。她雖撞見妳，應不至於猜到我們的計畫。」

紫薑道：「顏老昔年曾出力回護本門，對本門有大恩。他這回落入對頭汪信雄手中，免不了送掉老命。咱們綁架了汪的兒子，逼他老子放人，也算報了顏老的恩德。」

趙觀冷然道：「這我何嘗不知？恩德自是要報的，但咱們要是因此而洩漏了形跡，大夥兒幾年來的心血豈不都白費了？這後果妳擔得起麼？」紫薑見他聲色俱厲，低頭道：「是。老身知罪。」

趙觀臉色轉和，說道：「我們百花門要在杭州混下去，須得隨時提高警覺，絕不能掉以輕心。紫薑師叔，妳身爲執法長老，以後行事應更謹慎些。」紫薑躬身應諾。

趙觀在堂中坐下，拿起一碗茶，問舒堇道：「給他爹送信去了沒有？」舒堇道：「送去了。限定他明日中午前放人，不然他兒子便沒命。」趙觀點點頭，說道：「明日姓汪的一放人，便還他兒子，不用多傷人命，也不用讓顏老知道是誰出手救他。」他打了個呵欠，又道：「妳們去歇歇吧，讓人守夜探聽消息，有什麼變故，隨時來向我報告。」

舒堇和紫薑齊聲道：「是。」趙觀便回臥室休息。

次日晨時，舒堇在趙觀的臥室外報道：「啓稟門主，姓汪的說了，會在午時前放人。」

趙觀揉揉眼睛，說道：「他若放了人，咱們傍晚便送他兒子回去，之前不要有任何行動。」

舒菫應道：「是。」

過不多時，丁香推門進來，說道：「少爺，有客人要見你，正等在廳上呢。」趙觀仍躺在床上，皺眉道：「什麼人這麼早來？我還沒睡飽，說我不見。」丁香微笑道：「你不見？我這就去跟李大小姐說。」

趙觀翻身坐起，奇道：「是李大小姐？」丁香回過頭望向他，笑道：「怎麼，你不睡了？」趙觀忙道：「好丁香，快來幫我梳頭，我要見，請她在廳上等一下。」

丁香輕哼一聲，說道：「在院子裡玩得還不夠麼？這次勾引上人家大小姐了！」趙觀跳下床，上前摟住丁香，在她頰上一吻，笑道：「好姑娘，別吃醋，我總是會一樣疼妳。」

丁香掙脫了，拿起梳子替他梳頭，慍道：「我哪裡管得著你的事？若非青竹姊總要我幫著看住你，我才不在乎你跟誰相好呢。」

趙觀從鏡子裡望見她嘟起嘴，笑道：「我跟誰相好，都不會丟下我的親親丁香。」丁香一笑，快手替他梳好了頭，服侍他洗臉換衣，說道：「快去吧，人家等了好一陣了。」

趙觀匆匆來到外廳，卻見李畫眉穿著一身淡黃衣裙，坐在西首椅上，身邊站了一個丫鬟。趙觀連忙向她告罪：「恕罪恕罪，讓李大小姐久候了。」李畫眉微笑道：「江公子昨夜玩到很晚吧？我這麼早來拜訪，擾了江公子的清夢，眞是過意不去。」

趙觀道：「不，不。李大小姐肯來舍下小坐，敝莊眞是蓬蓽生輝，歡迎得緊。敢問李大小姐有什麼指教？」

李畫眉站起身向他一福，說道：「昨夜承閣下相救，小女子特來道謝。」

趙觀一呆，心想：「我昨夜出聲救她，抱她出後院，她絕不可能知道是我，多半只是她憑空猜想，我不承認便是。」便裝傻道：「李大小姐說什麼呢？我救了妳？沒有啊。」

李畫眉凝視他的臉，想從他神情中找出一絲半點線索，但見他滿面迷惑，一副確然不知情的模樣，心想：「是我猜錯了麼？不，昨夜出聲阻止那老婦的，一定是他！」當下說道：「原來不是江公子，是我糊塗了。打擾了江公子好夢，這就告辭了。」說完站起身來。

趙觀想要留她，卻不知該說什麼，只好起身送她出去。李畫眉走到廳口，忽然回頭道：「汪公子呢？他還好吧？」

趙觀微微一驚，裝作愕然道：「汪公子？哪位汪公子？」

李畫眉回過身來，凝視著他，微微一笑，說道：「江公子，顏老師和我爹爹是多年的老朋友了。上月顏老師突然失蹤，我爹爹十分擔心。他若能平安回來，我爹爹一定很高興。」

趙觀心中一凜：「這小姑娘可不簡單，竟猜出我們綁架汪小狗、威脅他老子放出顏老的事。昨夜我要紫薑放過她，可冒險得緊。幸好她爹不是和汪家有交情，不怕她現在去拆穿。兩邊放人後，那便死無對證了。」口中說道：「是麼？但盼這位顏老師平安無事才好。」

李畫眉站在他的面前，抬頭望著他的臉，愈來愈確定昨夜將自己抱出後院的便是他，心下感到一陣異樣，臉上不自由主紅了起來。她定了定神，才道：「江公子，我想讓你見見我爹爹。」

趙觀聽了，揚起眉毛，露出微笑。李畫眉見到他的神色，知道他會錯了意，以爲她想讓父親會見自己的意中人，忙道：「我不是那個意思。我爹爹最喜歡人才，我想他會很欣賞你的。」

趙觀咳了一聲，正色道：「江南一條龍李四爺名聲響極，我仰慕已久。若能有機緣拜見令尊，自是求之不得。」

李畫眉微笑道：「那我便去替你安排。江大哥，告辭了。」

李畫眉正要離去，忽見一人匆匆忙忙闖進門來，氣急敗壞地叫道：「江賢弟！」轉頭望見李畫眉，一怔道：「李大小姐，妳也在這兒？」

趙觀看清了，來人竟是昨夜晚宴的主人劉四少。但見他頭髮散亂，睡眼惺忪，顯然還沒睡飽便匆匆趕來。他忙問道：「劉四哥，出了什麼事？」

劉四少拉著他坐下，低聲道：「事情不好了！我家昨夜不見了一個人！」

趙觀心中一驚：「怎地我們綁架汪小狗的事，這麼快便傳出去了？」在李畫眉面前，他也只能裝作一頭霧水，問道：「是誰不見了？」李畫眉則想：「我的懷疑果然沒錯。汪公子在劉四少家中不見了，劉四少第一件事便是來找江公子，可見他必然脫不了干係。」

不料劉四少卻道：「實不相瞞，是借居在我家的一個歌妓，名叫方柔卿的。她原是蘇州人，彈得一手好琵琶，我特請來家中給老太太唱曲子消悶的。」

這話一出，趙觀和李畫眉都大出意料之外，沒想到昨夜還有另一個人不見了。趙觀問道：「蘇州歌妓？就是昨夜在內廳彈琵琶的那位？她怎會不見了？」劉四少道：「想是自己離去的，我們見她將房中事物都收拾好了。」

李畫眉側眼望向趙觀，有意無意地道：「我聽說汪家公子昨夜也不見了。」劉四少一拍大腿，說道：「是了！那汪家小子最是好色，搞不好便是他拐了方姑娘私奔了！」

趙觀卻知道汪家公子此刻已被毒昏了去，便藏在自家後院裡，絕對未曾拐走什麼蘇州歌妓，當下說道：「我瞧汪公子不是這樣的人吧？只不知這位方姑娘是何背景，爲何寄居貴所？」

劉四少道：「這其中卻是有苦衷的。」望了李畫眉一眼，神色頗有些不自在，說道：「這位方姑娘乃是蘇州天香閣的頭牌花娘，年紀雖輕，卻已芳名遠播。今年初，一個岳陽子弟來蘇州遊玩，一見她便驚爲天人，定要娶她爲妾。方姑娘堅決不肯，無奈這人財多勢大，不肯鬆手，將事情鬧大了。天香閣的夏嬤嬤應付不來，才求我幫忙，讓方姑娘在我這兒借居數月，避避風頭。沒想到她竟不告而別，這教我如何向夏嬤嬤交代？」

趙觀道：「原來她是來你這兒避難的。」沉吟一陣，問道：「這位方姑娘我只在貴府上遠遠見過一面，更不相識，眼下她出走而去，你卻爲何找上我？」

劉四少伸手拍上他的肩頭，笑道：「誰不知道你江大少神通廣大，最有辦法？這杭州城裡的各家院子你無不熟透，我想方姑娘出身青樓，這回孤身離去，很可能會求青樓中熟識的人幫忙；就算不曾，青樓中人多半也會有些消息。我想麻煩你幫我去城中各家院子探聽探聽，看看如何能找了這位方姑娘出來。爲兄感激不盡！」

趙觀聽他當著李畫眉的面說他熟透城裡各家院子，也不禁耳朵一熱。他側頭向李畫眉望去，卻見她微微皺眉，抿嘴沉思，忽道：「劉四少，昨夜在貴府上，這位方姑娘來找過我，問了我一個問題。我當時甚覺奇怪，現在想來，或許與她離去有些關聯。」劉四少奇道：「李大小姐，她問了妳什麼？」

李畫眉道：「她問我有無聽說過虎山醫俠，並問我虎山在何處。」

劉四少一臉茫然，說道：「虎山醫俠？那是什麼人物？我可從未聽說過。」趙觀自然熟知虎山，一聽登時疑心大起：「一個青樓歌妓，怎會知道醫俠？她究竟有何意圖？」但在李畫眉面前，又不能顯露出他知道太多武林中事，當下也只假作不知，向劉四少道：「這樣吧，我今日便幫四哥去各處的院子探聽探聽消息，人能不能找回來，我可卻沒有把握。」

劉四少拱手道：「如此多謝了！」他不知李畫眉為何在此，心想自己昨夜才介紹二人認識，這大清早的李大小姐便來到江家莊上，不知二人之間有何瓜葛，生怕攪了他人好事，不敢久留，匆忙告辭出去了。

李畫眉也起身告辭，臨走前笑道：「江公子神通廣大，但願昨夜失蹤的這兩人都能找出來才好。」

趙觀苦笑道：「李大小姐取笑了。」直送她到門口，待她上轎離去，才回身進屋。

舒菫已候在內廳，說道：「啓稟門主，姓汪的已放了顏老，聽說讓李家的人接去了。」

趙觀點點頭，皺眉道：「李家的人究竟開始懷疑我了。剛才李大小姐來訪，言語中暗示她知道出手綁架汪小狗的便是我們。且不管她。照原先計畫，傍晚放了汪小狗，小心行事。」

舒菫問道：「要對付李家的人麼？」趙觀道：「不必。他們此刻只是猜想，還沒有證據。我盡量避開他們便是，不必無端和青幫中人爲敵。」舒菫應聲去了。

趙觀想著李畫眉的言談容色，心知她年紀雖輕，卻十分精細聰慧，確是個難以對付的人物。自己究竟該避開她呢，還是該親近她？

他想起劉四少託付的事，便叫了香芹進來，告知蘇州歌妓逃離劉家之事，讓她去追查方柔卿的下落，又道：「李大小姐說這方姑娘曾向她探問虎山的所在，很可能往北去了。這姑娘或許並非尋常青樓中人，需小心在意。」香芹乃是門中十分能幹之人，當即領命去了。

數日之後，香芹回報道：「門主，方姑娘已找到了。她不會武功，也不懂得仙術，十足是個尋常的歌妓。她離開劉家後便孤身往北去，不幾日便被一群青幫中人盯上，強捉了去。」

趙觀甚是驚訝，說道：「青幫中人？可是李四爺的手下？」香芹道：「不是。李四爺掌領青幫甲武壇，擄去方姑娘的卻是岳陽庚武壇壇主林小超的手下。」

趙觀想起劉四少所說，曾有來自岳陽的子弟想強娶方柔卿，這些青幫中人想來便是那人派來的了。莫非那岳陽子弟便是庚武壇主林小超？想來劉四少當時礙於李畫眉在場，才未說出那人乃是青幫中人。

趙觀暗想：「這方姑娘頗有點兒古怪。一個歌妓怎會知道虎山醫俠？她偷偷離開劉家往北而去，難道眞是想去虎山？無論如何，那岳陽小子強娶她不成，竟又派人來將她捉了去，我可不能坐視。」當下說道：「替我查清楚了，來捉她的是否便是之前在蘇州想強娶她的那小子。若是，將青幫那些人都毒倒了，替我救了她出來。勿傷人命，勿露出痕跡。」香芹應聲去了。

當天晚上，香芹回報道：「門主，人已救出來了。」趙觀道：「好！我要親自見見這位方姑娘。」他以百花門主現身時都裝扮成女子模樣，這回也不例外，裝扮完後，便讓手下將人帶入莊中一間密室。

方柔卿當時中了迷藥，仍未清醒，睡在密室中的一張躺椅上。趙觀在劉家時只聽得她彈琵琶唱曲，遠遠望見她的秀色，卻並未能瞧清她的容貌。此時得著機會，忙低頭仔細觀望她的臉容。但見她秀眉彎彎，鼻挺口小，樣貌端正秀絕，心中疑惑：「看她年紀也不過十七八歲，美是很美，但怎地這般眼熟？她進天香閣時我應還在蘇州，卻不記得天香閣新進的小姑娘中有這般出色的人物！」

趙觀當然不知，眼前少女便是多年前他曾仗義相救，千里送返京城的周家大小姐周含兒。

含兒父母雙亡，再次被賣入青樓之時，已是情風館遭難、趙觀倉皇逃離蘇州之後的事，因此趙觀全未想到當年那貴氣嬌弱的京城大小姐，竟會再度陷入風塵，並成爲天香閣的頭牌花娘。

含兒來到天香閣後，憑著過人才氣，加上刻苦學藝，幾年間便以琵琶歌喉聞名蘇州。至於她為何會探問虎山所在，為何偷偷逃離劉家，隻身北上，自是為了完成多年前神祕黑衣人的託付，將那封未送之信送達虎山。她心中暗暗認定，自己會遭遇不幸淪落風塵，便是因為當年未曾受人之託忠人之事，忘了將那封信交給瑞大娘和寶兒。之後她家破人亡，孤身遠離京城，瑞大娘和寶兒即使想來向自己拿信，也絕難找得到人。此時她年歲大些了，在青樓中飽經歷練，不再是當年柔弱無主的大家小姐，憑著一股堅韌執著之氣，便想親自將那信送上虎山去。她默默相信，若能將信送到，便能轉變自己的命運，脫離風塵。

此時花名方柔卿的周含兒鼻中聞到淡淡的花香，慢慢從昏睡中甦醒過來。但見身處一間暗室，小几上點著幾枝白色蠟燭，燭光閃爍中，一個白衣女子坐在堂上，正凝目望向自己。周含兒坐起身來，但見屋中另站了六七個白衣女子，心中不禁升起一股恐懼。當時她被林小超的手下挾持，兼程送往岳陽。夜裡她被關在一間房中，只聽得門外青幫幫眾喝酒談笑之聲倏然靜下，一時靜得可怕。她心中一凜，偷偷從門縫望去，卻見兩個如鬼魅般的白衣女子悄然站在房中，素手揮處，青幫眾人一一軟倒在地，不知死活。接著便見其中一女走上前來，推開房門，向著自己媚然一笑，之後她便不省人事了。

此時她見身旁環繞著一群白衣女子，只覺毛骨悚然，暗暗心惕。她往居中而坐的那白衣女子望去，但見她身材高䠷，面目清秀俊美，周身透著一股莫測高深的神祕之氣。趙觀此時已然成年，又作女子裝扮，周含兒自也未能認出，眼前這美貌女子便是童年時曾救過自己的那個青樓小廝。

卻聽那爲首的白衣女子開口說道：「方姑娘，本座乃是百花門主上官千卉。我百花門以救助天下孤苦無依女子爲宗旨，行俠義天理之舉。我等見妳被惡人挾持逼婚，因此出手將妳救了出來。」

周含兒定了定神，起身行禮道：「多謝……多謝上官門主。」心中卻想：「妳救了我出來，卻要如何處置我？可別才脫狼窩，又入虎口！」

趙觀看出她神色間充滿疑懼，溫言道：「方姑娘，妳不用害怕。我等知道妳原在蘇州天香閣，因受人逼婚，才來到杭州，借居劉家避避風頭。只是我有幾事不明，還想請教。」周含兒暗想：「她對我的背景倒清楚得很。」便道：「門主請說。」

趙觀問道：「想逼妳爲妾的那人，可是岳陽的青幫壇主林小超？」周含兒點頭道：「正是。」

趙觀嗯了一聲，又問道：「妳卻爲何不願意嫁他？」周含兒悽然一笑，說道：「上官門主，妳也是女子，應當知道女子的苦處。我雖身處青樓，但若要我跟了不中意之人，不如讓我死了乾淨。這林小超爲人陰險虛僞，強橫霸道，我雖是風塵中人，卻也不願甘心認命，屈服於強人惡霸。」

趙觀點頭讚道：「好志氣！」又問道：「方姑娘，我知妳有心去往虎山，尋找醫俠。請問卻是爲何？」

周含兒不禁一驚：「虎山的事，我只在詢問李大小姐時提及，從未跟他人說起。這位姑娘當眞神通廣大，怎地連這個也知道？」她心思急轉，不知這上官門主與醫俠是敵是友，更不敢說出送信之事，當下說道：「我在天香閣的一個姊妹患了奇病，有人告知只有虎山醫俠有藥可治，我因此起心上虎山求藥。」

趙觀自己是撒謊作假的高手，聽出她並未說出眞話，心想：「她若不願說，此刻逼她也是無用。待她入了百花門，再慢慢探問便是。」當下說道：「原來如此。我識得醫俠，妳姊妹是什麼病，需什麼藥，跟我說了，我去幫妳向醫俠求來便是。」

周含兒哪裡相信，忙道：「這原是小事一樁，我姊妹的病也不大嚴重，不敢有勞門主。」趙觀道：「既是如此，那妳便不需上虎山了？」周含兒道：「正是。多謝門主將我從惡人手中救出，如今只請門主送我回去劉家，小女子一生感念大德。」

趙觀微笑道：「也不那麼急，我還有事想跟妳商量。」周含兒道：「門主請說。」趙觀道：「妳我既然有緣相見，如今我便給妳一個難得的機會。妳若願意脫離風塵，加入我百花門，我等自當歡迎之極。只是妳身處風塵多年，爲方便行事，我們或得讓妳暫時維持青樓名妓的身分。妳可願意麼？」

周含兒當時見到香芹等人出手對付青幫中人，直覺認定她們是使了妖術，心中對這些白衣女子充滿戒愼恐懼，心想：「這位姑娘好不古怪，年紀輕輕便作了這群會使妖術的可怕女子的首領，自己想來也是妖邪一流。她說要助我脫出風塵，誰知道她們在打什麼主意？」當下答道：「多謝門主好意，小女子心領了，只是……只是恕不敢從命。」

趙觀一怔，說道：「難道妳願意繼續留在青樓賣藝？」

周含兒道：「小女子歌藝有成，在青樓之中已有一席之地。若上天眷顧小女子，讓我他日遇上有緣良人，自有出路歸宿。卻不願……」

趙觀揚眉道：「卻不願如何？」周含兒明知不該說出，卻管不住自己的舌頭，脫口道：「不願僥倖脫身，與妖邪爲伍！」

趙觀聽她稱自己爲妖邪，不禁又好氣又好笑，輕哼一聲，心想：「這小姑娘看來嬌弱可憐，不料脾氣竟這般硬！我可從沒見過如此心高的姑娘，連誰助她脫出風塵都要挑三撿四！我好心想助妳跳出火坑，妳自己不願，可怪不得我。」但見她容色絕麗，也不禁甚覺不捨，暗想：「讓這等佳人繼續淪落風塵，可不太委屈了她？嗯，我得想法子讓她對我生起仰慕信賴，心甘情願跟了我去。這百花門主的身分自是不能用了。這般心高氣傲的姑娘，必得是個才子俊傑、英雄首領之流，她才看得上眼。好！妳等著吧，我趙觀總有一日要憑我的本事，贏得妳的芳心！」

周含兒見這上官門主雙眼直望著自己，神色古怪，哪裡猜得到趙觀心中動的這許多念頭，心中暗自忐忑：「我這番話定然得罪了她。這位脾氣難測，不知要怎樣整治我？」

不料上官門主只是神色古怪地望了她一陣，便轉過頭去，說道：「也罷。佛門不渡無緣之人。香芹，妳送了她回去。」香芹道：「請示門主，卻要送她回去何處？」趙觀道：「蘇州天香閣。她從那兒來，就送回那兒去。」香芹問道：「劉府那兒卻如何？」趙觀道：「劉四少那兒，我自有交代。」

周含兒鬆了一口氣，行禮道：「多謝上官門主！」

趙觀見她平白失去脫離風塵的機會，也不禁暗自歎息，忽然想起一事，從懷中取出一朵白鐵鑄的火鶴花，說道：「這個妳拿去了。這是我百花門的百花符，若再有人想強逼娶妳，跟妳過不去，便將這符放在妳院子井邊，事情自會解決的。」

周含兒接過了，心想：「這些女子果然邪門，竟給我什麼符咒，也不知有沒有用？」仍向她行禮道謝。趙觀揮了揮手，起身去了。

第三十六章 初顯身手

趙觀在方柔卿去後，心中甚覺煩悶，暗自思量：「我作這百花門主，不時得扮成女子現身，一個堂堂男子漢老幹這等勾當，實在不大像個樣子。我若要光明正大地以本來面目示人，還得有個什麼上得了檯面的身分才行。便是那青幫李大小姐，若非因爲懷疑我插手綁架汪家少爺，也不會對我這般有興趣。這杭州江大少的角色，我卻該如何扮下去才是？」

數日之後，他收到一封請帖，卻是青幫李四標邀請他去西湖中的秀山島上茶敘。趙觀不知他父女有何意圖，心想：「李大小姐說要引我見她爹爹，似乎頗有善意；但我出手從青幫林小超那兒救出方柔卿，或許連帶得罪了同是青幫的李家。也罷，不去看看，怎知是敵是友？我們百花門要在江湖上立足，終究躲不開幫會人物。若能與青幫中人結交，倒也不壞。」

當日便帶了一個家丁，坐船來到秀山島。卻見碼頭上已站了十多名青幫幫眾，一個漢子上來向他行禮，甚是恭敬，引他上山。來到秀山山頂，但見平臺上搭了一個茶棚，五六個幫眾在棚旁垂手侍立，李四標的徒弟張磊也在其中。茶棚當中坐著一個老者，身旁一個青衣少女，正是李畫眉。她見趙觀到來，站起身招呼，說道：「爹爹，這位就是江公子。江公子，這是家父。」

李四標起身相迎，甚是客氣，抱拳說道：「江公子賞面光臨，老夫好生歡喜。江公子請坐。」

趙觀回了禮，便在茶棚中坐下了。但見李四標已有六十來歲，瘦臉枯槁，鬚髮斑白，臉上神情彪悍，雙目炯炯有神，儼然生威。二人寒暄了幾句，李畫眉在一旁烹茶，第一杯奉給了父親，又端茶給趙觀，之後便向二人告退，走出棚去。趙觀見她端茶過來時對自己微微一笑，便也報以一笑，心想：「這小姑娘心裡不知在想些什麼？她爹爹請我來，究竟打著什麼主意？這李四爺在江湖上名聲不錯，不是壞人，認識認識也無妨。」

李四標請他喝茶，笑道：「江公子來到杭州，也有兩三年了吧？老夫一直無緣與公子相見，未能一盡地主之誼，好生過意不去。」趙觀道：「好說。李四爺何須如此客氣？晚輩久仰江南一條龍的名聲，以往無緣拜見，深覺遺憾。今日有幸見得李四爺金面，幸如何之。」

李四標哈哈一笑，話風一轉，說道：「不瞞江公子說，老夫有個好朋友，半個月前被仇家抓去，幸得平安脫險，老夫心中好生安慰。我已將這朋友接回家裡休養，唉，多年的老朋友遇險，我竟毫不知情，還得靠別人出手相救，眞是慚愧！」

趙觀唯唯而應，喝了口茶。李四標又道：「更讓人慚愧的是，杭州來了一位手段厲害的人物，老夫竟被蒙在鼓裡，毫無知覺，眞是無能得很。」說著目光凌厲，直視趙觀。趙觀微笑回望，說道：「請問四爺，你所說的這位厲害人物，究竟是什麼來頭？」

李四標呵呵一笑，說道：「這個老夫就不清楚了。江公子，老夫沒有別的本事，只懂得提攜後進人才。本幫在大江南北立幫數十年，靠的就是門下兄弟信義團結，能人眾多，爲本幫出力。」趙觀道：「貴幫人才鼎盛，江湖上誰不知曉？」

話聲才落，忽然銀光一處，噹的一聲，一柄飛刀斜插在趙觀桌前，兀自搖晃。趙觀臉色微變，伸手拔出小刀，說道：「李家飛刀的名聲，江湖上響亮了幾十年，果然名不虛傳。」站起身，雙手將小刀捧還給李四標。

李四標接過小刀，說道：「得罪了。」

趙觀道：「李四爺好厲害的手段。」

原來李四標存心試探趙觀，在談話間突然發出飛刀，向趙觀面門射去。他刀上繫有絲線，若趙觀當眞不會武功，便可及時收回小刀。一般會武的人在突受襲擊下，自然而然便會露出學過的武功，趙觀乍見飛刀，未及細想，立時以鐵指環打下，露出甚深武功，卻也洩了底。他坐回原處，與李四標對望，心想：「這老頭挺厲害，不可小覷了。他媽的，我藏身多年，這老頭一柄飛刀便讓我顯露了武功。最好他少來惹我，免得我得大開殺戒。」

他見李四標發射飛刀的手法，知道他武功不弱，不是好對付的，方才去還刀時，便已在刀上下了毒，隨時可以引發毒性，當下凝神以待。

李四標卻只呵呵一笑，將刀放在一邊，向趙觀拱手道：「老夫並非有意得罪，還請江公子大量包涵。老夫與人相交，總得知道對方一二，才放得下心。方才冒昧出手試探，盼勿介意。公子出手相救顏老，老夫好生感激。我們幫派中人說話算話，今日之事，老夫決不外傳，閣下儘可放心。」

趙觀見他意思甚誠，便道：「有李四爺這一句話，在下自是信得過。顏老的事，在下的確插了手，其中細節還請四爺不要追究。不知四爺今日招我來，便是專門想試探在下的功夫麼？」

李四標道：「不敢。有件本幫私事，老夫想請教江公子的高見。本幫有個叫作曹方的幫眾，叛變本幫，殺死一名香主，並偷了本幫的一些祕件潛逃。江公子可聽聞過這事麼？」趙觀搖頭道：「沒有。」

李四標道：「這人十分狡詐，本幫派出許多人追拿他，都尋訪不到他的下落。他手中的祕件十分要緊，萬萬不能落入外人手中。這事令老夫擔心得緊，江公子，你說這人能捉回來麼？」

趙觀笑道：「連李四爺都沒有把握，晚輩又如何能預料？但我想這人多行不義必自斃，貴幫以道義爲先，出了這等敗類，定能及時清理門戶。」

李四標點點頭，轉開話題，談起杭州的風物人情，江湖典故。李四標爲人豪邁，健談好客，趙觀與他相談一陣，不禁甚是心儀，暗想：「這人不愧是前一輩中的江湖好漢，風度果然不同。他剛才發飛刀試我，並非有意偷襲，之後直言道歉，也算是個光明的人物。」當下巧施毒術，解除了李四標身上的毒藥。兩人直談到日落，李四標才親自坐船送趙觀離去。

秀山茶會之後數日，家丁崇福來報道：「少爺，李四爺派人來道謝，說人已抓到了。」趙觀點點頭，說道：「你去李家回話，說我很爲四爺高興，只不知四爺爲何要謝我？」他原本便對李畫眉心生傾慕，與她父親晤面後，對李四標也甚有好感，聽他直言述說叛徒逃脫的憂慮，便決意出手相助。他百花門手下分布於各地青樓、道觀、寺院，正是逃人慣常躲藏之處，趙觀下令注意此人後，不多久門人便在一間妓院裡找到了這曹方。趙觀下令將他抓起送給青幫，不過舉手之勞，也未留下任何線索。

李四標和青幫中人卻爲此事震驚不已。出手之人手段高明，似乎是個極爲隱祕的地下幫會，眼線廣布，卻又絲毫瞧不出任何蹤跡。李四標雖無證據，卻猜知這定是江賀的傑作。他一方面繼續與趙觀交好，一方面派手下暗中探查這江賀公子的來頭。趙觀童年生長在蘇州市井，就是個平凡的小廝；情風館燒毀後，他隨成達入龍宮、上泰山、訪虎山、赴幽微谷，行蹤一直十分隱祕，少爲人知，雖一度被長靖幫的人找到，但那時他不過十三四歲，成年後容貌身形已轉變許多，此時在杭州化名出現，青幫中人自是難以查知他的眞正來歷。

此後李四標便常請趙觀來家中飲茶敘話，待他甚厚。趙觀來訪時，李畫眉偶爾會在父親身邊伺候，多半時候卻都迴避開去。趙觀總找機會與她說笑幾句，但李畫眉甚是矜持，趙觀礙於李四標的面子，也不好意思對她太過輕薄放肆。

這日趙觀又來李家作客，正與李四標談話間，忽聽大廳傳來呼喝聲，一名幫眾匆匆奔來報道：「四爺，有人在外索戰，大小姐讓我們來向您通報。」李四標問道：「什麼人？」那幫眾道：「是熊家的人物。」李四標皺眉道：「熊老三麼？那渾蛋還敢上我家門？趕出去便是。」那幫眾道：「他帶了個人同來，功夫很了得，幫裡的兩個香主都被他打倒了。」

李四標一驚，說道：「我出去瞧瞧。江公子請稍坐。」趙觀道：「什麼人這麼蠻橫？我跟四爺一起出去看看吧。」李四標點點頭，說道：「熊家老三跟我甲武壇一向有過節，今日是找碴來了。江公子請在一旁看著便是。」

二人來到廳上，卻見七八個漢子站在堂上，當中是個矮胖子，雙眼分開，闊口大耳，但聽他粗聲道：「李大小姐，妳不用對我們凶，快叫妳老子出來跟我兄弟比試比試是正經！」說著向旁邊一指。他身邊那人也是個胖子，但比矮胖子高了兩個頭，面目十分相似，瞧來眞是兄弟。那高胖子雙手環抱，雙目低垂，一副神氣定閒的模樣。旁邊兩個香主倒在地上，一個折腿，一個斷臂，受傷不輕。

一邊李四標的徒弟張磊開口罵道：「狗賊吃了熊心豹子膽，竟敢上我甲武壇撒野！有種的來跟你爺爺過招！」衝到場心，取出短刀指著那高胖子叫陣。

那高胖子哼了一聲，忽然快捷無比地欺上前，雙手陡伸，竟已抓住了張磊的雙腕。張磊大驚，想揮刀橫劈，但手腕受制，掙扎不開。便在此時，銀光閃動，三柄飛刀破空而去，分射向那高胖子面門、胸口、小腹。高胖子只得放手，退後一步避開，轉頭望向李畫眉，說道：「李大小姐好俊的飛刀！」說話時露出一口濃厚的河南口音。

這三柄飛刀果然是李畫眉所發，她見師兄莽撞，一出手便被敵人制住，便發刀相救。她走上前，向那高胖子打量去，說道：「不敢。閣下是少林派靈字輩的麼？」

高胖子微微一驚，說道：「小姑娘眼光不錯。在下受業清德大師，俗名熊靈智。」矮胖子大聲道：「我兄弟藝成下山，大江南北無有敵手，今日特為我報仇來了。快叫妳爹出來！」

李四標咳嗽一聲，從屏風後轉出，朗聲道：「老夫在此，請問熊師傅有何指教？」向熊靈智抱拳行禮，暗中潛運內力，向他襲去。熊靈智也抱拳還禮，將他的內勁擋回。兩人這一交手，都暗暗心驚對方內功深厚。李四標又望向那矮胖子，冷笑道：「熊老三，你兄弟可比你成材得多啊。」

熊老三臉上一紅，說道：「多說什麼？李四爺，你有種的，便來跟我兄弟過招，沒種的，向我熊老三磕頭道歉，城裡三個錢莊一併送了給我，嘿嘿，省得你老骨頭挨揍！」

李四標眼見此人趾高氣揚的模樣，想必有所依恃。但他稱雄江湖數十年，如何忍得下這口氣？正要開口應戰，卻聽徒弟張磊叫道：「你這胖子只會使詐，不配跟我師父動手！先公公平平來接我單刀！」

李四標喝道：「磊兒，退下。」抬眼向熊靈智打量去，見他體格雄偉，太陽穴突出，剛才制住張磊時出手奇快，顯然已得少林內外功的眞傳。對方既打敗了自己手下香主和徒兒，指名向自己挑戰，看來這番不下場是不行了，當下解下外袍，說道：「畫眉，取我的單刀來。」

李畫眉知父親年事已高，武功雖勤練不輟，近五六年來已甚少和人動手，心中大急：「幫中其他香主都出門辦事去了，這時又去哪裡找人？我可不能讓爹出手。」當下走上一步，說道：「爹，先讓女兒領教這位師傅的掌法。」李四標搖頭道：「不用，妳退下。」

熊老三笑道：「李四爺，你青幫號稱天下第一幫，手下可沒什麼人才啊！」

忽聽一人道：「奇怪了，熊老三，跟四爺有過節的是你，怎麼你不出手？」眾人轉頭看去，卻見開口的是個二十不到的青年，長身玉立，面貌俊秀，正是趙觀。

熊老三道：「我兄弟出手，跟我出手便是一樣。」趙觀道：「那麼我代李四爺出手，跟李四爺出手也是一樣。」熊老三怒道：「你小子和四爺是什麼關係，卻來插手？」趙觀道：「我是四爺的晚輩，在他老人家門下討口飯吃的。你這位高胖兄弟也和青幫無冤無仇，卻來插什麼手？」熊靈智道：「我兄弟的事，便是我的事。」趙觀道：「四爺的事，便是我的事。」

熊靈智向他瞪視，冷冷地道：「小子，不用再說廢話，你要代李四出手，爽爽快快出來跟老子過招便是。」

趙觀走上幾步，向熊靈智上下打量，搖頭道：「不像、不像！」熊靈智問道：「什麼不像？」趙觀笑道：「我說你和你的名字不像。熊者，雄壯也，閣下體格肥胖，當不上這

宗，正派各家的武功都見識過，卻從未看過百花門這般奇幻而不可捉摸的招式，當下謹慎防守，使出少林的伏牛神拳，雙拳交替揮出，刺刺生風，往趙觀身上招呼去。

趙觀掌法雖熟練，畢竟比不過苦練多年的披風快刀，在熊靈智精純的少林拳法攻擊下漸感不敵。他腳下施展飛天神遊輕功，手上交替使動四時掌法和異蕊擒拿手，繞著熊靈智身周游鬥。幾十招下來，他自知功力不如，心想：「對付這大個子，只能取巧。」忽然飛出左腿，啪一聲正踢在熊靈智的臀上。這腿踢得不重，旁觀眾人卻都哈哈大笑起來。

熊靈智怒氣勃發，罵道：「小賊！」也伸腿踢出，卻是少林派的譚腿神功。趙觀側身閃避，但見對手雙腿起落，快如馬奔，一腿比一腿快，一腿比一腿重，砰的一聲，正中趙觀左脅。趙觀吃痛，大叫一聲：「哎喲！」彎腰向旁讓開，忽然縱躍而起，在空中一個筋斗，落在熊靈智的身後。

熊靈智察覺對手躍在自己頭上，一招「西天朝佛」，揮掌向空中打去，但覺頭上一涼，他急忙回身，卻見頭上網巾已拿在對手手中，不由得臉色大變。趙觀仗著輕功甚佳，趁對手疏忽時縱身躍過他的頭頂，冒險取下了他的網巾。

趙觀將網巾拿在手中把玩，笑道：「你倒聰明，堅持要讓對方倒下才算贏，不然我此刻已經贏啦。」

注：網巾乃是一種包裹頭部的頭飾，傳説明太祖曾微服出遊，見道士結網巾，乃取巾式而頒行天下，因此有明一朝男子不分貴賤，多裹網巾而不戴帽。

熊靈智怒吼一聲，他自少林藝成，下山後少遇對手，不免生起自高自大之心，今日卻被這少年奪下頭上網巾，實是奇恥大辱，急怒之下，雙掌交錯，使出「天王開碑掌」向趙觀打去。這掌法原是少林七十二絕技之一，少林門規嚴厲，規定此掌只能在跟高手對敵或剷除惡人時使動，因它力道極強，打在人身上往往一掌斃命，有違少林佛家慈悲之心。

趙觀看出這掌法的厲害，心道：「被這狗熊一掌打在身上，我哪裡還有命在？我原想氣氣他，卻將他給逼瘋了，眞是失策。」只得展開輕功四處躲避，偶爾趁隙回手，情勢大爲不利。

李四標等也看出趙觀情勢危急，對徒弟道：「率幫眾守住門口，不放任何人出去。」他見趙觀身手靈活，武功飄忽特異，不由得愈看愈奇。他是數十年的老江湖，什麼武功沒有見過，竟仍猜不出這少年的出身來歷、武功家數。又見熊靈智武功甚強，自己若貿然下場和他硬鬥，並無必勝把握，不由得對趙觀極爲感激：「若非江公子出頭代我對敵，這可是一場硬戰！」此時他生怕趙觀傷在熊靈智的手下，走上幾步，正要出聲喝止二人相鬥，卻見趙觀雙手向旁揮開，似乎射出了什麼暗器。熊靈智閃身躲開，才知趙觀只是虛晃一招，罵道：「小賊！」

便在此時，忽聽趙觀喝道：「倒下！」矮身掃腿，正踢在熊靈智的脛骨上。熊靈智吃痛，退開一步，卻覺腳踝似乎被纏上了繩索一類，邁不出步，身子一側。趙觀趁機躍起，一掌向他面門打去，熊靈智欲待後退，雙足卻無法動彈，一個重心不穩，向後倒去，砰一聲跌在地下。

趙觀後退幾步，笑道：「我不但拿到你的網巾，還讓你躺下了。這可服輸了吧？」

熊靈智一挺腰桿，翻身站起，往腳下看去，已然無物，知道趙觀方才是用了細絲線一類的東西纏住自己足踝，才讓自己摔倒，之後又將細繩抽去。他自知上當，不禁怒氣勃發，握緊了拳頭，狠狠地盯著趙觀，眼中如要冒火。卻聽熊老三在旁叫道：「兄弟，上去打死這小子便了！」

熊靈智一聽之下，盛怒中如被潑了一盆冷水，陡然清醒過來，暗想：「不好！我竟使出天王開碑掌對付一個後生，若被師門察知，非重重處罰不可。我既已敗在他手下，若再纏鬥下去，還有臉見人麼？」他氣勢已餒，當下抱拳道：「這一場在下認栽了，他日定要向閣下討回這個場子。請問閣下師承何處？」

李四標望向趙觀，也很想知道這少年的師承來歷。卻聽趙觀笑道：「在下的武功，叫作花拳繡腿功，是李家大小姐親自傳授的。剛剛學會不久，讓閣下見笑了。」說著向李畫眉望去。他出頭代李四標應敵，一半是爲著他和李四標的交情，一半則是因他見了李畫眉臉上擔憂焦急的神色，心中不忍。此時兩人目光相對，他見李畫眉滿面喜色，笑靨如花，心想：「我出來冒險一場，讓她高興一下，也算值得了。」

熊靈智知他胡說八道，向李四爺看了一眼，心想：「這人多半是李四爺的門下。哼，不想青幫中還有這等奸詐人物！」他歎了口氣，回身大步走出，門口幫眾上來攔他，他雙手一振，將四五人震飛了開去，轉眼消失在門外。

熊老三見兄弟敗給這少年後一怒離去，又急又驚，忙跟著追出，卻見門口已站滿青幫幫眾，手拿刀棍，顯然不肯輕易放人。

李畫眉走上一步，冷冷地道：「熊三爺，你大搖大擺闖進我家門，傷我幫眾，對家父無禮，你道這麼容易便能走出去麼？」熊老三臉色煞白，他畢竟是個識時務的，自己這番大大得罪了李四標，如何能討得了好去？當即噗通一聲跪下，卑辭求饒：「李四爺，您老大慈大悲，大人大量，恕罪則個！」

李四標懶得跟他囉唆，轉身向趙觀笑道：「江小兄弟，咱們快去用飯吧，菜怕要冷了。」便與趙觀和女兒走入內堂。張磊惱熊老三對師父不敬，更惱自己沒有機會助師父打退敵人，卻讓那姓江的小子大出風頭，一口悶氣都出在熊老三身上，抓著他連打了十多個巴掌，又逼他磕頭發誓，不敢再對青幫中人有半絲不恭，才放他和幾個手下走路。

李四標眼見趙觀武功精妙奇特，驚異非常，但聽他絕口不提自己的師承來歷，便也不多問。他對這深藏不露的少年愈來愈欣賞喜愛，卻總因不明他的底細，不敢完全信任。

第三十七章　辛武之爭

這日趙觀來到李家，和李家父女閒坐說話。他見李四標面帶憂慮，若有所思，便問起究竟。李四標搖頭道：「我幫內出了一些事，老夫明日要出門處理，爲此憂慮，讓小兄弟見笑了。」趙觀道：「既是貴幫中事，晚輩不好多問。但我若能幫上四爺什麼忙，四爺不用客氣，儘管吩咐。」

李四標沉思一陣，說道：「江小兄弟，這事你若願意出手相助，老夫很承你的情。事情是這樣的。本幫在總壇之下，分爲甲乙丙丁戊己庚辛壬癸十壇。上月南昌的辛武壇主苗立人急病去世，幫裡爲了決定下任壇主，正鬧得不可開交。乙武壇主林伯超這幾年野心不小，四處擴張勢力，辛武壇主去世的消息一傳來，林伯超立即派他兒子庚武壇主林小超去往南昌，擁護他們的親信繼任辛武壇主。我不願他們得逞，也派了甲武壇的手下去扶持另一位香主繼任壇主。雙方勢均力敵，爭執不下，已到了劍拔弩張的地步，弄得不好，便是一場幫內火拚。我和畫眉、磊兒明日便動身去南昌，跟林小超等人交涉。這人武功甚強，手下也頗有些硬手。江小兄弟若能跟我一道去，危急時助我一臂之力，老夫感激不盡。」

趙觀聽是他幫內紛爭，並不想插手，但聽見林小超的名字，想起便是曾威逼蘇州名妓方柔卿下嫁的傢伙，暗想：「四爺跟林家原本不合，這回可是當眞對上了。我倒想去會會這庚武壇主林小超。」瞥眼見李畫眉望向自己，神色甚是殷切，心想：「四爺既爲此事擔憂，他當我是好朋友，我便跟去瞧瞧，危急時出手保護他周全便了。路上有機會和畫眉親近，那是更好。」便道：「在下身爲幫外人，這爭奪壇主之事，恕在下不便插手相幫。但四爺既是爲這事憂心，在下很願意隨四爺跑一趟南昌，能替四爺分憂之處，自當盡力。」

李四標十分歡喜，說道：「如此便煩勞小兄弟了。」

次日趙觀便帶了家丁崇福，跟著李家眾人上路西行。一路上趙觀得著機會，便去找李畫眉談天說笑，但她多半時候都跟在父親身旁，趙觀不得不有些節制。李畫眉聰明能幹，這幾日中趙觀見她輔佐父親，出謀策劃，號令幫眾，確有女中鬚眉的氣概。李四標的徒弟張磊也是甲武壇下的香主，率了六十多名手下隨行。他武功雖不弱，卻莽撞粗心，脾氣暴躁，趙觀知他對自己不怎麼友善，便也不去招惹他。

一行人朝行夜宿，這日在一個分壇落腳。晚間月色甚好，趙觀在庭院中閒逛，盼能碰上李畫眉，跟她調笑幾句。他逛了一陣，都沒遇上人，甚覺無聊，不自由主來到李畫眉的房外，正考慮要否去敲門時，卻聽門內一個男子的聲音道：「妳和師父都將那小子看得太高了。這姓江的什麼都不會，徒然生著一張俊臉，靠著點小聰明，有個屁用？」

趙觀心想：「什麼人在背後罵我？」轉到屋側，從窗戶向內探望，見屋中一人叉腰而立，正是張磊。

卻聽李畫眉道：「師兄，江湖上的事往往是鬥智不鬥力。你沒見麼？江公子打敗那姓熊的，靠的便是機智。爹爹對他很賞識，一心想引他入幫，這回請他一道去南昌，也是想試試他的才能。」

張磊怒道：「師父想引他入幫，我第一個反對！這人不知從哪裡學來一些稀奇古怪的武功，就自以爲了不起了。這種人怎配入我青幫？」李畫眉卻道：「爹爹說他的武功雖未臻上乘，但以他的年紀，能練到如此已是十分驚人了。爹爹縱橫江湖幾十年，竟也看不出他的武功家數，只猜想他定是出於一位高人門下。」

張磊哼了一聲，說道：「這人行蹤隱祕，偷偷摸摸，不是光明磊落的人物。咱們派人去查過他的背景，只知他三年前買下江家莊，搬來杭州定居，此外便什麼也查不出來了。

他來歷不明，居心叵測，怎能不多加防範？依我說，這人多半是仇家派來加害師父的，他混入杭州，找機會與師父親近，肯定心懷奸謀，要對我青幫不利。」

李畫眉搖頭道：「你胡亂猜測，哪有半點證據？爹對他十分信任，當他是好朋友，你偏要這般疑神疑鬼！」張磊瞪著她，冷笑道：「妳就是會爲他說話。妳口口聲聲說師父如何如何，其實對那小子讚不絕口是妳自己，是妳纏著師父要他提攜這人，我……我從來不知道妳這麼……」

李畫眉揚眉道：「我怎麼？」張磊咬牙道：「不知道妳這麼輕浮！」李畫眉臉色一變，怒道：「你瞎說什麼？」

張磊走上一步，大聲道：「我瞎？妳眞道我是瞎子麼？自從妳識得那小子以後，對他日思夜想，沒一刻忘得了他。跟他說了一會兒話，就樂不可支。哼，妳道師父順著妳，他心裡可另有主張。師父喜歡那小子的聰明，想收爲己用，卻不知道他的來頭，因此讓妳和他親近，希望妳能幫他探出一些底細，好讓他放心。」

李畫眉怒道：「你就是愛胡亂猜測。爹爹哪有這種齷齪的意圖？」張磊冷笑道：「我胡亂猜測？妳道師父眞會讓妳嫁給他？妳給我聽好，師父老早將妳許給我了！」

李畫眉一呆，脫口叫道：「你胡說！」

張磊走到她面前，說道：「我爹爹已向師父提了我們的親事。他沒告訴妳麼？」李畫眉氣惱委曲已極，哽聲道：「沒有！」

張磊見到她的神情，不禁怒從心起，忽然伸手抓住她的手腕，大聲道：「妳哭？妳哭什麼？」李畫眉甩開他的手，怒道：「我自己的婚事，我自己決定，爹說什麼都不干我的事。你給我出去！」

張磊大怒，叫道：「妳連父親的話都不聽了，這算什麼？妳要跟那小子私奔麼？我說妳輕浮，果然半點不錯！那小子成天上妓院，相好的姑娘總有十多個，妳也算上一個！」

李畫眉抹淚抬頭，瞪視著他，冷冷地道：「師兄，你口裡放尊重些。爹爹若知道你對我這麼說話，如何會讓我嫁給你？爹疼愛我，難道會讓我受你這種氣？」

張磊聽了這話，怒氣頓息，喘了幾口氣，低聲道：「師妹，是我不對，我就是這個直來直去的脾氣，妳知道的。我向妳賠罪了，剛才說的話妳別往心裡去。我只是瞧不起那姓江的，絕不是有意讓妳氣惱。」

李畫眉哼了一聲，說道：「江公子深藏不露，他是人中龍鳳，只有你瞎了眼看不出來。你等著瞧吧！」轉身打開房門。張磊又要發怒，卻不敢不出去，重重地哼了一聲，大步走出李畫眉的房間。

趙觀看到這對師兄妹吵架，又覺有趣，又覺奇怪：「李大小姐難道真對我有情？幹麼她見到我時總是不苟言笑？她不願意嫁給師哥，那也罷了，這姓張的莽撞糊塗，不解風情，誰會喜歡他？嘿，李大小姐對我倒器重得很，說我是什麼人中龍鳳。我可不能讓她失望了。」

他本性風流多情，最愛拈花惹草，雖喜歡李畫眉，卻從未想過要娶她爲妻，只覺她將自己看得這麼高，若辜負她的期望，未免太對不起她。

卻說次日李四標得報，林伯超的兒子林小超已帶了數百名手下進城，擁護林系的親信章萬慶接任壇主。林小超本身乃是岳陽庚武壇的壇主，在湖南勢力不小，此番大舉率眾來贛，顯是對辛武壇主的位子志在必得。李四標只帶了一百來名手下，相形之下氣勢便弱了。

當夜眾人談起此事，一名姓蔣的香主道：「辛武壇兄弟共有五百多人，隸屬於章萬慶的只有一百不到，餘下兄弟大多支持彭威香主。我們若能聯合辛武的兄弟，實力便和林小超相當了。」

李畫眉道：「蔣大哥說得是。但我聽說彭香主的直屬兄弟只有一百五十多人，就怕此時辛武壇內部紛亂，不易集中力量。」張磊道：「師父，我們杭州還有不少兄弟，我這就去再招四五百人來！」

李四標搖頭道：「現在再去搬人馬，時間上已來不及。再說我們若多叫人手，好似眞要硬拚一場，只會將事情弄得更僵。彭威這人重義守信，很得人望，比那姓章的好上百倍，讓他繼任壇主才是道理。林小超爲了爭奪地盤，定要扶持自己的親信，不符義理，我們理直氣壯，氣勢自強，不怕他們人多。」眾人都點頭稱是。

一行人將近南昌，但見彭威已率領了三百多名兄弟在城外列隊迎接。趙觀遠遠便見平原上青旗林立，幫眾個個勁裝結束，肅然靜候。李四標乃是青幫中坐第二把交椅的人物，位望何等尊崇，幫眾見他到來，齊聲高喊：「四爺好！」聲震天地。趙觀眼見這等場面，心想：「四爺說以氣勢取勝，可不是隨便說說。他不只是站在義理上才有氣勢，憑他一人，氣勢便足以壓過千百對手。」

林小超庚武壇的手下和辛武壇章萬慶一支的弟兄卻未出來迎接。李四標與彭威並騎進城，問起情況，彭威搖頭歎息，說道：「章萬慶的名聲在壇裡一向不好，現在仗著林壇主撐腰，近日來對辛武兄弟呼喝指使，任意處罰，好似這壇主之位已是他姓章的坐穩了似的。前日姓章的率人圍毆我手下三個兄弟，將人打成重傷。幾個兄弟前去尋仇，雙方各傷了五人。」

李四標聽了，知道情勢已十分緊張，皺起眉頭，擔心一場內鬥恐將不免。他率領手下入城後，便在彭威的香壇落腳。不多時，林小超派人來下帖，請四爺去章香主的地方坐坐，說要為李四爺接風。李四標見帖大怒，林小超無論如何也算是他的晚輩，他來到南昌，林小超不親來迎接拜見，竟邀他去自己手下的地盤相見，實是無禮已極。但他雖知此事多半不能談談便解決，卻不願衝突轉劇，遂決定前去赴宴，和林小超談判。

當晚李四標帶了彭威和其親信手下、張磊、李畫眉、趙觀等十多人，來到章萬慶的香壇。一個身穿長袍的男子迎出門來，笑道：「四爺！什麼風將您老人家吹來了？快快請進。侄兒多年不見您老人家，一直想念得緊。您老一切安好？」

李四標望向他，淡淡地道：「林賢侄你也好。令尊身體康健否？」林小超道：「家父精神矍鑠，身體健壯，再好也沒有了。四爺請進。」

趙觀見這林小超約莫四十出頭，相貌堂堂，生得倒是一表人才，心想：「這人看來一副好人相，骨子裡卻顯然是個笑裡藏刀的渾蛋。他明明對四爺毫無敬意，卻要作出這般親熱的模樣。那天香閣的方姑娘說他爲人陰險虛僞，可一點兒也不錯。」

林小超請眾人進入內廳，指著一個圓臉漢子道：「四爺，小侄給您老介紹，這位就是辛武壇章萬慶香主，您老見見？」章萬慶趨上來向李四標行禮，叫道：「四爺！」李四標向他看了一眼，只點了點頭。

一行人坐下後，李四標便開門見山，說道：「林賢侄，同是幫中兄弟，事情不要鬧得難看，讓人笑話。這辛武壇主的位子，照理應由德高望重的弟兄接任。彭香主在壇中重信義，得人望，自該繼承壇主之位，咱們不用再爭辯了。」

林小超道：「四爺，這辛武壇主的事情，竟煩勞您老人家親身前來，小侄眞是過意不去。但幫中立壇主，向來是以三書爲準，章香主依三書繼承壇主，那是再清楚不過的事。」他揮了揮手，一個手下立時走上一步，將一張紙攤在桌上。

張磊將那紙取過，放在李四標面前。趙觀從旁看去，見紙上寫著：「茲令章香主萬慶任本壇壇主繼承人。苗立人謹立於嘉靖二十年六月二十五日。」

李四標微微皺眉，正要發話，彭威已叫了起來：「四爺，這一書是假造的！」章萬慶大聲道：「彭香主，你說這話，有何憑據？這一書是苗大哥親手交給我的，他知道你才德不足，沒有立你，你也不用這般惱羞成怒。」

李畫眉忽然插口道：「章香主，閣下一向受苗壇主重用，這大家是知道的。但小妹有一事不解，想請教章香主。」章萬慶道：「李大小姐請說。」李畫眉道：「請問苗壇主是什麼時候提拔閣下爲香主的？」

章萬慶道：「那是前年的事。」李畫眉道：「是麼？那這一書多半不大可靠了。現時是嘉靖二十三年，但書上的日期乃是三年之前，那時閣下尚未升任香主，苗壇主怎會稱閣下爲香主？閣下當時又怎有資格作壇主繼承人？」

章萬慶登時語塞，支吾道：「這個麼？這一書的日期寫誤了，也是可能的。」李畫眉揚眉說道：「更可能的是，這書根本便是假造的！」章萬慶臉色漲得通紅，一時答不出話來。

林小超一笑，插口道：「依兄弟猜想，情況大約是這樣的。苗壇主在三年前立繼承人時，手下並沒有適合的人選，定是等到章兄弟升任香主，他才塡上章兄弟的姓名。」彭威和李畫眉等聽他強辭奪理，都不禁惱怒。

李四標道：「林賢侄，定立壇主一事何等重大，自不能用一紙不可靠的一書決定。況且這封一書從未呈交幫主，並無效用。」林小超臉色微變，笑道：「四爺既不信任這一書，苗壇主急病去世，並未留下一言半語，難道這壇主之位就無法決定了麼？壇中一日不可無主，這麼讓它亂下去，可不是辦法啊。」

李四標道：「一書不存，還有二書、三書。辛武壇只有彭、章兩位香主，這二書此時自然不起作用。依幫中規定，此時自該由三書決定。」

趙觀不知這一書、二書、三書是什麼東西，低聲向李畫眉詢問，她簡略解釋了。原來青幫中各壇壇主的決定，慣例以前任壇主的意思爲主。各壇壇主都須宣告選定的壇主繼承人，經幫主同意，在總壇立案，稱爲一書。各壇下的香主也各祕密寫一書，聲明支持或反對此繼承人，呈交總壇，稱爲二書。各壇香主大多是壇主提拔的親信，很少會不支持壇主指定的人選，因此這二書多半流於形式，唯有在特殊情況下，繼承之位起了爭議，總壇便能憑著二書得知各香主的意見，有時便會依二書的共識扶立壇主。三書則是壇下所有幫眾的意見，通常只在壇主選定的人太不像樣時，幫眾才會聯合寫三書去總壇抗議，一般這三書並不存在。

卻聽林小超道：「四爺說笑了。這三書難以取得，如何能以之爲準？依小侄淺見，咱們幫派中人，一向以武功決定高下。武功不強，便無法讓人心服，也無法統率手下兄弟。小侄看在這一點上，仍舊以爲章香主是最合適的人選。只有章香主繼位，辛武壇才能穩定，不致生亂。」

李四標肅然道：「我只聽聞本幫以信義爲本，從未聽過武功強便足夠擔任壇主！」

林小超笑道：「四爺說得是。章香主在壇中甚得人望，他守信重義，一向爲壇中兄弟敬服。」李四標搖頭道：「林賢侄，老夫聽到的可不一樣。老夫在杭州聽聞彭香主乃是個耿直義勇的好漢子，章香主則是個諂媚無恥、奸詐無信之徒。難道是傳言有誤麼？」

林小超道：「四爺遠在杭州，聽聞有誤，也是可能的。小侄身在岳陽，聽到的和四爺所說正好相反。辛武壇兄弟一致擁護章香主，這事再清楚不過。」他身後的十多名章派幫眾一齊大聲道：「我兄弟誓死擁護章香主繼任本壇壇主！」

李四標冷笑道：「林賢侄，這等花招，不用拿出來在你四爺面前耍。口說無憑，立壇主之事，還是要靠三書決定。我們選個良辰吉日，召集辛武手下兄弟，一人一籤，在壇前投入神箱，青色支持彭香主，紅色支持章香主。到時看哪種顏色多，便定誰爲壇主。此法最爲公平，林賢侄應當不會有異議吧？」

林小超道：「四爺這法子，不免有弊病。若幫中兄弟受彭香主的利誘脅迫，不敢不投青籤，卻又如何？依我說，選個良辰吉日，讓彭香主和章香主在壇前動手過招，誰的武功強，誰便名正言順當上壇主。」

李四標道：「各兄弟投籤時，將籤摺起，保持祕密，便不會有此弊病。彭章兩位香主各派手下在箱旁監視，加上老夫和林賢侄坐鎮，諒誰也不敢作鬼搗亂。」林小超道：「四爺的方法固然好，但身爲幫派中人，不憑武功，如何能服人？小侄認爲，還是應以武功爲準。」

李四標嘿了一聲，他知道章萬慶是朴刀的好手，彭威武功雖也不弱，卻多半不是章的對手，林小超堅持要比武，便是爲此。

張磊大聲道：「林壇主，你口口聲聲說要靠武功高下決定，現今咱們各持一端，沒法同意選立辛武壇主的方法，不如也靠武功高下決定。林壇主若敢跟家師動手過招，誰贏便依誰的方法，如此林壇主便沒話說了吧？」

林小超笑道：「小侄是四爺晚輩，怎敢和四爺動手？不如我向張師兄請教幾招，以爲決定。」張磊怒道：「好，我們便來比劃比劃！」

李四標知道徒弟莽撞，林小超以匕首、蛾眉刺稱雄江湖十餘年，張磊怎是他的對手？

皺眉道：「磊兒，退下。林賢侄，我和令尊相交多年，這次來談事，和氣為上，可不能傷到我兩家的交情。你既尊我是長輩，在如何選立辛武壇主這一事上，還該聽我的意思才是。」林小超道：「四爺雖是尊長，凡事還該講個理字。」李四標道：「正是。既要講理，便該依照幫規，以三書取決，讓辛武壇下兄弟投籤決定。」林小超道：「理正之外，也要力配之，才能服人。彭香主就算較得人緣，卻無才德武功相輔，壇中如何不生亂？」二人唇槍舌劍，又反覆爭辯起來。

畢竟薑還是老的辣，又談了一盞茶時分，李四標終於說倒了林小超，雙方遂決定於三天後的吉日，聚集辛武壇下兄弟，投籤決定壇主。

李四標見談判順利，略略放下心，吩咐手下監視林小超等，防他出爾反爾，又出計謀。過了一日，並無變卦，彭威和章萬慶分別出面遊說辛武兄弟，讓大家投籤支持。

第三十八章　獨闖敵營

第二日早晨，李四標受邀去附近一個老朋友家裡作客，帶了女兒和張磊同去。趙觀留在壇內，清晨跟辛武幫眾一起去買了燒餅油條，圍坐而吃，閒聊起來。幫眾都說彭威為人正派，素有威望，定會當上壇主，甚是興奮。

晨時才過，卻見一個辛武幫眾匆匆奔入香壇，大叫：「彭大哥……彭大哥被人害了！」

壇中兄弟俱都大驚失色，齊聲詢問詳細，才知彭威昨夜遭人暗算，死在床上。眾人一齊趕去彭家，見彭威躺在臥房床上，身上被砍了十七八刀，血染床褥，死狀甚慘，幫中弟兄見了，都跪倒在他屍身前，痛哭失聲。

彭威的副手名叫郭淺川，聞訊趕來，見到彭威的屍體，大哭罵道：「是哪個狗崽子下的手？」問起彭威的家人，都說昨夜沒見人闖進來。

趙觀和彭威沒什麼交情，只知他是個耿直的漢子，見他慘死，也不由得難過，暗想：「這定是他媽的林小超他們下的手。」人同此心，彭威的手下都紛紛道：「還會有誰，定是天殺的章萬慶下的手！他們自知無法取勝，才出此下作手段！」

此時眾人以郭淺川為首，郭淺川當即大聲道：「兄弟們，我們這就去向姓章的討回公道！」眾人悲憤難已，齊道：「正是！去為彭大哥報仇！」三十餘人拿了兵刃刀棍，便往章萬慶的香壇奔去。

趙觀見眾人群情激憤，勸阻不得，心想：「我們手上毫無證據，如此跑去問罪，定然討不了好去。」當下走上前細細查看。這時又有三五個兄弟趕到，看見彭威的屍身，都是義憤填膺，嚷著要去找章萬慶算帳。

趙觀向眾人道：「先別急！你們瞧，香主的致命傷是在背後，身下的床鋪被利刃刺穿。想是賊人躲在床底下，趁彭香主熟睡後，用刀刺穿床鋪殺人。」眾人見了，都點頭稱是。

趙觀道：「這人既躲在床下一段時間，或許留下了些事物。請哪位兄弟下去看看？」

一個名叫方平的瘦小幫眾便即鑽入床底，搜索一陣，取出一小片衣服，想是那人逃脫時被床底的釘子扯下的，外加幾莖淡黃色的鬍鬚。一個弟兄指著那鬍鬚叫道：「大家看這鬍鬚的顏色，是秦鬍子！」

此言一出，眾人都破口大罵，方平怒道：「果眞是章萬慶！這秦鬍子是西域胡人混種，鬚色淡黃，甚是少見，這鬍鬚顯然是他留下的。秦鬍子是章萬慶的親近手下，他出手暗殺彭威，自是受了章萬慶的指使！咱們去找章萬慶算帳！」眾人一窩蜂搶著往門外奔去。

趙觀忙伸手拉住了其中兩人，說道：「兩位兄弟，慢來，我有事請你們幫忙。」那兩人道：「怎麼？」趙觀對一人道：「煩你立即去找李四爺，報告此事，請他急速趕回主持大局。」那人匆匆去了。另一人便是剛才爬入床底的方平，趙觀道：「方兄弟，請你帶上那塊布，我們去抓秦鬍子！」

方平一呆，未來得及多問，見趙觀快步出門而去，便隨後跟上。

趙觀猜想秦鬍子此時一定已躲了起來，當下逕赴城裡的花街賭巷，讓方平在巷口等候，自己悄悄閃入一間百花門屬下的妓院。他一進門，青竹新收的門人荷風立時迎上，請問門主有何指示。趙觀請她查訪一個長著淡黃鬍子的人的行蹤，荷風道：「謹遵門主旨令！我即刻讓人去查。」過了不到一盞茶時分，便有人傳話回來，說在城外的淨土廟見到這麼一個人，趙觀便帶了方平往淨土廟趕去。

方平甚是驚奇，問道：「江大哥，你怎知他躲在淨土廟裡？」趙觀道：「你別多問。

我們快去抓了人，再請四爺主持公道。郭二哥他們這般跑去問罪，絕對討不了好去。」

二人趕到淨土廟，直闖後進單房，一間間搜去，果見一間房中坐了個黃色鬍子的大漢，方平叫道：「就是他了！」拿起手中布塊，果然與秦鬍子身上穿的衣服一樣顏色質料。秦鬍子臉色一變，跳起身拔單刀向趙觀砍去。趙觀左手揮處，秦鬍子右腕如被火炙，單刀脫手，坐倒在地，罵道：「邪門！」

方平衝上前抓住他的衣領，喝道：「你昨夜幹下的好事，自己招了吧！」秦鬍子猶自口硬，說道：「我幹了什麼？你胡亂誣人，章大哥不會饒你！」方平道：「我們在彭大哥床底下找到你的衣服鬍子，你昨夜躲在床下刺殺大哥，還敢抵賴？」秦鬍子臉色一變，說道：「我……我……哪有此事？」

趙觀搖頭道：「姓章的想將罪過全推到你一人頭上，自己撇清，半點義氣也不顧，你又何必再回護他？方平，四爺交代咱們便宜行事，殘殺兄弟，依幫規是死罪吧？不用多說，殺了便是。」秦鬍子一聽，登時嚇得冷汗直流，忙道：「且慢，我……我只是奉命行事罷了。」

趙觀道：「奉誰的命？」秦鬍子支吾一陣，才道：「是咱壇主的意思，我自己哪裡有主意？」方平怒道：「哼，我就知道是章萬慶派你幹的。走！去四爺面前說話。」

二人押了秦鬍子回南昌，卻見那去傳話的辛武兄弟匆匆跑來，氣急敗壞地道：「四爺和朋友去城外跑馬了，一時找不到人。郭二哥和一群兄弟已被姓章的抓住，說他們犯上作亂，要立即以幫規處死！」

說。」

方平又驚又怒，手足無措，只能轉向趙觀，急道：「江大哥，這可怎麼是好？」

趙觀皺起眉頭，說道：「事不宜遲，我們快趕去瞧瞧，好歹保住眾兄弟的性命再

趙觀和方平便押著秦鬍子趕到章萬慶香壇門口，十多個章派手下上來喝問攔阻，趙觀道：「四爺遣我來，找章香主有要緊事。」一個漢子道：「章大哥忙，沒空見你。」趙觀惱了，喝道：「他媽的，有空沒空都得見。給我滾開！」隨手抓起一枝木棍，將眾人打得七零八落，直闖入內廳。但見章萬慶和一眾弟兄正飲酒談笑，一旁郭淺川等三十來人靠牆而立，手腳皆被粗繩綁住，個個渾身是血，有兩個橫躺在地，看來是不活的了。

趙觀臉色一沉，冷冷地道：「姓章的，你派人暗殺彭威，又下手打殺他的兄弟，也未免太過分了吧？」

章萬慶正喝酒喝得高興，瞇眼望向他，笑道：「嘖嘖嘖，我說是誰，原來是四爺身邊的兔兒爺。我說小兔兒，快過來陪老子開心，順便割點兔腿肉給老子下酒！」

眾人都轟笑起來。卻見人影一閃，趙觀已快捷無倫地欺上前去，抓住了章萬慶的衣領，揮手便給了他一個耳光，登時打落他七八枚牙齒。他最忌人家叫他兔兒爺，大怒之下，出手更不留情，左手揪住章萬慶的脖子，右手拔出他腰間朴刀，嚓的一聲砍在桌上，冷冷地道：「幹麼你不割下大腿肉，給我下酒？」

屋中眾人見此變故，都驚呆了，霎時靜得鴉雀無聲。章萬慶的手下紛紛抽出兵刃，上前喝道：「兀那小子，快放開我大哥！」

趙觀伸腿踢出，將幾個奔近前的漢子踢得飛了出去，舉起朴刀抵在章萬慶腦袋上，喝道：「他媽的狗崽子，全給我滾遠點！不然我一刀砍下這渾蛋的狗頭！」章萬慶的手下顧忌他擒住了頭子，連忙退開。

章萬慶以朴刀聞名江湖，拳腳也甚有造詣，卻哪裡想到趙觀外表秀氣，出手竟粗狠如此，加之身法奇快，竟在一招間便被他制住，心中驚詫無比，忙擠出個笑容說道：「大哥，有話好說。都是自家兄弟，什麼都好談。」他滿口鮮血，說話已含糊不清。

趙觀喝道：「你廢話倒多。還不快放了彭大哥的手下？」章萬慶忙道：「兄弟們，快放人！」他的手下忙過去解開郭淺川等人的束縛。這時彭威的手下兄弟又趕來了二十多人，上去扶住受傷兄弟，對章萬慶的手下破口大罵。

章萬慶受制於人，向趙觀陪笑道：「這位是江大哥吧？都是幫中兄弟，一點誤會而已，大家有話好說，有話好說。」

趙觀右手一捺，將章萬慶的腦袋壓在桌上，冷笑道：「誰跟你稱兄道弟？你派人暗殺彭威大哥，可真他媽的有兄弟之義！」

章萬慶掙扎說道：「不是我，我沒有！」趙觀罵道：「渾蛋東西，還敢抵賴？方兄弟，把人帶上來！」

方平押了秦鬍子上來，喝道：「姓章的，秦鬍子是你手下不是？他已招了昨夜躲在床底下刺殺彭大哥，你還有臉抵賴！」

章萬慶臉色大變，仍舊口硬道：「不干我事，我沒要他去殺什麼人，那是他自己跟彭威有仇，與我無關！」

便在此時，卻聽門口一陣喧鬧，一人喊道：「大夥亂什麼？林壇主駕到！」便見林小超當先走進，身後跟了十多名手下。他見趙觀制住章萬慶，臉色微變，走上一步，拱手道：「江兄弟，怎麼回事，自家人動起手來？請先放了章兄弟，兩邊將話說清楚了，有我林小超在，總能辨別個曲直。」

趙觀哼了一聲，退後一步，放開了章萬慶。方平大聲道：「啓稟林壇主，這秦鬍子昨夜躲在彭大哥床下，刺殺了大哥，他已招了是受章香主指使。」

林小超走上幾步，來到秦鬍子身前，說道：「秦兄弟，彭兄弟是你殺的麼？」秦鬍子跪在地上，全身發抖，顫聲道：「我……我……是，是。但這不是我的主張。」

林小超厲聲道：「那是誰的主張？」秦鬍子看到他的臉色，哪裡說得出話來，不斷搖頭，最後才道：「是我，是我自己……那個……」林小超陡然閃出匕首，割斷了秦鬍子的咽喉，秦鬍子低哼一聲，俯身倒下，便即斃命。

林小超抬頭道：「這既是秦鬍子自己的主張，他殺害本幫兄弟，理當處死。這事情便如此了結了，誰也不用再提起。」

郭淺川等人面面相覷，這才明白林小超是殺人滅口，都鼓譟斥罵起來。趙觀冷笑道：「林壇主，使出這等卑鄙伎倆，自己也不臉紅麼？」

林小超向他瞪視，說道：「江賀叛上作亂，毆打本幫香主，違反幫規。來人，拿下了！」庚武壇下十多人當即奔去擒拿趙觀，彭威手下兄弟大聲咒罵，衝上攔阻，眼看便是一場混戰。

趙觀十分不齒林小超的爲人，瞥眼見章萬慶已遠遠躲開，心中動念：「我們人少，硬拚只會全軍覆沒。」當下叫道：「眾位兄弟，快快住手！」向林小超朗聲道：「林壇主，是我魯莽了，方才得罪了章香主，確是我的錯。林壇主要以幫規處置，屬下願領受責罰。」此言一出，眾人都怔然停手，郭淺川、方平等又驚又怒，叫道：「江兄弟，我們跟他拚了，不用屈服！」

林小超微微一笑，說道：「你既知罪，那是最好。來人，將他綁上了！」

趙觀走上幾步，伸出雙手，庚武壇手下見他束手就擒，忙持繩奔上前，去綁他的手腕。

趙觀看準時機，雙拳陡然向兩旁揮去，擊中左右兩個幫眾的鼻梁。那二人大叫一聲，向後倒去，趙觀已施展輕功，斜刺裡退出十多步。林小超反應極快，立時翻出匕首，跨步攻上，但聽噹噹連響，卻是趙觀一邊後退，一邊抽出單刀擋開林小超的匕首攻擊。眾人驚呼聲中，但見趙觀左手伸處，已反手拽住了章萬慶的脖子，單刀又橫在章萬慶的頸中。

林小超退後一步，喝道：「好大的膽子！犯上作亂，不服幫規處罰，是什麼罪名？」

趙觀大笑道：「林小狗，你自以爲聰明，卻犯了個大錯。在下不是青幫中人，你青幫的門規可管不到我！」

林小超一怔，他前日見趙觀跟在李四標身邊，只道他定是青幫兄弟，全沒想到他並未入幫。趙觀將章萬慶拉到身前，單刀直抵他喉頭，冷冷地道：「同樣的道理，我殺了你章香主，也不怕什麼幫規處罰。老實招了吧！秦鬍子是你派去暗殺彭威的。姓林的隨手便殺了他，我也大可隨手便殺了你。」

章萬慶二度落入他手中，早已嚇得魂不附體，眼見秦鬍子的屍體便橫在目前，鮮血滿地，自己喉前冰涼，那刀子一過，自己也是一般的下場，驚叫道：「別殺我！別殺我！我說，我說。秦……秦鬍子是我派去的。」

此言一出，彭威的手下都大聲咒罵起來。林小超臉色難看已極，強道：「眾位兄弟不要相信，這姓江的如此逼供，他怎敢不照他的意思說？」但這話軟弱無力，連他自己的手下聽了，都甚覺不以爲然。

便在此時，一個女子的聲音叫道：「四爺到！」

但見李四標當先快步走入，張磊、李畫眉和三十多個幫眾手提刀棍緊跟在他身後。他在城外聽聞急報，得知彭威被殺、手下前去問罪被擒、雙方動手混戰等情，不禁大驚失色，他素知林小超心狠手辣，生怕彭威的弟兄被其殲滅，忙急速趕回。他一進門，便見趙觀持刀站在章萬慶身後，不由得一怔，但見情勢已然穩住，雙方死傷不多，大大鬆了口氣。他向廳內環望一眼，眾人碰觸到他的目光，心中都是一凜。

方平上前向他簡單報告了事情經過。李四標點點頭，望了林小超一眼，又望向章萬慶，冷冷地道：「章香主，大丈夫敢作敢當，你自己看著辦吧。」

章萬慶既已在眾人前招認罪行，此時見到李四標嚴厲的眼光，早已豁了出去，說道：「不錯，彭大哥是我派秦鬍子下手殺的。請四爺給我一個爽快的吧！」

李四標點頭道：「勇於認錯，才是好漢子。幫規如何，你應該清楚。我讓你自己了斷。」

章萬慶低頭道：「多謝四爺。」伸手從桌上拔起朴刀，往自己喉頭割去。但他手顫得厲害，這一刀割偏了，鮮血噴出，一時卻未能斷氣。一個手下看得不忍，叫道：「香主，我助你！」奔上前抓住章萬慶的手，割斷了他的喉管。章萬慶已說不出話，向那人點頭致謝，倒地死去。

林小超心中痛罵章萬慶魯莽愚蠢，既要出手殺害對頭，便該作得乾淨利落，怎能被對頭一眼便看出線索？既然作了，便該抵死不認，現在又自認其罪，那是死得活該。他眼見事情如此結束，己方理虧，章萬慶伏法，其勢再不能爭奪辛武壇主之位，心下惱怒非常，狠狠向趙觀瞪了一眼，暗罵：「奸險小鬼，總有一日我要教你知道厲害！」當下向李四標抱拳道：「這裡事情全仗四爺主持。小侄在岳陽還有要事須回去處理，這就向四爺告辭了。」李四標冷然望向他，點了點頭。林小超不敢多待，立時率手下連夜離開南昌。

李四標令人將秦鬍子和章萬慶的屍首抬去安葬了，走向趙觀，握住他的手道：「江小兄弟，今日事情全靠你斡旋處理，才沒有鬧出更大的亂子。老夫眞不知該如何謝你才是！」趙觀搖頭道：「四爺，我是外人，原本不應介入貴幫中事。但這姓章的傢伙太過可惡，晚輩看不過眼，忍不住插手，還請四爺勿要怪我多事。」李四標笑道：「我感激你還來不及，怎會怪你半點？」

李四標此番見識到趙觀勇悍的一面，又是驚服，又是贊歎，心想：「這小子是個天生的幫派人物。這等獨闖敵壇、擒敵首腦的氣度，狠勇機智兼備，我幫中還眞找不出第二個人來！」卻不知趙觀生長於市井街坊，發狠打架乃是家常便飯，加之他出身百花門，自幼精熟懲處惡人的手段，對付章萬慶這等人物自是駕輕就熟。

辛武壇一場內鬥之下，兩名香主前後死去，壇內人才一空，李四標只能暫令郭淺川攝理壇務，力求撫平壇內仇恨。一場風波過後，甲武壇掌握了辛武壇江贛一帶的地盤，未讓林氏父子野心得逞，李四標甚是喜慰，對趙觀不免更加欣賞信任。

第三十九章　辛武壇主

卻說趙觀回到杭州一個月後，李四標便下帖設宴請他，以示酬謝。趙觀推拒不得，只得去赴席。卻見在場的除了李四標和女兒、徒弟、數個重要手下之外，還有辛武壇的郭淺川等十多名弟兄。這些人曾蒙他相救，與他並肩對敵，相見之下自有一番親熱感激，跟他握手抱肩，十分熱絡。趙觀也喜歡郭淺川等血性漢子的樸實直爽，與眾人飲酒談笑，甚是融洽快意。

筵席過後，李四標請趙觀到內廳談話，說道：「江小兄弟，老夫一直當你是好朋友，今日有件大事想託付於你，希望你不要拒卻才好。」趙觀道：「在下年輕識淺，什麼也不懂得，不知李四爺要託付我什麼？只怕我擔當不起。」

李四標道：「江小兄弟在南昌孤身擒伏章萬慶，震懾群小，聲名早已傳遍本幫。現在辛武壇兩位香主都已去世，人才空缺，老夫想推舉江小兄弟擔任辛武壇壇主。」

趙觀一呆，他知道青幫十壇壇主在江湖中位分甚高，李四標便是第一壇甲武壇的壇主，不但幫內兄弟，一般江湖中人也對他極為尊重。但自己並非青幫中人，如何能作青幫壇主？李四標又道：「江小兄弟，你是我見過年輕一代中難得的人才。這事你若首肯，我定能取得幫主的支持。辛武壇眾兄弟都對你十分敬重，異口同聲來向我請求，要老夫向你提起出任壇主之議，還希望你不要拒卻才好。」

趙觀搖頭道：「但我並非青幫中人……」李四標道：「這個容易。你若願意，我即時便能引你入幫。」趙觀沉吟不答。李四標又道：「江小兄弟，小女和幫中兄弟都對你十分欣賞信服，你若能加入本幫，以後便如同一家人般，我們都會很歡喜的。」說著殷切地望著他。

趙觀聽他提起李畫眉，心想自己在南昌出手，大半是激於義憤，一小半卻是為了那夜聽到李畫眉和張磊爭吵，對自己好生推崇，不願令她失望之故。又想：「四爺不知我的來歷，竟還對我這般看重，確有江湖前輩的寬宏氣度。」便道：「晚輩蒙四爺厚愛，感激不盡。但晚輩另有考量，入幫之事，還請四爺給我幾日時間考慮。」李四標道：「這沒有問題。江小兄弟是要去請示師長麼？」

趙觀搖了搖頭，他從未向李四標透露自己和百花門的底細，微一沉吟，說道：「四爺，兄弟有個不情之請，想請四爺大量應允。」李四標道：「你儘管說。」

趙觀道：「兄弟出身隱祕，身負血海深仇，實有許多不可告人之處。我當四爺是好朋友，一片坦誠，若非情非得已，絕不願蓄意隱瞞。在下若入青幫，想請四爺和幫中兄弟不要過問在下的來歷和私事，在下的手下也不受青幫指令。」

李四標向他凝視一陣，才道：「好！我相信你是個好漢子。你和你手下的事，只要不危害到本幫，我便絕不過問。」趙觀聽他答應得爽快，笑道：「有四爺一句話，我就放心了。」李四標也笑了，伸出手來，二人四手相握，相視而笑。

此時百花門在趙觀和五個長老的經營之下，已然十分穩當，仇家仍舊未露出任何線索，趙觀在杭州漸覺無聊，偶爾上青樓玩玩、上李家見見李畫眉的面，便無他事。不意李四標對他賞識如此，竟要推舉他作青幫壇主，倒大出他的意料之外。青幫號稱天下第一幫，勢力廣布大江南北，趙觀本身已是百花門主，自不稀罕這壇主之位，但他喜愛幫中兄弟的熱血重義，入幫後又可以多親近李畫眉，何樂而不爲？他自思不論作何決定，都須以百花門的安全爲最先考量，自己百花門主的身分仍舊十分隱祕，若要繼續保持這個祕密，出任青幫壇主不啻是個極好的掩護。任何人都不會想到，一個在青幫領有職位、在檯面上頗有身分的人，竟會和隱祕詭異的百花門有任何關聯。

趙觀回到江家莊後，便召集紫薑、青竹、蘭兒、小菊、玫瑰五位長老，述說李四標相邀加入青幫之事，請問各人的意見。蘭兒首先大力贊成，說道：「青幫勢力廣大，門主能在青幫領職，對保護本門大有好處。」

青竹問道：「門主若加入青幫，將如何兼顧本門事務？」趙觀道：「辛武壇設在南昌，離此不遠。我一月中總有十日回來杭州，門中各事可由諸位長老決定，大事可等我回杭州再行決定。」

紫薑則問：「門主若作了青幫壇主，我百花門以後便臣服於青幫麼？」

趙觀道：「不。我百花門仍舊獨立，不受青幫指揮。我在青幫自有手下兄弟指使，若非必要，決不會以青幫中事相煩百花門人。這事我已和李四爺說過，他也答應了不追究我的底細。」

眾女又商討一陣，都覺得趙觀加入青幫乃是一著險棋，有洩漏身分之虞，但若能運用得當，卻可對百花門帶來莫大的好處，便都表示贊同。

趙觀見眾女再無疑慮，次日便去見李四標，說道：「四爺有心引晚輩入幫，晚輩恭敬不如從命。」李四標極為歡喜，捋鬚微笑，連聲道：「好！好！」

數月後的一個清晨，李四標正式開壇接引趙觀入幫。青幫的入幫儀式極為繁瑣，半個月前，一個引進師先領趙觀去晉見本命師，他的引進和本命二師都是李四標所介紹，幫中資格極深的元老。之後又去見師父、師母，請示師父母的生辰八字，稱為「認門」。李四標對趙觀極為尊重，並不讓他拜師，直接替他「開善門」——接引他成為青幫弟子，也稱為「進門檻」。

開善門那天，甲武壇極為熱鬧，青幫弟子總有五六百人前來觀禮。壇中供起天地君親師的神主牌位，上掛達摩老祖和青幫創始人三老四少的畫像，兩旁配有「正大光明」和「義氣千秋」的巨幅對聯。趙觀在一個香主的引領下，先在神主牌位前焚香，念請香辭；

果然聽李四標道：「大哥，成大少爺多年來浪跡江湖，他當年便不願接這幫主之位，現今只怕更加不會來插手本幫事務了。大哥爲何不早些定下幫主繼承人？一旦繼承人選定，林伯超他們幾個便不敢輕舉妄動了。」

趙幫主搖頭道：「事情沒有這麼容易。繼承人一定下，林、牛幾個立時便會行動。我手下沒有足以壓服眾人的人選，不能輕易立繼承人。」

趙觀心想：「你們選不出繼承人，何不學我百花門，來個比武奪幫主？」他卻不知百花門當時只有三百來人，三堂堂主和第四堂以比試毒術武功來決定門主，並不困難；青幫卻有上萬幫眾，分成總壇和十壇，各壇壇主勢力龐大，互不相讓，彼此間以地盤、人數、財富、武功相較量，情況比百花門複雜百倍，自是不可同日而語。

趙幫主搖了搖頭，閉上眼睛一陣，睜開時眼中精光一閃，好似睡獅初醒，握拳捶桌道：「本幫團結最要緊！任由他們這麼鬧下去，青幫定將分裂，不可收拾。青幫若毀在我手中，我有何面目去見歷代幫主？四弟，我這便派人去勸服林伯超。年大偉那邊，你能擺平麼？」

李四標道：「兄弟定當盡力。」趙自詳道：「如此偏勞你了。」兩人又談了一陣，李四標和趙觀才告辭出來。

趙觀忍不住問道：「四爺，趙幫主當了三十多年幫主，怎麼都沒培養出個繼承人來？」李四標歎了口氣，說道：「幫主在這事上總是猶豫不決。唉，這事我勸過他許多次了，他都未能聽進去。說句實話，我也不知大哥該立誰才是？他自己的十多個兒孫都不是人才，五個女婿也庸庸碌碌。這些人長年來互相爭奪幫主繼承人之位，大哥心知他們都擔當不起，因此遲遲不肯立下繼承人。要他立個外人，他的兒孫女婿又會不服，定要大鬧生事。唉！如今幾個壇主又不安分，幫主這位子，可不容易作哪！」

趙觀見他憂心如此，心想：「四爺對趙幫主倒是一片忠心。老實說，這青幫中最有資格繼任幫主的便是他，他卻並未汲汲營營，跟林伯超等人爭權奪利，只一心爲幫主設想，這份忠義之心，委實難得。」便道：「四爺，今日幫中有此難處，兄弟定將盡力襄助幫主，維護總壇。」李四標甚覺安慰，說道：「眼下情勢甚是艱難，但咱們身爲幫中兄弟，須有知其不可爲而爲之的勇氣。」

趙觀點頭稱是，心下卻想：「這幫主之位作得這麼苦惱，不作也罷。」他隨著母親長大，雖當上百花門主、青幫辛武壇主，卻從無什麼雄心大志，不知江湖上的英雄好漢大多胸懷一統江湖、率領萬眾的志向，如趙自詳、林伯超、李四標這等人物，都是其中佼佼者；數十年苦心經營爭奪到的權力地位，豈是能輕易放下的？

（天觀雙俠・卷二　待續）

國家圖書館出版品預行編目資料

天觀雙俠・卷一／鄭丰（陳宇慧）作 - 初版 - 台北市：奇幻基地，城邦文化出版；家庭傳媒城邦分公司發行；2007（民96）
面：公分. -（境外之城）

ISBN 978-986-7131-88-1（卷1：平裝）

857.9　　96012742

ISBN　978-986-7131-88-1
EAN　471-770-290-435-7

Printed in Taiwan.

奇幻基地官網及臉書粉絲團
http://www.ffoundation.com.tw/
http://www.facebook.com/ffoundation

鄭丰臉書專頁
http://www.facebook.com/zhengfengwuxia

天觀雙俠・卷一（俠意縱橫書衣版）

作　者／鄭丰
企劃選書人／王雪莉
責任編輯／王雪莉
版權行政暨數位業務專員／陳玉鈴
資深版權專員／許儀盈
資深行銷企劃／周丹蘋
業務主任／范光杰
行銷業務經理／李振東
副總編輯／王雪莉
發行人／何飛鵬
法律顧問／台英國際商務法律事務所　羅明通律師
出版／奇幻基地出版
城邦文化事業股份有限公司
台北市 104 民生東路二段 141 號 8 樓
電話：(02)25007008　傳真：(02)25027676
網址：www.ffoundation.com.tw
e-mail：ffoundation@cite.com.tw
發行／英屬蓋曼群島商家庭傳媒股份有限公司城邦分公司
台北市 104 民生東路二段 141 號 11 樓
書虫客服服務專線：(02)25007718・(02)25007719
24 小時傳真服務：(02)25170999・(02)25001991
服務時間：週一至週五09:30-12:00・13:30-17:00
郵撥帳號：19863813　戶名：書虫股份有限公司
讀者服務信箱 e-mail：service@readingclub.com.tw
歡迎光臨城邦讀書花園　網址：www.cite.com.tw
香港發行所／城邦（香港）出版集團有限公司
香港灣仔駱克道 193 號東超商業中心 1 樓
電話：(852) 2508-6231　傳真：(852) 2578-9337
e-mail : hkcite@biznetvigator.com
馬新發行所／城邦（馬新）出版集團
【Cite(M)Sdn. Bhd.】
41, Jalan Radin Anum, Bandar Baru Sri Petaling,
57000 Kuala Lumpur, Malaysia.
電話：603-90578822　傳真：603-90576622
e-mail：cite@cite.com.my

封面設計／黃聖文
排　版／浩瀚電腦排版股份有限公司
印　刷／高典印刷有限公司
■2007 年（民 96）7 月 16 日初版一刷
■2022 年（民 111）12月 7 日二版3刷

售價／300元

廣　告　回　函
北區郵政管理登記證
台北廣字第000791號
郵資已付，免貼郵票

104台北市民生東路二段141號11樓

英屬蓋曼群島商家庭傳媒股份有限公司城邦分公司 收

請沿虛線對摺，謝謝

奇幻基地

每個人都有一本奇幻文學的啓蒙書

奇幻基地官網：http://www.ffoundation.com.tw
奇幻基地粉絲團：http://www.facebook.com/ffoundation

書號：1HO003Z　　書名：天觀雙俠．卷一（俠意縱橫書衣版）

請於此處用膠水黏貼

奇幻基地

讀者回函卡

謝謝您購買我們出版的書籍！請費心填寫此回函卡，我們將不定期寄上城邦集團最新的出版訊息。

姓名：______________________________ 性別：□男 □女

生日：西元__________年__________月__________日

地址：______________________________

聯絡電話：__________________傳真：__________________

E-mail ：______________________________

學歷：□1.小學 □2.國中 □3.高中 □4.大專 □5.研究所以上

職業：□1.學生 □2.軍公教 □3.服務 □4.金融 □5.製造 □6.資訊

□7.傳播 □8.自由業 □9.農漁牧 □10.家管 □11.退休

□12.其他______________________________

您從何種方式得知本書消息？

□1.書店 □2.網路 □3.報紙 □4.雜誌 □5.廣播 □6.電視

□7.親友推薦 □8.其他______________________________

您通常以何種方式購書？

□1.書店 □2.網路 □3.傳真訂購 □4.郵局劃撥 □5.其他

您購買本書的原因是（單選）

□1.封面吸引人 □2.內容豐富 □3.價格合理

您喜歡以下哪一種類型的書籍？（可複選）

□1.科幻 □2.魔法奇幻 □3.恐怖 □4.偵探推理

□5.實用類型工具書籍

您是否為奇幻基地網站會員？

□1.是□2.否（若您非奇幻基地會員，歡迎您上網免費加入，可享有奇幻基地網站線上購書75 折，以及不定時優惠活動：http://www.ffoundation.com.tw/）

對我們的建議：______________________________

____

____

請於此處用膠水黏貼